Krystyna Kuhn
Fische können schweigen

SERIE PIPER

Zu diesem Buch

Obwohl sie Fische nicht ausstehen kann, muß die junge Illustratorin Berit seit Wochen nichts anderes zeichnen, denn den lukrativen Auftrag, den riesigen Atlas »Die Fische Europas« zu illustrieren, konnte sie ganz einfach nicht ablehnen. Jetzt hat sie sich eine Pause verdient, und die Abendeinladung bei ihrer besten Freundin Marlene wird ihr guttun. Doch auf dem Heimweg stolpert Berit buchstäblich über eine Leiche. Die Bilder von dem Toten lassen sie nicht los, ihr Spürsinn ist geweckt. Und da ist auch noch der gutaussehende und sympathische Ron, der die Ermittlungen im Mordfall leitet und ganz anders ist, als Berit sich einen Kommissar bei der Kripo Frankfurt vorgestellt hat. Die Spuren führen zu einem internationalen Ring, der mit genmanipulierten Edelfischen den Markt beherrschen will. Da passiert ein zweiter Mord, und diesmal kennt Berit das Opfer ... Höchst unterhaltsam, mit subtiler Spannung und einer knisternden Liebesgeschichte präsentiert sich Krystyna Kuhns Debütroman.

Krystyna Kuhn, geboren 1960 als siebtes von acht Kindern in Würzburg, studierte Slawistik, Germanistik und Kunstgeschichte, unter anderem in Moskau und Krakau. Sie arbeitete als Redakteurin und Herausgeberin und schrieb Gedichte sowie Kurzgeschichten. Krystyna Kuhn lebt mit Mann und Tochter im Taunus und veröffentlichte 2003 ihren zweiten Roman: »Die vierte Tochter«.

Krystyna Kuhn
Fische können schweigen

Roman

Piper München Zürich

Die Autorin dankt textwerk im Literaturhaus München für die Förderung der Arbeit an diesem Buch.

Ungekürzte Taschenbuchausgabe
März 2003

erschienen im Verlagsprogramm Kabel
Umschlag / Bildredaktion: Büro Hamburg
Isabel Bünermann, Julia Martinez /
Charlotte Wippermann, Katharina Oesten
Foto Umschlagvorderseite: Markus Jans / Bransch
Foto Umschlagrückseite: Peter von Felbert
Satz: Satz für Satz. Barbara Reischmann, Leutkirch
Druck und Bindung: Clausen & Bosse, Leck
Printed in Germany ISBN 3-492-23775-4

www.piper.de

Für meine Mutter

1

»Die Fische Europas«, so hieß der Illustrationsauftrag, an dem ich seit zwei Monaten arbeitete. Ein Atlas mit 300 detailgetreuen farbigen Abbildungen von Fischen. Eigentlich hatte ich diesen Auftrag ablehnen wollen. Doch ich brauchte das Geld. Constanze, die Lektorin des Verlages, für den ich seit Jahren als Illustratorin arbeitete, setzte mich unter Druck mit den üblichen negativen Zukunftsvisionen:

»Du *kannst* es dir nicht mehr aussuchen, Berit. Von Hand ausgeführte Zeichnungen und Illustrationen spielen heutzutage kaum noch eine Rolle. Das kann keiner mehr bezahlen. Und das ist ein riesengroßer Auftrag, der dich ein halbes Jahr beschäftigen wird. Vielleicht ist es dein letzter.«

»Aber ich hasse Fische.«

Constanze dozierte weiter: »Es ist naiv zu ignorieren, daß deine einzige Chance in diesem Beruf die ist, dich mit Grafikprogrammen zu beschäftigen. In Zukunft wirst du Bilder auf Diskette oder CD-ROM liefern müssen. Oder meinst du, uns hier macht es Spaß, jedes deiner dreihundert Bilder einzuscannen?«

»Hört sich ja schrecklich an.« Ich hatte keine Ahnung, wovon sie sprach. »Aber meinetwegen müßt ihr das meinen Bildern nicht antun.«

»Du findest heute keine Druckerei mehr, die Bilder auf Papier akzeptiert. Mal ganz abgesehen von den Kosten. Egal – du kannst diesen Auftrag nicht ablehnen«, wiederholte Constanze. »Sonst läßt der Verlag dich fallen.« Sie hatte recht. Ich unterschrieb den Vertrag. Von diesem Geld konnte ich ein Jahr lang leben.

Die Aquarelle sollten vorzugsweise nach lebenden Vorlagen angefertigt werden, damit die Farbgebung möglichst identisch war mit der, wie sie Fische aufweisen, wenn sie sich dicht unter der Wasseroberfläche zeigen. Also saß ich in den abgedunkelten Räumen im Frankfurter Exotarium und vor den kilometerlangen Aquariumwänden im Stuttgarter Zoo. Wochenlang nur Fische. Fische in allen Größen, Formen und Farben: Flossen, Kiemen, Schuppen, Maul auf und zu. Es war eine zwangsweise Therapie, wie sie bei Phobien zum Einsatz kommt.

Es war Ende November, und man konnte kaum noch glauben, daß vor einiger Zeit in dieser Stadt noch Sommer gewesen war. Wie der berühmte Grauschleier lag über Frankfurt der Nebel. Ein Grund, weshalb ich mich entschlossen hatte, ausnahmsweise Marlenes Einladung zu einem ihrer berühmten Donnerstagabend-Dinners – oder hieß es Diners? – anzunehmen. Marlene war im Arabellahotel in Frankfurt verantwortlich gewesen für die Organisation von Kongressen, Empfängen und Talkshows. Unter ihrer Federführung hatte das Hotel angeboten, die Abschlußobjekte unserer Hochschule für Kunst im Foyer auszustellen. So hatten wir uns kennengelernt. Bevor sie Kornelius heiratete, einen Biowissenschaftler, für den jedes Lebewesen nur ein Reagenzglas war, in dem chemische Reaktionen abliefen. Und der jeden mit Mißachtung strafte, der sich seiner Aufgabe als evolutionäres Transportmittel widersetzte. Also sich weigerte, Kinder zu zeugen. Mit dieser Einstellung hatte er es immerhin zum Leiter des Instituts für Biotechnologie Rhein-Main gebracht.

Kornelius war ein Mann, der keine Zeit hatte, Fett anzusetzen. Er forschte so viel, daß seine Gehirnzellen jeden Bissen, den er aß, sofort verwerteten. Obwohl er laut Marlene zu den renommiertesten Biowissenschaftlern der Bundesrepublik zählte, sah er nicht anders aus als ein Gerichtsvollzieher oder Buchhalter, also wie ein Vertreter der Berufe, die man ergreift, wenn man mit zehn feststellt, daß man nur noch 70 Jahre zu leben hat und sich ein Leben vor dem Tod sichern will. Daß er und Marlene dennoch – trotz zahlreicher Versuche und Behandlungen – auch noch immer kinderlos waren, erfüllte mich mit stiller Zufriedenheit. Nur um das Kinderzimmer im ersten Stock tat es mir leid. Eingerichtet im Stil Laura Ashleys stand es verzweifelt leer.

An diesem Abend war Kornelius nicht anwesend, weil er einen wichtigen Termin hatte. Deswegen war ich eingeladen worden, als Lückenbüßer für ihn und andere Gäste, die ebenfalls verhindert waren. Vermutlich saßen sie alle in ihrem Labor und genossen in Ruhe ihr selbstgezüchtetes Bier.

Ich kam zu spät zum Essen. Die S-Bahn Richtung Sachsenhausen hatte eine Betriebsstörung. Als ich bei Marlene klingelte, öffnete, in einer weißen Schürze, Ewa, der polnische Ersatz für den englischen Butler, um den sich Marlene schon seit Jahren vergeblich bemühte. Alles an diesem Mädchen war symmetrisch, die Bögen über den Augen, die Augen selbst, die Wangenknochen. Und der Mund lag genau auf der Mittellinie eines runden, braungebrannten Gesichtes. Sie hatte mittellanges, lockiges, fast schwarzes Haar, das nach hinten mit einer Spange zu einem Zopf gebunden war. Sie trug einen kurzen schwarzen Rock und eine weiße Bluse. Ihre Figur war beneidenswert klassisch.

Wie es sich für ein Hausmädchen gebührte, vermied sie jeden Blickkontakt. Sie schaute an mir vorbei. *Schade*, dachte ich und sagte auf polnisch: *»Dzień dobry.«* Doch die Wirkung, die ich erwartet hatte, blieb aus. Sie sagte nur höflich, wie einstudiert, mit polnischem Akzent: »Guten Tag. – Darf ich den Mantel nehmen« und ging voraus in den Raum, den Marlene immer *Dining Room* nannte.

Marlene kam mir mit offenem Flügelschlag entgegen. Sie hatte sich kaum verändert. Noch immer war sie klein, rundlich und erstaunlich lebendig. Ihre Energie nährte sich aus einer geheimen Quelle in ihrem Innern. Sie war im Gegensatz zu mir nicht darauf angewiesen, joggen zu gehen. Ich umarmte sie und spürte ihre warme Haut, die unverändert nach Burberry Parfüm roch wie ich nach Fisch. Marlene pflegte ihre Abendeinladungen strategisch zu planen, wie sie es in der Londoner Hotelfachschule gelernt hatte. Dies bedeutete geklonte Paare und dazwischen ich, nicht nur in Kornelius' Augen genetisch inkompatibel. Ich saß also mitten an der opulent gedeckten Tafel, um die die Gäste als Tischschmuck drapiert waren wie der Efeu, der sich auf dem Tisch von einem Ende zum anderen wand. Gleichzeitig lag um jeden Teller ein ausgeklügeltes Waffenarsenal: Vorspeisenmesser, Fischmesser, Buttermesser, Menümesser und so weiter bis zum Mokkalöffel. Die Tischkarte, ein großes Efeublatt, beschrieben mit goldenem Lackstift, kündigte mich an mit: *Berit Janda, Künstlerin*, es fehlten nur noch Geburts- und Sterbedatum. Welche Funktion, fragte ich mich, hatte ich in dieser Tischordnung? War ich Dessertlöffel oder Hummerzange?

Marlene servierte ausgerechnet Fisch zum Abendessen. Ich haßte Fische. Tote wie lebende. Haßte sie aus Prinzip, wegen ihrer glitschigen Haut, ihrer dummen Klappmünder, ihrer stumpfen Augen. Ihrer schlängelnden, schleichenden Bewegung wegen. Haßte sie auch, weil ich mich seit Wochen mit nichts anderem beschäftigt hatte als mit Fischen.

Es machte schon wenig Spaß, einen Fisch zu zeichnen. Aber ihm in die Augen zu schauen, wenn er tot vor einem auf dem Teller lag, war das schlimmste. Und ausgerechnet an dem Abend, an dem ich mich entspannen, meine Arbeit vergessen wollte, stellte man mir einen Teller mit Forelle Blau vor die Nase. Auch wenn das Exemplar, das vor mir auf dem Teller lag, perfekt war. Ein perfektes Exemplar der Gattung *Salmo trutta f. fario*. Keine Flosse, keine Schuppe war beschädigt worden. Man war gnädig gewesen. Mit Treffsicherheit und Respekt war die Forelle durch einen einzigen Schlag ins Genick getötet worden. Ihr fehlte nichts bis auf die lebensspendenden Eingeweide, die im Mülleimer gelandet waren. Und das ursprüngliche Silber hatte sich in das verwaschene Blau verfärbt, das entsteht, wenn man den Fisch in einem Sud aus Essig und Rosmarin langsam gart.

Aus Verzweiflung hielt ich mich vorschriftsmäßig am Fischbesteck fest. Doch in meinem Innern kämpften Hunger und Phobie gegeneinander. Unvorstellbar, daß meine frisch geputzten Zähne in diesen Fischgeruch bissen. Ich stocherte an der Forelle herum, in ihrem durch die Zubereitung weich und strukturlos gewordenen Gewebe. Sie drohte vor meinen Augen zu zerfallen. Mir wurde flau im Magen. Und genau in diesem Augenblick sah ich von meinem Teller auf, blickte geradeaus und genau in grüne Augen. Ein Grün aus der Region unterseeischer Wiesen. Die Augen gehörten einem Mann, der gerade mit einer kurzen Handbewegung Ewa aufforderte, meinen Teller abzutragen. Die Frau neben ihm, ein aufgeplusterter Greta-Garbo-Verschnitt, kniff säuerlich den Mund zusammen. Ich aber wurde den Fisch los, wenn ich auch die Kartoffeln gerne gegessen hätte.

Der Mann mit den grünen Augen – nicht nur einmal trafen sich unsere Blicke über dem Tisch – hatte mich zwar von dem Anblick der Forelle befreit, aber gegen meine Tischnachbarn konnte er nichts tun. Rechts neben mir saß ein emeritierter Professor, *Prof. Dr. Dr. Karl Kogut* stand auf der Karte. Und er begrüßte mich mit einem feuchten Handkuß, wobei sein Mund funktionierte wie die Saugscheiben der *Cyclopteridae*. Dann gab er in immer denselben korrekten Zeitabständen Konversationsfloskeln von sich, die er vermutlich bei vielen Abendeinladungen im Laufe seines langen Lebens einstudiert hatte: »Käse schließt den Magen«, sagte er in dem Moment zu mir, als ich überhaupt das erste Mal an diesem Abend etwas Eßbares – Käse und trockenes Baguette – zu mir nahm.

Links außen ein Student oder Assistent mit Überlänge – Ulf Uhrbrock oder so ähnlich. Es war schwer darüber hinwegzusehen, daß seine großporige Haut permanent Schweiß absonderte, der unter dem dunkelgrünen Jackettärmel große Flecken bildete. Und – wie bei Fischen – funktionierte auch sein Mund mit einem einfachen Klappmechanismus – auf und zu, auf und zu im Rhythmus von nicht zu unterscheidenden Kau- und Sprechbewegungen. Wenn ich den Mund öffnete, dachte er, ich höre mit dem Mund. Das war sein Einsatz. Mein Buttermesser der Taktstock. Und wieder überfiel er mich mit einer neuen nationalen Statistik: »Wissen Sie eigentlich, daß das deutsche Volk statistisch gesehen …« und immer so weiter. Mit jedem Bissen mußte ich mich schnell entscheiden, ob ich ihn erst zerkaute und dann erstaunt »Nein, wirklich!« ausrief oder umgekehrt. Meine doch wirklich spärlichen Antworten faßte er zudem als tiefgehendes Interesse an seiner Person auf. Er stach erst mit der Gabel – »Werde ich Sie wiedersehen?« –, dann mit den Zähnen skrupellos in das Fleisch der Forelle. »Vielleicht nächste Woche auf der Institutsfeier?«

Angesichts seiner engen Hose blieb mir neben dem letzten Stück Gorgonzola die besorgniserregende Statistik im Halse stecken, nach der diplomierte, promovierte oder habilitierte Männer nur 52mal jährlich Sex haben, wogegen Männer mit einem niedrigeren Niveau ... Ich schüttelte entsetzt den Kopf.

Marlene residierte am oberen Ende des Tisches und lenkte die Unterhaltung. Vermutlich hatte sie die Gespräche auf Karteikarten vorbereitet. Sie saß neben einer Frau in einem grünen, schleierartigen Gewand, deren Mundwinkel eingedrückt waren wie bei einer Weichkörperpuppe, die zuviel geküßt worden ist, und die den ganzen Abend nichts sprach, außer sie wurde von Marlene nach ihren Kindern gefragt. Unter dem Schleier am Bauch waren noch immer Reste der letzten Schwangerschaft erkennbar.

Warum, fragte ich mich die ganze Zeit, sitze ich hier? Wozu? Ich hätte mir doch denken können, daß diese Mischung aus Jane Austen, Dr. Jekyll und Mr. Hyde gefährlich war. Das Ganze erinnerte an Draculas Festmahl. Irgendeiner ist fällig, oder alle sind schon hinüber. Kein Wunder, daß ich mich dem Ganzen entzog. Nach dem Essen flüchtete ich unbemerkt auf einen der beiden schweren, mit englischen roten Rosen bezogenen Sessel hinter dem viktorianischen Vitrinenschrank. Und vertiefte mich in eine wissenschaftliche Zeitschrift.

2

Ich war völlig versunken in den Artikel: *Wie die Technik von der Natur lernt: Der weiße Hai als Vorbild im Flugzeugbau.* Er handelte von den besonderen Strömungseigenschaften bei Haien, deren Haut als Vorbild für die Oberflächengestaltung von Flugzeugen dienen könnte.

»Die Forelle war wohl nicht ganz ihr Geschmack?« Der Mann hatte nicht nur Augen mit der Farbe unterseeischer Wiesen, sondern auch noch eine Stimme aus der Tiefseeregion. Und ein Aussehen, das – ohne jetzt zu übertreiben – eigentlich ein Fall für Kornelius' Samenbank sein mußte. Grüne Augen, darüber eine griechisch-römische Stirnpartie – antike Stirn unter schwarzem Haar –, im Nacken Locken wie ein korinthisches Kapitell. Wo hatte Marlene diese Augen aufgetrieben? Er setzte sich neben mich, reichte mir eine warme, tatkräftige Hand, nur leicht behaart, und sagte:

»Hallo, ich bin Ron, Marlenes Bruder. Darf ich mich zu Ihnen setzen?« Und ich war erleichtert, daß es sich bei ihm nicht schon wieder um einen karrieresüchtigen Assistenten handelte, der versuchte, sich in täglicher Zellteilung an Kornelius' Seite hochzuarbeiten.

»Ach ja, der Architekt.« Ich schlug die Zeitschrift zu und legte sie zur Seite.

»Nein, eigentlich Kripo. Mordkommission Frankfurt.«

»Marlene hat Sie noch nie erwähnt.«

»Ja, ich bin das schwarze Schaf der Familie. Sie verleugnet mich immer. Wer hat schon gerne mit der Polizei zu tun?«

»Und ich habe Sie hier auch noch nie getroffen.«

»Ich Sie auch nicht.«

»Ich komme ja auch nur alle zwei Jahre her.«

»Und ich immer dann, wenn jemand abspringt. Dann ruft Marlene mich verzweifelt an. Das kommt so gut wie jede Woche vor.«

»Und wen sollen Sie heute ersetzen?«

»Wie so oft einen von ihren Forschern«, antwortete Ron. »Einen gewissen Rudhard Thorwald. Der läßt sich jedesmal einladen und kommt dann doch nie. An Marlenes Stelle hätte ich ihn schon längst von der Gästeliste gestrichen.«

»Ist er verheiratet?« fragte ich und begann sofort durchzuzählen, ob bei den Gästen ein Gleichgewicht der Geschlechter vorlag.

Ron bot mir eine Zigarette an. »Nein, ich glaube nicht. Aber er hat immer seinen Schatten bei sich, eine Art Graue Eminenz.«

Ich nahm die Zigarette wie auch den Wodka, den er mir in das Wasserglas goß. Er lehnte sich zurück.

»Sie also sind Berit. Marlene hat mir schon viel von der Künstlerin erzählt.«

O Gott!

»Sie sollten Marlene nicht alles glauben.«

»Wieso? Stimmt es etwa nicht?«

»Nein. Ich arbeite lediglich als Illustratorin.«

»Also eine gescheiterte Künstlerin.«

»Momentan eher eine hungernde.«

Er lachte. Ein ausgesprochen männliches Lachen, wie ich fand. Ohne daß ich definieren kann, wie ein männliches Lachen klingt. Es war auf jeden Fall ein Lachen, das nicht bei Dick und Doof seine vollen Register zog, sondern bei Woody Allen.

Der Rest der Gesellschaft, um den flackernden Kamin drapiert, schaute irritiert zu uns herüber. Besonders Greta Garbo übte sich im bösen Blick. Ron hatte mit seinem Lachen den Vortrag von Ulf

Uhrbrock respektlos unterbrochen, der gerade in unüberhörbaren Resten von Frankfurter Dialekt plapperte:

»SOD1 schützt den zellulären Aufbau des Nervensystems. Hält es in Schwung. Und das Beste: Es ist in allen menschlichen Zellen vorhanden. Ungenutztes Kapital, oder nicht? Verschwendung. Warum soll es nicht auch beim Menschen funktionieren?«

Offensichtlich der ideale Assistent. Der ewig versucht, sich nach oben zu arbeiten, mit stundenlangen Vorträgen, denen keiner zuhört. Der damit aber weit kommt, weil er übereifrig moralische, politische und wissenschaftliche Platitüden von sich gibt, ohne die ein gesellschaftlicher Aufstieg unmöglich ist. Ich hatte das Gefühl, Marlene wollte ihn mir als die Investition des Jahres präsentieren. Deswegen hatte sie mich neben ihn gesetzt.

Ich fragte Ron flüsternd: »Worum geht es hier eigentlich?«

»Um die neuesten bahnbrechenden Forschungsergebnisse, die wir an der Alltagsfront nie verstehen werden.«

»Zum Beispiel?« Ich nahm einen Schluck Wodka.

»Zum Beispiel, daß man Taufliegen, den *Drosophilae,* das menschliche Gen *Superoxid Dismustase* in das Erbgut transplantiert hat oder so ähnlich, was ihr Leben um vierzig Prozent verlängert.«

»Der Mensch als Jungbrunnen für Fliegen. Super! Nur, umgekehrt wäre es manchem lieber. Welche Tiere leben länger als Menschen?«

»Schildkröten. Schildkröten können bis zu hundertfünfzig Jahre alt werden.«

»Vielleicht sollte man es mal bei uns mit deren Genen probieren.«

»Hoffentlich hat das keine Nebenwirkungen«, meinte Ron.

Diesmal lachten wir beide. Der Wodka tat seine 40prozentige Wirkung. Und zum erstenmal seit Wochen spürte ich meinen Körper ab der Gürtellinie wieder. Marlene schaute aufmerksam zu uns herüber. Mir schien, daß sie ihren Blick kurz zwischen Ulf und Ron hin- und herwarf und sich dann flexibel für ihren Bruder entschied.

»Sollen wir darauf hoffen«, fragte ich dann in einem seltenen

Anfall von Philosophie, »daß wir uns schon bald genetisch manipulieren lassen können, um länger zu leben?«

Ron zuckte mit den Schultern. War er ein Typ, der das Leben leichtnahm?

»Nun, manch einer wäre im Alter von fünfundsechzig sicher dankbar dafür. Er kann sich jedes Jahr eine Dosis Schildkrötenextrakt spritzen lassen und bleibt ewig fünfundsechzig.«

»Ich glaube, das gäbe Probleme mit der Rente.«

Wir tranken so vor uns hin und überlegten, welchen Sinn es hatte, ewig 65 zu bleiben oder 34 – und überhaupt, wofür lohnte es sich zu leben?

Entspannung und Anspannung machten sich gleichzeitig in meinem Körper breit. Ich hielt Ron mein leeres Glas hin. Als er sich darüberbeugte, fielen ihm einige Locken in die Stirn. Ich vermutete, daß sie seinen Aufstieg bei der Kriminalpolizei erheblich behinderten. Sie entsprachen absolut nicht meinem Bild von einem deutschen Kommissar. Nicht, daß ich mich jemals überhaupt mit dieser Berufsgruppe beschäftigt hatte. Doch ein Klischee besteht eben genau darin, daß sich ein Bild in einem festsetzt wie ein Aufkleber, der sich partout nicht mehr lösen läßt. Von einem deutschen Oberkriminalkommissar erwartete ich in erster Linie bürokratische Kardinaltugenden: Ordnung, Disziplin, Fleiß und den Sex-Appeal von farblosen Jutetaschen, auf denen steht: *Keine Macht den Droge*n. Und nicht so sehr Intelligenz, Individualität, Witz, gepaart mit dem Aussehen eines Götterlieblings. Und auf keinen Fall die genießerische Lässigkeit, mit der Ron neben mir im Sessel lümmelte und freigebig Wodka nachgoß.

»Und woran arbeiten Sie momentan?« fragte Ron nach einigen Minuten des Schweigens.

»Leider an Fischen.«

»Aha, daher die Fischallergie.«

»Nein. Die war schon vorher da. Und Sie? Sie arbeiten hoffentlich am Abbau der Statistik, daß Frankfurt die höchste Kriminalitätsrate hat?«

»Von der höchsten Aufklärungsquote spricht wieder mal niemand. Immerhin lag sie im vergangenen Jahr bei Kapitalverbrechen um die neunzig Prozent. Zweiundzwanzig Tötungsdelikte und zwanzig Festnahmen innerhalb eines Jahres. Früher oder später kriegen wir jeden Mörder.«

»Nur schade, daß die Mörder das nicht wissen.« Mein Vertrauen in die Polizei war nicht besonders groß, seit im letzten Jahr mein Fahrrad geklaut worden war. Ich wartete bis heute auf ihre Hilfe.

»Und warum machen Sie diesen Job überhaupt? Nicht gerade eine Arbeit, die einen positiv stimmt«, sagte ich.

»Warum machen Sie ihren?«

»Reiner Reflex. Sobald ich zum Beispiel die Leute hier sehe, juckt es mich in den Fingern, sie zu zeichnen. Allerdings ist mein Repertoire zur Zeit ziemlich eingeschränkt. Ich habe das Problem, daß alles, was ich zeichne, in stromlinienförmigen Köpfen, hervorstehenden Augen und kieferlosen Mündern endet.«

Wieder lachte Ron zu laut. Und störte erneut die Unterhaltung der restlichen Gesellschaft, die in einer Art Rollenspiel von Rommékarten vertieft war. Bube, Dame, König, As, mit Ulf Uhrbrock als Buben.

Neben ihm Greta Garbo in einem schrillen Outfit, das wie ein nicht einmal mehr mit Terpentin zu entfernender roter Acrylfleck wirkte. Vor allem, weil sie direkt unter der Stehlampe saß. Ihre Finger trugen zahlreiche goldene Ringe. Sie wirkten wie angekettet an das Teetäßchen, das sie mit lackierten Fingernägeln umschlossen hielt. Sie trank nicht. Sie saugte die Tasse aus. Wie um einen austerngewohnten Mund unter Beweis zu stellen. Ich bedauerte, daß die Tischkarten nicht gleichzeitig zum Anstecken gedacht waren. Dann wüßte ich genau, mit wem ich es zu tun hatte. Doch Ron kannte sich aus. Von ihm erfuhr ich, daß sie Denise hieß und Institutssekretärin war. In diesem Moment holte sie aus einer Tasche einen Umschlag.

»Kornelius, hier ist übrigens die Gästeliste für die Institutsfeier nächste Woche.«

Ich hatte gar nicht bemerkt, daß Kornelius inzwischen nach Hause gekommen war. Er saß in der zweiten Reihe, verdeckt hinter Marlene, und trug einen seiner austauschbaren Anzüge. Hatte er endlich ein Verfahren entdeckt, sie zu klonen?

Denise fuhr fort: »Es steht genau darauf, wen Sie begrüßen müssen, sowie die Reihenfolge. Ich habe die Schriftgröße sechzehn Punkt gewählt, damit Sie immer wissen, wo Sie gerade sind im Text. Sie werden ungefähr zehn Minuten brauchen. Länger nicht.« Sie holte einige Seiten aus dem Umschlag. »Sie sollten den Text in jedem Fall vorher üben. Nach Ihnen spricht dann Prof. Dr. Thorwald zur Lage des Instituts. Ich möchte Sie bitten, ihn entsprechend anzukündigen.« Sie zog eine weitere Mappe aus der roten Aktentasche. »Und hier noch der Vortrag für London.«

Kornelius reagierte nicht auf die Arbeitsanweisung seiner Sekretärin. Er saß im Sessel, als ginge ihn das alles nichts an.

»Danke, Denise. Was sollten wir nur ohne dich machen.« Marlene nahm die Unterlagen entgegen. »Und keine Angst, es wird alles klappen. »

Marlenes Worte bewirkten bei Kornelius einen leichten Energieschub. Er legte sich eine Hand kurz über die Augen. Ich wunderte mich wie immer, daß Marlene, die die gesellschaftlichen Umgangsformen direkt am englischen Hof einstudiert haben mußte, einen Mann hatte heiraten können, der nicht einmal ein Mindestmaß an Konventionen aufbrachte, um seiner Sekretärin zu antworten. Er hüllte sich in Schweigen.

Doch Denise nickte gnädig. »Ich mache das gerne.«

Das Gesicht der Frau, die Marlene gegenübersaß, verfärbte sich. Eine chemische Mischung aus natürlicher Blässe, Bräunungscreme und einer mir unbegreiflichen Aggression. Der Rücken trat hervor. Sie konnte sich offensichtlich nicht länger beherrschen.

»Übrigens enthält das Manuskript für London auch die neuesten Ergebnisse *meiner* Doktorarbeit.«

Sie erhielt keine Antwort, bis Marlene wie immer schlichtete: »Toll, Helena. Wie war noch einmal das Thema? Etwas mit Wasser, oder?«

»›Streßsymptome bei mikrobiellen Gemeinschaften mariner Habitate‹.« Helena spritzte die Antwort giftig zwischen den Lücken einer fest installierten Zahnspange heraus.

Ulf Uhrbrock mischte sich wieder ein. Er war genau der Typ, der nicht lange schweigen kann, wenn andere reden.

»Herr Waldenburg, was meinen Sie? Liegt das Institut nicht genau deswegen weit vorne, weil es immer wieder wichtige Trends erkennt und entsprechend interessante Projekte findet? Weil wir jede Herausforderung annehmen?«

Er blickte, auf Bestätigung wartend, zu dem Angesprochenen hinüber, der immer noch keine Miene verzog. Vielmehr schien er mit seinen Gedanken völlig woanders zu sein.

»Nur so bleiben wir lebensfähig«, fuhr Ulf Uhrbrock fort. »Nur so können wir auf Unterstützung hoffen. Wie kommen wir denn an die ganzen Fördergelder? Doch nur über schnelle und vielfältige Veröffentlichungen von bahnbrechenden Erkenntnissen.« Niemand konnte seinen Aufstieg stoppen.

»Aber«, Helena mischte sich ein. Unter ihrer nur schlecht getarnten eisblauen Haut loderte unverbrauchte Energie, »vor lauter Veröffentlichungen und dem Wettlauf um Förderung kommt man ja gar nicht dazu, wirkliche Forschung zu betreiben und die Ergebnisse zu verifizieren, die wir in unseren Artikeln behaupten. Fünf Jahre für eine Doktorarbeit! Die Zeit läuft uns davon. Was wir heute beweisen wollen, ist morgen schon veraltet.«

»Dann achte darauf, ihr nicht hinterher-, sondern vorneweg zu laufen.« Denise Appollinaire alias Greta Garbo mischte sich ein. Für eine Sekretärin nahm sie sich ziemlich viel heraus, wie ich fand.

Das fand Kornelius anscheinend auch. »Man sollte in der Tat nur Ergebnisse veröffentlichen«, sagte er, »die verifiziert sind. Doch wie Sie das schaffen, Helena, ist Ihr Problem. Wir sind auf die Gelder schließlich angewiesen«, fuhr er mit einer Stimme fort, die klang, als spräche er mit einem kleinen Kind, das abends keine Ruhe geben will. »Wir brauchen sie. Und im übrigen, ein Ergebnis, das naturwissenschaftliche Relevanz besitzt, kann höchstens zu spät kommen, weil andere schneller sind.«

Professor Dr. Dr. Karl Kogut nickte. »Richtig! Richtig!«

Helena, die giftspritzende Zahnspangenträgerin, lief rot an.

Marlene rief: »Ewa, Sie können den Espresso servieren.«

Ich flüsterte Ron zu: »Wer ist Helena?«

»Helena Mönch, eine begabte Nachwuchswissenschaftlerin. Leider auch eine bekennende Emanze.«

Ich hatte keine Lust, mir den Abend durch frauenpolitische Themen zu verderben.

»Und da hat Kornelius sie trotzdem eingestellt?«

»Wieso Kornelius?«

»Er leitet doch das Institut.«

»Schon lange nicht mehr. Er hat die Leitung vor mehr als einem Jahr freiwillig abgegeben.«

»Abgegeben? Kornelius? Weshalb?«

»Marlene hat mir etwas von gesundheitlichen Problemen zugeflüstert. Aber ehrlich gesagt, jemand mit Herzproblemen fliegt nicht von einem Kongreß zum anderen um die ganze Welt.«

»Und warum dann?«

»Ich vermute, daß er dazu gezwungen wurde.«

»Gezwungen?«

»Als er vor zehn Jahren die Leitung des Instituts übernahm, war dies nur kommissarisch. Die Leitung ist eng an verwertbare Ergebnisse geknüpft. Soweit ich weiß, werden die Projekte erheblich durch die Industrie gefördert. Und Kornelius ist nun einmal der reine Theoretiker und offen gestanden ein Korinthenkacker. Ein wichtiger Auftrag, ein EU-Projekt, wurde ihm von einem Institut in Hamburg weggeschnappt. Eine vollständige Entschlüsselung aller sechstausend Gene der Bierhefe, der *Saccharomyces cerevisiae*.«

»Klingt echt spannend.« Ich konnte mir die Bemerkung nicht verkneifen.

»Nun. Eine nicht unwichtige Forschungsarbeit. Einzelne Gene werden aus der Bierhefe entfernt. An den Mutanden können sie dann die Funktion dieser Gene erkennen.«

»Und dann? Sind sie dann glücklicher?«

»Wenn man weiß, welche Rolle die einzelnen Gene spielen, kann man gezielter nach Wirkstoffen suchen, mit denen man zum Beispiel eine Candidaerkrankung behandeln kann.«

Ehrlich gesagt wollte ich nicht unbedingt, daß er weiteres Fachwissen aus diesem Bereich erörterte, denn Candida war eine Pilzerkrankung, an der ich in der Matti-Phase meines Lebens oft gelitten hatte. »Okay«, lenkte ich daher ab, »dann war also dieser Auftrag weg.«

»Aber nun spielt Hamburg bei den einhundertvierundzwanzig in Europa beteiligten Arbeitsgruppen eine herausgehobene Rolle. Und hat einen super wissenschaftlichen Ruf.«

»Und Kornelius wurde abgesägt.«

»Genau. Inzwischen ist aber dank Professor Thorwald das Institut wieder auf dem aufsteigenden Ast.«

Bis zu diesem Zeitpunkt hatte ich mich nie für Kornelius' Arbeit interessiert. Wie mir nun schien, hatte er ähnliche Probleme wie ich mit dem Trend der Zeit. Das erste Mal, seit ich ihn kannte, spürte ich eine Art Seelenverwandtschaft. Ich warf ihm einen solidarischen Blick zu, aber wie immer tat er so, als würde er mich nicht sehen.

Ron fuhr fort: »In diesem Bereich herrscht momentan ein ausgesprochener Wettlauf mit der Zeit. Da geht es um Patentrechte, um Geld, um die biologische Zukunft.«

Daß es ums Geld ging und um zukünftige Projekte, konnte ich mir vorstellen. In welchen Bereichen ging es heute nicht darum? Aber was das Ganze mit Patentrechten zu tun hatte, war mir ein Rätsel.

»Was für Projekte sind das denn?« fragte ich.

Ron goß sich noch einmal Wodka ein. »Verschiedene. Je nachdem, wo es Geld gibt. Zum Beispiel Antimatschtomaten. Durch den gentechnischen Eingriff sind ihre Zellwände so stabil geworden, daß die Tomate, sogar wenn sie fault, nicht weich wird.«

Ich stellte mir vor, in eine rote Tomate zu beißen und dann gefaulte Innereien auf der Zunge zu haben.

»Aber es gibt natürlich auch Bereiche, die sinnvoll sind, zum Beispiel geschädigte Nerven so weit zu bringen, daß sie wieder zusammenwachsen. Oder eben das Problem des unausweichlichen Alterungsprozesses. Wie man den stoppen kann. Ich erinnere an die Schildkröten von vorhin. Oder Lebewesen, Tiere wie Pflanzen, genetisch so zu verändern, daß sie auch in einer fremden

Umgebung leben können. Zum Beispiel der Versuch, ein Gefrierschutzgen von Schellfischen aus dem Nordatlantik in Lachseier zu übertragen, damit Lachse auch in nördlichen Gewässern gezüchtet werden können. Damit mischt man sich sozusagen in die Anpassungsstrategien der Evolution ein. Hat nur leider in diesem Fall nicht funktioniert. Die Lachse froren nämlich weiter, wurden dafür aber größer. Womit nun auch viel Geld verdient wird.«

»Und was hat das Ganze mit Patenten zu tun?«

»Das ist ganz einfach. Wenn man ein genetisches Manipulationsverfahren entdeckt, kann man es als Patent anmelden und es verkaufen. Da ist viel Geld zu verdienen.«

Mir schwirrte der Kopf, und ich hatte das Gefühl, alle lebten bereits in der Zukunft, während ich in der Vergangenheit stehengeblieben war. Vielleicht hatte Constanze doch recht. Es war Zeit, sich etwas Neues zu überlegen.

»Wieso wissen Sie soviel darüber?«

Ron schlug die Beine übereinander und sagte: »Ich habe ein abgebrochenes Biologiestudium hinter mir. Wußten Sie das nicht?«

Woher sollte ich das wissen?

Der Mann war doch gerade erst in mein Leben getreten.

3

Ich frage mich oft, ob es Zufälle gibt. An diesem Donnerstag vormittag hatte ich den Mondfisch *Mola mola* illustriert. Ein Fisch, der weltweit in allen warmen Meeren vorkommt. Ein Einzelgänger, der bis zu drei Meter groß werden kann, mit einem Gewicht von einer Tonne und mehr. Bei ruhigem Wetter läßt er sich oft an der Oberfläche des Wassers treiben und gerät dabei in die Treibnetze von Küstenfischern. Ich fühlte mich an diesem Abend genauso und fragte mich, weshalb ich nicht zu Hause geblieben war, an meinem Schreibtisch, bei dem Mondfisch, dem ich die letzten Sorgenfalten in die schuppenlose Haut ritzte.

Außer Ron war Ewa, das polnische Hausmädchen, die einzige, die mir sympathisch war. Als alle aufgebrochen waren, hatte ich Marlene kurz beim Aufräumen geholfen und Gläser in die Küche gebracht. Ich hatte noch Wodka in meinem Glas und setzte mich damit auf den Barhocker neben dem Kühlschrank. Ewa war gerade dabei, das schmutzige Geschirr vom Servierwagen zu räumen.

»Was haben Sie in Polen gemacht?« fragte ich, um Konversation zu machen.

»Studiert.«

»Was?«

»Cello.«

»Und warum tun Sie jetzt das hier?«

»Was?«

»Na, das hier.« Ich deutete auf das Chaos um uns herum.

»Warum nicht?« Ewa stapelte das Geschirr ordentlich auf der Anrichte. »Stört mich nicht, muß es Sie auch nicht stören«, sagte sie und zuckte mit den Schultern. »Die Arbeit bedeutet, daß ich weiterstudieren kann. *To super.*« Ewa strich die roten Gummihandschuhe über die Cellofinger.

Immer wenn ich Polnisch höre, auch nur einzelne Worte oder diese Intonation, die ein ganzes Volk zu Opernsängern prädestiniert, kommen Restbestände meiner Kenntnisse von dieser Sprache an die Oberfläche zurück.

»Podoba tobie się w Niemczech? Gefällt es dir in Deutschland?« fragte ich und hoffte, daß es einigermaßen korrekt war.

Ewa blickte plötzlich etwas freundlicher und zugänglicher. »Dziękuję. Podoba mi się. Danke, es gefällt mir.«

Sie schabte Reste von einem Gurkensalat in den Abfall. Und dann die Fischreste: lose Gräten, augenlose Fischköpfe und abgeschnittene Schwänze. Wir führten das Gespräch auf der untersten Ebene von »Sprachkurs Polnisch für Anfänger« fort, etwa so:

BERIT: Jestem bardzo głodna.	Ich bin sehr hungrig.
EWA: A więc siadaj i jedz.	Also setz dich und iß.
BERIT: Dziękuję bardzo.	Vielen Dank.
EWA: Tu są ryby, ogórki, biały chleb – bardzo proszę.	Hier sind Fisch, Gurken und Weißbrot – bitte sehr.
BERIT: Bardzo mi przykro, ale ja nienawidzę ryby.	Es tut mir sehr leid, aber ich hasse Fische.

Na ja, ich gebe zu, bevor mein Vater starb, waren meine Kenntnisse besser gewesen. Seit meinem 14. Lebensjahr hatte ich kein Wort Polnisch mehr gesprochen. Aber meine Fähigkeiten hatten gereicht, um Ewa wenigstens etwas aus der Reserve zu locken. Wir lachten beide.

»Möchten Sie in Deutschland weiterstudieren?« fragte ich sie.

»Nein. Ich möchte nach Amerika. Nach Nowy Jork. Deshalb bin ich hier.«

Mir fiel auf, wie schön sie war, mit ihrem runden braunen Gesicht.

»Und wie lange schon?« fragte ich weiter.

»Schon acht Monate.«

»Und wann haben Sie das Geld zusammen?«

Sie zuckte mit den Schultern. »Vielleicht ein Jahr, vielleicht früher. Hängt davon ab, wie lange ich dort bleiben will. *Kto wie?*«

»Und Ihr Cello? Verlernen Sie hier nicht alles?«

Ewa lachte und spülte die Teller unter laufendem Wasser ab, bevor sie sie in die Spülmaschine räumte.

»Ich hier doch auch nicht das Atmen verlerne.«

»Wäre schön, wenn Cellospielen so einfach wäre wie atmen. Dann hätte sogar ich Chancen.«

»Ja. *Tak*. Aber Lehrer in Polen hat mir gegeben Stücke, Noten und Programm zum Training.«

»Und fühlen Sie sich wohl hier?«

»In Deutschland sehr gut. Nicht wie in Polen. Hier habe ich Zimmer und Bad für mich. Kann üben, wann ich will. Frau Waldenburg, also Marlene, sehr nett. Hört gerne mich üben. Sie sagt, jeden Tag hat sie ein kostenlos Konzert. In Polen, *w Polsce*, wohnen wir zu viert in zwei Zimmern.« Sie zeigte die Zahl Zwei mit ihren langen Fingern. »Eltern und Bruder.«

»Sie haben noch einen Bruder?« Ich beneidete sie. Sie war nicht allein. »Studiert er auch Musik?«

»*Nie.* Nein.« Ewa schüttelte den Kopf. Sie hatte nun alle Reste in den Mülleimer geschabt und knotete den Beutel fest zu.

»Und was macht Ihr Bruder? Lebt er in Polen?«

War mein Eindruck richtig, daß sie einen Moment zögerte?

»Ja. Aber jetzt in Warszawa. Warschau.«

»Und Ihre Eltern?«

»Gdańsk.« Danzig kannte ich. Meine Großeltern hatte dort gelebt.

»Vermissen Sie Ihre Familie nicht? Ihren Bruder, Ihre Mutter, Ihren Vater? Haben Sie in Polen keinen Freund?«

Ihr Gesicht verschloß sich. Sie kratzte verbissen schwarze Krümel, die aussahen wie Kaulquappen, von Vorspeisentellern in eine kleine runde Dose, auf der *Kaviar* stand.

»Für mich ist diese Arbeit hier super. Wirklich super.«

»Und wie sind Sie nach Deutschland gekommen?«

Sie schwieg, und ich fragte mich nicht zum erstenmal an diesem Abend, weshalb in dieser Welt vor allem die Erfolg hatten, die Ratten sezierten und Schafe klonten. Ich hob Ewa das Glas mit Wodka entgegen.

»Möchten Sie einen Schluck?«

Ewa schüttelte den Kopf und lächelte. Und immer noch lag ihr Mund symmetrisch auf der Mittellinie ihres runden Gesichtes.

»Nein. *Dziękuję.*«, sagte sie.

In diesem Moment kam Marlene zur Tür herein und rief: »Hier bist du also. Weshalb sitzt du denn in der Küche?« Sie legte den Arm um meine Taille und sagte mit dieser Stimme, mit der sie Mutterstelle vertrat: »Bist du überhaupt satt geworden?« Ihr Arm schlang sich fester um mich und führte mich hinaus. Wieder einmal war ich von Marlenes entschiedenem Wesen überwältigt.

»Übrigens«, sagte sie, »zufällig hat Ron denselben Nachhauseweg wie du. So sparst du dir das Taxi. Ich habe ihn schon überredet, dich mitzunehmen.«

Mit diesen Worten schob sie mich zur Haustüre hinaus. Ich ging neben Ron her zu seinem Auto. Er sagte keinen Ton. Hinter uns die fröhlichen Stimmen der Gäste, die sich verabschiedeten *gute nacht tolle party vielen dank wie immer super*...

Ein Auto fuhr in die Einfahrt. Das Licht blendete mich. Ich konnte nichts sehen. Die Autotür knallte, und ich hörte, wie Marlene rief: »Ah, Dr. Dymoff. Ihre Frau wird sich freuen, daß sie endlich da sind. Ich glaube, sie macht sich schon Sorgen um die Zwillinge.«

»Und wer ist Dr. Dymoff?« fragte ich Ron.

»Dr. Stanislaw Dymoff. Die bereits erwähnte Graue Eminenz. Er kam nach der Wende aus dem Osten an das Institut. Seitdem hat er sich ganz schön nach oben gearbeitet. Ich glaube, daß er russischer Herkunft ist. Jedenfalls hat er in Moskau studiert. Jetzt hat er wohl die Absicht, hierzubleiben. Er hat eine Deutsche geheiratet und vor kurzem Zwillinge bekommen.«

Aha, dachte ich, der Samenspender für die Weichkörperpuppe.

Diese Nacht war die erste wirkliche Herbstnacht. Feucht und schlammig. Es regnete unaufhörlich. Ron fuhr einen dunkelgrauen BMW. Die plötzliche Nähe im Auto. Die Scheiben beschlugen heftig. Das Prasseln des Regens auf das Dach. Das Gequietsche der Scheibenwischer. Ron, der direkt unterhalb der Frontscheibe hing. Flamencomusik. Unser plötzliches Schweigen. Rons Hand auf dem Schalthebel direkt neben meinem Knie. Im Auto war ein Knistern, das nicht nur von der Funkanlage kommen konnte, die neben der Stereoanlage eingebaut war. Die Uhr zeigte mit roten Ziffern 0 Uhr 50.

»Ist das ein Dienstfahrzeug?« fragte ich, nur um etwas zu sagen.

»Nein, wieso?«

»Deswegen.« Ich deutete auf das Funkgerät.

»Ich bin gerne auf dem laufenden!«

»Ist es eingeschaltet?«

»Nein.«

»Kann man damit Polizeifunk abhören?« Ich wurde neugierig.

Ron drückte auf ON.

Lautes Rauschen ertönte. Das Ganze wirkte so unwirklich, daß ich mich für einen kurzen Moment der Vorstellung hingab, bei Ron könnte es sich um einen Außerirdischen handeln und jeden Moment würden seine Freunde vom Weltraum aus Kontakt zu uns aufnehmen.

Wir waren gerade in der Mitte der Alten Brücke, als sich tatsächlich jemand über Funk meldete.

Ron hob den Hörer ab. Die Stimme einer Frau: »Ron? Gut, daß du erreichbar bist. Wir haben ein Problem. Ein Leichenfund am Mainufer, Richtung Offenbach. Gerbermühle.«

Ron drehte die Musik leiser. »Ich habe keine Bereitschaft.«

»Warum ist dann dein Funkgerät eingeschaltet?«

»Ich vermisse euch eben. Heute hat doch noch Henri Dienst. Wo treibt der sich herum?«

»Im Gallus ist eine Messerstecherei.«

Ron zögerte nur einen kurzen Augenblick. Dann bremste er scharf ab. Hinter ihm hupte jemand.

»Okay. Ich bin sowieso in eurer Nähe.« Ron hängte den Hörer

ein. Er wendete mitten auf der Fahrbahn. Ich wartete auf das Martinshorn, das ausblieb. Statt dessen weiter spanische Gitarre.

»Tut mir leid«, sagte er zu mir. »Ich schaue da nur kurz vorbei.« Er fuhr zurück Richtung Deutschherrenufer. Über den Main hatte sich nach dem Regen eine graue Nebelschicht gelegt. Die Wasseroberfläche war kaum zu erkennen. Einige Minuten später parkte er auf dem Parkplatz der Gerbermühle und ließ mich allein im Auto zurück.

Ich frage mich, weshalb ich nicht dort sitzen blieb. Tatsache ist jedoch, daß ich es nicht tat.

Nein, ich stieg aus und ging durch den Biergarten der Gerbermühle zum Mainufer hinunter. Ruinierte meine Schuhe und die Ruhe meines Alltags. Denn das erste, was ich dort sah, waren Beine. Sie lagen auf dem Sandweg, den ich schon hundertmal mit dem Fahrrad entlanggefahren war. Und sie gehörten einem Toten.

4

Man hatte den Mann mit dem Gesicht nach unten gedreht. Sinnlos. Er war nicht mehr zu retten. Der Mann war tot.

Mein Blick ging von den Beinen aus, den Rücken nach oben bis zum Kopf. Kurzes schwarzes Haar, sorgfältig geschnitten. Am Hinterkopf klaffte eine Wunde. Ein Loch. Kein Tropfen Blut war zu sehen. Vermutlich hatte das dreckige Mainwasser es bereits weggespült. Ich ahnte die Längen- und Breitengrade der Schädelknochen und repetierte automatisch die Stellen des Gehirns, die an dieser Stelle lagen: *Os frontale, Os sphenoidale, Os parietale.* Der »Körper des Menschen« war das erste Buch, das ich 1989 illustriert hatte. 500 Abbildungen. Der erste große Auftrag, den Constanze mir verschafft hatte.

Die Hände hingen wie Eiszapfen aus den Ärmeln. Nicht mehr lange, und die Haut hätte sich wie eine Hülle gelöst, daß nur noch Knochen übrigblieben. Ich zuckte kurz zusammen. Zwei Polizisten rollten die Leiche auf den Rücken, so daß ich nun in die eng beieinanderliegenden Augen sah. Das schwarze Haar klebte auf der Stirn. Das Nasenbein war zertrümmert. Die Haut im Gesicht war bleich, schlaff, zeigte Risse und Verfärbungen. Er mußte mehrfach kräftig ins Gesicht geschlagen worden sein. Bevor man ihn ins Wasser geworfen, ihn entsorgt hatte.

Ich stand direkt hinter den Lampen, mit denen die Leiche angestrahlt wurde, und bildete mir ein, daß ein Schwall übelriechender Luft von der Leiche herüber mir ins Gesicht wehte.

Ich wollte mich nicht übergeben. Aber ich fror. Ich zitterte vor Nässe und Kälte.

Unten am Wasser balancierte ein Polizist in hohen Gummistiefeln wie ein Angler auf den feuchten Ufersteinen und hielt sich an den schwachen Ästen eines Strauches fest, der bereits alle Blätter verloren hatte. Laub schwamm auf dem Wasser und lag auf den Steinen. Ein falscher Schritt, und er würde abrutschen.

Ein Mann in schwarzer Lederjacke – der Arzt, wie ich vermutete – beugte sich hinunter und drückte mit flachen Händen fest auf die Brust des Mannes, als wolle er ihn wiederbeleben. Doch statt Atem, sei er auch noch so schwach, verklebte ein weißlicher Schaumpilz Mund und Nase wie eine zerplatzte Kaugummiblase.

»Tja, vermutlich Tod durch Ertrinken«, sagte er und erhob sich. Er streckte Ron die Hand zur Begrüßung entgegen.

»Wurde er mit Gewalt unter Wasser gedrückt?« fragte Ron.

»Schwer zu sagen. Kann sein. Jedenfalls ist es noch nicht lange her.« Er beugte sich wieder hinunter. »Hier«, fuhr er gelassen fort und nahm vorsichtig die Fingerkuppen in die Hand. Mir fiel auf, wie gepflegt die Fingernägel waren, »schwach ausgebildete Waschhaut. Der Mann hat erst kurze Zeit im Wasser gelegen, allerhöchstens sechs Stunden. Macht euch an die Arbeit. Ihr seid diesmal früh dran.«

Das war das Stichwort. Plötzlich setzte hektische Betriebsamkeit ein. Vor mir spulte sich die Arbeit eines eingespielten Teams ab. Die Heckklappe eines weißen Passat Kombi stand offen. Ich sah verschiedene Alubehälter, Metallkoffer und Geräte. Arzt, Sanitäter, Fotograf, Spurensicherung, der junge Polizist mit kleinen Kästen, Tüten, numerierten Schildchen unterm Arm wie eine OP-Schwester. Ron, der Anweisungen gab. Und der Arzt maß mit Hilfe eines Polizisten die Leiche aus, als wolle er ihm einen neuen Anzug schneidern. Wie viele Proben waren nötig gewesen, damit das Ganze so reibungslos funktionierte?

Ein dunkelblauer BMW Kombi fuhr, langsam von der Staustufe mainabwärts kommend, den schmalen Feldweg hinunter, bis er mit der Kühlerhaube unter dem rotweißen Band der Absperrung zum Stehen kam. Schlamm spritzte. Ein extrem dünner Mann mit rötlichem lichten Haar stieg aus. Unter seinem dunkelblauen Mantel leuchtete eine gelbe Krawatte hervor, deren Muster sich in einem Schal wiederholte, der lose um die Schultern lag. Er war trotz der späten Uhrzeit, trotz des Wetters und der Situation so sorgfältig gekleidet, als käme er gerade aus dem Theater. Doch seiner gereizten Haltung konnte man entnehmen, daß er mitten in der Nacht aus dem Bett geholt worden war. Er zog ein frisch gebügeltes Taschentuch hervor und hielt es sich vor Mund und Nase, als er nach vorne in Richtung Leiche schoß. Doch dann würdigte er diese keines Blickes. Vielmehr kontrollierte er jedes Gesicht wie einen Berechtigungsausweis und bemerkte sofort, daß ich hier nichts zu suchen hatte.

»Wer sind Sie denn?« fragte er mich mit angespannten Mundwinkeln.

Ich antwortete nicht. Das gereizte Auftreten dieses Wichtigtuers imponierte mir angesichts des Todes nicht. Er stellte sich vor mich. Versperrte mir die Sicht. »Presse oder was? Zeigen Sie mal Ihren Ausweis.«

Ich wickelte mich fester in meine Jacke und hielt den Blick weiter an ihm vorbei auf die Leiche gerichtet. Der Verwesungsprozeß beschleunigt sich, wenn ein toter Körper dem Wasser ausgesetzt ist. Meinen Vater hatte man erst nach Tagen geborgen.

Ron bemerkte, daß ich ausgestiegen war. Er nahm mich schnell an den Schultern und drehte mich weg, hinter sich, so daß ich Rücken an Rücken zu ihm stand, an ihn gelehnt. Sein Körper war warm, aber er drohte wegzuschmelzen, so daß sich der Tod wie eine Eiswolke auf mich übertrug.

Doch der Mann ging jetzt auf Ron los: »Können Sie Ihre Freundin nicht zu Hause lassen? Mann«, fuhr er fort, »schicken Sie sie mit einem Streifenwagen nach Hause, damit Sie hier Ihre Arbeit machen können.«

Ron beachtete ihn nicht, daher wandte er sich nervös und ungeduldig dem Arzt zu, der sich weiter über die Leiche beugte und sie mit langen grünen Gummihandschuhen genauer untersuchte.

»Wie weit sind Sie?«

Er war offensichtlich nicht sonderlich beliebt. Der Arzt gab ihm keine Antwort, sondern begann laut gegen den Mundschutz in das Diktiergerät zu sprechen: »Datum: Donnerstag, zweiundzwanzigster November. Zeit: Ein Uhr zweiundvierzig. Unbekannte männliche Leiche. Größe: circa eins siebenundachtzig. Alter: zwischen dreißig und fünfunddreißig Jahre. Haarfarbe: schwarz. Augenfarbe: braun. Augen blutunterlaufen. Fissuren bis auf die Backenknochen. Zahlreiche Hämatome im Gesicht, an den Armen und am Oberkörper. Nasenbein gebrochen. Starke Verletzung am Hinterkopf. Hände: lang, schmal. Leichte Waschhautbildung. Schaum bei leichtem Druck auf den Brustbereich. Wahrscheinliche Todesursache: Wasser in der Lunge, das heißt Tod durch Ertrinken. Todeszeitpunkt vor ungefähr vier bis sechs Stunden, also zwischen ...« Er schaute auf seine Armbanduhr, »neunzehn Uhr dreißig und einundzwanzig Uhr dreißig.«

Ron nickte, ließ mich los und sagte: »Komm!« Und ich ließ mich von ihm, sein Arm schützend um meine Schultern, zu der Absperrung zurückführen. Hier bewachten mehrere Polizisten noch immer das rotweiße Band, unter dem ich unbemerkt durchgeschlüpft war, und einen ausgebreiteten Leichensack. Niemand hatte mich bemerkt, denn alle waren damit beschäftigt gewesen, einen Reporter zurückzuhalten, der ununterbrochen auf den Auslöser seiner Kamera drückte.

Die Stelle lag nur wenige Meter vom Biergarten der Gerbermühle entfernt. Hier hatte ich im Juni Spargel gegessen. Spargel mit ersten jungen Kartoffeln, in Petersilie gedünstet. Und hatte barfuß auf der Treppe gesessen, die hinunter zum Wasser führte. Jetzt steckten meine Schuhe in schlammiger Brühe, die bei jedem Schritt von dem durchweichten Sandweg in die schwarzen Lackpumps schwappte.

Inzwischen hatten sich einige Zuschauer eingefunden. Einer von ihnen, ein Penner mit einem hoch bepackten Fahrrad, sagte: »Gott sei Dank, det is' keener von uns.«

5

Ron brachte mich an diesem Abend nicht selbst nach Hause. Und dadurch nahm unsere Beziehung einen Anfang, der nicht besonders vielversprechend war. Sofern überhaupt zu diesem Zeitpunkt von Beziehung gesprochen werden konnte. Es war, was mich betraf, eigentlich nur ein Ziehen in der Leistengegend. Aber daran konnte auch der Alkohol schuld sein.

Nachdem sein Chef dafür gesorgt hatte, daß ich vom Tatort verschwand, übergab Ron mich einem jungen Polizisten. Der öffnete die hintere Tür des Polizeiwagens. Stieg ich hier ein, käme ich mir vor wie eine verhaftete Verdächtige. Also ging ich an ihm vorbei und setzte mich auf den Beifahrersitz. Sobald der Polizist am Steuer saß, sagte ich trotzig wie zu einem Taxifahrer: »Bornheim. Musikantenweg 12.« Ron blieb stehen und schaute uns nach, wie wir losfuhren. Ich drehte mich nur einmal kurz um und sah, wie er den Reißverschluß seiner Lederjacke nach oben zog, den Kragen hochstellte und, die Hände in die Taschen vergraben, wieder nach unten ging. Mit entschlossenem Schritt. Sicher hatte er die Frau, die Berit hieß, schon vergessen, und seine Gedanken waren bei einer unbekannten Leiche männlichen Geschlechts. *Scheiß Job* war alles, was ich dachte.

Die ganze Fahrt über tat ich dann nichts anderes, als das Gesicht des Toten im Gedächtnis zu fixieren. Ein völlig automatischer

Vorgang. Ich hatte es gespeichert und mußte es nur festhalten, bevor ich es aufs Papier brachte. In meiner Wohnung angekommen, setzte ich mich sofort an den Schreibtisch und begann, es in schnellen Strichen zu skizzieren. Ich konnte nicht mehr zurück.

Am nächsten Morgen war ich nicht in der Lage, aufzustehen und einfach meinen Alltag wiederaufzunehmen. Die ganze Nacht hatte ich gefroren. Ich fühlte mich plötzlich wieder, als hätte ich zu lange im Wasser gelegen, am flachen Ufer, wo bereits die leichte Bewegung eines Zweiges den Untergrund aufwühlt. Wenn ich versuchte, Luft zu holen, schluckte ich schlammiges Wasser. Ich bemühte mich, zu schwimmen und mich wachzuhalten, um nicht zu ertrinken. Doch meine Bewegungen waren vergeblich. Ich sank immer weiter nach unten auf den Meeresboden. Begleitet von großen Fischschwärmen. Seit Jahren hatte ich diesen Traum nicht mehr gehabt.

Schließlich wurde ich vom Läuten des Telefons geweckt. Es gab nicht auf. Das Band des Anrufbeantworters setzte sich in Bewegung. Ich hätte mir denken können, daß es Marlene war. Betont munter. Ihre Stimme war bereits geschminkt wie vermutlich ihre tiefroten Lippen: »Hallo, Berit. Hier Marlene. Nimm den Hörer ab. Ich weiß, daß du da bist.« Ich nahm nicht ab, sondern blieb, wo ich war. Der Schlaf lastete noch auf mir. Mein Körper wog schwer wie Blei, und ich blieb liegen, bis das Telefon plötzlich wieder still wurde. Ich starrte auf die Wand gegenüber. Wo die Zeichnungen von dem Mondfisch hingen. Auf diese Weise hatte ich die Entwürfe stets im Auge, um Fehler zu entdecken.

Draußen goß es noch immer. Gestern hatte der Herbstwind begonnen, Blätter in großen Schüben von den Bäumen zu wehen. Der Regen würde sie jetzt auflösen, zusammen mit dem nicht nachlassenden Wind wegschwemmen. Mein erster Gedanke war, daß ich heute nicht joggen konnte. Sonst verzichtete ich nicht einmal bei Schnee und Eis darauf. Es war die einzige Möglichkeit, daß ich wach und konzentriert wurde. Mein Motto des heutigen Tages jedoch war das Graffiti, das ich täglich vor Augen hatte, wenn ich am Merianplatz aus der U-Bahn kam. *Schafft den Alltag ab.*

Dann klingelte jemand an der Tür. Wann hatte in letzter Zeit jemand an meiner Tür geklingelt außer den Zeugen Jehovas? Es hörte nicht auf. Nur langsam bewegte ich mich aus dem Bett. Und sparte mir den Blick in den Spiegel. Das bereute ich, als ich die Tür geöffnet hatte und Ron vor mir stand. Völlig durchnäßt und den Schlüssel in der Hand, als hätte er gerade aufschließen wollen. Ich würde wieder einmal einen Zettel unten im Flur aufhängen müssen, daß ich darum bitte, die Haustüre stets abgeschlossen zu lassen.

»Wie geht's?« fragte er.

»Gut. Und der Leiche?«

Er hob eine Tüte meiner Bäckerei hoch. »Ich könnte ein Frühstück vertragen.«

»Kaffeemaschine ist in der Küche«, sagte ich.

Ron zog die Lederjacke aus und hängte sie über den Riesenspiegel rechts, einer von der Sorte, die einen in Lebensgröße kopieren. Ich warf einen Blick hinein und erschrak. Aber seitenverkehrt hatte ich noch nie besonders gut ausgesehen. Ich hatte mir den Spiegel vor zwei Jahren gekauft, als ich nach der Trennung von Matti dabei war, meinen Typ zu verändern. Doch außer dem Gewichtsverlust von fünf Kilo und kurzen Haaren war nichts geblieben. Er lehnte noch immer unbefestigt an der Wand und schwankte bei jeder Schwingung des Parkettbodens gefährlich mit. Eines Tages würde er mich erschlagen, und ich hoffte nur, daß er es mir ansah, wann der richtige Zeitpunkt dafür gekommen war. Ich flüchtete frustriert in Richtung Schlafzimmer und versuchte, mich unter der Bettdecke, so gut es ging, auf das Gesicht zu reduzieren.

Männer und Mütter morgens in der Küche sind wie Ungeziefer, das man schnell vor die Tür setzen sollte, bevor es sich ausbreitet. Ron öffnete ohne Hemmungen alle Schränke, räumte in ihnen herum, klapperte mit meinem Geschirr, ließ Wasser laufen. Daß er sich so auffällig gut in meiner Wohnung orientierte, mußte an den Hausdurchsuchungen liegen, die er schon durchgeführt hatte. Jetzt erwartete ich nur noch das fröhliche Einschalten des Radios. *Hallo, hier ist wieder HR3. Guten Morgen mit Susanne Fröhlich.*

Endlich erschien er in der Tür zum Schlafzimmer. Das Tablett, das ich für meine Farbtöpfe und Pinselgläser benutzte, vollgeladen mit Geschirr und Marmeladengläsern.

»Achtung, das Tablett färbt.« Seine Finger waren bereits grün, wie die feingemaserten Wasserpflanzen auf dem Cover des Lexikons.

Ron stellte das Tablett auf den hellen Teppichboden und ging sich die Hände waschen. Als er zurückkam, schob er den Bildband mit dem Titelbild des weißen Hais, das Maul weit geöffnet, achtlos zur Seite und zog den Sessel ans Bett, über dem noch das feuchte Samtkleid von gestern abend hing. Ein Kissen fiel zu Boden.

»Tut mir echt leid«, sagte er.

»Was?«

»Das mit gestern abend.« Er schien nicht zu wissen, daß zu den Betroffenheitsgesten im bürgerlichen Mittelbau normalerweise Schweigen gehört.

»Du hast ihn ja nicht ermordet.«

Die Leiche stand nicht zwischen uns, sondern wirkte beschleunigend. Das Du rutschte mir einfach so von den Lippen.

Er goß Kaffee ein mit Resten von Kaffeesatz, der sich wie schwarze Erde auf dem Boden der Tasse sammelte. Ich machte eine Aktennotiz in meinem Gedächtnis, daß seine Kochkünste Anlaß zu Mißtrauen gaben.

»Ich hätte mir schon ein anderes Ende vorstellen können.« Er rührte lange in der Tasse. »Und es tut mir leid«, fuhr er fort, »daß ich dich nicht selbst nach Hause gebracht habe. Aber ich bin es nun mal gewohnt, jederzeit abrufbereit zu sein.« Das gab kaum Anlaß zur Hoffnung, daß unsere Beziehung sich ideal gestalten könnte. Ich war immer zu Hause, er anscheinend am liebsten unterwegs. Doch welche Beziehung meinte ich überhaupt?

Ich schwieg.

Ron reichte mir den Brotkorb. »Geht es dir wirklich gut?«

Ich zuckte mit den Achseln. Sollte ich sagen, mir geht es super, so eine kleine Leiche macht mir nichts aus?

Ron war intensiv damit beschäftigt, harte Butter auf ein weiches Croissant zu pressen. »Auch mich baut so ein Anblick nicht gerade auf«, sagte er und biß mit kräftigen Zähnen hinein.

Wirklich nicht?

Ich warf einen Blick auf den weißen Hai und verglich sein Gebiß mit dem von Ron.

»Alles in Ordnung?« fragte er mißtrauisch noch im Kauen.

Vielleicht spielte er eine neue Memoryvariante? Ich sollte ihm das passende Gegenstück liefern, damit er zufrieden war. Ihn entlasten, Absolution erteilen. Doch wenn er mit Leichen kein Problem hatte – *ich* war es *nicht* gewohnt, den Abend mit einem Toten im Kopf zu beschließen, mich dann ins Bett zu legen und ...

»Doch, alles okay«, sagte ich betont locker, »toller Abend! Nette Leute! Echt super gelaufen! Nach Wochen am Schreibtisch will ich mich endlich mal amüsieren. Und was passiert? Ich gerate auf eine Dinnerparty mit absolut degenerierten Leuten. Da nützen auch Kornelius' Forschungen nichts. Und zum Abschluß noch eine Leiche als besonderer Kick. Echt New Age! Wollte ich schon immer mal haben.«

Jetzt schwieg Ron, und ich biß in ein trockenes Brötchen. Mehr vertrug mein Magen heute nicht.

»Ich glaube, ich bin im falschen Film«, fuhr ich fort. »Man hat ihm den Kopf eingeschlagen und ihn dann ins Wasser geworfen, wo er beginnt, sich in Haut und Knochen aufzulösen, aber sonst ist alles okay. Danke, ich habe sehr gut geschlafen.«

»Du hättest im Auto bleiben sollen«, sagte Ron.

»Ja, das hätte ich, du hättest mich einschließen sollen.«

Jetzt schwiegen wir beide. Ziemlich lange kauten wir still vor uns hin.

»Marlene hat angerufen«, sagte ich schließlich.

»Sie wollte sogar vorbeikommen, was ich gerade noch verhindern konnte.« Ron hob den Fuß und stellte ihn auf die Bettkante. Er trug Turnschuhe, an denen nasses Laub klebte.

»Und wer ist nun der Tote? Oder ist das für dich nur ein Routinefall? Ich jedenfalls habe nicht jeden Tag mit Leichen zu tun. Und kann das Ganze nicht einfach abhaken.«

Ron stand auf, ging zum Fenster und zog die Jalousien hoch. Sein Blick ging flüchtig über meinen Schreibtisch, wo die Zigaretten lagen. Ich beugte mich vor. Er nahm die Packung und zündete eine an.

»Gibst du mir auch eine?« fragte ich schnell.

Er kam zurück und ging vorsichtig um die Bücherstapel auf dem Fußboden. Ich hatte es mir abgewöhnt, sie in Regale einzuordnen, da ich mich auf kein Ordnungsprinzip festlegen konnte und sie ständig wieder hervorzog.

Er reichte mir die Zigarette und gab mir Feuer.

Ich nahm die Untertasse als Aschenbecher und lehnte mich zurück. »Was machst du so, wenn ihr die Leichen weggeräumt habt?«

»Was schon. Ich bin ins Bett. Es war immerhin vier Uhr.«

»Was war das für ein Typ?«

Ron stand auf und ging zum Schreibtisch. »Der Mann hatte keine Papiere bei sich. Wir konnten ihn noch nicht identifizieren.«

Er nahm die Zeichnungen vom Schreibtisch und betrachtete sie genau. »Du hast einen guten Blick. Und ein gutes Gedächtnis.«

»Kennst du das? – Du hast Zeit, dir innerhalb von einer Minute zehn Gegenstände zu merken. Darin bin ich unschlagbar.«

»Keine Papiere«, wiederholte Ron, »kein Geld. Nichts. In der Hosentasche nur eine S-Bahnkarte nach Frankfurt, gelöst am Mittwoch um zwanzig Uhr fünfundzwanzig am Flughafen.«

»Wie lange hat er im Wasser gelegen?« Ich nahm einen Schluck des inzwischen kalt gewordenen Kaffees.

»Kann ich noch nicht genau sagen. Da müssen wir erst die endgültigen Ergebnisse der Obduktion abwarten. Aber es sieht so aus, als ob ihn jemand erst verprügelt und dann die Uferböschung hinuntergestoßen hat.«

»Meinst du, er konnte nicht schwimmen?«

»Den Verletzungen nach war er bewußtlos. Das Ufer ist dort nicht tiefer als ein bis eineinhalb Meter und die Strömung nicht sehr stark. Normalerweise treiben Wasserleichen in Bauchlage mit herabhängendem Kopf und Gliedmaßen und haben deshalb Abschürfungen im Gesicht, an den Händen oder Knien. Davon war aber nichts zu sehen. Wir können ziemlich sicher davon ausgehen, daß er dort, wo er hineingestoßen wurde, auch ertrunken ist. Die Strömung hat ihn höchstens einige Meter weiter getrieben, bis er im Gebüsch hängengeblieben ist.«

»Vielleicht ist er, nachdem er zusammengeschlagen wurde, von selbst hineingefallen.«

»Nein, den Spuren an der Böschung nach eher nicht.«

»Aber ich kann nicht glauben, daß er im Wasser nicht wach geworden sein soll.«

»Du mußt dir das so vorstellen. Man hat ihm eine schlimme Wunde am Hinterkopf zugefügt. Mit einem Stein oder auch einem Schlagring. Er wurde bewußtlos und fiel ins Wasser. Vielleicht ist er ja aufgewacht, aber da hatte er schon Wasser eingeatmet. Der Arzt vermutet, daß er sich übergeben mußte und zusätzlich zu dem Wasser auch noch seinen Mageninhalt eingeatmet hat.«

Ich legte den Rest des trockenen Brötchens zurück auf den Teller. Es hatte mir sowieso nicht geschmeckt.

»Um wieviel Uhr ist er gestorben?«

Ron lehnte sich zurück und zog das letzte Mal an der Zigarette, bevor er sie auf der Untertasse ausdrückte. »Der Arzt meint, zwischen zweiundzwanzig und zweiundzwanzig Uhr dreißig.« Dann legte er die Zeichnungen direkt vor mich auf die Bettdecke.

Ich hatte vergessen, daß ich einen Bleistift 4 B benutzt hatte. Und das Weiß des Papiers nahm übermäßig viel Raum ein. Es war wie neu, nur leicht aufgerauht an den Linien, die die Form des Kopfes andeuteten. Das Gesicht war nicht in das leere weiße Blatt eingeritzt, sondern vorsichtig herausgehoben, als hätte es bisher unentdeckt unter der Oberfläche gelegen. Nichts war zerstört worden. Nicht das Papier, nicht das Gesicht, nicht der Stift. Betont waren nur die Grundlinien in ihren scheinbar charakteristischen Merkmalen. Die Knochenlinie der Nase war fortgesetzt in den Augenbrauen. Die Augen lagen dicht beieinander und führten tief in die Stirn. Ein konzentriertes Gesicht, das intelligent wirkte. Nur der Mund war stumm. Wie zeichnet man einen stummen Menschen? Indem man die Farbe herauswäscht. Immer wieder. Bis man den vergeblichen Versuch spürt, zu sprechen.

»Gut getroffen«, meinte Ron.

»Soweit man das noch feststellen kann.«

»Besser könnte es unser Computer auch nicht.«

»Du weißt gar nicht, was für eine Freude du mir damit bereitest.«

Ron stand abrupt auf. »Ich muß wieder los. Kann ich die Zeichnungen mitnehmen?«

6

Ich bevorzuge eine Form der schweigenden Kommunikation. Wenn ich morgens gegen halb acht Uhr aus dem Haus gehe, um meine täglichen Runden durch den Bethmannpark zu laufen, begegne ich in der Regel dem Motorradfahrer aus dem Stockwerk unter mir. Ich habe sein Gesicht noch nie gesehen, weil er immer gerade auf seine Maschine steigt, wenn ich unten zur Haustüre hinaustrete. Sein Gesicht ist der Helm. Er klappt jeden Morgen zum Gruß das Visier herunter. Und ich hebe die Hand. In Verbindung mit dem reibungslosen Ablauf meiner sonstigen Rituale bringt mich dies in eine absolute Arbeitsstimmung. Mit Ritualen meine ich solche profanen Dinge wie Zähne putzen, Waschbecken reinigen, Toilette desinfizieren, Müllbeutel vor die Tür stellen. Jogginganzug an. Schlüssel. Müll nicht vergessen. Bis auf das Wetter, den Wechsel der Jahreszeiten ist es also jeden Tag so ziemlich dasselbe. Jeden Morgen sehe ich den Zeitungsträger und weiß, ob ich früh oder spät dran bin. Er bestimmt mein Tempo. Denn wenn ich zu langsam bin, kann ich sicher sein, daß schon jemand meine Zeitung geklaut hat, die morgens vor der Haustür liegt, und dann ist es nichts mit gemütlichem Frühstück.

Jener Samstag begann genau mit diesen Ritualen. Alles war wieder wie genormt. Gestern hatte ich einen Tag Auszeit genommen, jetzt war wieder Alltag angesagt. Vorgestern hatte man mir einen

Stein ins Aquarium geworfen, doch heute würde alles wieder in Ordnung kommen. Das Wasser beruhigte sich. Schlamm und Sand, die aufgewühlt waren, setzten sich am Boden ab. Die Sicht war wieder klar. Bis auf die Momente, wo sich der Gedanke an Ron breitmachte. Ich gebe zu, daß ich nervös wurde, wenn ich an ihn dachte.

Der Regen hatte in der Nacht aufgehört. Noch war es neblig, aber hier und da sah man bereits ein Stück blauen Himmels. Dafür war es empfindlich kalt, und ich lief bereits an der Haustüre los. Die Berger Straße hinunter. Während des Laufens machte ich Inventur. Ich kann nie so gut nachdenken, wie wenn ich in Bewegung bin. Dann wird meine Batterie aufgeladen, der Generator angeworfen, der Energievorrat erneuert. Und Joggen um diese Uhrzeit funktioniert gerade deswegen so gut, weil der Tag noch frei von Überraschungen, von Ablenkungen ist.

Am Blumenladen stand bereits der Laster mit der täglichen Lieferung. Und Ella aus der Bäckerei nebenan schloß gerade auf. Sie winkte mir zu. Ich hob die Hand und streckte zwei Finger nach oben. Ella nickte zum Zeichen, daß sie verstanden hatte. Zwei Roggen.

An diesem Samstag wollte ich zu Hause bleiben und Skizzen von Fischen ausarbeiten, ihre Konturen zum Leben erwecken. Der Verlag hatte mir das fertige Buchmanuskript zugeschickt und die Stellen, an denen die Zeichnungen eingefügt werden mußten, freigelassen. Zwar hatten sie genau angegeben, auf welche Seite welcher Fisch gehörte, doch fehlte die genaue Bezeichnung und Numerierung der Abbildung. Was bedeutete, daß ich gezwungen war, jeden Fisch in die wissenschaftliche Systematik einzuordnen, in die korrekte Ordnung und Familie. Ich mußte dazu das ganze Manuskript systematisch durcharbeiten, um falsche Zuordnungen zu vermeiden.

Dann während des Laufes vergaß ich langsam die Arbeit, die Umgebung, das feuchtkalte Wetter. Ich konzentrierte mich nur noch auf die Bewegung meiner Beine und die Atmung. Ich hätte genausogut fliegen können. Nach 49 Minuten stand ich in der Bäckerei und nahm die Brötchen entgegen. Eine Minute schneller als sonst. Herzlich willkommen! Ich war wieder im Rhythmus. Ich nahm schnell die Zeitung unter dem Fußabstreifer vor und klemmte sie mir unter den Arm. Ging langsam die Treppe hoch, um den Körper auf Normalnull zu bringen.

Im zweiten Stock begegnete mir Mirka, die Frau aus Kroatien, die mit Mann, drei Töchtern und ihrer Mutter in die Dreizimmerwohnung mir gegenüber geflüchtet war. Die gesamte Familie gehörte zu einer Reinigungstruppe, die jede Nacht zwischen 21 Uhr und ein Uhr morgens am Flughafen im Einsatz war. Bis auf ihren Mann, der gerade beim Ausbau des Frankfurter Kreuzes Überstunden schob. Mirka nickte mir freundlich zu, aber sichtlich ohne Verständnis, weshalb ich mir das jeden Morgen antat.

Ich ließ die Wohnungstür ins Schloß fallen und ging sofort unter die Dusche, wo ich eine halbe Stunde lang stehen blieb. Es gab viel wegzuwaschen. Nicht nur Regenspuren, Schlammspritzer, Schweiß, sondern auch alle Eindrücke der letzten beiden Tage. Dann zog ich den Bademantel über, schaltete die Kaffeemaschine an und deckte den Tisch. Im Hinterhof, dessen Begrünung nun langsam in Rot und Braun überging, war heute wie jeden Samstag noch nicht viel los. Ich sah Mirka zu, wie sie die Schuhe ihrer Familie über einer alten Zeitung gegeneinanderschlug und dann mit einer Bürste behandelte.

Ich setzte mich an den runden Tisch vor der Balkontür und schlug die Zeitung auf. Jeden Tag las ich sie in derselben Reihenfolge. Ich begann auf der Rückseite und blätterte sie zunächst langsam durch, bis ich auf der Titelseite angekommen war. Dabei orientierte ich mich an den Schlagzeilen und traf eine Vorauswahl dessen, was ich genauer lesen wollte. Samstag war Anzeigentag, und entsprechend lange dauerte es, bis ich mich vorgearbeitet hatte. Ich faltete die Anzeigen zusammen und legte sie unter den Stuhl. Im Lokalteil die üblichen Querelen um Grundstücke, leere Kassen, Kulturdezernenten.

Doch auf der dritten Seite stoppte ich. Am linken Rand befand sich das Bild eines Mannes, das mir bekannt vorkam. Kein Wunder, es war meine Zeichnung. Die Skizze, die ich von der Leiche gemacht hatte. Dieselben engstehenden Augen. Das schwarze

Haar, in die Stirn fallend. Der zusammengepreßte, angestrengte Zug um den Mund. Die Skizze war lediglich verkleinert, und die ursprünglich breiten Wangenknochen drängten sich in eine Spalte von sechs Zentimetern.

Schon im Alter von fünf Jahren hatte ich Baupläne gezeichnet von Tieren, von Pflanzen. Und immer wieder menschliche Körper. Während des Studiums hatte ich dann begonnen, den Blick des Betrachters in das Innere dieser Körper zu lenken. Durch eine geöffnete Stelle am Körper, die wie ein Schnitt, ein Riß in der Haut wirkte, als sei ein Stück Stoff gerissen. Mein Markenzeichen: *die mit den Körpern.* Das Bild, bei dem der Rücken entlang des Rückgrats geöffnet war und die Knorpel wie die Zähne eines vergrößerten Reißverschlusses wirkten, war damals im Foyer des Hotels Arabella ausgestellt, als ich Marlene kennenlernte. Zugegeben, eine Anspielung auf Frieda Kahlo, was dazu führte, daß man mir zum Abschluß zwar eine hohe Kunstfertigkeit im Kopieren fremder Vorlagen zugestand, aber jegliche künstlerische Eigenständigkeit absprach. Abschlußnote: *Befriedigend!* Ein Grund, warum ich mich für Illustrationen entschied. Marlene hatte damals gerade Kornelius kennengelernt und ihn zur Ausstellungseröffnung mitgebracht. Sein Kommentar: Die Färbung und Feinstruktur der Knochen ist nicht korrekt. Das hat mich in meiner Entwicklung als Illustratorin perfektioniert. Nie wieder in meinem Leben wollte ich mir anhören, ich hätte nicht genau gearbeitet. Und schon gar nicht von Kornelius.

Als ich die Zeichnung in der Zeitung wiedererkannte, konnte ich mir kaum noch vorstellen, daß ich sie ausgeführt hatte. Nicht daß es besonders schwierig ist, ein Gesicht zu zeichnen, wenn die Vorlage nicht eindeutig ist. Man muß nur den Blick haben für die Besonderheiten des Knochenbaus. In der Natur kommen immer wieder dieselben Formen vor, es gibt nur ein begrenztes Repertoire an Gesichtsformen, Nasen, Augen, Mundpartien. Unsere Gesichter unterscheiden sich darin nicht vom Körperbau der Fische. Um ein Gesicht individuell zu machen, muß man nur die minimalen Abweichungen von diesem Standardrepertoire erkennen. Oft sind es nur Kleinigkeiten, die uns ausmachen.

Aber unter der Zeichnung stand eindeutig *Bild: B. Janda.*

Vielleicht konnte ich ja, wenn der Verlag keine Aufträge mehr hatte und der Mord erfolgreich aufgeklärt war, eine Karriere bei der Kripo starten. Alle auf der Welt vorkommenden Gesichtszüge wären gespeichert und müßten nur noch zusammengesetzt werden. Ich stellte mir Leonardo da Vincis System gerader, konkaver und konvex geformter Nasen als Schablonen vor und malte mir aus, wie ich täglich Bestandteile zusammensetzte zu Phantombildern von Verbrechern. Vielleicht ergäbe sich daraus eine interessante Statistik der am häufigsten in der Natur vorkommenden Verbrechernasen. Eine Typologie, die die gesamte Kriminologie revolutionierte – jede Kategorie von Nase könnte dann im Idealfall einem Verbrechertyp zugeordnet werden. Lange, spitze Formen für Rauschgifthändler, die plattgedrückte Boxerschnauze für den Zuhälter, die graue kleine Form des Hehlers. Und ich wäre verbeamtet.

Mein Blick ging nach unten:

Polizeibericht: Obdachloser findet unbekannte Männerleiche.

Frankfurt. Ein Obdachloser machte in der Nacht von Donnerstag auf Freitag eine grausame Entdeckung an der Staustufe Offenbach ...

Der Artikel enthielt kaum neue Informationen. Der Mann war um die 30 Jahre alt, seine Identität immer noch nicht bekannt. Mehr hatten sie also noch nicht in Erfahrung gebracht. Reichlich wenig. Und dafür war Ron den ganzen Tag unterwegs und hatte keine Zeit, sich zu melden. Aber gut. Für einen Mann, der nicht vermißt wird, braucht man sich vermutlich auch nicht zu beeilen.

Ich stand auf und legte die Zeitung zur Seite. Dann zog ich den Jogginganzug wieder über und rannte eine zweite Runde. Disziplin heißt nichts anderes, als daß man den Zufall nicht zuläßt. Und Zufall ist das genaue Gegenteil von Routine.

7

Es war Sonntag, und es regnete. Der Himmel war verfärbt in das schmutzige Asphaltgrau von Frankfurts Straßen. Nicht zum erstenmal in der letzten Zeit hatte ich das Gefühl, in einer Warteschleife zu leben. Ohne zu wissen, wohin. Es hatte keinen Sinn, zum Zoo zu fahren. Sonntags war der Besucheransturm zu groß. Ich hatte keine Lust, die Fragen penetranter Kinder zu beantworten: *Was machst du da? Kann ich auch malen?* Also konzentrierte ich mich völlig auf die Schwierigkeiten bei der Darstellung der Haut des sogenannten Glatthais *Mustelus mustelus*.

Haie haben keine Schuppen, sondern ihre Haut ist mit winzigen Zähnchen bedeckt. Das macht die Haut so rauh und scharf, daß man sie zeitweise sogar zum Abschleifen von Möbeln benutzte. Jede Haiart hat andere, nur für sie typische Hautzähne, die denen im Maul ähneln. Darauf mußte ich mich bei meiner Arbeit konzentrieren, denn nur anhand solcher oft winziger Merkmale können die Arten voneinander unterschieden werden. Die Haie lösten sich auf in Farben und Formen. Der Versuch, die Schnelligkeit, zu der sie fähig waren, in ihre langgestreckten Körper zu übertragen, bewirkte, daß ich völlig die Zeit vergaß. Ich bemerkte gar nicht, daß es schon sechs Uhr war, als das Telefon klingelte. In der Regel ließ ich erst den Anrufbeantworter anspringen. Doch ich hatte bereits den ganzen Tag auf einen Anruf von Ron gehofft und vergessen, daß es meine Mutter sein mußte, die jetzt anrief. Sie meldete sich jeden Sonntag um diese Uhrzeit.

»Hallo, Berit! Was machst du gerade?«

Eine Woche hatte sie jetzt wieder Zeit gehabt, diese Munterkeit anzusammeln, um sie Sonntag für Sonntag durch die Telefonleitung zu jagen.

»Ich zeichne einen Hai.« Ich spürte, wie sie den letzten Atemzug verschluckte. Sie wollte nie wirklich wissen, wie es mir ging und was ich tatsächlich machte.

»Ein Auftrag?« fragte sie, und der Schwung in ihrer Stimme war bereits wieder abgeflacht.

»Meinst du, ich beschäftige mich damit in meiner Freizeit oder was?«

»Und sonst?«

Und sonst? Hinter dieser Frage lag noch immer ein Rest von Erwartung und Hoffnung, mein Leben hätte sich zu ihren Gunsten verändert, und sei es auch nur, daß ich regelmäßig eine warme Mahlzeit einnahm, meine Haare schneiden ließ, das Joggen aufgab, einen festen Job annahm, mit dem Rauchen aufhörte, regelmäßig in Urlaub fuhr, Bekanntschaften schloß – Heirat nicht ausgeschlossen.

»Vielleicht fange ich bald bei der Mordkommission an«, sagte ich, »die erste Leiche hatte ich schon.«

Am Ende der Leitung das Schweigen der Jahrgänge 1910–1940. Nicht ohne Folgen hatte sie, sobald ich volljährig war, wieder geheiratet. Einen Beamten, bereits pensioniert, in dem Alter, in dem mein Vater verunglückte. Ihr Leben bestand seither aus nichts anderem, als den nächsten Urlaub zu planen: wegfahren, heimkommen, Vorhänge waschen, Betten überziehen, Blumen gießen, wegfahren, heimkommen, Vorhänge waschen, wegfahren, heimkommen ... Und sie war der festen Überzeugung, daß sie ihr Leben jetzt endlich genoß. Und dies führte wiederum bei mir zu der Überzeugung, daß sie es erst genießen konnte, als sie uns los war, erst meinen Vater und dann endlich mich.

»Wie geht es dir?« fragte ich resigniert.

»Am Samstag fliegen wir für zwei Wochen nach Südfrankreich.«

»Viel Spaß«, murmelte ich.

»Dir würde ein Urlaub auch guttun.«

»Schreib mir eine Karte, und bring mir ein paar Muscheln mit.«

Als mein Vater das letzte Mal weggefahren war, hatte ich ihm geholfen zu packen. Er hatte die Einzelteile seiner Fotoausrüstung auf das Bett gelegt und mir ein Tuch in die Hand gedrückt. Ich durfte sie damit vorsichtig abtupfen, wobei er mir jedes Teil erklärte. Ich erinnere mich noch genau, wie er mir das Objektiv an das Auge hielt und ich sah, wie meine Mutter groß wurde, als sie das Zimmer betrat. Die letzten Worte, die sie zu meinem Vater sagte, waren schrecklich laut: »Ich weiß nicht, ob ich überhaupt will, daß du wiederkommst.«

»Werde ich«, unterbrach meine Mutter diese Gedanken. »Du, ich muß aufhören. Das Essen ist fertig.«

»Was gibt es?« fragte ich.

»Überbackene Zucchini. Komm vorbei, du kannst mit uns essen.«

»Nein danke.« Wie jeden Sonntag war eine Begründung überflüssig. Es handelte sich lediglich um das ritualisierte Ende unserer Telefongespräche. Immer ging es ums Essen. Sie war die typische Vogelmutter. Permanent versuchte sie, mir unter dem Vorwand der Fürsorge den Schnabel zu stopfen. Und brachte mich damit zum Schweigen. Ich aber verweigerte in ihrer Gegenwart jegliche Nahrung. Was sie jahrelang nur noch aufgeregter hatte umherflattern lassen. Dann aber gab sie mich auf. Die regelmäßige Einladung am Sonntag war lediglich der Rest eines jahrelang trainierten Kommunikationsverhaltens, hinter dem nichts anderes stand als die Befriedigung ihres schlechten Gewissens.

Ich legte den Hörer auf und zog mich warm an. Seit mir vor einem Jahr das Fahrrad aus dem Keller geklaut worden war, ging ich kein Risiko mehr ein. Ich parkte es regelmäßig in meinem Flur, und meine Gymnastik vor einer Tour war, daß ich es vier Stockwerke hinuntertrug.

Es war bereits dunkel und die Luft naß. Doch mir ging es nur um die Bewegung. Ich fuhr die Runde vom Merianplatz Richtung Mainufer. Nicht daß ich es direkt geplant hatte. Aber ich nahm den Weg zu der Stelle, an der die Leiche gefunden worden war.

Was ich erwartete? Keine Ahnung. Vermutlich Tatorterkenntnisse.

Im Sommer waren hier sonntags um diese Zeit immer Hunde unterwegs, Spaziergänger und Fahrradfahrer. Doch jetzt war ich alleine. Ich hatte keine Angst. Oder doch. Angst hatte ich schon. Sie saß mir im Nacken. Doch ich ignorierte sie. Einmal hatte ich meinen Vater gefragt: »Hast du keine Angst?« »Doch«, antwortete er, »Gott sei Dank.« Aber sie war nicht groß genug gewesen.

Ich fuhr bis zu der Böschung, aus der die Leiche gezogen worden war. Dort stieg ich ab und lehnte das Fahrrad an eine Bank, von der aus man derzeit nur die trügerische Idylle eines verregneten Flußufers genießen konnte.

Die Reste der rotweißen Absperrung hingen noch abgerissen um den Baum. Also war die Untersuchung des Tatortes schnell abgeschlossen worden. Dies war ein Ort, den man nicht versiegeln konnte. Er war zugänglicher als eine öffentliche Toilette. Ich ging ein Stück Richtung Gerbermühle, bis eine Treppe hinunter zum Ufer führte, die ich hinabstieg. Zu beiden Seiten war dichtes Gestrüpp bis hinunter. Die Stufen waren glitschig. Das schlammige Wasser war direkt am Rand nicht besonders tief. Man konnte die großen spitzen Steine unter der Oberfläche erkennen.

Der Arzt hatte Tod durch Ertrinken festgestellt. Der Mann war ins Wasser gelangt, als er noch lebte. War nicht mehr in der Lage gewesen zu schwimmen? Die zahlreichen Verletzungen am Kopf hätten vermutlich jeden guten Schwimmer gelähmt. Und jemand, der stark verletzt war, hätte auf den glitschigen Steinen Schwierigkeiten gehabt, es wieder nach oben auf den Weg zu schaffen. Er hätte noch fähig sein müssen, zu klettern oder bis zur nächsten Treppe zu schwimmen. Für jemanden mit schweren Verletzungen kaum zu machen.

Das Gebüsch war dicht verwachsen. Hier konnte man nachts gut eine Leiche verbergen. Ich hatte das Gefühl, noch Schleifspuren in dem nassen, lehmigen Boden zu sehen, wo die Leiche hinein- oder dann herausgezogen worden war. Der Weg vom Parkplatz oberhalb der Gerbermühle bis zu der Fundstelle war kürzer, als ich es in Erinnerung hatte. Ich ging ihn zurück bis zu der Stelle, wo Ron neulich geparkt hatte.

Dann drehte ich mich in Richtung Ufer. Was hatte der Tote hier gemacht? Er war gut gekleidet gewesen. Hatte er sich mit jemandem getroffen? Im Restaurant? Oder war er zufällig hier gewesen und überfallen worden? Oder war er bereits verletzt hierhergebracht worden? Ron hatte nichts gesagt. Ich hatte den starken Verdacht, daß er überhaupt nicht bereit war, viel zu erzählen. Seit Freitag hatte er sich nicht mehr gemeldet. Sich die Zeichnung geschnappt, sie ohne Erlaubnis veröffentlicht, und tschüs!

Ich kehrte zum Fahrrad zurück. Schon von weitem sah ich jemanden auf der Bank sitzen. Im Dunkeln nur schwer zu erkennen. Mein Herz begann heftig zu schlagen, schneller, als es ein guter Lauf, ein Sprint mit dem Fahrrad bergauf oder sonst etwas bewirkte. Ich überlegte kurz, mich davonzuschleichen, mich der Situation zu entziehen, indem ich einfach hoch zur Straße ging oder ins Restaurant und wartete, bis der Mann verschwunden war. Aber nein. Natürlich. Ich lief einfach weiter. Geradewegs auf ihn zu. Vermutlich ein Beweis für meine degenerierten Instinkte an einem dunkelgrauen und hoffnungslosen Sonntag.

Schon von weitem rief ich laut: »Guten Abend.«

»Guten Abend, guten Abend«, hörte ich die Antwort einer lebhaften Stimme. Hinter der Bank lehnte ein hoch bepacktes Fahrrad. Es kam mir bekannt vor.

»Waren sie nicht auch Donnerstag abend hier, als der aus dem Wasser gezogen wurde?« fragte ich den Mann, der, auf einem Grashalm kauend, ins Wasser starrte.

Er nickte. »Det kann man wohl sagen.«

Sogar unter dem großzügigen olivgrünen Regencape war noch zu erkennen, wie unglaublich dünn er war. Sein Hut mit breiter Krempe verdeckte zunächst das Gesicht. Doch als ich mich neben ihn auf die nasse Bank setzte, blickte er kurz hoch, und ich sah in lebhafte hellblaue Augen, nicht älter als 50. Meine Angst verschwand augenblicklich.

»Und?« fragte ich. »Ist Ihnen nichts aufgefallen?«

»Mein Gott, was mir alles so den Tach über auffällt.«

»Zum Beispiel?«

Er lehnte sich zurück. Das Wasser lief von seinem Regenmantel ab, direkt auf meine Oberschenkel.

»Zum Beispiel, daß du schrecklich neugierig bist.«

»Ja«, sagte ich, »so bin ich nun mal.«

»Haste ne Zigarette?«

Ich zog eine Packung aus der Jackentasche.

»Und?« fragte ich. »Was fällt einem sonst so auf, wenn man nachts am Mainufer entlanggeht?«

Er drehte die Zigarette zwischen den Fingern, als genieße er sie so mehr.

»Zum Beispiel, daß man hier nachts nicht spazierengehen sollte. Haste ja wohl selber gesehen.«

»Gehen hier oft nachts Leute spazieren?«

»Na ja.« Endlich ließ er sich Feuer geben und zerquetschte das gute Stück nicht mehr nur in den Fingern. »Da oben is ja nun det Restaurant. Netter Koch. Hatt'n Herz für mich, weil er ja aus Potsdam stammt. Und da kann man hier spazierengehen danach. Nach dem Essen, meine ich. Und was hier auf dieser Bank so alles passiert, da kannste neidisch werden, sogar ich alter Esel. Oder eben froh sein.« Er zog den Rauch genußvoll ein.

»Und der Tote, saß der auch auf der Bank?«

»Das weiß ich nich. Hier gehen so viele Leute vorbei. Liebespaare, Leute mit Anzuch.«

»Aber doch nicht, wenn es regnet.«

»Nee, da haste recht. Das machen nur Penner und Verrückte.« Dabei schaute er mich an.

»Also haben Sie nichts gesehen?«

»Weißte, ik hab' nischt und bin nischt. Ich muß sparsam sein mit allem. Auch mit dem, was ich sehe. Ich kann nicht so groß rumtönen wie andere.«

»Wie wer zum Beispiel?«

Er zog lange an der Zigarette und schwieg.

Ich erinnerte mich an die Überschrift in der Zeitung: »Haben Sie etwa den Toten entdeckt?«

Er spuckte auf den Weg vor uns. »Essensreste sind ja schön, aber mit 'nem Bier oder 'nem Gläschen Wein ...«

Wollte oder konnte er mir nichts erzählen?

»Wenn ich Ihnen Geld für ein Bier gebe, erzählen Sie mir dann, was Sie wissen?« Ich fand in den Tiefen meiner Taschen noch ein paar Geldstücke. Er nahm sie ohne Kommentar und steckte sie ein.

»Entdeckt hat den der Paul.«

»Und wo finde ich diesen Paul?«

»Wenn er überhaupt noch hier ist, kann ich es auch nicht sagen. Das ist Glücksache.« Das Orakel von Delphi war nichts gegen ihn.

»Und Sie meinen, daß der Tote vielleicht vorher da oben in dem Restaurant gewesen sein könnte?«

»Sein kann alles. Und sehen tu ich so manches. Aber die Männer mit Anzuch sehn ja nu alle gleich aus. Bloß daß die das nicht merken. Nicht wie unsereiner. Wir sind alle verschieden.«

»Was für Männer?« Ich hatte den unbestimmten Eindruck, daß er mehr wußte, als er mir mitteilen wollte. »Haben Sie das auch der Polizei erzählt?«

»Haben mich ja nicht jefragt. Mich fragt ja keener. Und wenn, sag ich nichts. Das ist meine Devise. Und jetzt muß ich weiter. Wird langsam kalt hier. Naß is es ja schon. Mach's gut, und dank' dir für die Zigarette.«

Ich hatte keine Ahnung, wie ich ihn noch länger aufhalten sollte. Er stand auf und ging zum Fahrrad.

»He«, rief ich. »Wie heißen Sie?«

»Fragen Sie doch den Paul!« rief er zurück und schob seinen Besitz, einen Turm aus Plastiktüten, mit einer alten Schnur auf dem Gepäckträger befestigt, den Weg hoch.

Ich ging zu meinem Fahrrad und fuhr zurück Richtung Stadt. Hatte die Polizei in der Gerbermühle und den Restaurants nebenan gefragt, ob der Tote vorher dort gewesen war? Ob er allein gewesen war? Der Regen wurde stärker. Ob ich das aus Ron herausbekommen konnte? Ich trat wütend in die Pedale. Doch wozu brauchte ich Ron? Der meldete sich sowieso nicht mehr. Von wegen Götterliebling. Er hatte sich meiner Zeichnungen bedient, ohne zu fragen, ob er sie veröffentlichen durfte. Dafür konnte ich ihn verklagen.

Als ich zu Hause ankam, war ich völlig durchgespült, so schnell war ich gefahren. Das Fahrrad mit der Stange auf meiner Schulter liegend, schaffte ich mich völlig erledigt die vier Stockwerke zu meiner Wohnung hoch. Vor der Tür angekommen, hörte ich das Telefon läuten. Ich schloß auf. Doch ich hatte keine Chance, rechtzeitig dranzusein. Sobald ich den Flur betrat, sprang der Anrufbeantworter an. Ich hörte Rons Stimme und hatte das Gefühl, auf einem Trampolin zu stehen. Ein anderer beginnt sich zu bewegen, und man federt unweigerlich mit. Die Frage war, ob man den gemeinsamen Rhythmus fand oder das Gleichgewicht verlor. Mit dem Fahrrad auf der Schulter war die Gefahr sehr groß, das Gleichgewicht zu verlieren. Ich versuchte, es schnell abzusetzen, um den Hörer abnehmen zu können. Doch alles, was ich damit bewirkte, war eine Schramme auf der Schulter.

»Hier Ron. Schade, daß du nicht da bist. Ich muß gleich wieder weg. Aber ich wollte dich morgen abend zum Essen einladen. Ich bin so gegen halb sechs bei dir.« Eine kleine Pause, und dann der Zusatz: »Keine Sorge – kein Fisch!« Das Band knackte, als das Gerät stoppte, und das Fahrrad fiel gegen die Wand. Ein langer Riß zog sich durch die Tapete. Ich gab dem Rad einen Tritt in vollem Bewußtsein, daß es dies ohne Schaden aushielt. Nur der Spiegel schwankte leicht.

8

Neben den Vermerken *unzuverlässig, arrogant, mangelnde Kochkünste* erhielt Ron noch den Eintrag *unpünktlich* in seine Akte, die ich in meinem Kopf angelegt hatte. Denn am nächsten Tag erschien er eben nicht wie verabredet um halb sechs. Ich wartete und rauchte eine Marlboro light nach der anderen. Es sollte helfen, die Sache leichter zu nehmen. Doch statt dessen entstand ein Druck auf meiner Lunge, den ich morgen früh beim Joggen büßen würde. Dies sollte nun wirklich die letzte Packung sein. Schluß mit dem Rauchen, das mangelnde Selbstbeherrschung signalisiert und daß ich mein Leben eben doch noch nicht völlig im Griff hatte.

Inzwischen war es Viertel nach sechs. Von Ron immer noch nichts zu sehen. Er hatte sich nicht mehr gemeldet, nicht angerufen. Hatte ich es nur geträumt, daß er mit mir essen gehen wollte? Nach meinem Ausflug mit dem Fahrrad gestern abend im Hochgefühl der Anstrengung hatte ich vielleicht an Halluzinationen gelitten, hatte Stimmen auf dem Anrufbeantworter gehört, die nicht existierten. Ich wartete. Wieder hatte ich den Hunger aufgespart, ihn genährt, indem ich seit dem Frühstück nichts mehr gegessen hatte. Noch 15 Minuten, dann würde ich in den Kühlschrank schauen. Diese ganze Geschichte, in die ich geraten war, hatte einen Riß in meinem Alltag bewirkt, der immer größer wurde.

Vor Ungeduld und Hunger war ich nicht einmal mehr fähig, einen Standardhering zu zeichnen. Die Skizze starrte mich aus toten Augen an, so daß ich sie zerriß.

Mit einer Stunde Verspätung klingelte es endlich an der Tür. Ron stand draußen: graue Jeans, schwarze Lederjacke, schwarze Turnschuhe, lässig und entspannt. Wieder hielt er seinen Schlüsselbund in der Hand und ein Handy. Die reinsten Insignien. Und zur Begrüßung sagte er nur: »Sorry, aber ich muß am Flughafen vorbei.« Tatsächlich. Ich hatte es befürchtet, sah es wie bei den Fischen an seinem Körperbau, an seinen Bewegungen, an der Anzahl der Atemzüge pro Minute: der typische Nestflüchter. Und der Abend wiederholte sich: Es war bereits dunkel. Ich hatte Hunger. Gleich würde es wieder anfangen zu regnen. Das Funksprechgerät im Auto leuchtete. Vielleicht waren wir auf dem Weg zur nächsten Leiche.

Ron hatte einen rasanten Fahrstil. Permanent wechselte er die Spur, beugte sich weit vor über das Lenkrad in einer Haltung, als könne er nur so die Straße sehen. Ampeln wurden rot. Reifen quietschten laut. Wasser spritzte, wenn wir zum Stehen kamen.

»Was gibt es Neues?« fragte ich schnell, um mich abzulenken, und wünschte, ich hätte meinen Fahrradhelm auf.

»Einiges«, sagte Ron, ohne die rote Ampel aus den Augen zu lassen.

»Zum Beispiel?«

»Bei dem Toten handelt es sich um einen Polen namens Roman Rymut.«

»Woher wißt ihr das?«

»Er wurde unter anderem aufgrund deiner Zeichnung identifiziert.«

»Das erhöht natürlich das Honorar«, sagte ich.

Die Ampel sprang auf Grün, und Ron tat sehr konzentriert. Er fuhr jetzt Richtung Autobahn.

»Welches Honorar?« fragte er. »Das Original deiner Zeichnung liegt auf dem Rücksitz. Du kannst es jederzeit wiederhaben.«

Ich drehte mich um. Die Zeichnung steckte in einer Klarsichtfolie und trug dennoch Spuren von Kaffee und Asche.

»Und weiter?«

»Nichts weiter.«

Die Message war klar. Kümmere du dich um deine Fische. Aber ich hatte zu lange gewartet, zu lange Leerstellen gefüllt, um jetzt satt und zufrieden zu sein. Ich brannte darauf, alle Details zu erfahren, Todesursache, Befunde der Obduktion, Zusammenhänge, Tatort, Motive, Alibis.

»Habt ihr das Bild auch in den Restaurants dort gezeigt?«

»Hm.«

»Und den Pennern?«

»Hm.«

»Paul vielleicht?«

Ron zögerte, sein Fuß kam in Richtung Bremse, fast schien es, daß das Auto einen Moment anhielt.

»Wer ist Paul? Ein Fisch?« Er erhöhte die Geschwindigkeit und bog Richtung Flughafen ab.

»Und was wollen wir am Flughafen?« fragte ich.

»*Ich* habe noch einen Termin mit der polnischen Fluglinie LOT. Sie sollen anhand der Passagierlisten prüfen, ob und wann in der letzten Woche ein Roman Rymut angekommen ist.«

Ron schaute auf seine Armbanduhr, ein schwarzes Lederband und die Anzeige voller Hinweise auf Mondphasen, Sonnenfinsternisse, Sternbilder. Kein Wunder, daß er nie wußte, wieviel Uhr es ist.

»Jetzt landet die Linienmaschine aus Warschau. Sie fliegt täglich um diese Zeit. Auch mittwochs. Wir haben deine Zeichnung kopiert und verteilen sie an das Bodenpersonal, Kapitän, Stewardessen.«

Er schob sich rücksichtslos vor ein Taxi Richtung Terminal II.

»Und Passagiere«, ergänzte ich.

Ron hing weiter unter der Frontscheibe, um sich anhand der Schilder zu orientieren.

»Wozu?«

»Vielleicht fliegt ja jemand regelmäßig jeden Mittwoch.«

»Das wäre ein großer Zufall.«

»Vernachlässigt ihr bei euren Ermittlungen immer den Zufall?«

Ron antwortete nicht.

»Ganz abgesehen davon, daß es sich bei einer Regelmäßigkeit kaum um einen Zufall handelt«, fuhr ich fort. »Und meiner Meinung nach gibt es sowieso keine Zufälle. Wenn ich zum Beispiel an die Fische denke, da passiert nichts zufällig, die werden absolut von der Vernunft gesteuert. Obwohl sie doch kein Großhirn besitzen. Die haben ja eigentlich nicht einmal ein richtiges Gehirn, sondern allenfalls eine Steuerzentrale für Grundbedürfnisse wie fressen, jagen, flüchten ...« Bei den restlichen Bedürfnissen brach ich ab.

»Es geht hier nicht um Fische, okay?«

Doch ich ließ mich nicht aus dem Konzept bringen. Ich hatte schließlich den ganzen Tag auf ihn gewartet. Und das Warten sollte sich lohnen.

»Wenn man sich mit Fischen beschäftigt, dann stellt man schnell fest, daß alles zielgerichtete Instinkthandlung ist. Da passiert nichts zufällig, außer es handelt sich um degenerierte, fehlerhafte Exemplare.« Mir fiel noch etwas anderes ein. »Und jemand, der so etwas tut, also jemanden aus der eigenen Art umbringt, ist doch im Grunde degeneriert, oder nicht?«

»Dafür bin ich nicht zuständig.«

»Machst du dir darüber keine Gedanken?«

Nein, er schien sich darüber keine Gedanken zu machen, sondern war mit der Suche nach einem Parkplatz beschäftigt. Aber er gehörte ja auch zu der Sorte von Polizisten, die Flamencomusik hörten, wenn sie zu einer Leiche gerufen wurden. Doch ein Vorteil, mit einem Beamten der Kriminalpolizei unterwegs zu sein, ist wenigstens der, daß man überall parken kann. Ron fuhr den BMW genau vor das Schild TAXI. Der Taxifahrer dahinter hob die Faust. Ron klopfte an die Scheibe und rief:

»Reg dich ab.«

Warum nur hatte ich das Gefühl, daß er mich meinte?

Das Terminal II ist eine große, unbelebte Fläche. Für Menschen ohne ausgeprägten Orientierungssinn muß es die Hölle sein, durch die riesige Abflughalle bis zum Abfertigungsschalter der LOT zu laufen. Ich kam mir vor, als würde ich mich in einem großen leeren Kreis bewegen. Kein ausgetretener Pfad, kein Schwarm von Menschen, dem man einfach folgen kann. Nach Polen muß man am hintersten Ende der Flughafenwelt einchecken. Ich stellte mir Mirka und ihre Familie vor, wie sie täglich diese Quadratkilometer Marmor schrubbten. Der Boden glänzte wie die schwarzen Sonntagsschuhe ihres Mannes, die sie am Samstag im Hof gebürstet und gefettet hatte.

Bis wir endlich am Schalter der polnischen Linie angekommen waren, hinter dem eine blondtoupierte Angestellte saß, glaubte ich schon nicht einmal mehr daran, daß dieses Land überhaupt existierte. Ron zeigte der Dame seine Dienstmarke und erklärte ihr, worum es ging. Sie stand auf und holte zur Verstärkung zwei Kolleginnen, eine schwarz, die andere rot gefärbt. Alle drei hatten etwas penetrant Unverheiratetes an sich. Nicht nur in der Art, wie sie mich absolut ignorierten, sondern auch in dem Gezwitscher Ron gegenüber, als er seine Dienstmarke zeigte. Ihr vollschlankes Geflatter wurde nur mühsam durch die dunkelblaue enge Uniform der LOT im Zaum gehalten. Und ihre Körper rochen nach einem aufdringlichen Gemisch aus Parfüm und Hormonen. Ihr Blick fiel nur kurz auf meine Zeichnung, und sie zuckten schon vorher beleidigt mit den Schultern, noch bevor sie entscheiden konnten, ob sie diesen Mann kannten oder nicht. Ich hörte zu, wie Ron sie befragte. Wie sie dann den Vorteil nutzten, auf polnisch miteinander zu verhandeln, ohne daß Ron etwas verstand. Hände, Augen, Lippen, Kinn, Stirn, Gesichtsmuskeln, alles war in Bewegung, wenn sie sprachen. Aus der Starre der Unterwasserwelt war ich nun dem Zwitschern einer Krähenwelt ausgesetzt. Die Rothaarige drückte im Stehen widerwillig ein paar Tasten auf dem Computer, und ich hörte, wie sie zu ihren Kolleginnen sagte: *»Tak Business Class. Tylko Frankfurt.«* Sie waren so ablehnend, daß ich dachte, gleich schließen sie die polnische Grenze. Endlich wandte sich die Blonde wieder uns zu:

»Sie müssen warten. Wir sind jetzt leider beschäftigt. Gerade landet Flug aus Warschau. Dann können Sie Kapitän sprechen, Stewardeß und alles.«

»Wie lange dauert das noch?«

»Eine Stunde vielleicht.«

Aus der Orientierungslosigkeit der Halle löste sich eine Familie. Der Junge thronte auf dem Gepäckwagen, den der Vater Richtung Polen schob. Die Blonde blickte jetzt offensichtlich an uns vorbei und begrüßte die Familie freudestrahlend, als ob diese die Reise nach Polen in einem Preisausschreiben gewonnen hätte. Ron und ich waren abserviert.

»Das dauert.« Ron schob die Hand durch die verschwitzten Locken. »Vielleicht ist es am besten, du setzt dich in die Ankunftshalle, an den Ausgang, wo die Passagiere aus Warschau ankommen. Und wartest dort auf mich.«

Ich frage mich, weshalb ich mich, ohne zu zögern, in mein Schicksal fügte und mich ohne Widerspruch auf den Weg in die Ankunftshalle machte. Mich dort, wie Ron mir aufgetragen hatte, an den Ausgang setzte, über dem das Schild und ein blinkendes rotes Lämpchen die Landung der Maschine aus Warschau anzeigten. Ich hatte mit einem aufregenden, in jeder Hinsicht sättigenden Abend in einem Restaurant gerechnet, nicht damit, ihn wartend auf dem Flughafen zu verbringen. Und nun saß ich wie ein abgestellter Koffer in dem harten Schalensessel, verklebt mit schwarzem Leder. Ich hatte mich auf ein Essen gefreut, und nun wurde ich hier geparkt. Hatte nichts bei mir außer Zigaretten und meinen Augen, die versuchten, in dem Gewimmel Ordnung zu schaffen.

Die Tür, aus der die Passagiere kommen sollten, war durch eine Art Reling abgesperrt, durch die man erst links und dann rechts abbiegen mußte. Die Lampe darüber hatte aufgehört zu blinken, das Flugzeug war gelandet. Nicht mehr lange, und die Passagiere würden zu dieser Tür herauskommen. Ich fuhr meine Augen aus wie die Sucherlampe des Anglerfisches und behielt die Tür im Blick. Assoziationsübungen im Kopf setzten ein. Etwas anderes hatte ich ja nicht zu tun. War Roman Rymut auch aus dieser Tür gekommen und einen Tag später schon tot gewesen? War er abgeholt worden? Warum war er dort am Mainufer gewesen? War er verabredet gewesen? Und warum hatte ihm jemand den Schädel eingeschlagen und ihn ins Wasser geworfen?

In einer laut zischenden Dramatik spielten sich Begrüßungsszenen vor meinen Augen ab, so daß mich kurzfristig Anflüge von Rührung beschlichen. War Roman Rymut auch so begrüßt worden, mit drei Küßchen auf die Wangen rechts – links – rechts? Nicht daß mir Tränen in die Augen traten, aber seit langem war in meiner Gegenwart nicht mehr so viel geküßt und geweint worden. Ich begann die Wartenden einzuschätzen und versuchte zu raten, wer auf wen wartete. Leider wurde meinem Ratespiel ein Ende gesetzt, als sich ein älterer Mann mit dünnem grauen Haar direkt vor die Reling stellte und den Ausgang blockierte. Jeder, der bereits den Zoll passiert hatte und durch die Tür ins Freie trat, mußte nun um ihn herumgehen. Aber er wich keinen Zentimeter zur Seite. Stand da, die Hände hinter dem Rücken verschränkt, und starrte auf die Tür, aus der die Passagiere kamen. So stellte ich mir die Leute vom Geheimdienst vor. Ich schaute unauffällig an ihm hoch, ob er einen dieser Knöpfe im Ohr trug. Aber alles, was ich sah, war eine große Narbe, die vom Ohr diagonal zum Auge führte. Es dauerte ziemlich lange, bis er endlich einen kleinen glatzköpfigen Mann in grauem Anzug begrüßte, der mit einem ärmlichen Koffer und einer braunen Aktentasche Jahrgang 1959 den Zoll passierte. Die Farbe seiner Haut war wie verkochtes Gemüse. Vermutlich hatte er den Flug oder das Essen der LOT nicht vertragen. Er ging schmächtig voraus, als würde er abgeführt. Ich blickte ihnen nach. Nach dem Anblick einer Leiche wittert man vermutlich überall Verbrechen. Weiter hinten am Ausgang zum Taxistand sah ich, wie sie von einem Mann in Empfang genommen wurden, der in krassem Widerspruch zu den beiden stand. Er war Anfang bis Mitte Vierzig, groß, schlank. So ein Typ mit effektvoll angegrauten Schläfen. Derselbe Ton, in dem auch der Anzug schimmerte. Er lief nervös an der Glastür des Ausgangs hin und her, in einem aufgeknöpften Kaschmirmantel, die linke Hand lässig in die Tasche seiner Hose gesteckt. In einem solchen Fall sagt der Verstand nur »Armani«, und man weiß, mit wem man es zu tun hat.

Ich beobachtete die Formation dieser drei unterschiedlichen Typen. Einer maßgeschneidert, ein Stasivertreter und dazu drittklassige Ostware. Ich starrte ihnen so neugierig nach, daß der

Mann mit der Narbe auf mich aufmerksam wurde. Schnell schaute ich hoch zur Anzeigetafel.

Nach und nach leerten sich die Sitzreihen. Bis ich nur noch alleine vor dem Ausgang saß und niemanden mehr hatte, den ich beobachten konnte. Mir war schlecht vor Hunger. Ich steigerte mich in den Wunsch hinein, jegliche Beziehungen zu Ron abzubrechen. Was war das für ein Mann, auf den ich wartete? Der mich warten ließ. Erst konfrontiert er mich mit einer Leiche, und dann vergißt er mich auf dem Flughafen. Nur noch fünf Minuten, und ich würde meine Warteposition aufgeben und mit der S-Bahn zurückfahren. Doch bevor ich Gefahr lief, den Entschluß durchzuführen, erschien Ron. Er kam allerdings nicht wie verabredet aus der Tür vor mir, sondern von hinten. Wo hatte er sich denn herumgetrieben? Vermutlich war er schon in Frankfurt gewesen, und plötzlich war ihm eingefallen, daß er etwas vergessen hatte. Er wirkte tatsächlich etwas abgehetzt, als er sich neben mich setzte.

»Sorry, jetzt gehst du bestimmt nicht mehr mit mir essen.«

»Es bleibt mir nichts anderes übrig, so einen Hunger habe ich.«

»Das heißt, wir dürfen nicht viel Zeit verlieren.«

Er legte völlig vertraut den Arm um mich.

Ich gestehe, daß sich plötzlich die Zeit, die ich auf ihn gewartet hatte, in meinem Magen zusammenzog zu einem ganz kurzen Moment.

9

Wir landeten im McDonald's am Terminal II. Ein richtiger Big Mac, serviert in einer engen Styroporverpackung, stellt eine Herausforderung dar: an den, der ißt, an die Kleidung und an den, der zuschaut. Ihn hinunterzuschlingen verlangt volle Konzentration, am besten in der Abgeschiedenheit eines Singlehaushaltes. Ich war völlig vertieft, als ob ich außer den Geschmacksnerven keinen anderen Instinkten folgte. War nur beschäftigt, das zwischen die beiden labberigen Brötchenteile geschichtete Ensemble aus Salat, Fleisch und Ketchup unter Anstrengung aller feinmotorischen Kräfte von Gesichtsmuskeln und Fingern einigermaßen gesittet zu mir zu nehmen. Nebenbei sammelte ich Informationen durch kluge Pausen und scheinbares Desinteresse.

Glücklicherweise war niemand anderer in Rons Nähe als ich, und die neuesten Informationen, die er hatte, drängten an die Oberfläche. Mein Mund hing die ganze Zeit über dem Tablett. Und so hungerte ich Ron aus, indem ich einfach aß. Ich wollte bei ihm nicht nur den Ruf einer begabten Polizeizeichnerin erwerben, die ein gutes Gedächtnis hatte, sondern auch die Fähigkeit beweisen, daß ich zuhören konnte, wenn es darauf ankam.

Ron schien geübt im Essen von Fast Food. Er biß unbeschwert in immer genau die Stelle seines Burgers, an der die Austrittsgefahr des Belages am größten war, und konnte gleichzeitig sprechen.

»Also, Roman Rymut ist tatsächlich letzten Mittwoch mit dem Flug aus Warschau angekommen.«

»Business Class.«

»Woher weißt du das?«

Ich zuckte mit den Schultern. »Du hättest mich als Übersetzerin mitnehmen sollen.«

Ron ging nicht darauf ein, schien gar nicht zu hören, daß ich über polnische Sprachkenntnisse verfügte. Keine Frage, wie sie an dieser Stelle normal gewesen wäre: *»Du kannst Polnisch?«* Statt dessen sprach er in mein Ohr wie in ein Diktiergerät: »Das bestätigt auch das Hotel, in dem er am Mittwoch abend abgestiegen ist. Dort war bereits ein Zimmer für ihn reserviert gewesen.«

»Welches Hotel?«

»Uninteressant. Irgendein kleines Dreisternehotel in Oberrad nicht weit von der Gerbermühle.«

»Und wann ist er dort angekommen?«

»So gegen einundzwanzig Uhr, wie die Anmeldung im Computer zeigt.«

»Hmm.« Ich konnte nicht gleichzeitig sprechen, den Big Mac im Auge behalten und kauen.

Ich nickte.

»Keiner hat ihn dort aber nach Donnerstag abend vermißt. An der Tür hing laut Zimmermädchen die ganze Zeit das Schild »Bitte nicht stören«. Daß er nicht mehr zum Frühstück gekommen ist, war denen auch egal. Da haben sie eben gespart. Erst als seine Reservierung ablief, wurde das Hotelpersonal nervös. Sie gingen hoch und fanden das Zimmer leer vor. Das Gepäck war durchwühlt. Und sie meldeten den Fall der Polizei. Stell dir das vor: Erst drei Tage später fällt denen auf, daß ein Gast fehlt, und zwar nur, weil er die Rechnung nicht bezahlt hat.«

Ron fuhr fort, während ich damit beschäftigt war, den Ketchup von meiner Nase zu entfernen.

»Wir haben ihnen deine Zeichnung gezeigt, und sie haben Roman Rymut eindeutig identifizert. Jetzt haben wir das Zimmer erst einmal versiegelt, und morgen kommt die Spurensicherung, um es gründlich auseinanderzunehmen.«

»Gepäck?« Ich konnte wieder einzelne Wörter hervorbringen.

»Gibt nicht viel her.« Ron nahm einen Schluck von dem warmen Bier. »Ein spärlicher Koffer. Der oder die, die dort etwas gesucht haben, müssen schnell fertig gewesen sein.«

Ich steckte rasch das froschgrüne Salatblatt in den Mund, um zu erfahren, was in dem Koffer war.

»Kleider und Wäsche für wenige Tage. Ein Schlüsselbund, der gerade überprüft wird. Der Paß fehlt. Allerdings haben wir die Paßnummer aus der Anmeldung schon nach Polen gefaxt, aber das Ergebnis kann dauern.«

»Flugticket?«

Ron zuckte mit den Schultern.

»Aktenkoffer?«

»Nein.«

Mein Gehirn, langsam gesättigt, kam in Schwung: »Ein Mann, der so geschäftsmäßig gekleidet war, muß einen Aktenkoffer dabeigehabt haben.«

Ron blickte kurz zu mir herüber, um mit diesem Blick meine Theorien zum Erliegen zu bringen. Aber etwas mußte in dem Hamburger gewesen sein außer Geschmacksverstärkern, so daß ich die Kontrolle verlor.

»Und seine Mörder haben den Koffer mitgenommen. Oder er hat ihn vorher irgendwo deponiert. Am Flughafen vielleicht? Gibt es hier Schließfächer?« spekulierte ich weiter.

Ron wischte jetzt mit dem Salatblatt, auf dem sich jederzeit eine Heuschrecke gut getarnt verbergen konnte, den Ketchup aus der Styroporschachtel.

»Ich würde nach der Aktentasche suchen«, sagte ich beharrlich.

Wozu hatte ich gelernt, Fischaugen zu zeichnen? Mit unbeweglichen Augenlidern dazu verdammt, starr und bewegungslos stundenlang immer geradeaus zu blicken, hielt ich Rons Blick stand.

»Spekulationen nützen uns gar nichts«, sagte er schließlich, und nach einigen Minuten fuhr er fort: »Der Flug wurde in einem Warschauer Reisebüro gebucht.«

»Kann man nicht doch anhand früherer Passagierlisten feststellen, ob er schon öfter hier gelandet ist?«

Ron stand auf und fragte mit Blick auf sein leeres Tablett: »Willst du auch noch einen?«

Ich schüttelte entsetzt den Kopf.

Als er zurückkam, fragte ich scheinbar desinteressiert, während ich versuchte, die nicht mehr zu identifizierenden Bestandteile, die in die Schachtel zurückgefallen waren, auf dem letzten Rest Brot zu arrangieren.

»Was hat denn die Obduktion nun endgültig ergeben?«

Mit dem Wort Obduktion hatte ich den Mund etwas zu voll genommen. Ron zögerte:

»Die Todesursache ist eindeutig Ertrinken, nachdem er bewußtlos geschlagen wurde. Das ging haarscharf am Schädelbasisbruch vorbei. Er hatte Alkohol im Blut und kurz vorher reichlich gegessen. Sieht aus, als hätte er vor seinem Tod einen netten Abend verbracht.«

»Henkersmahlzeit«, warf ich ein und leckte den Ketchup von den Lippen.

Ron nahm sein Bier, das farblos schäumte, als würde sich die Pappe des Bechers wie in einer Säure lösen.

»Er hat sich nicht gewehrt. Das Ganze muß für ihn also vollkommen überraschend gekommen sein.«

»Wie lange hat er im Wasser gelegen?«

»Zweieinhalb bis drei Stunden. Länger nicht.«

»Woran ich denke, ist ... die Verletzungen waren vor allem im Gesicht. Das sieht fast so aus, als ob er damit zum Schweigen ...« Ich biß schnell in mein ketchupverseuchtes Arrangement, das meinem Mund auswich und zurück auf das Tablett fiel.

Ron machte dicht, indem er so viel auf einmal abbiß, daß er gerade noch kauen konnte. Das helle Wiesengrün seiner Augen wurde zu dunklem Tang. Ich war eindeutig übers Ziel hinausgeschossen. Er nahm einen Schluck von dem frischen Bier und sagte dann aus dem Hinterhalt:

»Was tust du, wenn du nicht gerade zeichnest?«

Ähnlich hatte meine Mutter früher immer meinen Redefluß gestoppt, indem sie nach der Schule fragte. Ich überlegte kurz, ob ich auf dem Thema Mordfall insistieren sollte. Doch strategischer Rückzug ist manchmal besser.

»Ich tue eigentlich nichts anderes«, sagte ich.

»Warum nicht?«

»Weil mir nichts Besseres einfällt.«

»Ich wüßte etwas.«

Jetzt kamen wir also auf uns zu sprechen. Es gibt eine Untersuchung, daß das idealtypische Paarungsverhalten vom Kennenlernen bis zum Vollzug circa 25 Stufen durchläuft. Ron und ich allerdings hatten einige Phasen übersprungen. Vielleicht wäre es nun angebracht gewesen zu fragen: »Was denn?« Und er würde antworten: »Rate« und mir tief in die Augen schauen oder so ähnlich. Doch statt dessen klingelte sein Handy. Er meldete sich: »Ja.« Und wiederholte dies noch einige Male mit geringen Variationen, bis er das Gespräch mit der Zusage »Ich komme vorbei« beendete.

»Das war Henri«, informierte er mich. Wer war Henri? »Der Hotelangestellte, der Donnerstag an der Rezeption war, sagt, eine Frau hätte Roman Rymut morgens im Hotel besucht.« Er schaltete das Handy aus und zog seine Jacke über.

»Tut mir leid, ich muß bei dem Hotel vorbei und den Typen befragen, bevor er verschwindet. Das verstehst du sicher.«

Doch es war egal, ob ich Verständnis heuchelte oder nicht. Schließlich hatte er ja den ganzen Polizeiapparat hinter sich.

10

Meine Arbeit an dem Lexikon ging dem Ende zu. Es blieben nur noch wenige Fische zu zeichnen. Was danach kam? Ich hatte keine Ahnung. Ich dachte an Constanzes Warnung, dieses Projekt sei mein letztes. Dann bliebe mir nur der Computer oder die Hoffnung. Noch entschied ich mich für die Hoffnung.

Der gestrige Abend hatte damit geendet, daß Ron mich mit einem schwarzen Schirm, den er sonst vermutlich nur zur Tarnung bei Beerdigungen aus dienstlichen Gründen nutzte, im strömenden Regen zur Haustür brachte. Doch wenigstens hatte er zuvor ungeduldig »Ich kann jetzt nicht!« in den Hörer gerufen, als er schon wieder angefunkt wurde. Und hatte die Flamencomusik ersetzt durch leisen, sensiblen Jazz. Das tröstete mich. Und schließlich hatte ich Verständnis für Workaholics, die die Arbeit vor das Privatleben stellten. Ich hatte die letzten Jahre genauso gehandelt. Genauer gesagt, seitdem ich die Beziehung zu Matti beendet hatte, meinem einzigen festen *Lebensabschnittsgefährten* aus Studienzeiten. Die Freundschaft war uns jedoch geblieben, auch wenn Matti jetzt mit wechselnden Beziehungen in New York lebte. Und ich wurde ein unkommunikativer Single. Und behauptete, glücklich zu sein. Ein Glück, bestehend aus Ritualen und sportlicher Kompensation.

Bevor ich ins Haus trat, hatte ich mich noch einmal kurz umgedreht und gesagt: »Übrigens, ich würde die Flugbuchung genau prüfen. Es kann sein, daß Roman Rymut keinen Rückflug gebucht hatte.«

Ron, der schon mit den Gedanken im Auto war, fragte überrascht: »Wie kommst du darauf?«

Zwar hatte ich nicht alles verstanden, was die drei Krähen verhandelt hatten. Aber *Tylko Frankfurt*, das hieß soviel wie *Nur Frankfurt*. Weshalb war Ron überhaupt bei der polnischen Fluglinie gewesen, wenn er nicht einmal in der Lage war, das herauszufinden?

Den ganzen Dienstag vormittag beschäftigte ich mich mit den letzten Zeichnungen von Welsen und Hechten. Wie immer versuchte ich, ihre Besonderheiten hervorzuheben. Die äußerlichen Merkmale, die ihr Verhalten widerspiegeln und ihre soziale Stellung in der Welt der Fische. Hechte sind inaktive, ungeschickte Fische und keineswegs die tollen Hechte. Sie sind darauf angewiesen, hinter Wasserpflanzen auf zufällige Beute zu lauern. Der Wels dagegen wartet nicht lange, er nimmt alles, was er bekommt.

Am Spätnachmittag hatte ich endgültig genug davon. Ich hielt es am Schreibtisch und in der Wohnung nicht mehr aus. Wieder hatte Ron sich nicht gemeldet. Aber selbst wenn er angerufen hätte – er würde mir doch nicht alles erzählen. Doch ich konnte mich einfach nicht damit abfinden, daß da einer ins Wasser geworfen worden war. Daß man ihn vorher zusammengeschlagen hatte. Daß er in seinem Hotel nicht vermißt worden war.

Daher zog ich mich an und steckte eine Kopie der Zeichnung von Roman Rymut in die Tasche, die ich von Rons Rücksitz genommen hatte. Dann trug ich das Fahrrad nach unten. Mirka rieb angestrengt das Fenster im Flur mit Zeitungspapier sauber. Sie nickte mir zu und deutete auf den Himmel, als ob man jetzt klarer sähe. »Gleich regnet wieder.«

»Macht nichts«, antwortete ich.

»Und bald dunkel«, sagte sie warnend.

Doch nichts hielt mich ab. Ich fuhr wieder Richtung Main. Noch regnete es nicht, und alle Hundebesitzer schienen das ausnutzen zu wollen. Jedenfalls mußte ich ständig irgendwelchen

Kötern am Wegrand ausweichen, die mich anbellten, weil ich sie in wichtigen Geschäften störte. Auf dem Rückweg würde ich mich immer in der Mitte halten müssen, wo der sandige Weg bei Regen besonders schlammig und rutschig war.

An der Parkbank angekommen, stellte ich das Fahrrad ab. Vergeblich hielt ich Ausschau nach dem Penner von Sonntag abend. Dann ging ich hoch in die Gerbermühle, wo um diese Zeit noch nicht viel los war. Die Gelegenheit, einige Kellner anzusprechen. Sie standen untätig an der Theke herum, vier Männer und eine Frau, die Gläser spülte. Als ich mich setzte, kam einer von ihnen in einer langen weißen Schürze, vorne gebunden, mit der Karte. Ich bestellte einen Kaffee. Sobald er ihn brächte, würde ich ihn ansprechen. Die Speisekarte wies zahlreiche Gerichte in einer für meine Verhältnisse zu hohen Preisklasse auf. Als der Kellner mit dem Tablett zurückkam, zog ich die Zeichnung aus der Tasche.

»Kennen Sie diesen Mann?«

Er blickte sie nur kurz an. »Nie gesehen.«

»Schauen Sie bitte genau hin.«

»Nie«, wiederholte er. »Sonst noch etwas?«

»Könnten Sie vielleicht auch Ihre Kollegen bitten, sich die Zeichnung anzusehen? Es ist wichtig.«

»Da müssen Sie sich an die Tische setzen, für die sie zuständig sind.« Er ging zurück zur Theke. Wütend klappte ich die Speisekarte zu, nahm meinen Kaffee und setzte mich nach ganz hinten in den Raum, wo ich hoffte, daß jemand anderer zuständig wäre. Dann zog ich Bleistift und Skizzenblock heraus, die ich immer bei mir habe, wenn ich unterwegs bin. Ich begann den leeren Raum zu skizzieren und die Kellner, die in ihren langen Schürzen untätig an der Theke standen. Wenn man in der Öffentlichkeit zeichnet, erregt dies immer Aufmerksamkeit und neugierige Blicke. Wie ich erwartet hatte, kam bald wieder einer herüber, um zu kontrollieren, was ich zeichnete.

»Wünschen Sie noch etwas?« fragte er.

»Nein danke.« Ich zeichnete weiter.

Er stellte sich hinter mich und blickte mir über die Schulter.

»Nicht schlecht.«

»Genauigkeit im Detail gehört zu meinem Beruf, wie Freundlichkeit zu Ihrem gehören sollte.«

»Was haben Sie denn meinem Kollegen vorhin gezeigt?«

Ich zog wieder das Porträt von Roman Rymut hervor.

»Haben Sie den vielleicht am Donnerstag abend hier gesehen?«

»Ich bin nur dienstags und freitags hier.«

»Und wer von denen da«, ich hob den Kopf Richtung Theke, »ist donnerstags da?«

»He«, rief er hinüber. »War von euch jemand letzten Donnerstag hier?« Kurzes Schweigen.

»Ich, wieso?« Die Frau kam hinter der Theke hervor.

Ich hielt ihr das Bild entgegen: »Haben Sie den schon einmal gesehen?« Die Kellnerin, hochgewachsen, mit langen Haaren, die zu einem Pferdeschwanz gebunden waren, trat zu uns und nahm das Blatt.

»Ist das der, den sie aus dem Main gefischt haben?«

»Ja, kennen Sie ihn?«

»Ich habe das Bild schon am Samstag in der Zeitung gesehen und kann mich erinnern, daß er hier war. Er saß eine Weile an dem Tisch dahinten und hat ein Bier bestellt. Er konnte kein Deutsch, deswegen ist er mir aufgefallen.«

»War er die ganze Zeit allein?«

Sie zuckte mit den Schultern. »Keine Ahnung. Hab ich nicht darauf geachtet. Wissen Sie, was Donnerstag abends hier los ist? Seltsamerweise legen alle Leute ihre Geschäftsessen immer auf den Donnerstagabend. Das habe ich der Polizei doch schon gesagt. Sind Sie Reporterin?«

Ron oder seine Kollegen waren natürlich schon hier gewesen. Sie waren Profis im Gegensatz zu mir.

»Ja, so etwas Ähnliches«, murmelte ich. »Wann sind Sie denn immer hier?«

»Fast jeden Tag. Kann ich Ihnen noch etwas bringen?«

»Vielleicht ein Stück Kuchen?«

Die beiden gingen zurück. Der Kellner kam gleich darauf mit einem Stück Käsekuchen wieder.

»Selbstgemacht«, sagte er.

Ich nahm den Teller entgegen.

Selbstgemacht. Der Penner hatte etwas vom Koch erzählt und von Essensresten. Der Koch könnte wissen, wo der Penner zu finden war, der in Orakeln sprach. Und der wiederum kannte Paul. Und Paul hatte die Leiche entdeckt.

Ich machte mich auf den Weg zur Toilette. Eine besonders penible Freundin von mir hatte sich, bevor sie in einem Restaurant etwas zu Essen bestellte, immer erst einen Weg in die Küche verschafft. Einfach indem sie vorgab, sie suche die Toilette. Ich ging langsam durch den leeren Flur und blieb vor den verschiedenen Türen stehen. Welche war die richtige?

»Suchen Sie etwas?«

Erschrocken drehte ich mich um. Ein junger Mann mit einer weißen Mütze auf dem Kopf stand hinter mir, in den Händen eine Wanne mit Knochen, an denen Fleischreste hingen – oder war es umgekehrt?

»Hier soll ein Koch aus Potsdam arbeiten.«

Er öffnete die Tür genau vor meiner Nase. Es geht doch nichts über einen guten Instinkt. Ich trat in eine überdimensionierte Einbauküche. Er deutete mit dem Messer in den hinteren Teil des Raums.

»Kühlhaus«, sagte er.

Am Ende des Ganges, vorbei an Chromherden, Bottichen, Fleischwannen, Riesentöpfen, hoch gestapelten weißen Tellertürmen, war eine breite Metalltür, aus der gerade ein Mann mit einer Art Metzgerschürze trat. Von einer Eiswolke eingehüllt wie aus einer Werbung für Langnese. Nur daß er eine große Wanne mit Fleisch vor sich hertrug.

Ich ging ihm entgegen und fragte: »Sind Sie aus Potsdam?«

»Was gibt's?« Er hob die Wanne auf eine Arbeitsplatte aus Holz, über der Messer und Hackebeile in verschiedenen Größen hingen.

»Schönen Gruß von dem Penner aus Potsdam, der hier immer Essen holt, und ich soll Ihnen ausrichten, daß er heute jemanden mitbringt«, sagte ich.

Der Koch nahm mit raschem Griff ein Stück Fleisch, das an einem großen Hundeknochen hing, und begann es mit dem Hackmesser in kräftigen Schlägen zu zerteilen. Dabei skandierte er laut, während die Schneide sich rot färbte:

»Ich hab ihm schon oft gesagt, daß dat nicht geht, daß er jemanden mitbringt. Auch wenn er hundertmal vorgibt, aus Potsdam zu sein.«

»Wann kommt er denn normalerweise?« rief ich laut zwischen die Schläge.

»Ganz verschieden.« Vor ihm lagen jetzt sauber und glatt zerteilte Koteletts, fast identisch in Größe und Form.

»Danke«, rief ich über die Schulter und ging zurück ins Restaurant. Es war jetzt gegen sechs Uhr, und der Raum füllte sich mit Angestellten und Geschäftsleuten. Die Kellner schauten bereits wieder mißtrauisch zu mir herüber. Also bezahlte ich und holte meine Jacke an der Garderobe. Gerade als ich sie anzog, öffnete sich die Tür, und eine Frau mit einem auffälligen roten Hut kam herein. Sie war anscheinend gut mit den Kellnern bekannt, denn augenblicklich trat der, dem ich zuerst die Zeichnung gezeigt hatte, auf sie zu und legte den Arm zur Begrüßung um ihre spitzen Hüften. Ich erinnerte mich sofort: Denise Appollinaire. Die Sekretärin von Kornelius.

Als ich hinunter zum Ufer ging, sah ich schon von weitem den Penner, wie er sein hoch bepacktes Fahrrad, aus Richtung Stadt kommend, schob.

Ich ging ihm entgegen. Er nickte mir zu.

»Na, Kleene, auch hungrig?«

»Nicht auf Reste.«

»Ist nicht das Schlechteste.«

»Wie geht's Paul?« fragte ich.

»Lange nicht gesehen. Hat sich wohl aus dem Staub gemacht. Zuviel Morde, Polizei und neugierige Frauen. Keine gute Gegend mehr hier.«

Ich zog wieder mein Bild aus der Tasche.

»Haben Sie den hier schon einmal gesehen?«

»Kann sein. So ne Typen gibts wie Sand am Meer«, antwortete er bereitwillig.

»Aber nicht alle sind tot, oder?«

»Nee, da haste recht.«

»Und, kennen Sie ihn oder nicht?«

»Na ja, ich glaube, einer von denen ist hier mal herumgelaufen.«

Ich wurde ganz aufgeregt. »Wann?«

»Könnte Donnerstag abend gewesen sein.«

»War er allein?« Ich holte die Zigaretten hervor und streckte ihm die Packung entgegen.

»Was soll ich dazu sagen. Er war ja nun allein. Alleiner gehts gar nicht, aber dann auch wieder nicht. Soviel Begleitung hatte er wohl sein Leben lang nicht. Und schlecht sah er aus.«

Ich wurde mißtrauisch. »Wann war das denn, als Sie ihn gesehen haben?«

»Spät.« Er nahm sich die Packung und sagte: »Wird wohl so gegen halb eins gewesen sein.« Halb eins? Um diese Uhrzeit war Roman Rymut schon tot gewesen.

»Jetzt hör mal zu«, schrie ich ihn an, »ich schicke deinem Koch die Polizei, den Geschäftsführer, das Gesundheitsamt, die ganze Sippe auf den Hals, was du willst. Ich bin Reporterin und habe super Beziehungen, wenn ich sie brauche.«

»Schon gut. Schon gut.« Er gab mir eine von meinen Zigaretten zurück. »Reg dich ab, und rauch erst mal eine.«

»Verarschen kann ich mich selbst.« Ich zündete die Zigarette an.

»Also gut. Ich erzähl dir was. Damit du Ruhe gibst. Ich also Donnerstag abend spät den Weg hier hoch zur Küche. Es regnet und regnet. Richtiges Sauwetter. Und da kommen mir vier Männer im Anzuch entgegen. Die gehen Richtung Mainufer. Ich denk mir noch, was wollen die denn hier? Da sehen die doch bald so aus wie unsereiner. Und ich sage guten Abend, weil ich ein höflicher Mensch bin, weil ich manchmal Geld dafür kriege, weil ich für unsern guten Ruf sorgen muß, sonst kriegt unsereins noch den Mord an irgendeinem Polen angehängt.«

»Und weiter?«

»Und ich sag noch, bei dem Wetter bleibt man besser zu Hause, wenn man eines hat. Doch ich bekomme keine Antwort, und das kann ich nicht leiden. Ich kann es auf den Tod nicht ausstehen, wenn man mich nicht grüßt. Verstehst du?«

Ich nickte.

»Und da schaue ich mir die genauer an. Und da ging der Pole, der von der Zeichnung, der ging vor den dreien her. Er rauchte und schaute mich freundlich an, und ich denk schon, jetzt sagt der wenigstens guten Abend, aber da stellt sich ein anderer, so ein dünner Grauhaariger dazwischen und drängt mich doch vom Weg. So daß ich auf die Wiese muß mit meinem Fahrrad. Und da schiebt es sich bei dem Regen verdammt schwer. Das kannste mir glauben. Aber weißt du wohl auch selbst.«

Ich nickte wieder. Jetzt nur nicht unterbrechen, wenn er so im Redefluß ist. Aber er schaute auf seine Uhr und stand auf. »Willste dir den Weg anschauen?«

Ich nickte.

»Dann kann ich mir gleich noch 'n Kuchenrest holen.«

Ich folgte ihm den Weg hoch Richtung Gerbermühle.

»Und weiter?« drängte ich.

»Nicht viel. Ich warte, bis die vorbei sind. Und hab ihnen nachgeschaut. Hab mir gedacht, was wollen die denn da unten bei dem Wetter. Dann hab ich mir wie immer mein Essen geholt. Aber weil es so geregnet hat, hab ich es hier gleich unter dem Dach gegessen.«

Inzwischen waren wir am Hintereingang angekommen. Man hörte die Geräusche aus der Küche. »Hat ja so geregnet. Sonst mach ich das nicht. Und als ich wieder den Weg zurückgegangen bin, war da niemand mehr. Mehr kann ich dir nicht sagen. Das war's. Das nächste Mal, als ich ihn gesehen habe, war er tot.«

»Hast du das der Polizei auch erzählt?«

»Nee, woher denn«, sagte er, »ich erzähl nie zwei Leuten dasselbe.« Ich schaute ihm ins Gesicht. Seine Augen funkelten.

Er klopfte gegen die Tür in einem Rhythmus, der wie ein vereinbarter Code klang.

»Das hat mir sehr geholfen. Danke«, rief ich ihm zu und ging weiter Richtung Parkplatz. Als ich einige Schritte entfernt war, kam der Koch heraus und rief: »Hey, Paul. Denk nur nicht, daß du jemanden mitbringen kannst. Das fehlt mir noch. Bin doch hier keine Obdachlosenspeisung.«

Und ich hörte von weitem die Antwort: »Nee, nur die Ruhe, ich werd doch meine Quellen nich' verraten.«

Zufrieden machte ich mich auf den Weg nach Hause und hoffte, daß Ron tatsächlich noch nichts davon wußte, daß Roman Rymut zuletzt in Begleitung von drei Männern gesehen worden war.

Als ich zu Hause ankam, nahm ich das härteste Rot, das ich finden konnte, und skizzierte das Gesicht von Denise Appollinaire aus ineinandergeschobenen Dreiecken. Anschließend lackierte ich die Konturen mit durchsichtigem Nagellack. Vielleicht hätte mein Professor jetzt wieder gefragt: »Berit? Wie lautet das achte Gebot?« Und ich hätte brav geantwortet: »Du sollst nicht kopieren deines Nächsten Ideen.« Doch das Ergebnis war perfekt. Mit meinem Bild war mir etwas gelungen, was nur ich erkannte: die Darstellung eines Gefleckten Leierfischs, eines *Callionymus maculatus* in menschlicher Gestalt. Und Picasso in einer frühen roten Periode.

Als ich mich an diesem Abend ins Bett legte und das Licht ausmachte, konnte ich nicht einschlafen. Etwas kreiste in meinem Kopf herum und ließ mich nicht los. Es hatte mit diesem Penner zu tun.

Ich erzähl nie zwei Leuten dasselbe, hatte er mit diesem durchtriebenen Lächeln aus Delphi gesagt. Das hieß also, daß er es der Polizei nicht erzählt hatte. Na ja, wenn man ihm überhaupt trauen konnte. Ich rief mir die Szene noch einmal ins Gedächtnis. Bis es mir einfiel. Ich war so begeistert davon gewesen, daß er den Polen in Begleitung dreier Männer gesehen hatte, daß mir etwas anderes gar nicht aufgefallen war. Daß der Koch ihn *Paul* genannt hatte.

Paul?

Ich hatte also an Paul so großzügig meine Zigaretten und mein Kleingeld verschwendet.

11

Nach dem Gespräch mit Paul bildete ich mir ein, mit einer Information im Vorsprung zu sein. Aber Ron meldete sich nicht, damit ich ihm das hätte mitteilen können. Heute war Donnerstag und damit Dinnerzeit bei Marlene. Vielleicht würde ich ihn dort treffen? Aber wollte ich das überhaupt? Ganz abgesehen davon, daß ich noch nicht eingeladen war. Seine Telefonnummer hatte ich nicht.

Aber hier ging es um wichtige Informationen in einem Mordfall. Mir fiel die Einladung dieses schmierigen, aalglatten Ulf Uhrbrock ein: *Werde ich Sie wiedersehen? Vielleicht nächste Woche auf der Institutsfeier?* Na ja, es war nicht direkt eine Einladung gewesen. Aber immerhin. Ich rief bei Marlene an und begann ein unverfängliches Gespräch über Kunst und Wohnkultur. Von dort leitete ich über zum Arabellahotel und verwickelte sie in wie Köder ausgelegte Erinnerungsstränge. Sie lief sie tatsächlich zurück: *Ja, die Ausstellung … damals … schöne Zeit … noch Gefühl, die Zukunft liege einem zu Füßen, sie winke am Horizont, der so breit war wie … jetzt alles hinter uns …* Aber erst, als ich Mattis Namen einfließen ließ, biß sie richtig an. Er hatte es damals nicht nur mir angetan. Vor allem sein Abschlußobjekt, eine weiße Gipsleinwand, in der zerstörerisch anstelle eines Messers ein Pinsel steckte, aus dem rote Farbe zu einer Rose zerlief, hatte Marlene nachhaltig beeindruckt. »Was ist eigentlich aus Matti geworden?« fragte sie neugierig.

»Er hat eine Galerie in New York«, sagte ich, und damit hatte ich sie endgültig an der Angel.

»Oh. Toll! Das wußte ich gar nicht. Hast du nicht Lust, heute abend mit uns zur Institutsfeier zu kommen?« fragte sie.

Jetzt war es nur noch nötig, sie zielsicher auf meine Seite zu ziehen. Nur zum Schein zierte ich mich. »Welche Institutsfeier?«

»Hast du denn letzte Woche nicht zugehört?« Die mütterliche Ungeduld, ihre Lieblingsrolle mir gegenüber, gewann die Oberhand – ohne zu wissen, daß sie selbst ins Netz gegangen war. »Heute feiert das Institut doch zehnjähriges Jubiläum. Möchtest du nicht mitkommen? Wir holen dich ab!«

Ich spielte die Rolle der Spröden, Kühlen, Blonden. »Ach nein, nicht schon wieder! Ich habe wirklich keine Lust auf genetische Vorträge. Treffen wir uns doch lieber einmal ...«

Ich wußte genau, Marlene entfaltete ihr Talent, anderen ihren Willen aufzuzwingen, erst dann voll, wenn man ihr Widerstand entgegenbrachte. Daß ihr dies bei mir stets mit erschreckend wenig Worteinsatz gelang, könnte meiner Mutter eine Lehre sein, die zuviel redete und damit rein gar nichts erreichte.

»Keine Widerrede, Ron kommt auch«, sagte Marlene. »Wir sind um halb acht bei dir.«

Und beide legten wir den Hörer auf in der Überzeugung, den anderen manipuliert zu haben. Ich weiß gar nicht, weshalb so viele Leute Gesellschaftsspiele brauchen, um über andere zu triumphieren, wenn doch bereits ein Telefongespräch genügt.

Nun stand ich also vor meinem Kleiderschrank und wußte nicht, was ich anziehen sollte. Vor Verzweiflung verfiel ich erst einmal in den Zustand des empanzipatorischen Philosophierens, der jede Entschlußkraft lähmt. Warum nur ist die Wahl der richtigen Kleidung ein spezifisches Frauenproblem?

Richtig! Weil die männliche Kleiderordnung militärisch strukturiert ist!

Die Kategorien, wie sie sich zu kleiden haben, sind strikt nach Gelegenheiten systematisiert. Vom Schlafanzug über den Blaumann zum Smoking. Es muß ein herrliches Gefühl sein, immer einen von sechs Richtigen im Schrank zu haben. Sechs Kategorien von Anzügen, aber nur zwei Kategorien von Männern – nette und aufregende. Das ist das Gefährliche. Man kann sich bei der Suche verzetteln.

Ich suchte noch immer vergeblich nach der Nische zwischen diesen beiden Extremen, in der ich existieren konnte.

Als Frau dagegen verliert man sich, wenn man am Abend ausgeht, im Kleiderschrank. Vor allem, wenn man so komplizierte Absichten verfolgte wie ich. Ich wollte Ron unbedingt zufällig begegnen, um dann so zu tun, als sei er nicht da. Ich mußte also erst seine Aufmerksamkeit erregen, um dann distanzierte Kühle auszustrahlen. Aus meiner Arbeit weiß ich, daß dafür Signalreize das richtige sind.

Warum nur ist die zwischenmenschliche Kommunikation im Vergleich zur Tierwelt so kompliziert? Der Stichling verfärbt einfach seine Unterseite rot, wenn er einen Partner sucht, der Leuchtkäfer *Photuris* sendet Lichtsignale wie Morsezeichen, der Pfau schlägt ein Rad. Ich aber stand unschlüssig vor dem Kleiderschrank.

Was sollte ich anziehen?

Was schon. Es blieb wieder nichts anderes als das violette Samtkleid und die ruinierten Pumps.

Marlene klingelte Punkt halb acht. Es war mir ein Rätsel, wie sie es immer schaffte, pünktlich auf die Sekunde anzukommen oder abzufahren. Ihr Zeitgefühl war wie die Intuition eines Fleischers, der, ohne groß nachzudenken, Wurst auf Tausendstel Gramm genau aufschneidet.

Die Luft war voller feuchter schwarzer Novemberpartikel, und Marlene trug Weiß. Ein weißes Ensemble aus schmalem Strickrock, herbstlichem Zopfpullover und beigen Schuhen. Darüber ein kompliziertes Cape in Elfenbein. Das Material mußte luft- und wasserabweisend konstruiert sein. Sie kam jedenfalls trocken bei mir an. Mein violetter Samt aber sprühte Funken wie ein elektrisiertes Katzenfell, sobald er mit der nebligen Feuchtigkeit in Berührung kam. Ich litt unter ständigen Stromstößen.

Kornelius saß am Steuer des weißen BMWs. Er grüßte mich mit angestrengtem Minimalaufwand: »Abend.« Überrascht erkannte ich Ewa auf der Rückbank.

Ich setzte mich zu ihr. *»Dobry wieczór.«* Meine Sprechorgane zumindest schienen reibungslos zu funktionieren.

»Guten Abend«, antwortete sie.

Den Weg zum Arabellahotel legten wir schnell zurück. Bei der Einfahrt zur Tiefgarage sagte Marlene zu Kornelius: »Wir steigen hier aus, du kannst parken.« Es war wie in diesen beneidenswerten Hotelszenen in amerikanischen Filmen. Man fährt vor, steigt lässig aus und läßt den achttürigen Wagen von jemandem, der auf einen gewartet hat, einparken. Doch der Beruf des Wagenmeisters ist leider ausgestorben. Also müssen die Ehemänner herhalten.

Marlene eilte uns voran. Mein Blick auf die Uhr zeigte 1 Minute und 58 Sekunden vor acht. Punkt 20 Uhr betrat Marlene den Festsaal. Ihre Hofdamen hinterher.

Falls ich auch nur kurz überlegt hatte, was Ewa auf diesem Bankett zu suchen hatte, verstand ich es nun. Sie zog in der Garderobe ein weißgeklöppeltes Schürzchen über den schwarzen kurzen Rock und begab sich hinter ein kaltes Büfett, das bereits aufgebaut war.

»Hättest du ihr heute abend nicht freigeben können?« zischte ich Marlene zu, die ein Rosenarrangement auf der Bühne genau gegenüber dem Büfett verbessern ließ. »Wem?« fragte sie, während sie von einem Stuhl zum anderen lief, um zu testen, ob die Rosen an jedem Platz im Saal in die Augen stachen, ohne die Sicht auf das Rednerpult zu verdecken.

»Ewa! Hat das Hotel nicht genügend Angestellte, daß sie euch auch noch hier bedienen muß?«

»Berit.« Marlene blieb kurz stehen. Ihr Augenaufschlag und die Winkel ihres Mundes verformten sich zu einem gütig belehrenden Gesichtsausdruck. »Ewa *wollte* heute abend hier arbeiten. Sie verdient hier an einem Abend mehr als in zwei Monaten in Danzig. Oder wie, meinst du, soll sie sonst nach Amerika kommen?«

Okay, es tut mir leid, wieder einmal habe ich mich geirrt. Die Welt ist gerecht und Marlene ihr einziger Vertreter.

Der Saal füllte sich. Ich setzte mich in die letzte Stuhlreihe, um mich dem zu widmen, was ich am besten konnte, der Beobachtung. Kornelius hatte offenbar inzwischen den Wagen abgestellt und stand an der Tür, um die geladenen Gäste zu begrüßen. Die Bügelfalten seines Anzuges bildeten eine Linie mit dem Türrahmen, seine Hand wartete in Höhe des Türdrückers auf den nächsten Gast.

Im Defilee zog die Sonntagsausgabe der FAZ an mir vorüber: Oberbürgermeisterin, der Chef der Deutschen Bank, der Präsident der Frankfurter Eintracht, der Rektor der Goetheuniversität. Nur Goethe selbst war aus bekannten Gründen nicht erschienen, dafür zog hinter dem neuen Kulturdezernenten Daniel Cohn-Bendit in den Saal. Alle in den gleichen grauen Tarnanzügen.

Der einzige, der nicht erschien, war Ron.

Es war bereits halb neun, und fast alle Plätze waren besetzt. Gleich würde die Veranstaltung beginnen. Ich erkannte es daran, daß sogar Marlene sich setzte, nachdem sie im Saal auf und ab geflattert war. Auf der Bühne nahm ein Duo hinter einem Flügel und einem Cello Aufstellung.

Es war genau die Situation, in die mich ein schlecht gemaltes Bild bringt. Entweder man rennt schreiend aus dem Museum oder betrinkt sich. Bevor das Spektakel begann, lief ich schnell zu Ewa. Ich stand hinter Cohn-Bendit, der sich gerade einen Rotwein aus einer roten schmalen Weinkarte aussuchte, die an jedem Platz ausgelegt worden war. Ein echter Service. Ich nahm eine Karte vom Büfett und verfolgte voller Spannung, wie er sich nicht entscheiden konnte, ob er einen Cabernet Sauvignon, Chile '98, laut Karte *Duft reifer Beeren, voller Körper,* oder einen Hermitage, Marquise de la Tourette, '91 Delas Frères, Côte-du-Rhône, *intensives Bukett mit Nuancen von Beeren, Süßholz und Leder, schlanker, aber kompakter Körper mit kräftigen und eleganten Tanninen*, trinken sollte. Er entschied sich, obwohl Europaabgeordneter für Frankreich, für den Wein aus Chile, was ich sehr bedenklich fand. Ich wartete geduldig, bis er auch noch eine Zigarre Baron de Rothschild aus Jamaica wählte. Ebenfalls à la carte. Zigaretten waren nicht aufgeführt, und schon gar keine Marlboro lights.

Was Cohn-Behndit sich gönnte, konnte mir auch nicht schaden, und so sagte ich zu Ewa: »Bitte gieße mir sofort einen Sekt ein, sonst halte ich es hier nicht aus.«

Ewa füllte mir ersatzweise ein Glas mit Champagner (leider gab es keinen Sekt). Wie hatte Marlene damals gesagt, als sie gerade nach Sachsenhausen in ihre Villa gezogen war: *Übrigens, Berit, an Champagner nippt man nicht. Wenn er seinen vollen Geschmack entfalten soll, mußt du ihn runterschütten.* Ich schüttete also und sagte betont laut in Richtung Ewa: »Vielleicht fällt ja die blasse Cellistin da vorne in Ohnmacht, und du kannst einspringen.« Keiner neben, vor oder hinter mir reagierte. Nicht eine gehobene Augenbraue. Es war eine von meinen Aussagen, die genausogut auf chinesisch hätten gesagt werden können.

Kornelius sprach auf der Bühne ins Mikrofon und begann mit der einführenden Rede: *Ich freue mich, sie heute abend hier begrüßen zu dürfen, ein Abend, an dem wir allen Grund haben zu feiern ...* Er war nichts als ein Conférencier ohne Befugnisse, der vor dem Mikrofon herumtänzelte und sang: *willkommen, bienvenue, welcome*. Nur Belanglosigkeiten. Ich setzte mich und achtete fortan nur noch darauf, keinen Tropfen zu verschütten. Und bald perlten seine Worte an meinen Ohren ab, während sich der Champagner Schluck für Schluck die gierigen Wände meiner Speiseröhre hinunterstürzte. Doch Gott sei Dank kam Kornelius schnell zum Ende und kündigte den nächsten Redner an.

»Besonders freue ich mich nun darauf, Professor Dr. Rudhard Thorwald begrüßen zu können, der die Festrede halten wird.«

Ron war noch immer nicht erschienen.

Das Publikum klatschte. Kornelius verließ die Bühne nach vorne wie nach einer Bühnenanweisung, in der es für Nebenfiguren vernichtend heißt: *Ab*.

Aus dem Vorhang trat ein Mann an das Rednerpult. Sauber gestanzte graue Armanischläfen.

Diesen Mann hatte ich schon einmal gesehen.

Ich überlegte nicht lange. Es war der nervöse, maßgeschneiderte Mann, der vor der Glastür am Flughafen auf und ab geschritten war und den blassen Polen in Empfang genommen hatte.

Ich trank den Champagner in einem Zug leer.

»Wozu sind wir hier?« begann er seine Rede.

Seine rechte Hand glitt bald in die Tasche seines Smokings, bald stützte er sich leger auf das Rednerpult.

»Wirklich um ein zehnjähriges Jubiläum zu feiern?« Sprechpause.

Wozu sonst? Angehaltener Atem im Publikum.

»Um Erfolge zu feiern?« Tastendruck auf Pause.

Ja klar! Wozu sonst?

Sprechblase Nr. 3: »Um Mißerfolge zu vergessen?«

Das Publikum lachte ohne Grund.

Ich erkannte in der ersten Reihe Denise, die zwischen Marlene und der Oberbürgermeisterin saß. Sie taxierte nervös aufgekratzt die Umgebung, um die Wirkung von Thorwalds Worten zu überprüfen.

»Nein, wir alle sind hier, weil Hessen in den letzten zehn Jahren seinem Ziel, Spitzenstandort für die kommerzielle Anwendung der Biotechnologie zu werden, einen großen Schritt näher gekommen ist.«

Nun ging es erst richtig los, und mein Champager war schon leer.

»Nur deshalb dürfen wir hier heute abend die Frau Oberbürgermeisterin begrüßen. Hätten wir nicht das geschafft, was wir die letzten Jahre geschafft haben, wären Sie, verehrte Frau Oberbürgermeisterin, wohl lieber zum Presseball gegangen. Im übrigen vielen Dank. Ich glaube, er wurde wegen uns auf morgen abend verschoben.«

Die erste Reihe lachte.

Die zweite klatschte.

Die Studenten ganz hinten schlugen sich auf die Schenkel.

»Kooperation zwischen Wirtschaft und Wissenschaft hat hierzulande einen anrüchigen Beigeschmack. Leider. Doch Gott sei Dank scheuen sich inzwischen immer weniger meiner Kollegen, auch an die Anwendung ihrer Ergebnisse zu denken. Und an die Menschen draußen, die sich fragen, was wir in unseren Labors so treiben, und die Ergebnisse fordern. Mit Recht. Ja, mit Recht Ergebnisse von uns fordern, zu ihrem Nutzen.

Wir konnten in den letzten Jahren zahlreiche Investoren aus dem In- und Ausland gewinnen, die unsere Forschung unterstützen. Mein Dank geht daher heute abend vor allem an Sie. Ich danke Ihnen, meine Herren aus Industrie und Politik, für Ihren Mut. Ich denke, er hat sich ausgezahlt. Wir haben viel erreicht auf dem Weg an die Spitze der deutschen Forschungselite. Unsere Zusammenarbeit ist ein zukunftsweisendes Beispiel, wie Wirtschaft und Wissenschaft – vor wenigen Jahren noch unversöhnlich im Duell um die Zukunft – in einem modernen Deutschland zusammenarbeiten können. Zum Wohle unseres Landes und Europas.«

Klatschen. Das also war der mysteriöse Prof. Rudhard Thorwald. Er war nicht nur der Mann vom Flughafen. Er war auch der neue Chef von Kornelius.

Er hatte sich warmgeredet: »Unser Institut betreibt angewandte Forschung, das heißt, es geht um technische Entwicklung, nicht um naturwissenschaftliche Entdeckungen, und darauf können wir besonders stolz sein. Denn«, er spitzte die Finger wie zu einem Zeigestab und hätte mit dieser Geste genausogut ein raffiniertes italienisches Pastagericht loben können, »um die europäische Wettbewerbsfähigkeit abzusichern, werden neue Ideen und technologische Vorsprünge gebraucht. Innovative Technologien tragen bei dem weltweiten Strukturwandel, und den können wir nicht wegdiskutieren, dazu bei, neue Arbeitsplätze zu schaffen. Auch darum muß die Vernetzung des europäischen Forschungspotentials mit der wirtschaftlichen Integration Schritt halten.«

Nun befand er sich auf der Zielgeraden wissenschaftlicher Rhetorik.

Ich schaltete ab.

Meine Sinne verloren ihr natürliches Gleichgewicht. Das heißt, alle anderen Sinne waren tot, dafür intensivierte sich die Sehkraft meiner Augen. Der Mann vor mir auf der Bühne, von zwei Scheinwerfern, einem rechts, einem links, angestrahlt, wurde so deutlich wie unter dem Mikroskop. Ich sah alles. Die silbernen Haare, die bewußt gesetzten Falten, die muskulösen Arme, den schwingenden Golferschritt, die glatte Bräune des Skifahrers, die

Designerbrille, die Schweizer Uhr. Ich sah aber auch die Nervosität der Hände.

Und nicht zu vergessen das effektiv überkronte Gebiß. Spitze Zähne, wie gepflastert im Mund sitzend.

Plötzlich signalisierten Standing ovations, daß die Rede zu Ende war.

Rudhard Thorwald hob die Hände und rief hinunter: »Ich möchte nun besonders Dr. Jacek Kowalski von der 1993 gegründeten Foundation of Applied Research mit Sitz in Warschau, Danzig und Krakau begrüßen und ihm für die Zusammenarbeit in den letzten Jahren danken. Professor Kowalski hat uns unterstützt in der Weiterentwicklung im Bereich Reproduktionsanalyse. Diese Kooperation kann und wird eine wichtige Voraussetzung für den Beitritt Polens in die Staatengemeinschaft der EU sein.«

Die Cellistin saß breitbeinig da wie vor einem Waschbrett und zog den Bogen an den Saiten gerade, als unterstreiche sie die Rede mit dem Lineal. Dazu die blasse Pianistin in schwarzem kurzem Kleid, die den Schlußakkord klimperte. Über ihren nicht vorhandenen Hüften verrutschte der gehäkelte Breitbandgürtel aus den Sechzigern. Ich fühlte mit Ewa, die, diese musikalische Konkurrenz vor Augen, unmusikalischen Gästen Champagner einschenken mußte.

Ein Mann stand auf und begab sich Richtung Bühne. Er ging mit gespielt verlegenem Gesichtsausdruck, der in jedem Lehrbuch der Rhetorik als Bescheidenheitsgestus beschrieben wird, nach oben und verbeugte sich vor dem Klatschen der Gäste. Es war der Pole vom Flughafen. Derselbe, den Thorwald und der Mann mit der Narbe abgeholt hatten.

Vielleicht war Ron inzwischen eingetroffen. Ich drehte den Kopf. Doch ich hatte vergeblich gehofft, er würde dort hinten an der Saaltür stehen, wartend, bis das Ganze vorbei war. Dafür erkannte ich Ulf Uhrbrock links, die Hände über dem Unterleib verschränkt, als fühle er sich einem Freistoß in der Bundesliga ausgesetzt. Ich wandte schnell den Kopf ab in der Angst, er würde mich erkennen und anschließend mit Beschlag belegen. Ich fürchtete vermutlich zu Recht, daß ihm die nationalen Statistiken noch nicht ausgegangen waren. Dabei fiel mein Blick unwillkürlich auf den Türsteher rechts. Und ich hatte das Gefühl, daß das Weltall, das sich seit dem Urknall immer weiter und zuverlässig ausgedehnt hatte, so daß immer mehr Menschen darin wohnen konnten, nun begann, schnell wieder zusammenzuschrumpfen. In dieser schrumpfenden Welt fanden nur noch wenige Platz, alle anderen mußten draußen bleiben. Nur so konnte ich es mir erklären, daß mir in der letzten Woche immer dieselben Gesichter begegneten. Denn neben Ulf Uhrbrock hatte es auch der dritte Mann vom Flughafen geschafft, gerade noch hereinzukommen. Mit unbeweglichem Gesichtsausdruck stand er Richtung Saal gewandt und verfolgte das Geschehen. Und ich fühlte deutlich den Stich im Herzen und die pochende Frage: Gehörte Ron etwa zu denen, die draußen bleiben mußten?

12

Der Abend war lang.

Noch viele Reden und Gesichter.

Wenn das Fischelexikon fertig war und ich arbeitslos, hatte ich Material genug für einen physiognomischen Atlas »Der Homo europaeicus in Wirtschaft und Forschung«. 300 detailgetreue farblose Abbildungen von Männern in Smoking und Anzug. Während all diese von ihrem biotechnologischen Vormarsch zum kalten Büfett eilten, befand ich mich auf der Flucht vor Ulf Uhrbrock. Er hatte mich erkannt und winkte mir von der Eingangstür her zu. Womöglich bildete er sich noch ein, ich sei seinetwegen hier erschienen.

Das Duo auf der Bühne lag in den letzten Zügen, das Cello zog den ultimativen Gedankenstrich, und schon sah ich Ulf Uhrbrock auf mich zukommen. Mir blieb nichts anderes übrig, als mich hinter das Büfett zu Ewa zu flüchten. Der lange Tisch bildete eine natürliche Grenze. Und da es hier kostenlos etwas gab, entstand nach den trockenen Reden schnell eine Schlange von hungrigen und durstigen Gästen. Ulf Uhrbrock war nicht der Typ, der sich vor Vorgesetzten und wissenschaftlichen Vorbildern nach vorne drängte. Er gab auf.

Nachdem Ewa mit ihren geübten Fingern unzählige Gläser mit Champagner und Rotwein gefüllt hatte, trat an der Grenzlinie endlich Ruhe ein. Die Grabenkämpfe um die alkoholischen Ressourcen waren fürs erste beigelegt, eine kurze Gefechtspause trat ein.

Ich hatte für Ewa die ganze Zeit Flaschen geöffnet.

»Wie fandest du denn das Streichquartett? Mir schmeckte es zu sehr nach Mozartkugeln«, sagte ich jetzt zu ihr.

»Es war sehr genau gespielt. *Bardzo dokładnie.*« Ewa begann die leeren Flaschen unter den Tisch zu räumen.

»Na ja, ein ganz schönes Geleiere, mehr wie ein Rosenkranz.«

»Ein Kranz aus Rosen ist sehr schön.«

»Ich meine aber den Rosenkranz aus der Kirche, verstehst du? Jesus, der für uns am Kreuz gestorben ist ... Heilige Maria Muttergottes usw.«

»Du mußt einmal kommen nach Polen zu schwarze Madonna von Tschenstochau. Da kannst du sehen, welche Rolle spielt Rosenkranz für Menschen in Polen.«

»Na ja. Irgendwann mußt du mir einmal etwas vorspielen. Ich wette, du übertriffst diese Cellistin da vorne um mindestens noch einmal acht Oktaven.«

Ewa lächelte und öffnete mit einem Messer neue Champagner- und Weinkartons.

»Nein wirklich, ich würde dich gerne einmal spielen hören.«

»*Może kiedyś.* Vielleicht irgendwann.«

Ich schenkte mir ein weiteres Glas ein. Ständig stand ich ihr im Weg. »Möchtest du nicht auch einen Schluck?«

Ewa verneinte und räumte die zurückgebrachten Gläser auf einen Rollwagen.

»Warum nicht?« Ich ließ nicht locker. »Ein kleiner Schluck wenigstens.« Ich hielt ihr das Glas entgegen.

Doch Ewa schüttelte beharrlich den Kopf und öffnete nun die Kartons mit frischen Gläsern, die unter den weißen langen Tischdecken verborgen standen. Falls die geladenen Gäste zu vorgerückter Stunde begännen, die Gläser über ihre Schulter zu werfen, um sich gegenseitig für ihre wissenschaftliche Karriere Glück zu wünschen, war für Nachschub gesorgt.

»Aber irgendwann wirst du einmal mit mir ein Glas Sekt oder

einen Wodka trinken. Ich lade dich zu mir ein. Ich würde dich gerne einmal spielen hören.«

Je größer die Gesellschaft, je einsamer man sich fühlt, je mehr man sich nach jemandem Bestimmten sehnt, desto wichtiger ist es, sich wenigstens einen Verbündeten zu sichern gegen den Rest der Welt.

Marlene trat an das Büfett wie eine Fahrkartenkontrolleurin und stellte gleich fest, daß ich mich unberechtigterweise hinter der Grenzlinie aufhielt. Sie zitierte mich nach vorne. »Halte Ewa nicht von der Arbeit ab, Berit. Und trink nicht soviel. Du weißt doch, daß du nichts verträgst. Vor allem, wenn du noch nichts gegessen hast.« Manchmal denke ich, daß Marlene Geheimverträge mit meiner Mutter abgeschlossen hat.

»Ich esse nur etwas, wenn du mir diesen schmierigen Ulf Uhrbrock vom Leibe hältst. Ich sage dir gleich, daß ich nicht mitgekommen bin, um eure statistisch gesehen überdurchschnittlich sexuell ausgehungerten Studentenknäbchen bei Laune zu halten.«

Mit diesen Worten ging ich um das Büfett herum.

»Keine Angst«, sagte Marlene. »Ulf wird gerade dem Vorstandschef eines bedeutenden Pharmaziekonzerns vorgestellt. Ich möchte noch keine Namen nennen. Aber die planen eine Forschungsgruppe, die zwar in unserem Institut sitzt, aber von ihnen bezahlt wird.« Marlene drehte die Hoffnungsschraube höher. »Vielleicht wird Kornelius diese Gruppe leiten.«

Im Weggehen drehte ich mich um, um Ewa noch einmal resigniert zuzuwinken. Wir kannten uns eigentlich nicht, hatten nur wenige Worte gewechselt. Aber ich hatte das Gefühl, daß wir uns verstanden. Ewa gehörte zu den Menschen, die über das, was sie sehen, nicht viel sprechen müssen. Doch ein kleiner, glatzköpfiger Mann, dessen Anzug mir von hinten bekannt vorkam, verdeckte Ewas Anblick. Er beugte sich zu ihr hinüber und sprach eindringlich auf sie ein. Hatte da einer Sonderwünsche? Ich blieb stehen. Und sah Ewas Gesicht hinter dem Mann auftauchen.

Es war kreidebleich. Weiß wie ihre Bluse, wie ihre Schürze, wie das Ensemble, das Marlene trug, die mir vorauseilte.

Der Mann vor ihr stellte sich auf die Zehenspitzen, beugte sich drohend über das Büfett, sagte erneut etwas.

Ewa schüttelte den Kopf, nahm dann langsam und sichtlich bemüht, nicht die Beherrschung zu verlieren, ein Handtuch und begann die Gläser, die sie aus dem Karton holte, blank zu reiben. Der Mann sprach weiter auf sie ein.

Ewa schüttelte wieder, heftiger, den Kopf und entgegnete etwas. Er packte sie am Arm und hielt ihn fest. Das Glas fiel aus ihrer Hand und zerschellte am Boden.

Ich suchte Marlene, aber deren Welt war offensichtlich in Ordnung. Sie war noch immer auf dem Weg in die Wissenschaft der Zukunft, so schnell, wie sie vorauseilte. Sie hatte nichts bemerkt und blieb im Gedränge stehen, um mit jemandem Floskeln auszutauschen. Die Frau in ihrem schleierartigen Kleid kam mir bekannt vor. Ach ja, es war die, die immer noch schwanger aussah. Der Typ, der selbst zu schwach zum Leben, aber stark genug war, zahlreiche Kinder in die Welt zu setzen.

Ewas Gesicht, zwar noch immer blaß, nahm plötzlich wieder diesen unzugänglichen Ausdruck an, mit dem sie alles verfolgte, was um sie herum geschah. Dann beugte sie sich hinab und sammelte die Scherben auf, ohne auf den Mann zu achten. Er drehte sich um und lief in unsere Richtung.

Es war Jacek Kowalski – nur sah sein Gesicht jetzt nicht mehr aus wie verkochter Weißkohl, sondern wie rote Bete. Sieh mal an, dachte ich, ein Fall von latenter Aggressivität.

Ich ging zu Marlene und zog sie einfach von ihrer Gesprächspartnerin weg. »Woher kennt der Ewa?« flüsterte ich.

»Wer?«

»Na der kleine polnische Glatzkopf, der aussieht wie das HB-Männchen.«

»Warum flüsterst du denn?« Marlene drehte sich um. Jacek Kowalski lief vor Wut fast in sie hinein. Als er sie erkannte, nahm er schnell die geduckte Haltung ein, die ich vom Flughafen kannte.

»Darf ich vorstellen?« sagte Marlene. »Berit Janda. Eine liebe Freundin – Jacek Kowalski. Universität Danzig.« Und ließ uns stehen. Manchmal hasse ich sie.

Das rote Gesicht beugte sich nach unten über meine Hand und küßte sie.

»Sehr erfreut, Sie kennenzulernen.«

Während ich noch damit beschäftigt war, den Feuchtigkeitsfilm einer Nacktschnecke auf meinem Handrücken anzustarren, hörte ich von der Seite eine knarrende Stimme:

»Jacek, würdest du mir die junge Dame vorstellen?«

Ich befürchtete einen zweiten Handkuß, doch Samtkleider haben keine Taschen, in denen man seine Hände verschwinden lassen kann. Rechts neben mir erkannte ich den Türwächter, der Kowalski vom Flughafen abgeholt hatte. Er reichte mir die Hand. Sie war kalt und rauh wie seine Gesichtshaut. Ich hatte Angst, mir die Haut aufzureißen wie an einem Reibeisen. Und er trug einen Siegelring an der linken Hand.

Kowalski lächelte nervös und sah mich abwartend an.

»Janda«, sagte ich, »Berit Janda.«

»Dr. Stanislaw Dymoff«, stellte er sich selbst vor und verbeugte sich. Den Namen hatte ich doch schon einmal gehört.

Ich erinnerte mich, die Graue Eminenz des Institutes und Vater von Zwillingen. Dr. Stanislaw Dymoff stellte sich vor mich und schob Jacek Kowalski einfach zur Seite. Hatte er mich auf dem Flughafen gesehen?

»Berit? Ein skandinavischer Name, oder?«

Ich nickte.

»Und Janda?«

»Baltikum. Meine Großeltern waren aus Litauen.« Das war eine starke Vereinfachung, denn ich entstamme einem Völkergemisch. Tatsächlich sprach man in der Familie meiner Großmutter deutsch. Mein Großvater litauisch und russisch. Zusammen sprachen sie polnisch wie mein Vater.

»Meine Mutter auch. Sie ist in Königsberg geboren«, sagte Dymoff.

»Wie mein Vater.« Es rutschte mir so heraus, als sei dies meine eigentliche Stadt und nicht Frankfurt.

Er starrte mir in die Augen. Sein Mund lächelte, aber sein Blick war hart. »Wir müssen uns darüber einmal ausführlich unterhalten. Entschuldigen Sie, aber ich kann mich gerade nicht erinnern. Heute abend sind hier so viele Leute... Haben wir uns nicht schon einmal gesehen?«

Seine Stimme wirkte noch rissiger als seine Gesichtshaut, wie wenn auch seine Stimmbänder vernarbt wären.

»Nein, wir haben uns letzte Woche bei Frau Waldenburg verpaßt. Sie kamen, glaube ich, gerade, als ich ging.«

Er zögerte kurz, als versuche er den Abend zu rekonstruieren. »Ach ja, Frau Waldenburg«, rief er. »Sie waren dort mit Frau Waldenburgs Bruder, oder? Dem Kommissar.«

»Er hat mich nur nach Hause gefahren«, widersprach ich, als ob es eine Schande sei, mit jemandem von der Kripo liiert zu sein.

Dr. Dymoff kniff die Augen zusammen, als zweifle er meine Aussage an. »Netter junger Mann. Oder? Begabt. Hat viel Ahnung von Naturwissenschaften.«

Seine Augen begannen, den Saal abzusuchen. »Und Sie sind heute abend alleine hier? Ohne Ihren Kommissar?«

»Ja«, sagte ich ablehnend.

»Nun ja, vielleicht sollten wir uns einmal bei Gelegenheit über unsere Heimat unterhalten.«

»Meine Heimat ist Frankfurt«, antwortete ich nun bestimmt. Ich war schließlich nie in Königsberg gewesen. Kannte es nur vom Hochzeitsbild der mir unbekannten Großeltern, 1920 vor dem gotischen Dom aufgenommen.

»Das meinen Sie.« Dymoff richtete den Blick Richtung Osten. »Die Heimat ist nie dort, wo man gerade ist.«

Von derartiger Philosophie hielt ich nicht viel. Schließlich hatte mein Vater immer genau das Gegenteil behauptet. Heimat ist immer da, wo man sich gerade wohl fühlt. Und er mußte es wissen. Geboren in Königsberg. Aufgewachsen in Danzig, Hauptwohnsitz in Frankfurt, aber ständig im Ausland, gestorben in...

»Tut mir leid«, sagte ich ziemlich unhöflich, »aber ich war gerade dabei zu gehen.«

»Wie schade«, sagte er, »grüßen Sie Ihren Kommissar. Er hat wohl heute abend dienstliche Verpflichtungen?« Er reichte mir zum Abschied wieder die rauhe Hand und nahm Jacek Kowalski energisch am Arm.

Ich antwortete nicht, sondern drehte mich um und lief aus dem Saal. Draußen prüfte ich meine Hand. Ich wußte nicht mehr, was schlimmer war. Ein Handkuß von Jacek Kowalski oder ein Händedruck von Dr. Stanislaw Dymoff.

13

Zu der Zeit, als meine Mutter zum zweitenmal heiratete, glaubte sie, die Gesetze der Liebe endlich verstanden zu haben. Doch meiner Meinung nach litt sie lediglich an hochgradigen Hormonausschüttungen. Aber ich konnte nicht verhindern, daß sie meinte, dieses mütterliche Wissen an mich weitergeben zu müssen in Form des Ratgebers »Die Kunst, den Mann fürs Leben zu finden«.

Nicht daß ich dieses entsetzliche Machwerk tatsächlich gelesen hätte. Aber allein die 34 amerikanischen Regeln im Inhaltsverzeichnis weckten in mir nach den Zehn Geboten vom Berge Sinai die stärksten Zweifel, ob Männer und Frauen zusammenpassen. Abgesehen von dem winzigen Moment, für den zwei Geschlechter geschaffen werden mußten, um die für die Evolution benötigten idealen Gengemische zu produzieren. Allein der Mensch ist fähig, anläßlich eines gelungenen Zeugungsaktes in den Wahn zu verfallen, die Technik der Natur für ein Wunder zu halten. Fische und auch höherentwickelte Spezies müssen auf diese Erkenntnis verzichten.

Jedenfalls erinnere ich mich noch genau an die Regeln des Buches, was das Telefonieren betrifft:

Regel 5: Rufen Sie ihn nie an.

Regel 6: Rufen Sie ihn nie gleich zurück.

Regel 7: Beenden immer Sie die Telefongespräche.

Ron war natürlich nicht auf der Institutsfeier erschienen. Marlene versuchte mir einzureden, vermutlich habe er eine Sonderschicht einlegen müssen. Und als ich an diesem Abend nach Hause kam, sprach Ron genau diese Ausrede auf den Anrufbeantworter. Vielleicht hätte ich es noch akzeptiert, wenn Untertöne von Schuldgefühlen oder die leise Verzweiflung eines vielbeschäftigten Verliebten zu hören gewesen wären. Aber ebenso knapp wie meine Ansage – *Berit Janda. Sprechen Sie nach dem Pfeifton* – war seine Antwort: *Sorry, Extraschicht. Banküberfall in der Leipziger. Mein Handy: 0173 07 12 60.*

»Antworte dir selbst«, zischte ich in Richtung Anrufbeantworter. Und entschloß mich, die folgenden Regeln anzuwenden:

Regel Nummer 1: Ich werde ihn vergessen.

Regel Nummer 2: Ich werde weder ans Telefon gehen noch ihn zurückrufen.

Regel Nummer 3: Ich werde nichts über die Leute erzählen, die ich auf der Institutsfeier wiedererkannt habe. Und schon gar nichts über Paul.

Doch dies bedeutete, daß ich mit dem Gefühl der Beunruhigung alleine klarkommen mußte. Ein Gefühl, das sich langsam in mir ausbreitete.

Es hatte gestern abend eingesetzt, sobald ich die Institutsfeier gegen 23 Uhr mit der Gewißheit verlassen hatte, daß Ron jetzt nicht mehr auftauchen würde, und mit dem Gefühl, plötzlich eine Menge von Leuten zu kennen, die ich gar nicht kannte. Ich verabschiedete mich nur von Ewa und sagte ihr, daß ich mich melden würde, wir sollten uns einmal treffen, und war mir dabei selbst vorgekommen, als gehörte ich in dieser Gesellschaft zum Küchenpersonal. Doch Ewa – noch immer erschreckend blaß – hatte gar nicht zugehört.

Auch die Joggingrunde am Morgen konnte nichts dagegen ausrichten. Manche Leute schaffen es ja mit körperlicher Bewegung, ihre Stimmungen in den Griff zu bekommen. Bei mir bewirkte es zumindest an diesem Tag nur das Gegenteil. In der Nacht und nach dem Aufstehen hatte ich lediglich einen leichten seelischen Druck verspürt. Durch das Laufen und die Tatsache, daß ich in keinen Rhythmus fand, wurde daraus ein psychisches Tiefdruckgebiet. Meinen steifen Körper durch den Bethmannpark zu joggen kam mir vor wie Schwerstarbeit. Arme und Beine waren ungelenk, nicht von der Kälte, sondern weil auf ihnen die Ereignisse der letzten Woche lasteten. Aber vielleicht war es auch nur der Nebel, der mir den Atem nahm.

Dazu kam, daß ich zu spät wach geworden war. Das heißt, die Zeitung war schon wieder verschwunden. Der Dieb hatte mir die Chance auf ein gemütliches Frühstück verbaut. Und als ich mich dann an den Schreibtisch setzte, um mich durch Arbeit abzulenken, und versuchte, das Gefäßnetz einer langweiligen kleinen Fregattmakrele *Auxis thazard* rot einzufärben, fehlte mir die Konzentration. Die Gesichter des Vorabends hatten sich im Seetang verhakt und blickten mir vom Papier entgegen. Und ich wußte, sie würden keine Ruhe geben, bis ich sie aufs Papier gebracht hatte.

Für Rudhard Thorwalds Gesicht nahm ich das Standardpapier wie für meine Vorskizzen, das ich in großen Rollen kaufte, und schnitt es im Format DIN A4. Ich zeichnete mit einem Bleistift 5H, wie ihn Architekten und Konstrukteure verwenden. In der Regel arbeitete ich nicht mit diesem Härtegrad, aber es kam mir darauf an, die Konzentration seines Gesichtsausdruckes möglichst scharf wiederzugeben. Und es ging mir nicht darum, das Gesicht auszuarbeiten. Nicht um Freude am Detail, sondern um das Typische und die Härte der Linienführung. Eine Ausarbeitung in Kupferstich wäre seinem Gesicht angemessen. Sein übermäßig breit geöffneter Mund zeigte die Reihe der großen, blankpolierten und geschliffenen Zähne. Hier ließ ich das Papier weiß. Die Augen formte ich mit dem Bleistift wie mit einem Zirkel in so einem Winkel, daß sie den Betrachter stets anschauten, egal aus welcher Richtung man das Bild betrachtete. Ich hatte am Ende das Gefühl, daß er mich mit seinen Blicken verfolgte und nicht ich ihn.

Danach skizzierte ich flüchtig, doch in voller Größe Ulf Uhrbrock: in engem Anzug, fast wie eine Aktzeichnung, mit den Händen über seinem Unterleib verkrümmt.

Für Jacek Kowalski nahm ich Kohle, die sich auf dem glatten Zeichenkarton fast von alleine verwischte. Dadurch kam das Verschwimmende in seinen Konturen aufs Papier. Sein rundes Gesicht unter der Glatze wirkte aufgedunsen, wie verkocht und dadurch unentschlossen. Er blickte zu Boden. Seine Augen halb verdeckt durch die Augenlider.

Ewas Haut hatte einen natürlichen braunen Grundton. Ich mußte also ein anderes Papier wählen. Ich durchsuchte in den verschiedenen Fächern des Materialschrankes meine Vorräte und stieß auf ein weiches Kahari-Hanfpapier, das ich vor langer Zeit gekauft hatte, weil mich die Herstellung und Herkunft fasziniert hatten. Es war handgeschöpft und mit einem tibetanischen Tee gefärbt, der in einer Höhe von 2000 bis 4000 Metern wuchs. Seine bräunliche Färbung entsprach dem Naturton von Ewas Haut. Vorsichtig schnitt ich mit dem Metallskalpell das Papier im DIN A4 Format zurecht und zeichnete ihr Gesicht leicht geneigt in einer schrägen Seitenansicht. Ihr Blick ging von unten in Richtung des Betrachters. Doch ich konnte ihr kein Lächeln entlocken. Nacheinander legte ich die Zeichnungen in die Mappe mit dem Nagellackbild von Denise Appollinaire.

Als ich fertig war, blieben nur noch Dr. Dymoff und Kornelius übrig. Für Dymoff suchte ich vergeblich nach grob gekörntem Papier, um die Narben in seinem Gesicht besser herausarbeiten zu können. Warum sahen eigentlich fast alle, die aus dem Osten kamen, aus wie direkte Nachfahren von Vlad Üepes, geboren um 1430, gestorben bei Bukarest Ende 1476/Anfang 1477, Fürst der Walachei und Sohn von Fürst Vlad Dracul? Oder zumindest wie dessen Opfer. Okay, das waren schwerwiegende Vorurteile. Und schließlich fiel Ewa völlig aus diesem Raster. Ich verschob Dymoff auf später und wandte mich Kornelius zu. Ich kannte ihn schon zu lange, um die nötige Distanz zu haben. Irgendwo mußte ich doch noch das Hochzeitsbild von Marlene haben. Ich wühlte zwischen meinen Fotos und fand es schließlich. Die Aufnahme einer Hochzeitsgesellschaft vor dem Frankfurter Römer. Kornelius hatte sich kaum verändert. Er hatte die äußere Form bewahrt, schien jetzt nur innerlich ausgehölt. Wie ein getrockneter Grashalm. Ich kopierte ihn einfach mit einem Bleistift.

Auf dem Foto stand ich rechts hinter Marlene. Ich trug ein langes weißes Hemd mit Stehkragen, weiße Jeans, Turnschuhe und sah aus, als ob ich jeden Moment zum Segeln ginge. Der Strohhut war das einzige Zugeständnis an eine Sommerhochzeit. Neben mir Matti, der sich damals schon Richtung New York, Wall-Street-Kunst orientierte und daher zu seinem langen Pferdeschwanz einen schwarzen Anzug trug, für den Marlene ihn geküßt hatte. Hinter mir stand ein Mann, von dem ich mich nicht erinnern konnte, ihn auf der Hochzeit registriert zu haben. Er trug schwarze Jeans, ein graues T-Shirt und eine Art Blazer. Und ... er hatte grüne Augen. Er stand so dicht hinter mir, als gehörten wir zusammen. Es war tatsächlich Ron. Wie hatten wir uns nicht wahrnehmen können?

Ich ließ das Foto auf dem Arbeitstisch liegen und ging in die Küche, um einen Schluck Wein zu trinken. Der Kühlschrank war nicht nur kalt, sondern auch so gut wie leer. Die beste Gelegenheit zum Abtauen. Ich begann ihn auszuräumen. Wie immer in Haushaltsdingen eine spontane und unüberlegte Aktion, entstanden aus dem Wunsch, der Kühlschrank berge ungeahnte Schätze. Wenn ich etwas essen wollte, blieb nur die Wahl zwischen Eiern und einem vergilbten Camembert.

Ich entschied mich für die Eier, der Camembert war nämlich unten bereits verdächtig angegraut, und schlug das erste in die Pfanne. In diesem Moment klingelte das Telefon. Wenn ich zeichne, zeichne ich, wenn ich den Kühlschrank ausräume, räume ich den Kühlschrank aus, und wenn ich Eier brate, brate ich Eier. Regel Nummer 2 trat in Kraft: Ich gehe nicht an das Telefon.

Vor allem wollte ich nicht ans Telefon gehen, weil ich damit rechnen mußte, daß es Ron war, der wieder anrief, um sich zu verspäten oder überhaupt nicht zu erscheinen oder um mich irgendwohin zu fahren und dann dort sitzenzulassen. Und ich bin nicht der Mensch, der seine eigenen Regeln so schnell wie möglich wieder bricht. Dennoch drehte ich vorsichtshalber den Strom auf die kleinste Stufe.

Es klingelte viermal, bis der Anrufbeantworter ansprang und ich das zweite Ei am Rand der Pfanne zerschlug. Nach dem Pfeifton sprach eine mir unbekannte Stimme: »Ich bin es. Guten Tag.«

Pause.

Das war überhaupt das Beste, wenn Leute auf den Anrufbeantworter riefen *Ja, hallo, ich bin es.*

Ich wartete.

»Hier spricht Ewa. Ewa Molenda.«

Ewa? Wieso rief sie mich an? Das paßte nicht zu ihr. Wollte sie etwa vorbeikommen, um mir auf dem Cello vorzuspielen?

»Ich muß Sie sprechen.«

Zögern. Zumindest hatte ich das Gefühl, daß sie zögerte. Und dann, in einem beunruhigenden Ton: »Ich brauche deine Hilfe.« Ich ließ das dritte Ei mit Schale in die Pfanne fallen und rannte zum Telefon. Was war passiert, daß Ewa hier anrief? Ich hatte ihr meine Nummer nicht gegeben.

Ich nahm den Hörer ab: »Ja, hallo, Ewa, hier Berit, was gibt es?«

Am anderen Ende kurzes Schweigen, bis Ewa angestrengt wiederholte: »Hier Ewa. Ewa Molenda. Vielleicht *może* Sie können mir helfen. Ich muß fahren nach Hause ... Jemand soll aufpassen. Bitte. Mein Cello. Und ich muß mit jemandem sprechen.«

»Ja, natürlich«, rief ich in den Hörer, als sei ein Cello ein besonders lieber willkommener Gast.

»*Dobrze*. Gut. Ich bringe bald vorbei. Vielen Dank.«

»Wann bringst du es vorbei, Ewa? Damit ich weiß, wann du kommst, und ich zu Hause bin.« Aber ich rief umsonst. Ewa hatte aufgelegt.

Ich hielt den Hörer noch eine Zeitlang unschlüssig in der Hand. Sollte ich noch einmal zurückrufen? Doch aus der Küche qualmten mir gebratene Eierschalen entgegen.

Während ich zum Herd rannte, stoppte ich plötzlich meine Gedanken: Wieso sollte ich auf das Cello aufpassen? Wenn jemand fähig war, auf ein wertvolles Musikinstrument aufzupassen, dann Marlene, nicht ich.

Ich riß die Pfanne vom Herd.

Die Schalen waren nicht nur verbrannt, sondern rochen noch dazu nach faulem Ei. Während mein Hunger sich wieder einmal davonmachte, zog das Gefühl der beunruhigenden Erkenntnis ein: Etwas war faul, nicht nur in meiner Küche. Die Lust am Zeichnen und Essen war mir vergangen. Vielleicht waren die drei Regeln über das Telefonieren zwischen den Geschlechtern in meinem Fall doch fehl am Platz, und ich sollte versuchen, Ron zu erreichen.

14

Unter der Woche macht es mir höllischen Spaß, Freiberuflerin zu sein. Besonders wenn ich am Morgen Mirkas Mann als dürre, braune Gestalt von Giacometti im Dunkeln aus dem Haus schleichen sehe. Zur U-Bahn tristen, während ich mich im Idealfall selbst im Jogginganzug in Schwung bringe. Und wenn er und alle anderen im Getriebe der deutschen Wirtschaft und Verwaltung untergehen, koche ich mir erst einmal einen Kaffee und lese die Zeitung. So vorhanden.

Am Wochenende schlagen alle Vorteile ins Gegenteil um. Da laufe ich morgens um sieben Uhr allein durch die grauen Straßen mit der Last des Gewissens, daß ich heute alles, was ich unter der Woche versäumt habe, aufarbeiten muß. Sonst stimmt der Zeitplan nicht mehr. Mein Zeitplan war einfach. Wollte ich den Drucktermin für das Lexikon einhalten, mußte ich im Stammbaum der Fische jede Woche sieben Kennziffern abarbeiten. Gestern hatte ich die Fregattmakrele mit der Ziffer 229 nicht geschafft, und am heutigen Samstag wollte ich eigentlich schon mit den *Gobiidae*, den Meergrundeln, begonnen haben: 233: *Gobius microps*, Strandgrundel, 234: *Gobius minutus*, Sandgrundel. In ihrer barschen Ausstrahlung schlechtgelaunte Fische aus der Ordnung der *Perciformes*. Also nichts, was dazu diente, die Stimmung am Wochenende aufzuheitern.

Ich war gerade dabei, der Sandgrundel das große Auge aufzumalen, als es an der Tür klingelte. Manche Probleme lösen sich von allein und machen Regeln überflüssig. Ich öffnete, froh über die Unterbrechung.

Ron stand vor der Tür, und die Frage *Soll ich anrufen, soll ich nicht anrufen, soll ich anrufen, nicht anrufen, anrufen, nicht anrufen ...* war nur noch eine rhetorische.

Er lehnte am Türrahmen und hatte einen ähnlichen Gesichtsausdruck wie mein *Gobius minutus*.

»Ich war die ganze Nacht unterwegs. Bekomme ich bei dir einen Kaffee?«

»Was war es diesmal? Banküberfall? Messerstecherei? Tod in der Spielhalle? Amoklauf?«

»Roman Rymut.«

»Wieso, ist er wieder auferstanden?« fragte ich, während ich in die Küche vorausging. Ron hinterher, in die schwarze Lederjacke vergraben, die glänzte wie mit Rauhreif überzogen. Er ließ sich rücksichtslos auf den dünnen Ikeastuhl fallen.

»Kornelius hat was mit der Sache zu tun.«

Ich fuhr erschrocken herum. »Das kann nicht sein.«

»Doch. Leider. Wenn nicht er persönlich, dann zumindest das Institut.«

Ich drehte mich Richtung Spüle um und ließ Wasser in die Kanne.

Ron lehnte sich nach vorne. »Doch. Auf jeden Fall das Institut.«

Ich hörte auf, die Löffel Kaffee zu zählen, die ich bereits in den Filter geschüttet hatte. »Wie kommt ihr darauf?«

Ron stand auf und ging hin und her. »Roman Rymut war in einem Partnerinstitut in Danzig beschäftigt. Er war schon mehrfach auf Einladung des Institutes hier.« Dauernd war er mir im Weg, während ich den Tisch deckte. »In der Regel hat dann Denise Appollinaire den Flug gebucht und das Hotel reserviert.«

»Und weiter?«

»Diesmal nicht. Diesmal ist Roman Rymut auf eigene Rechnung gekommen.«

Ich drückte ihm Tassen in die Hand. Zwar habe ich nie an den

Moralspruch meiner Mutter geglaubt, daß Arbeit gegen Verzweiflung hilft, aber man soll nichts unversucht lassen. »Kornelius hat mit der Sache nichts zu tun.«

»Das ist noch nicht alles. Sie waren alle an diesem Donnerstag abend in der Gerbermühle.«

Er stellte sie auf den Tisch und öffnete den Hängeschrank über der Spüle, um Teller herauszuholen. Ich hatte vergessen, daß er sich in meiner Küche auskannte.

»Das Institut vielleicht, aber nicht Kornelius«, wiederholte ich.

»Wieso nicht Kornelius?« fragte er aggressiv, als wäre es ihm wichtig, daß Kornelius in der Scheiße steckte.

»Nein«, sagte ich bestimmt und schaltete die Kaffeemaschine an.

»Wieso? Woher willst du das wissen?« Er fuhr sich mit der Hand durch die Locken, die vielleicht gestern früh einmal gebürstet worden waren, sich aber jetzt durch den Regen und zu seltene Blicke in den Spiegel nach allen Seiten zu entfernen suchten.

»Zum Beispiel«, ich machte eine kurze Pause, »weil Marlene es ihm nicht erlauben würde.«

Rons Antwort kam prompt: »Stimmt.«

Wir lachten, und ich reichte ihm das Besteck. Meine Küche ist winzig. Single-Kulisse. *Mensa singularia* aus der Gattung der *Culinae ikeae*. Doch obwohl im statistischen Durchschnitt die Küche der Raum ist, der Mann und Frau am schnellsten auseinanderbringt, passierte in meiner das Gegenteil. Wir waren uns im Weg, und immer wieder berührten sich unsere Hände, wenn wir Besteck verteilten, unsere Schultern, wenn wir uns gleichzeitig hinunterbeugten, um etwas aus dem Kühlschrank zu holen; mein Oberkörper streifte seinen Rücken, als ich an ihm vorbei Brot aus dem Schrank nahm. Warum zog er eigentlich nicht endlich die Lederjacke aus?

Mich wundert es nicht mehr, daß in Kriegszeiten Zigaretten harte Währung sind. Meine Nachfrage war sehr groß, während Ron frühstückte und mir Bericht erstattete. Er hatte anscheinend vergessen, daß er über den Ermittlungsstand nicht reden durfte: »Roman Rymut, geboren am 4.4.1958 in Danzig, kam am Mittwoch, dem 18. November, abends mit der Maschine aus Warschau am Frankfurter Flughafen an. Genauer gesagt, um neunzehn Uhr dreißig. Es handelte sich also um dieselbe Maschine wie die, als wir am Flughafen waren. Das ist ein Linienflug.«

Ich nickte.

»Anschließend fuhr er, wie wir wegen der Bahnkarte in seiner Tasche vermuten, mit der S-Bahn nach Frankfurt und von dort aus nach Oberrad. Hier stieg er aus und ging in ein Hotel. Nach Aussage des Mannes, der ihn an der Rezeption empfangen hat, hatte er eine Reisetasche dabei und ...«

Ich unterbrach ihn: »Der Aktenkoffer.« Der Triumph in meiner Stimme war nur schwer zu überhören.

Ron nickte. »Der Aktenkoffer. Während wir die Reisetasche in seinem Zimmer fanden, ist der Aktenkoffer verschwunden.«

Wir schwiegen eine Zeitlang, bis Ron zu seiner Beruhigung hinzufügte: »Aber vielleicht hat er einfach nur jemandem etwas übergeben. Er sollte etwas in einer Aktentasche überbringen.«

Ich schaute ihn zweifelnd an. »Seit wann ist es üblich, daß man seine Aktentasche verschenkt, nur um jemandem etwas zu geben? Das kenne ich nur aus dem Tatort.«

Ron zuckte mit den Schultern. »Man kann so was nie ausschließen. Die Tatsache, daß der Aktenkoffer verschwunden ist, heißt noch lange nicht ...«

Ich unterbrach dieses kriminalistische Gesülze: »Und sein sonstiges Gepäck? War daran etwas Besonderes? Ist euch etwas aufgefallen?«

»Nein. Nichts. Alles normal. Ein Anzug zum Wechseln, Wäsche, Rasierzeug. Was man eben so dabeihat.«

»Und was hat er so gemacht? Irgendwelche Besuche? Anrufe? Termine?«

»Sicher ist nur, daß er Donnerstag morgen von einer Frau besucht und am Abend von einer anderen, Ende Dreißig, rötliches Haar, stark geschminkt, abgeholt wurde. Wie hat der Typ von der Rezeption gesagt«, Ron lachte leise, *»eine geile Braut für so einen Polen. Bei der wäre ich gern im Bett versackt.* So hat er sich ausgedrückt.«

»Nettes Personal. Absolut diskret«, erwiderte ich mit genervtem Augenaufschlag.

»Am Mittwoch abend hat er telefoniert, und weißt du, mit wem?«

Ich zuckte mit den Schultern. Woher sollte ich das auch wissen? Ich verfügte über keinerlei Möglichkeiten, fremde Telefone zu überwachen. Ron fuhr fort: »Mit Kornelius.«

»Woher wißt ihr das?«

»Es war ganz einfach festzustellen, daß das Gespräch mit dem Anschuß in Kornelius' Arbeitszimmer geführt wurde. Am Donnerstag morgen hat er gegen zehn Uhr gefrühstückt. Die Frau kam, und gegen elf Uhr sind sie gegangen. Mit dem Aktenkoffer.«

»Alles klar. Aber glaubst du wirklich, das hat etwas mit Kornelius zu tun?«

»Leider gibt es zu viele Verbindungen.« Ron machte eine Pause. »Und – ich möchte lieber nicht darüber nachdenken. Aber Kornelius war am vorletzten Donnerstag nicht zu Hause, wie du weißt. Er war angeblich kurzfristig verhindert.«

Scheiße. Das hörte sich nicht gut an.

»Aber er kam doch dann relativ früh nach Hause!«

»Wir haben die Zeiten verglichen, es wäre schon möglich, daß ...« Ron brach ab. Der Gedanke war zu erschreckend, als daß wir beide ihn zu Ende denken wollten.

»Warum fragst du Kornelius nicht einfach?«

»Wir haben alle im Institut befragt. Roman Rymut war allen bekannt. Dr. Dymoff hat erzählt, es ging um irgendwelche Unterlagen zu einem neuen Projekt, das Rymut vorgestellt hat. Aber ansonsten wissen sie von nichts. Kornelius und Thorwald sind gestern zu einem Kongreß nach London. Mit denen konnte ich noch nicht reden. Und Marlene möchte ich wirklich nicht beunruhigen. Womöglich mischt sie sich ein und versetzt das ganze Institut in Aufregung.«

Da war etwas Wahres dran. »Aber«, fiel mir ein, »du hast doch erzählt, daß Kornelius das Institut gar nicht mehr leitet. Sondern Thorwald.«

Er nickte.

»Dieser Thorwald. Der an dem Abend bei Marlene abgesagt hat. Ich glaube, den habe ich neulich am Flughafen gesehen. Und nicht nur ihn, auch diesen Dymoff.«

»Woher kennst du die?«

»Am Flughafen kannte ich sie noch nicht. Aber wenn ich nichts Besseres zu tun habe und auf jemanden warten muß, der mich zum Essen einladen will, dann vertreibe ich mir den Hunger mit Beobachtungen zur menschlichen Physiognomie. Er ist mir aufgefallen unter den ganzen Polen, und vorgestern abend höre ich auf der Institutsfeier, wo ich wieder auf jemanden umsonst gewartet habe«, ich machte eine kurze Pause, aber Ron rührte weiter in seiner Tasse, »seine Rede über das deutsche Fitneßprogramm für wirtschaftliche Forschung – oder war es forschende Wirtschaft?«

Ron reagierte mit keinem Blick. Er hatte andere Sorgen.

»Übrigens«, fügte ich hinzu, »dein Rudhard Thorwald hat am Flughafen einen Polen abgeholt. Jacek Kowalski. Der war auch auf dem Bankett. Aber das Ganze ist vermutlich harmlos. Die unterhalten schließlich mit Danzig und anderen Instituten in Polen eine Art Partnerschaftsuni. Ein Experiment in wissenschaftlichem Joint Venture.«

Ron leerte seine Kaffeetasse mit einem Schwung. Er mußte wirklich erledigt sein, wenn er sich Koffein einverleibte, als würde er sich einen Schuß setzen.

Mir fiel etwas ein: »Und selbst wenn sie alle in der Gerbermühle waren. Anschließend könnte sich Roman Rymut doch noch vor dem Restaurant mit jemand anderem getroffen haben.«

Als Ron die Tasse absetzte, wirkte er bereits etwas entspannter als zuvor.

»Stimmt. Er könnte nebenher Geschäfte gemacht haben. Das ist sogar wahrscheinlich. Polen ist ein Land, wo jeder einen Nebenverdienst hat. Denk nur mal an die vielen Erntehelfer im Sommer und Herbst. Da ist so mancher dabei, der zu Hause Hochhäuser baut und hier Gurken erntet und in zwei Monaten mehr als dort in einem ganzen Jahr verdient. Und die organisierte Kriminalität arbeitet dort wie bei uns die Versicherungsvertreter. Prämien, Provisionen, Autos, Zigaretten, Antiquitäten, Pelze, Wodka, Drogen, Schwarzarbeit.« Ron fand offensichtlich Gefallen an der Theorie. Und beruhigte sich. »Das ganze Land ist doch eine einzige Brutstätte für Händler und Betrüger. Das ist dort überhaupt ein und dasselbe. Wenn einer heute in Warschau einen Mercedes bestellt, hat er ihn in einer Woche, und hier muß man ein halbes Jahr darauf warten. Das funktioniert besser als mancher renommierte Wirtschaftsbetrieb bei uns. Dort drüben könnten sich manche unserer Manager schulen lassen«, schloß er erleichtert und widmete sich dem Frühstück.

Männer haben im Laufe der Evolution einen wunderbaren Mechanismus für ihr psychisches Überleben entwickelt. Sie laden ihre Sorgen und Kinder bei uns Frauen ab, damit sie hier in optimaler Pflege groß werden können.

Ron reckte beide Arme nach oben und fuhr fort:

»Na ja, man muß einfach alle Ergebnisse abwarten. Es gab zum Beispiel zweierlei verschiedene Fingerabdrücke in seinem Zimmer. Dann warten wir immer noch auf den Bericht aus Polen. Vielleicht ergibt sich daraus ein konkreter Hinweis. Die kommen dort nicht in die Gänge, und wenn die Unterlagen da sind, kann sie kein Mensch lesen, weil die Faxvorlagen so schlecht sind. Dann sehen wir weiter. Und im übrigen hast du recht. Kornelius hat sicher nichts damit zu tun. Der ist nicht der Typ für so etwas. Es ist nur, die Anspielungen, die mein Chef macht, gehen mir auf den Geist.«

»Welche Anspielungen?«

»Na ja, etwa *So, Sie kennen also Herrn Kornelius Waldenburg*, oder *Sprechen Sie doch einmal bei Ihrem Schwager vor*. Alles Fragen in so einem süffisanten Ton, als stammte ich direkt aus dem Rotlichtmilieu und nicht aus einer Juristenfamilie.«

Stimmt, ich erinnerte mich, Marlenes Vater war Staatsanwalt am Frankfurter Landgericht gewesen. Seine Kinder hatten, jedes auf seine Art, anscheinend seinen Gerechtigkeitssinn geerbt.

»Willst du noch Kaffee?« Ron nickte, und ich goß die fünfte Tasse nach.

Mich beruhigte das Ganze gar nicht. Ich dachte an die Szene mit Ewa. Wie Jacek Kowalski ihr etwas zugeflüstert, regelrecht auf sie eingeredet hatte, und dann hatte er sie am Arm gepackt. Und Ewas

Reaktion war eindeutig Angst gewesen und Schrecken. Auch wenn sie versucht hatte, es durch den ablehnenden Gesichtsausdruck zu verbergen, den sie so gut beherrschte. Und als ich mich von ihr verabschiedet hatte, war sie so abweisend gewesen. Ich hatte nichts mehr davon gespürt, daß sie mir etwas Vertrauen entgegenbrachte. Ich hatte ihr zugerufen: »Ich ruf dich an.« Und sie hatte sich umgedreht, hatte so getan, als hätte sie mich nicht gehört. Und dann ruft sie mich an und klingt verzweifelt. Aber das alles erzählte ich Ron nicht. Er sollte Ewa in Ruhe lassen. Vielleicht würde ich etwas aus ihr herausbekommen, wenn sie vorbeikam.

Obwohl Ron eine Kanne Kaffee geleert hatte, war seine Müdigkeit nicht mehr zu übersehen. Er gähnte und hing auf meinen unbequemen Ikeastühlen, die zwei Vorteile vereinten. Sie heiterten in ihrer Verschiedenfarbigkeit den Hinterhofcharakter meiner Küche auf, hielten aber niemanden lange auf ihrer Sitzfläche. Nach spätestens 15 Minuten taten einem alle Knochen weh. Und auch Ron wußte schon nicht mehr, wie er seine Übergröße durch verschiedene Körperstellungen auf ein bequemes Maß reduzieren sollte. Wie hatte ein Freund in meiner Küche einmal bemerkt: Kamasutra ist nichts dagegen.

Dennoch machte Ron keine Anstalten zu gehen. Obwohl seine Sätze immer knapper wurden. Zuerst Kurztexte im Stil seines Funkgerätes. *Ganze Nacht unterwegs. Und nur Scheißergebnisse. Nerverei wegen Kornelius.* Dann Telegrammstil: *Unter 5 Grad minus* – STOP – *8.00 Hotel* – STOP – *9.00 Uhr Büro* – STOP – *der Dünne.* Ich verstand nur Bahnhof. Ich wollte ihm noch von Paul erzählen, von den Männern, die er gesehen hatte. Doch schließlich endete das Gespräch in einem einzigen gegähnten Morsecode: – – · – – – · · ·

»Möchtest du dich nicht hinlegen?« fragte ich, für meine Verhältnisse ungewohnt mitfühlend. Ron schien wirklich völlig am Ende zu sein. »Ich habe sowieso noch zu arbeiten.«

» Ich bin tatsächlich müde.«

»Na dann.«

Ron erhob sich und ging ins Schlafzimmer. Er zog die Schuhe

und die Lederjacke aus, ließ sich aufs Bett fallen, und ehe ich ihn noch fragen konnte, ob er geweckt werden wollte, war er schon eingeschlafen.

Ich setzte mich an den Schreibtisch vor den grauen Novembermorgen. Es war bereits 11 Uhr, aber so dunkel, daß ich die Schreibtischlampe anknipste. Mit schwarzer Tusche reihte ich eine Schuppe an die andere. Autogenes Training ist nichts gegen die Feinmaserung eines Fischkörpers. Ruhe kehrte ein. Nur manchmal schlug der Wind an die Scheibe, so daß ich aufblickte. Im Hinterhof nutzte Mirka es aus, daß es gerade nicht regnete, und putzte schon wieder Schuhe. Sie standen aufgereiht wie in einem Schuhgeschäft, und ich zweifelte nicht dran, daß sie mehr glänzten als zur Zeit des Kaufs. Gegenüber auf dem Dach der Videothek war der Besitzer gerade dabei, einen künstlichen Weihnachtsbaum mit kleinen Lämpchen aufzustellen. Tagsüber hatte der Baum keine Chance gegen den Trübsinn, und nachts würde er aufdringlich in mein Zimmer leuchten. Nächste Woche kam meine Mutter schon wieder zurück, und der Weihnachtsstreß begann. Die Fragen, ob ich vorbeikommen werde. Der Heiligabend mit ihr und ihrem neuen Mann war ebenso kümmerlich und absurd wie der krumme Baum auf dem Dach, dessen Licht von der hell erleuchteten Videothek und der Milchstraße auf dem Werbeplakat für einen Science-fiction-Film mit Bruce Willis verschluckt wurde.

Die Chancen, mein Wochenprogramm doch noch zu Ende zu bringen, stiegen. Ich strich mit der Hand fast zärtlich über die Zeichnung der Strandgrundel. Sozusagen zum Abschied. Jetzt blieben nur noch 20 von 300 Seiten zu illustrieren, und der Auftrag war beendet. Was dann? Gehörten die Tage am Schreibtisch dann der Vergangenheit an? Die freie Zeiteinteilung? Das Wiederfinden meiner Stimmungen in den Objekten, die ich zeichnete? Gut – es mußten ja nicht gerade Fische sein. Aber alles besser als ein Computer, der jedesmal piepste, wenn ich eine neue Schuppe mit Enter abschickte. Zum Glück verdiente ich mit diesem Auftrag so viel, daß danach genug Zeit war, sich etwas Neues zu überlegen.

Ich hörte hinter mir ein Geräusch. Das Rascheln der Bettdecke. Gähnen. Es war so ruhig, daß ich glaubte, ich könnte Rons Knochen hören, als er sich streckte. Dann ein Luftzug, und mir wurde warm. Die Temperaturen veränderten sich, die Luftströmungen wurden stärker, die Luftfeuchtigkeit nahm zu, zumindest ich begann zu schwitzen. Im Rücken spürte ich warmen, trockenen Fallwind und fühlte, daß Ron zu mir herüberblickte.

Doch manchmal ist es besser, sich nicht umzudrehen. Lots Frau, Orpheus und Eurydike. In beiden Fällen waren die Männer ihre Frauen losgeworden, weil sich einer von ihnen umgedreht hatte.

Ich hörte, daß Ron aufstand. Ich weiß nicht, was ich mir wünschte. Plötzlich tat Mirka mir leid. Ihr Mann arbeitete im Straßenbau, und ich konnte mir vorstellen, wie mühsam es war, den ganzen Novemberdreck aus den Rillen der Arbeitsschuhe zu kratzen. Und mir tat der kümmerliche Weihnachtsbaum leid. Wie er so krumm auf dem Dach stand wie eine alte Antenne und mit spärlichen Lichtlein versuchen mußte, weihnachtliche Stimmung zu verbreiten. Für einen kurzen Moment kam ich mir total bescheuert vor, daß ich daran dachte.

Ich trug meine Haare kurz, denn bei der Arbeit konnte ich es nicht ausstehen, daß sie mir in die Augen fielen. Ich war immer stolz auf meine dichten blonden Haare gewesen. Hatte ich sie zu einem Zopf gebunden, dann hatte dieser als einziger unter meinen Freundinnen den Namen Pferdeschwanz verdient. Sie waren so gerade, so fest und zäh wie Pferdehaare. Ron fuhr mit beiden Händen durch die kurzgeschnittenen Strähnen. Daß seine warmen Finger dabei meinen Nacken streiften, geschah vermutlich unabsichtlich.

Dann fuhren seine Finger den Rücken hinab. Ich spürte die Fingernägel durch das zerschlissene Mohair meiner Jacke. Sie bissen sich das Rückenmark hinunter und öffneten es wie einen verborgenen Reißverschluß. Legten genau die Leitungsbahnen der Nerven frei, die zuständig sind. Und die empfindlichen Stellen kennen, von denen aus der Nervenstrang genau in den Unterleib führt. Das ist das ganze Geheimnis. Nicht nur bei Karate. Es drängte mich, seine Hand zu führen. Ich kenne mich schließlich aus mit den Konturen nackter Körper, weiblicher wie männlicher. Ich hatte sie studiert, eingeübt an Beispielen aller frühen Hochkulturen, und so gelernt, mich zumindest in der Theorie von außen nach innen zu arbeiten. Ich öffnete die Knöpfe meiner Jacke. Ron legte von hinten den Arm über meine Brust. Und ich drehte mich um und begann, seinen Oberkörper freizulegen wie vor Jahren den Gipsabdruck einer Davidfigur für die Antikensammlung des Kunstseminars. Immer wieder in nasse Tücher eingelegt, aus denen man später geduldig den breiten Oberkörper herausschälte und aufpassen mußte, daß nichts abbröckelte von den Muskeln und Sehnen. Ich fuhr genau diese Stellen an Rons Oberkörper nach. Wenn er jetzt atmete und sein Lufthauch mich berührte, würde meine Haut sich auflösen und um ihn schlingen wie die feuchten Tücher im Arbeitsraum des Städels. Es war einfach Pech, daß das Telefon ausgerechnet in diesem Moment klingelte. Daß Rons Uhr sich in den Rosendornen meines BHs von H&M verhakte. Dabei hatte ich ihn in keinem Moment korrigieren wollen: *So nicht*, oder *Besser hier*, oder *Das ist angenehm*. Denn es hatte keine unkoordinierten Handgriffe gegeben, kein Streicheln, das die Haut empfindungslos hobelte, kein penetrantes Küssen, kein erotisches Geflüster, das verhinderte, daß man endlich auch den Gehörsinn ausschalten konnte. Ich hatte mich schon in seinen Armen, seinen Beinen, in seiner Körperbehaarung liegen sehen. So etwas kann man eben nicht planen. Es kommt oder kommt nicht. Nun aber hing Ron völlig ungeplant in meinem BH fest, und wir hörten, vom Klingeln zum Stillstand gebracht, Marlenes Stimme auf dem Anrufbeantworter, die verzweifelt rief: »Hallo, Berit, bist du da? Ewa ist verschwunden! Ich mache mir Sorgen. Und ich kann Ron einfach nicht erreichen.«

Wir lösten uns voneinander und von dem Gedanken an einen gemeinsamen Nachmittag. Und Rons Körper, nur oben entkleidet, blieb so für unbestimmte Zeit in meiner Vorstellung zunächst nur ein Torso.

15

Als wir bei Marlene ankamen, stand sie schon in der Tür. Sie umarmte mich wie immer zur Begrüßung, nur daß diesmal ihre Hände kalt waren.

»Ich verstehe es nicht«, sagte sie, während sie vorausging in den Salon, wo bereits ein gemütliches Kaminfeuer brannte. »Sie ist weg und ich weiß nicht wohin.«

Marlenes Augen entging nichts. Ron und ich setzten uns ohne Absprache vorsorglich in weit voneinander entfernte Sessel.

»Seit wann?« fragte ich.

»Ich weiß nicht. Ich bin so gegen zehn Uhr aufgestanden, und da war sie nicht mehr da.«

Ron fragte: »Hatte sie etwas bei sich?«

»Keine Ahnung.«

»Und sie hat nicht gesagt, daß sie etwas vorhat?«

»Nein«, antwortete Marlene zögernd. »Gestern habe ich Kornelius' Koffer gepackt, ihn dann an den Flughafen gebracht. Und er war schrecklich nervös. Hatte es furchtbar eilig. Er ging mir auf die Nerven. Kurz, ich war mit mir beschäftigt und bin früh ins Bett.«

Ich konnte mir gut vorstellen, daß diese Tätigkeit Marlenes vollständige Aufmerksamkeit gekostet hatte. Jede Kleidungsgattung wurde sorgfältig in Plastikhüllen verstaut. Socken in Sockenhüllen, Hemden in Hemdensäcke, Schuhe in Schuhbeutel.

»Meinst du, sie war mit jemandem verabredet?«

Marlene saß auf dem Sofa und rieb sich nervös die Hände. »Mit wem sollte sie denn verabredet gewesen sein? Sie kennt doch niemanden hier.«

»Bist du da so sicher?« Rons Fragen in diesem neutralen, berufsmäßigen Tonfall gingen mir auf die Nerven.

»Ist sie nie angerufen worden?«

»Ab und zu rief ihre Familie an. Aber nur selten. Und letzte Woche kam ein Anruf von einem Mann, der polnisch sprach.«

»Hast du sie nicht gefragt, wer das war?« fragte Ron.

Marlene lehnte sich zurück und verschränkte die Arme über der Brust. »Es geht mich doch nichts an, mit wem sie telefoniert. Ich weiß, wann ich mich zurückziehen muß und wann nicht.«

Ich blickte kurz zu Ron hinüber und schickte ihm ein kurzes Lächeln, das er nicht erwiderte.

Marlene fuhr fort: »Sie hat mit ihm telefoniert, und dann hat sie gefragt, ob sie kurz weggehen kann.«

»Und du hast nicht gefragt, wohin?« Rons Tonfall war leicht gereizt, als wäre der Fall gelöst, wenn Marlene Ewa damals gefragt hätte.

Ich mischte mich ein: »Wann war das?«

Marlene mußte nur kurz überlegen. »Vorletzten Donnerstag. Am Morgen. Sie war vom Einkaufen zurückgekommen. Kurz darauf klingelte das Telefon. Ich habe abgenommen. Der Mann sprach polnisch. Ich habe nur den Namen Ewa verstanden und sie geholt. Sie kam dann zu mir und sagte, sie muß kurz noch einmal weg.«

»Und du hast sie also nicht gefragt, wohin?« Ehrlich gesagt wunderte mich das auch ein wenig.

»Nein. Ich dachte, sie hätte etwas vergessen. Außerdem war ich im Streß. Ewa ist so zuverlässig. Ich habe ihr vertraut. Wenn sie noch einmal wegmußte, dann hatte sie eben einen Grund.«

»Wie lange ist sie weg gewesen?« Ron stand auf und stocherte im Kamin herum.

Marlenes genervter Blick fiel auf Ron. »Das kann ich nicht genau sagen. Vielleicht zwei Stunden. Wir hatten für Donnerstag noch viel vorzubereiten.«

»Gerade deshalb wundert es mich, daß du sie überhaupt weggelassen hast.«

Machte Ron jetzt Marlene dafür verantwortlich, daß Ewa verschwunden war?

Ich lenkte ab: »Vielleicht hat gestern auch wieder jemand angerufen? Oder heute morgen?«

»Ach, ich weiß nicht. Ich habe heute morgen kein Telefon gehört, aber das heißt gar nichts. Ich will schon lange oben einen weiteren Anschluß. Aber Kornelius meint, daß zwei Telefone reichen, eines im Arbeitszimmer und eines im Flur, und im Schlafzimmer möchte er nicht gestört werden.«

»Geht Ewa öfter weg?« Ron ging wieder zum Kamin.

Marlene wurde plötzlich ungewohnt aggressiv. »Nie. Sie ist so gut wie nie weggegangen, und wenn doch, dann zum Einkaufen. Deshalb habe ich mich ja erst auch nicht gewundert.«

Ich sagte Marlene nicht, daß Ewa bei mir angerufen hatte. Ich wußte, es hätte sie verletzt, daß Ewa ausgerechnet meine Hilfe gesucht haben sollte.

Ron setzte sich nun doch neben mich. Ich stand auf, ging hinüber zu Marlene und legte ihr den Arm um die Schultern.

»Hast du in ihrem Zimmer nachgesehen, ob etwas fehlt?«

»Wie soll etwas fehlen bei jemandem, der nichts hat außer einem Cello?« sagte Marlene.

»Vielleicht ist sie nach Hause gefahren.«

Marlene schüttelte den Kopf.

»Nein, das hätte sie gesagt. Sie hat mir doch auch erst vor kurzem erzählt, daß sie über Weihnachten zu ihren Eltern will. Das war mir nicht so recht, aber wenn sie Silvester, wir machen doch eine große Party, wenn sie dann wieder da ist...«

»Vielleicht sollten wir uns einmal in ihrem Zimmer umsehen, Ron.«

»Wozu soll das gut sein?« Er rührte sich nicht vom Fleck.

»Denkst du etwa, ich übertreibe?« Marlenes Stimme wurde jetzt schrill. O Gott, ich hatte jetzt keine Lust auf eine Szene.

»Es schadet doch nichts, wenn wir uns dort einmal umsehen.« Ich versuchte, möglichst belanglos zu klingen.

»Ich kann doch nicht einfach...« Ich warf Ron einen beschwichtigenden Blick zu. Der Nachmittag mußte noch bei ihm nachwirken. Er nickte. »Also gut, damit Ruhe ist.«

»Was denkst du?« flüsterte ich auf der Treppe, die in den Keller hinunterführte.

»Bei diesem Stand der Ermittlungen denke ich nie etwas«, antwortete Ron. »Da sammele ich nur Fakten.«

»Wir sind hier aber nicht in einem kriminalistischen Institut, sondern bei deiner Schwester Marlene.«

»Das macht für mich keinen Unterschied.«

»Aber für mich.«

Die Nähe des Nachmittags blieb oben im Salon bei Marlene zurück. Griechische Skulpturen sind eben aus kaltem Stein gehauen. Da kann man nichts machen.

Ewas Zimmer war ordentlich aufgeräumt. Das Bett sorgfältig gemacht. Am Schrank lehnte der Cellokasten. Ich fand keine persönlichen Gegenstände bis auf den Notenständer vor dem Fenster und ein Foto neben dem Bett. Ich nahm das Foto in die Hand. Es steckte in einem dicken Holzrahmen. Ewa im Vordergrund, in einem dunkelblauen Kostüm mit einem strahlenden Lächeln neben einem jungen Mann in Jeans und Pulli, unter dem eine Krawatte hervorschaute. Dasselbe braune Gesicht wie Ewa, dieselben schwarzen glänzenden Haare, dasselbe Lachen. Sie standen hinter zwei Stühlen, auf denen ein älterer Mann neben einer Frau saß. Die Frau hielt ihre Hände ruhig im Schoß und lächelte in die Kamera. Der Mann neben ihr blickte ernst. Er hatte einen traditionellen polnischen Schnurrbart und trug einen Anzug, als handele es sich um eine Beerdigung. Das mußte Ewas Familie sein.

»Sie hat mich gestern angerufen.«

»Wer?«

»Ewa.«

»Ewa?«

»Ja.«

»Und was wollte sie von dir?«

»Sie hat gesagt, daß sie wegfahren will, daß sie mir ihren Cellokasten bringen möchte.«

»Na also.«

»Na also? Findest du es etwa normal, daß sie einfach wegfährt, ohne Marlene Bescheid zu sagen?«

»Vielleicht wollte sie nicht wiederkommen. Vielleicht hat es ihr hier nicht gepaßt, und sie hatte nicht den Mut, das Marlene klar und deutlich zu sagen. Du weißt doch, wie Marlene ist. Sie meint es immer gut, aber jeder eigene Wille stößt bei ihr auf Widerstand, ja fordert ihren Widerstand geradezu heraus. Vielleicht ist Ewa ja nach Polen zurückgeflogen. Wir sollten versuchen, ihre Eltern zu erreichen.«

»Ja, das sollten wir versuchen.«

»Natürlich nur, wenn sie nicht mehr auftaucht.«

Ich überhörte diese Bemerkung. »Vielleicht finden wir hier die Telefonnummer. Oder Marlene hat sie.«

»Okay, ich frage sie.« Ron verließ das Zimmer.

Ich ging ins Bad. Aus Gewohnheit. Mich in fremden Badezimmern umzusehen ist ein Wahn von mir. Welche Kosmetik benutzt er oder sie, welches Rasierwasser, welche Zahnpasta, welche Bürsten, ja sogar welches Klopapier. Ewa schien außer einer Zahnbürste und einer Dose Niveacreme nichts gebraucht zu haben. Ich öffnete die Spiegeltür über dem Waschbecken. Eine Haarbürste ohne Haarreste. Ein brauner Haargummi. Eine Reservetube Zahnpasta, Haarwaschmittel, Aspirin und noch ein Medikament. Ich nahm es heraus. Es war kein Medikament, sondern die Pille. Interessant. Mir fiel ein, es könnte nicht verkehrt sein, wieder einmal meine Frauenärztin aufzusuchen, falls sie noch nicht in Rente war.

In Ewas Zimmer setzte ich mich unschlüssig aufs Bett und öffnete den Cellokasten. Nahm das Cello vorsichtig heraus und stellte es auf den Ständer am Fenster. In der hinteren Wand des Cellokastens war ein Fach für Noten angebracht. Ich nahm sie in die Hand und blätterte sie durch. Es waren ungefähr 20 Blätter: Béla Bartók: *Rhapsodie Nr. 1*; Edvard Grieg: *Sonate in a-Moll op. 36*; Felix Mendelssohn-Bartholdy: *Variations Concertantes op. 17*;

Anton Rubinstein: *Sonate op. 18*; Alexander Tscherepnin: *Suite (Dur)*. Das waren die einzigen Namen, die ich kannte. Wieder einmal bedauerte ich, daß ich zu wenig von Musik verstand. Mich in diesem Bereich nur auf mein Gefühl verlassen mußte.

Unter den Noten lag eine rote Mappe, die mit einem Gummi zusammengehalten wurde. Ich öffnete sie, um zu erfahren, welche wertvollen Noten Ewa hier so getrennt von den anderen aufbewahrte. Doch in der Mappe waren keine Noten. Es waren Zeichnungen. Zeichnungen von einer Kirche. Ich drehte die einzelnen Blätter herum. Gdańsk Kościół NMP, 1 Brama pod Wieżą. Ich filterte meine Polnischkenntnisse: Gdańsk – *Danzig*, Kościół – *die Kirche*, Brama – *die Waffen*, nein: Broń – die Waffen, Brama … Brama Floriańska – Floriańskitor in Krakau, also Brama – *das Tor* … Więzienie – *das Gefängnis* und Wieżą – *der Turm*, also Tor unter dem Turm. Die Nummern und Namen waren handschriftlich mit einer großen Schrift auf die Rückseite jedes Bildes geschrieben.

Ich hörte Ron zurückkommen. Er hatte einen Zettel in der Hand. »Die Telefonnummer ihrer Eltern habe ich zwar, aber ehrlich gesagt weiß ich nicht, ob wir anrufen sollen. Vielleicht klärt sich das Ganze bald auf, und wir haben die Eltern umsonst aufgeschreckt.«

»Wir sollten mit dem Bruder sprechen. Er würde seinen Eltern sicher nichts davon erzählen.«

Ron setzte sich aufs Bett. »Ja, das wäre eine Möglichkeit.«

Ich setzte mich neben ihn.

»Was ist mit ihrem Paß?«

»Gute Idee«, erwiderte Ron. Wir begannen Schränke und Schubladen zu durchsuchen, fanden aber weder Paß noch Geld, noch eine Aufenthaltsgenehmigung.

»Das hat nichts zu sagen«, meinte Ron, »schließlich sind Ausländer besonders verpflichtet, sich jederzeit ausweisen zu können. Also ist es nicht ungewöhnlich, daß sie ihren Paß dabeihat.«

»Und wenn ihr doch etwas passiert ist?«

Wir schauten uns an. Die Frage stand im Raum. Es kam mir besonders ruhig im Zimmer vor, weil das Cello schweigend in der

Ecke stand. Welche Farbe würde es ergeben, wenn wir das Grün seiner Augen mit meinem Blau mischten?

Ich stand vor dem geöffneten Schrank, in dem nur wenige Kleider hingen. Unten ein paar Schuhe, ein alter brauner Aktenkoffer. Ich zog ihn heraus, und mir kam in keinem Moment die Idee, ich könnte damit Ewas Privatsphäre verletzen. Ich wollte nur einen, wenigstens einen winzigen Hinweis, wo sie sein könnte.

»Du weißt, was du hier tust, ist gesetzlich verboten. Wir haben keinen Durchsuchungsbefehl.« Ron wich einen Schritt zurück. Mein Gott, war er wirklich so borniert, oder tat er nur so?

»Das ist mir ehrlich gesagt scheißegal.« Ich klappte die Scharniere zurück und hob den Deckel. Der Koffer war leer. Ich betastete das Futter, die Seitentasche. Nichts. Wieder kein Hinweis. Ich schloß den Koffer wieder und stellte ihn in den Schrank zurück.

»Du kannst doch hier nicht einfach alles durchsuchen. Wie stellst du dir denn die Arbeit der Kripo vor? Wie im Tatort? Alleingänge? Ungesetzliche Aktionen, die gerechtfertigt werden, weil sie Morde aufklären? Bevor wir etwas unternehmen können, muß Ewa erst einmal wirklich vermißt werden. Wenn sie tatsächlich nicht wieder auftaucht, woran ich nicht glaube, erfolgt die Vermißtenmeldung. Erzähle mir lieber noch einmal von dem Polen auf der Institutsfeier. Vielleicht hilft uns das weiter.«

»Ich weiß auch nicht. So besonders habe ich eigentlich nicht auf ihn geachtet. Und eigentlich ist er auch nicht besonders auffällig. So ein blasser, kleiner Pole. Von denen es viele gibt. Gerade deshalb erschien es mir so brutal, wie er Ewa am Arm gepackt hat. Ich hatte das Gefühl, daß sie sich kennen.«

»Ganz sicher sogar, denn Ewa wurde über ebendieses Institut in Polen vermittelt. Das Institut für Biologie und Aquakultur in Danzig. Das hat mir Marlene gerade erzählt. Jemand aus dem Institut hat ihnen Ewa empfohlen.«

»Weißt du, was ich noch nicht verstehe? – Hier. Diese Zeichnungen habe ich unter ihren Noten gefunden. Wieso hat sie sie dort aufbewahrt? Es sind Zeichnungen von Danzig. Wieso hat sie sie nicht aufgehängt?«

Wir schauten uns beide im Zimmer um. Über dem Bett hing ein gerahmtes Kalenderblatt von Kandinsky und gegenüber am Schreibtisch, auf dem ein überdimensionierter Stereokassettenrecorder stand, ein Kunstkalender Expressionismus.

»Platz genug hätte sie doch gehabt«, sagte ich. »Oder sie hätte die Zeichnungen auf den Schreibtisch legen können. Daß sie sie zur Erinnerung jeden Tag sehen kann. Aber ganz unten im Cellokasten?«

Ron zuckte mit den Schultern. »Ich glaube, wir können hier nichts mehr machen. Wir sollten den Tag heute noch abwarten. Vielleicht kommt Ewa bis zum Abend wieder. Oder ruft an. Das ist oft so, wenn jemand vermißt wird. Man macht sich umsonst Sorgen.«

»Ich glaube nicht, daß wir uns umsonst Sorgen machen.« Ich nahm die Zeichnungen wieder in die Hand. Die Ansichten der Kirche waren auf den ersten Blick sehr detailliert gezeichnet. So genau wie die langweiligen Studien, die wir damals im Architekturkurs machen mußten, einem der wenigen Pflichtkurse. Wo man gezwungen war, jede Rosette in ihren Abmessungen, der Perspektive und dem Gleichmaß der einzelnen Teile möglichst naturgetreu abzubilden. Eigentlich sollte dies für jemanden, der zeichnen kann, eine leichte Übung sein. Für mich als Illustratorin wäre es jetzt auch eine leichte Übung. Aber damals, als ich noch die Welt der freien, ungebundenen Kunst entdecken wollte, war es schwer, mich so genau an die Vorlage zu halten. Ich erinnerte mich noch genau an die stundenlangen Diskussionen mit dem akkuraten Professor, einem Architekten, dessen Hauptaufgabe es war, Gutachten für den Denkmalschutz zu erstellen. Daß das Abbilden jeder Auffassung von Kunst widerspräche, daß man dadurch Gebäude kaputtzeichnen könnte. Daß eine Rosette eben nicht in Stein gemeißelte schematische Bögen und Kreise seien, zufällig blattähnlich. Sondern das Wort sei abgeleitet von französisch *Röschen* und meine die künstlerische Darstellung einer Blüte, einer Rose, einer Margerite.

»Meinst Du, ich kann die Zeichnungen mitnehmen?«

»Wozu?«

Ich zuckte mit den Schultern. »Ich weiß auch nicht genau.«

Er hatte wohl keine Lust auf Diskussionen. »Wenn dir eine gute Ausrede einfällt, wie du es Ewa später erklärst.«

Ehrlich gesagt war es mir in diesem Moment völlig egal, wie ich mich dafür später entschuldigen sollte. Wenn es soweit war, daß ich die Zeichnungen Ewa zurückgeben würde, wäre ich sicher froh, daß ich überhaupt die Gelegenheit hatte, ihr etwas zu geben. Im Gegensatz zu Ron aber hatte ich eher die Befürchtung, daß Ewa mir nie auf ihrem Cello vorspielen würde.

16

Ron wollte noch einmal in sein Büro und brachte mich nach Hause. Ich war froh, denn meine Gedanken kreisten um Ewa. Ich hatte keine Ruhe, heute abend noch den Torso zu vervollständigen. Man kann gewisse Augenblicke eben nicht wiederholen.

»Wie gehen wir weiter vor?« fragte ich ihn im Auto.

»Womit?« Ron hatte wieder diesen angestrengten Blick, als müsse er gleichzeitig fahren und den Verkehr regeln.

Ich gab ihm noch eine Chance.

»Was wir zu tun gedenken, um Ewa zu finden?«

»Nichts. Ich fahre jetzt ins Büro und werde ein Protokoll schreiben. Dann geht alles seinen Gang. Die Polizei ruft nach Ablauf einer bestimmten Frist bei den polnischen Behörden oder ihren Eltern an und informiert sie über das Verschwinden. Dann erfahren wir auch, ob sie bei ihnen ist. Es hat keinen Sinn, zu früh für Aufregung zu sorgen, und dann stellt sich heraus, daß alles erklärbar ist.«

»Es ist aber nicht erklärbar. Ewa würde nicht einfach verschwinden.«

»Sie ist nicht verschwunden. Sie ist vermutlich weggegangen und noch nicht wieder hier.«

»Sie hat aber nichts davon gesagt, daß sie wegbleibt.«

»Vermutlich ruft sie bald an, daß sie aufgehalten wurde.« Er hielt vor meinem Haus an, ohne sich darum zu kümmern, daß hinter ihm alle anderen Autos stoppen mußten. Mir kam der Verdacht, daß er einer von den Autofahrern war, die so damit beschäftigt waren, die Fahrweise anderer zu kritisieren, daß sie keine Selbstkritik am eigenen Verhalten mehr aufbringen konnten. Und vielleicht betraf das nicht nur seine Rolle als Autofahrer, sondern das Leben insgesamt. Einer, der andere ins Gefängnis brachte, fühlte sich vermutlich immer als jemand, der das Recht hatte, vor den Gittern zu stehen.

»Und was ist mit dem Polen, der sie bedroht hat?«

»Wieso soll er sie bedroht haben?«

»Er hat sie am Arm gepackt.«

»Dafür kann es verschiedene Gründe geben.«

»Welche, bitte?«

Ron schwieg. Ihm fiel offensichtlich nichts ein.

»Vielleicht war sie unfreundlich zu ihm. Das ist oft so bei Leuten aus dem Ostblock. Uns Deutschen gegenüber sind sie freundlich, nett, entgegenkommend, und auf die eigenen Landsleute schauen sie mit Verachtung.«

Bildete ich mir das nur ein, oder paßte Cellospiel besonders gut zum November? »Nicht Ewa.«

Wir saßen in seinem Dienstfahrzeug und lauschten auf das Rauschen des Sprechfunkgerätes. Keine Meldungen. Samstagnachmittag war anscheinend bei richtigen Verbrechern nicht viel los. Jetzt waren nur Taschendiebe in der Fußgängerzone unterwegs. Hinter uns hupte ungeduldig ein roter Opel.

»Was, meinst du, sollte ich unternehmen?« Er schaute mich von der Seite an.

Ich starrte durch die Windschutzscheibe. Vor unserem Haus belud Mirkas Mann gerade das Auto mit zahlreichen Pappkartons und Plastiktüten. Manchmal fuhren sie am Wochenende zu seinem Bruder, der in Bottrop im Ruhrpott gelandet war und dort eine Kneipe mit jugoslawischen Spezialitäten betrieb.

»Nichts«, sagte ich und stieg aus.

»Ich ruf dich an, wenn ich etwas weiß«, rief Ron mir nach.

»Tu das oder laß es bleiben«, erwiderte ich und drehte mich nicht mehr um.

Der kurze Moment am Nachmittag, das gegenseitige Einverständnis unserer Körper, war verschwunden. Er war wieder Ron, ich wieder Berit. Das war's wohl. In der postmodernen Film- und Liebesindustrie bedeutete das wohl ein gelungenes Ende. Denn – so hatte ich in einer Filmkritik gelesen – statt sich wie Audrey Hepburn und Gregory Peck in »Ein Herz und eine Krone« auf ein freundschaftliches Entsagen zu verständigen, entgleise der moderne Film. Da werden nämlich Anna und William am Ende zwanghaft zum Paar. Ehrlich gesagt wäre es mir scheißegal, ob mir meine Wirklichkeit völlig entgleist. Ich sah nicht ein, weshalb ein Film gelungen sein sollte, nur weil die beiden hormonell aufgeladenen Hauptdarsteller nach einem sexuellen Fast Food weiter alleine ihr Gemüse aßen.

Okay. Vielleicht war es so, daß ich ausgehungert in die sexuelle Falle von grünen Augen, Tiefseestimme, griechischen Locken, einem Körper aus der Laokoongruppe geraten war. Was soll's. Fakt war, daß ein nicht unwesentlicher Teil von mir gerne weiter neben ihm im Auto gesessen und durch die Straßen gerast wäre und nur ein verschwindend kleiner dringend Distanz forderte.

In meiner Wohnung war es angenehm warm. Ich schaltete alle Lichter ein und sah aus dem Fenster. Es war fast sieben, und das einzige Leben, das ich draußen feststellen konnte, war die hell erleuchtete Videothek mit dem kümmerlich blinkenden Weihnachtsbaum auf dem Dach. Ich holte die Zeichnungen aus der Tasche und legte sie vor mich auf das Bett.

Ich nahm die Fische, an denen ich zuletzt gearbeitet hatte, von der Wand gegenüber meinem Bett und ersetzte sie durch die Architekturstudien. Dann legte ich mich aufs Bett und betrachtete sie genau und lange. Das ganze Bild an der Wand erschien mir wie eine wahllose Auswahl von Fassaden, Portalen, Dachgiebeln, Mauern und Straßenecken. Ich wußte nichts über Danzig. Ich hatte also keine Ahnung, worum es sich handelte. Mir fiel nur auf, daß die Zeichnungen etwas Schematisches hatten. Wie von einem Architekten, und dann tauchten plötzlich im Pflaster – gleich große

Quadrate – wahllos Grashalme auf, denen meine Mutter vor ihrer Haustüre sofort den Garaus gemacht hätte. Das wirkte unrealistisch im Gegensatz zu dem Versuch, die Fassaden so genau wie möglich wiederzugeben. Da war auf keinen Backstein verzichtet worden. Und bei zwei Bildern huschte zu allem Überfluß noch eine Maus oder eine Ratte durch das Unkraut.

Die ganze Sache wurde mir langsam zuviel. War das der Grund, weshalb sich ein Gefühl der Bedrohung in mir ausbreitete? War Ewa nur nach Hause gefahren? Vielleicht war ihr Marlene auf den Geist gegangen, war ihr die Arbeit zuviel, hatte sie einfach die Nase voll vom Leben einer Hausangestellten. Und selbst wenn es zum Beispiel einen Streit mit Kornelius (vielleicht hatte der sie belästigt? – Nein, nicht Kornelius) oder Marlene gegeben hatte, von dem Marlene nichts erwähnt hatte (was aber unwahrscheinlich war) ... Ewa hatte zuverlässig gewirkt, nicht wie eine, die einfach das Handtuch warf, wenn ihr etwas nicht paßte.

Das Cello fiel mir ein. Sie hätte doch ihr Cello nicht zurückgelassen, wenn es ihre Absicht war, für länger wegzufahren. Aber sie hatte die Absicht gehabt, sonst hätte sie mich doch nicht angerufen. Also war die Bedrohung doch real?

Da war der Pole, der sie am Arm gepackt hatte. Ein Mann, der sonst unterwürfig wirkte, wurde aggressiv in einem Rahmen, der keinerlei Anlaß dazu bot, wo er unter Beobachtung stand, wo er Leute traf, denen er respektvoll gegenübertrat. Ewa hatte ihn gekannt. Sie war über sein Institut vermittelt worden. Vielleicht hatte sie sich mit ihm getroffen? Aber wozu? Und dann war da noch Roman Rymut. Wie paßte er in das Ganze? Oder war alles nur Zufall? Aber er war tot und Ewa verschwunden.

Ich konnte nicht länger ruhig zu Hause sitzen und auf etwas warten. Also nahm ich die Mappe mit den Zeichnungen von Rudhard Thorwald und Kollegen. Das Wetter war schauderhaft, anders konnte man es nicht nennen. Nachdem es tagsüber immer wieder geregnet hatte, bildete sich nun am Abend zusammen mit den Abgasen auf Frankfurts Straßen dicker Nebel. Ich packte Geld und Zigaretten zu den Zeichnungen in meinem Rucksack. Ich hatte zwar an meinem Fahrrad keine Scheinwerfer, aber es war nicht damit zu rechnen, daß um diese Zeit viele Fahrradfahrer auf den Radwegen am Main entlang unterwegs waren.

An der Gerbermühle angekommen, ging ich geradewegs zur Küche. Es öffnete niemand, aber darauf konnte ich keine Rücksicht nehmen. Ich ging einfach hinein. Die ganze Küche war in denselben Dampf eingehüllt, wie er draußen vor der Tür lag. Es kam mir so vor, als hätte ich ihn hineingelassen. Nur der Temperaturunterschied war gewaltig. Von zwei Grad auf 25. Meine Augen begannen zu tränen. Genausogut hätte ich mit einer Goretex-Jacke in die Sauna gehen können. Ich landete vor einem riesigen kulinarischen Schaltpult. Der Koch war gerade dabei, aus fünf Pfannen gleichzeitig Fleisch auf bereitstehende Teller zu legen.

»Hallo«, rief ich laut, um das Zischen von heißem Fett zu übertönen. Die Luft triefte von Öl und Fettspritzern.

Er nahm aus einer Wanne auf einem Brett, das über dem Herd wankte, weitere in Kräuter eingelegte Fleischstücke und warf sie in die Pfanne.

»Ich suche Paul!«

»Der war schon lange nicht mehr da.«

»Wieso?« schrie ich über das Spritzen von Fett hinweg.

»Na, die Wasserleiche. Zuviel Polizei mit Fragen. Aber is mir auch lieber so. Hab keine Lust, meinen Job hier zu verlieren.«

»Wenn Sie so eine Angst haben, warum haben Sie ihm dann Essen mitgegeben?«

»Das können die hier nicht verstehen.«

»Was?«

»Wie das ist, wenn einer auf der Straße landet. Der Paul hat hier mal für kurze Zeit gearbeitet. Hat so ne Nonne vermittelt, die sich in Frankfurt um Obdachlose kümmert. Und da er auch aus Potsdam kommt ... Na ja, da gibt's viel Gemeinsames. Aber ausgehalten hat er es nicht, in diesem Kessel hier.«

»Wo könnte er denn sein?«

»Keine Ahnung. Wird schon wieder auftauchen, wenn er Hunger hat.«

»Aber ich muß dringend mit ihm sprechen.«

»Das wollen andere auch.«

Ich nahm einen Zettel aus meinem Rucksack: »Ich schreibe Ihnen meine Telefonnummer hier auf. Falls er wieder auftaucht – ich bin die mit den Zigaretten.«

Zehn Steaks oder mehr waren fertig und wurden erneut auf Teller drapiert. Ich hatte das Gefühl, meine Jacke triefte vor Fett, unter meinen Achseln lief die Soße herunter, und mein Magen war genauso geschrumpft wie ein Steak in der Pfanne. Ich legte die Telefonnummer zu den Bestellungen und drehte mich um. Nichts wie raus hier.

17

Nachdem ich die Küche verlassen hatte, setzte ich mich wieder auf die Bank am Mainufer. Vielleicht kam Paul ja doch vorbei. Ich könnte ihm die Zeichnungen zeigen. Das Ganze war so ungeheuer verwirrend. Das Institut, Ewa, Ron, Roman Rymut. Meine Welt war eindeutig schwer in Unordnung geraten. Anders konnte ich es nicht nennen. Und Ron wollte mich dazu bringen, diese Unordnung zu ignorieren. Genausogut konnte ich versuchen, zu ignorieren, daß der Regen wieder stärker einsetzte und langsam durch meine Jacke drang. Unsinnig zu glauben, es hätte sich in der Küche eine isolierende Fettschicht gebildet. Mir ging alles unter die Haut, nicht nur der Regen.

Eine altbekannte Depression breitete sich in mir aus. Das wachsende Gefühl der Hoffnungslosigkeit und die Erkenntnis, daß sich nichts bewegte. Ich weiß gar nicht, weshalb man Sisyphus im allgemeinen so bedauert. Er brachte den Stein immerhin zum Rollen. Mein Gott, er ist nicht der einzige, der immerzu dasselbe tut. Wie gerne säße ich jetzt am Schreibtisch und würde zeichnen wie jeden Tag, einen Fisch nach dem anderen. Wochenlang, monatelang. Meinetwegen sogar jahrelang. Aber ich hatte heute noch nichts ins Rollen gebracht, aber auch gar nichts. Kein einziges Steinchen. Dieses Gefühl war mir bestens bekannt. Bedrohung vermischt mit Ausweglosigkeit. Wenn man erst zum Telefon läuft, hofft, daß sich alles als Irrtum herausstellt und sich nur jemand verwählt hat. Wenn man hinausgeht und die Angst einen antreibt, etwas zu unternehmen. Man in sinnlose Aktivität verfällt.

Als damals die Polizei bei uns anrief, um uns mitzuteilen, daß mein Vater vermißt wurde, hatten meine Mutter und ich uns ins Taxi gesetzt, waren zum Flughafen gefahren und dort bis tief in die Nacht sitzen geblieben. Wir redeten uns gegenseitig ein, mein Vater hätte die Expedition abgebrochen, weil er uns vermißt hatte. Weil er nach Hause wollte. Dasselbe, was Ron von Ewa dachte. Nach vielen Stunden waren wir dann nach Hause gefahren und hatten dort am Telefon gesessen. Vielleicht rief er jetzt genau in diesem Moment vom Flughafen in Caracas an. Und wie damals konnte ich auch heute nicht einfach nach Hause gehen.

Unterwegs kam ich an einer Telefonzelle vorbei. Unwillkürlich machte ich halt. Das Hotel fiel mir ein, von dem Ron gesprochen hatte. In dem Roman Rymut gewohnt hatte.

Marlene nahm sofort ab.

»Hallo Marlene, hier Berit. Hat sich Ewa gemeldet?«

»Nein, aber Ron. Er hat bei ihren Eltern angerufen und mit ihrem Bruder gesprochen. Sie haben vor einer Woche das letzte Mal von Ewa gehört. Wenn ich nur Kornelius erreichen könnte!«

»Paß auf, Marlene. Ron hat mir von einem Hotel erzählt. In der Nähe der Gerbermühle. Dort hat das Institut Zimmer für polnische Wissenschaftler reserviert. Kennst du das zufällig?«

»Ja, warte mal. Ich glaube, das heißt Hotel Baron, Herzog oder Graf. Irgendein Adelstitel in jedem Fall.«

»Danke. Melde dich bei mir, wenn es etwas Neues gibt.«

»Bist du zu Hause, Berit?«

»Nein, aber du kannst auf den Anrufbeantworter sprechen.«

»Ron hat versucht, dich zu erreichen. Wenn er hier anruft, soll ich ihm etwas sagen?«

»Nein, sag ihm, *ich* melde mich.«

Ich legte auf. Ich hielt jetzt meine eigenen Fäden in der Hand. Und die zogen mich in Richtung Oberrad.

Es war nicht schwer, das Hotel zu finden. Als ich durch die automatische Glastür trat, empfing mich ein solides Ambiente aus hellen Sitzmöbeln und einem gefälschten Perserteppich. Hier blieben Gäste über Nacht, weil sie beruflich in Offenbach oder Frankfurt zu tun hatten. Vertreter zweiter Klasse und Dreisterne-Messebesucher. Zur Zeit war keine Messe, und es war Wochenende, daher war nicht viel Betrieb.

An der Rezeption saß eine junge Frau in einem der üblichen dunkelblauen Kostüme, die das Pendant zu den Anzügen der Männer bilden sollen. Sie las in einem Reiseprojekt von TUI. Ist es so, daß man verstärkt davon träumt zu verreisen, wenn man in einem Hotel arbeitet?

Sie blickte hoch, als ich an die Theke kam, ohne jedoch den Prospekt aus der Hand zu legen. Wochenenddienst.

Ich fragte nach Dr. Jacek Kowalski. Sie stand auf und gab den Namen in den Computer ein. »Zimmer 360.« Und setzte sich sofort wieder.

»Ist er da?« fragte ich.

Ihr Blick ging zum Schlüsselbord.

»Scheint so«, sagte sie gelangweilt. »Der Schlüssel ist jedenfalls weg.«

Ich überlegte kurz, ob ich ihr die Zeichnungen zeigen sollte. Vielleicht erkannte sie jemanden wieder. Meine Hand war schon am Rucksack, aber dann überlegte ich es mir anders. Wenn ich jetzt Fragen stellte, dann würde sie vielleicht mißtrauisch. Schließlich war vor kurzem einer ihrer Gäste umgebracht worden, auch wenn man es im Hotel kaum bemerkt hatte. Und die Polizei hatte sicherlich bereits genug herumgeschnüffelt.

»In welchem Stockwerk ist das Zimmer?« fragte ich daher nur kurz.

»Dritter Stock«, antwortete sie.

Wenn es möglich war, verzichtete ich auf eine Fahrt mit dem Aufzug. Zum einen aus sportlichen Gründen, zweitens litt ich seit der Pubertät an Klaustrophobie.

»Wo ist die Treppe?« fragte ich daher die Frau, die bereits wieder in ihr Reisejournal vertieft war.

»Welche Treppe?« Sie blickte erstaunt hoch.

»Die Treppe, die in den dritten Stock führt.«

»Es gibt keine Treppe, außer bei Feueralarm. Aber die dürfen Sie nicht benutzen.« Sie deutete Richtung Frühstücksraum. »Dort hinten ist der Aufzug.«

Mein Gott, jetzt war es schon so, daß es bei vierstöckigen Gebäuden keine Treppe mehr gab beziehungsweise nur Nottreppen. Warum durfte man die nicht benutzen?

Ich ging Richtung Aufzug.

»Halt, ich darf Sie doch nicht einfach nach oben lassen.«

Das hatte mir gerade noch gefehlt, daß sie jetzt irgendwelche Probleme machte. »Sie wollen doch wohl nicht verhindern, daß Herr Kowalski Damenbesuch bekommt?«

Ich merkte, daß sie kurz zögerte. Und ich nutzte die Verwirrung, indem ich einfach weiterging und auf den Knopf für den Aufzug drückte.

Sie griff zum Telefonhörer. Der Aufzug kam, und ich stieg so schnell wie möglich ein und drückte auf die Drei. Bevor die Tür sich schloß, hörte ich noch, wie sie mir nachrief. Ich brauchte nicht länger auf Angstsymptome zu warten. Kaum war die Tür zu, erhöhte sich augenblicklich mein Puls, und mein ganzer Körper gab Schweiß von sich. Mir wurde augenblicklich schwindelig. Und so schnell diese Panikreaktion eingesetzt hatte, so langsam beruhigte ich mich, als die Tür sich wieder geöffnet hatte. Es ist nicht so sehr der enge Raum als dieses Warten, das mich zur Verzweiflung bringt, und die Tatsache, daß ich der Technik automatischer Türen ausgeliefert bin. Immer suche ich verzweifelt nach einem Türgriff, mit dem ich mir den Weg ins Freie verschaffen kann.

Nachdem ich endlich draußen war, atmete ich erst einmal tief durch. Bis jetzt hatte ich mir noch keine großen Gedanken darüber gemacht, was ich zu Jacek Kowalski sagen würde. Weshalb ich überhaupt zu ihm ging. Und ich konnte nicht damit rechnen, daß er mich wiedererkannte. Aber vielleicht wußte er etwas über Ewa. Ich vertraute darauf, daß mir, wenn ich vor ihm stand, etwas einfallen würde.

Mein Puls beruhigte sich nur langsam. Die Hände waren noch immer schweißnaß.

Ich versuchte, mich an den Zimmernummern zu orientieren, aber aus mir unbekannten Gründen entspricht die Numerierung von Hotelzimmern nicht den Grundgesetzen der abendländischen Arithmetik. An der Wand war eine Tafel, darauf stand 310–390, der Pfeil zeigte nach rechts. Ich ging den dunklen Flur entlang. Der rote Läufer hielt mich in der Spur. Doch die 360 war nicht zu finden. Ich stieß auf die Zimmernummern 310, 330, 350, 370, 390. Ich ging den Läufer entlang zurück zum Aufzug, wo ich ein zweites Schild fand mit der Aufschrift 320–380. Wieder folgte ich dem Pfeil. Die dritte Tür war 360. Ich atmete dreimal tief durch und rieb die Hände an meiner Hose trocken. Dann klopfte ich und wartete. Doch es kam keine Antwort. Vielleicht schlief er. Ich klopfte noch einmal, diesmal etwas lauter. Doch hinter der Tür war nichts zu hören. Und wenn er doch unterwegs war? Und den Zimmerschlüssel mitgenommen hatte? Ich dachte daran, ihm unten eine Nachricht mit meiner Telefonnummer zu hinterlassen, als meine Hand schon am Griff war und ihn hinunterdrückte. Die Tür sprang auf. Eine Hitzewelle kam mir entgegen. Erschrocken ließ ich den Griff los und wandte mich um. Am besten tat ich so, als hätte ich mich in der Tür geirrt. Beim Umdrehen erkannte ich, daß es dunkel war im Zimmer, bis auf das Licht der Straßenlaternen und der Werbeschrift des Kaufhauses gegenüber. Es war nichts zu hören. Schlief Jacek Kowalski? Oder war er unterwegs? Ohne abgeschlossen zu haben? Ich trat in den kleinen Flur und rief leise: »Hallo?« Niemand antwortete. Die Tür zu dem kleinen Badezimmer rechts stand einen Spalt offen. Auch dort kein Licht. Ich ging weiter in das Zimmer hinein. Was um Himmels willen wollte ich hier? Nur einen kurzen Blick hineinwerfen. Aber ich konnte nicht aufhören. Es war wie in den Filmen, in denen Frauen nachts ohne Rücksicht auf empfindsame Zuschauer durch Tiefgaragen, Keller oder leerstehende Häuser gehen. Vielleicht war er nur kurz nach draußen gegangen. Aber dann hätte das Licht gebrannt.

»Herr Kowalski?« rief ich, »Pan Kowalski?«, diesmal lauter. Mit angehaltenem Atem ging ich weiter Richtung Fenster, vor dem ich im Licht der Straße einen kleinen Schreibtisch erkannte, auf dem eine Lampe stand. Im Gehen stieß ich an einen Sessel und spürte, wie mein Bein etwas streifte – etwas Festes, mit Stoff Überzogenes –, und gleich darauf stolperte ich. Ich erschrak und hielt mich an der Lehne des Sessels fest. Mein Atem setzte aus. Jemand lag auf dem Boden. Ich trat unwillkürlich drei Schritte zurück. Es geht nichts über einen gesunden Fluchtinstinkt. Aber meiner schien degeneriert, denn gleich darauf hielt ich an. Mein Herz begann laut gegen meine Rippen zu schlagen. Langsam ging ich wieder nach vorne und tastete mich am Schreibtisch entlang, bis ich das Kabel der Lampe fand, die sich im Straßenlicht abzeichnete. Verzweifelt tastete ich die Schnur entlang. Ich mußte den Schalter finden. Ich schaltete das Licht an.

Mit dem Rücken nach oben, das Gesicht zur Seite gedreht, lag Ewa auf dem Boden. Mit beiden Händen ein Bein vom Schreibtisch umklammert. Wie eine Lavaleiche aus Pompeji. Vom Tod überrascht. Die Augen weit aufgerissen. Mit Gewalt geöffnet wie der Mund, wo sich zwischen die Zähne die Zunge drängte. Die Lippen waren zerbissen. Unter dem Körper zeichnete sich ein großer roter Fleck ab.

Meine Knie begannen sofort, stark zu zittern, und mir war kalt, so daß mir nichts anderes übrigblieb, als die Heizung vor dem Schreibtisch hinunterzurutschen, bis ich sicher am Boden ankam.

In meinem Kopf zeichnete sich langsam die Erkenntnis ab: Ewa war tot, weil jemand sie umgebracht hatte.

Das Zimmer war völlig überhitzt, und ich hatte das Gefühl, dies beschleunige den Verwesungsprozeß. Wie im Zeitraffer geriet mein Bewußtsein durch den Geruch nach gerinnendem Blut unter Kontrolle. Später erfuhr ich, daß es vielleicht 30 Minuten waren, die ich so am Boden saß, am ganzen Körper zitternd, in Schweiß gebadet. Mir kam es wesentlich kürzer vor, und ich wunderte mich, als es plötzlich an der Tür klopfte. Sie stand immer noch offen. Ich hörte jemanden hallo rufen und brachte ein »Hier« hervor. Jemand beugte sich zu mir hinunter. Ich blickte nach oben und sah in das Gesicht von Ron. Da erst wurde mir bewußt, daß meine rechte Hand in einer Blutlache zur Ruhe gekommen war, die Ewa von der Nase aus den Hals hinunterlief und sich unter den Fingern meiner Hand sammelte.

18

Es war kurz nach 22 Uhr, als die Leiche von Ewa in einem Blechsarg abtransportiert wurde. Vorher vorsorglich in einen Plastiksack mit Reißverschluß gehüllt, ähnlich wie meine Mutter an Ostern ihre Mäntel in Schutzhüllen packte.

Ron hatte sofort seine Kollegen verständigt und dann die Rezeption informiert. Die junge Frau von unten war in zwei Minuten da, der Notarzt in drei Minuten, und die Polizei brauchte ganze zehn Minuten, bis sie erschien. Die Dame von der Rezeption konnte es nicht glauben und lief einfach in das Zimmer hinein, obwohl Ron versuchte sie zurückzuhalten. Ich hörte nur einen spitzen Schrei, und dann war sie die erste, um die sich der Arzt kümmern mußte. Nun war sie tatsächlich reif für die Insel.

Ron hatte mich zunächst zur Toilette geführt, wo ich nicht aufhören wollte, meine Hände zu waschen. Dann saß ich auf dem Boden vor dem Zimmer im Flur und wartete. Ron wollte mich nach Hause fahren, aber sein Chef, dieser ausgedörrte Wichtigtuer, verhinderte es. Er kam mit wehendem Mantel den roten Läufer entlanggeeilt, schon vorsorglich ein Taschentuch vor Nase und Mund, als sei der Tod ansteckend, und blieb vor mir stehen. Dann deutete er mit dem spitzen Finger auf mich:

»Wer ist das?«

Der Polizist, der den Eingang zum Zimmer bewachte, sagte: »Sie hat den Toten entdeckt.«

»Dann muß sie hierbleiben. Es handelt sich um eine Zeugin.«

Ron kam heraus auf den Flur und gab seinem Chef die Hand. »Hallo. Ich kenne sie, wir sind befreundet. Sie hat mit der Sache nichts zu tun.«

»Nichts mit der Sache zu tun? Tut mir leid«, er ging ins Zimmer hinein. »Tut mir leid, Herr Fischer. Zeuge ist Zeuge. Aber Ihnen zuliebe erspare ich ihr den Gang zum Präsidium. Ich werde sie persönlich vernehmen.« Er war in der Tür verschwunden, und ich hörte nur noch das Kommando: »Was ist das denn hier für eine Hitze. Und ein Mief. Kann denn hier nicht mal einer das Fenster öffnen.«

Ron beugte sich zu mir herunter. »Ich verspreche dir, daß ich dich so bald wie möglich nach Hause bringen werde. In der Regel verschwindet er möglichst schnell wieder vom Tatort. Erst macht er viel Wind, und dann interessiert er sich nicht mehr dafür.«

Ich nickte schwach. Es kam schließlich nicht darauf an, wo ich saß. Den Geruch und den Anblick von Ewa würde ich sowieso so schnell nicht vergessen. Ron kehrte in das Zimmer zurück.

Das Team der Spurensicherung kam an wie eine Putzkolonne. Dann hörte ich die ganze Zeit nur noch Gemurmel aus dem Zimmer. Keiner achtete mehr auf mich.

Was war eigentlich passiert? Ich begriff nicht, wie Ewa tot sein konnte. War sie etwa auch verstrickt in polnische Mafia, Schmuggel, Handel? Ich konnte es mir nicht vorstellen, andererseits würde sie vielleicht alles tun, nur um in Amerika studieren zu können. Jacek Kowalski hatte sie umgebracht. Aber warum war sie zu ihm gekommen? Ich vergegenwärtigte mir noch einmal die Situation. Die Tür war nicht verschlossen gewesen. Jeder hätte ihn aufsuchen können. Hätte wie ich freien Zugang gehabt. Aber er hätte auch die Zimmernummer wissen müssen, wäre unten an der Rezeption vorbeigekommen. Jemand mußte doch Ewa gesehen haben. Und wo war Kowalski jetzt? Mir fielen die Zeichnungen ein, der leere Aktenkoffer in ihrem Kleiderschrank. Aber sofort verwarf ich diese Gedanken. Jemand, der sich so lange wie ich mit Kunst beschäftigt hatte, sah immer Assoziationen, stiftete überall die absurdesten Verbindungen. In der Kunst nennt man das Kreativität, in der Realität richtete man so nur Chaos an.

Der Polizist, der mich und die Tür bewachen sollte, stand mit dem Rücken mir zugewandt. Ich stand auf. Wartete ab. Aber er hatte es nicht gemerkt. Dann ging ich langsam den Flur entlang. Rief er mich zurück, mußte eben die Toilette als Ausrede herhalten. Das konnte mir keiner verwehren. Die Tür vom Aufzug stand offen. Ich schlüpfte schnell hinein. Bevor mein Organismus diesmal auf das Geräusch und die Bewegung des Fahrstuhls reagieren konnte, war ich schon unten. Mein Körper hatte sich auf permanente Schocktherapie eingerichtet, da kam es auf die klaustrophobischen Reaktionen auch nicht mehr an.

Die junge Frau an der Rezeption unterhielt sich offensichtlich mit einem Kollegen oder Vorgesetzten. Vor ihr stand ein Aschenbecher. Genau das, was ich auch brauchte.

»Haben Sie auch eine für mich?«

Sie nickte verständnisvoll, und ich fügte hinzu: »Nicht gerade ein schöner Anblick.«

Sie fing aus dem Stand an, laut zu weinen. Das Beruhigungsmittel, das der Arzt ihr gegeben hatte, war bereits wirkungslos oder hatte sich nicht durchsetzen können. Und ich fühlte mich ein bißchen schuldig, daß die Leiche während ihrer Dienstzeit gefunden worden war. Ein paar Stunden später hätte ein Kollege die Sache am Hals gehabt.

Der Mann legte den Arm um sie und nötigte sie, einen Schluck Wasser zu nehmen. Ich werde nie verstehen, wozu es gut sein soll, etwas zu trinken, wenn man hysterisch weint. Als ob für weiteren Wassernachschub gesorgt werden soll.

Ich legte meinen Rucksack ab und holte die Mappe mit den Porträts hervor.

»Vielleicht können Sie mir ja weiterhelfen. Kennen Sie jemanden von diesen Leuten?«

Weder sie noch ihr Kollege zeigten Zweifel, daß ich berechtigt war, diese Frage zu stellen. Im Gegenteil, sie schienen froh zu sein, etwas tun zu können. Wie ich auch.

Die beiden nahmen die Zeichnungen in die Hand. Beim Anblick von Ewa fing die Frau wieder an zu weinen. Aber die Zeichnungen von Thorwald, Ulf Uhrbrock, Kornelius und Denise Appollinaire hielten sie länger in der Hand.

»Klar«, sagte der Mann. Er deutete auf Kornelius und Denise. »Die beiden haben doch oft hier übernachtet.«

»Hier übernachtet?«

»Ja!«

»Wieso haben die beiden hier übernachtet? Die haben doch Wohnungen im Rhein-Main-Gebiet.« Manchmal war ich schwer von Begriff.

Der Mann zuckte mit den Schultern. »Wir vermieten hier nur Zimmer, keine Moral.«

Diese neue Sicht auf Kornelius verschob ich erst einmal nach hinten ins Gedächtnis.

»Und Sie?« wandte ich mich der jungen Dame zu. »Mein Name ist übrigens Janda. Berit Janda.«

»Christine Kaufmann, wie die Schauspielerin.« Sie deutete auf ein Schild am Tresen, das ich übersehen hatte, und brach erneut in Tränen aus.

Ich nickte. »Einfach zu merken.«

»Ja«, schluchzte sie, »das ist praktisch, auch für die Gäste. Die sprechen einen lieber mit Namen an.«

»Erkennen Sie auch jemanden wieder?«

Sie deutete mit der Hand auf Denise Appollinaire. »Frau Appollinaire bucht hier immer die Zimmer für Leute, die vom Institut eingeladen werden.«

Natürlich wußte ich, welches Institut sie meinte, aber ich wollte es noch einmal hören. »Welches Institut?«

Sie drückte ein paar Tasten auf dem Computer und nannte die komplette Bezeichnung: »Das Institut für Biotechnologie Rhein-Main.«

»Und sie kommt öfter ins Hotel?« fragte ich.

»Ja, sie bringt die Gäste vorbei oder holt sie ab. Und wie gesagt, manchmal hat sie mit dem hier übernachtet. In letzter Zeit zwar nicht mehr, aber früher öfter.«

»Und hat sie auch Jacek Kowalski abgeholt?«

Christine zuckte mit den Schultern. »Weiß ich nicht.«

Ihr Kollege mischte sich ein. Ich sah, daß er ein Namensschild am Jackett trug: Pieter Blum. »Ich hatte vorgestern abend Dienst, und da hat sie ihn abgeholt.«

Vorgestern war die Institutsfeier gewesen. Also nichts Neues oder zumindest nichts, was auffällig wäre.

»Und sonst ist Ihnen niemand bekannt?«

»Keine Ahnung. Vielleicht. Aber ich kann mich nicht erinnern«, sagte er. »Aber wir sind hier zehn Angestellte für die Rezeption. Unser Dienstplan wechselt ständig. Da müssen Sie schon die anderen fragen.«

Ich zog die Zeichnung von Roman Rymut hervor. »Kennen Sie den auch?«

Beide nickten.

»Ja, das ist der andere.«

»Welcher andere?«

»Na ja, der andere, den sie im Main gefunden haben.«

»Ist der auch von einem der beiden abgeholt oder gebracht worden…?«

Christine Kaufmann nahm die Bilder noch einmal in die Hand. Sie schien sich langsam zu erholen und deutete mit dem rechten Zeigefinger auf Ewa.

»Ewa?« Damit hatte ich am wenigsten gerechnet.

»Ja. Ich glaube schon. Wissen Sie, sie hat ihn morgens besucht.« Sie deutete wieder auf Ewa.

»Wen?«

»Den hier. Der im Main gefunden wurde.« Sie deutete auf Roman Rymut.

»Sind Sie sicher?«

Sie schaute etwas zögernd. »Ganz sicher bin ich mir nicht. Soweit ich weiß, war ich gerade dabei zu gehen und habe mit meinem Kollegen, Herrn Braun, die Übergabe gemacht. Aber das Gesicht ist sehr auffallend, und ich denke, daß sie es war. Vielleicht fragen Sie noch einmal Herrn Braun.«

Bevor ich noch weitersprechen und fragen konnte, wie es ihnen entgangen war, daß Ewa das Hotel betrat, hörte ich jemanden aus dem Aufzug kommen. Schnell steckte ich die Zeichnungen ein. Es war der Polizist, der die Tür und mich bewacht hatte. Ron hinter ihm her. Sie kamen direkt auf mich zu. Ron packte mich am Arm. »Du hättest nicht weggehen sollen. Wir haben so schon genug Ärger.«

»Wieso wir?« fragte ich.

Ron schob mich vor sich her in den Aufzug hinein. Der Polizist folgte uns, aber Ron sagte: »Sie bleiben am Eingang. Hier kann ja jeder ein- und ausgehen, wie er will. Das gibt's ja nicht. Ich verstehe überhaupt nicht, warum der Dünne das noch nicht angeordnet hat. Kontrollieren Sie jeden, der hinaus- oder hineinwill.«

Die Tür des Aufzugs schloß sich.

»Warum um Gottes willen bist du hierhergefahren? Was soll das?«

Ich antwortete nicht, denn ich war damit beschäftigt, mich nicht zu übergeben. Mein Magen fuhr mit dem Aufzug in den dritten Stock, und mein Kreislauf rutschte in den Keller. Die Tür öffnete sich. Mir wurde schwindelig, und ich stolperte über den roten Teppich. Ron fing mich auf und hielt mich für einen kurzen Moment mit beiden Händen an den Schultern fest. Ich schloß die Augen und bedauerte, daß ich ausgerechnet jetzt zu einem Verhör mußte.

»Hey«, sagte Ron, »das war wohl doch etwas zuviel!« Er ließ mich los. »Soll ich den Arzt holen?«

»Nein«, ich atmete tief durch, »ruf deinen Boß, damit ich es hinter mich bringe.«

Später erinnerte ich mich an das Verhör wie an einen psychologischen Test, in dem man zu jedem Punkt drei Antwortmöglichkeiten hat. Rons Chef schloß jede Frage ab mit *Ja? Nein? Oder wissen Sie es nicht?* Und alles nur, weil ich auf die erste Frage, was ich hier zu suchen hatte, geantwortet hatte: »Weiß ich nicht.« Aus seiner Sicht stellte diese Antwort eine Verweigerung dar, aus meiner war es natürliche Abwehr. Von der ersten Leiche an hatte unser Verhältnis unter einem schlechten Stern gestanden. Und daß er und Ron sich nicht besonders sympathisch waren, hatte ich gleich gespürt. Es ist jedoch eine Tatsache, daß Sympathie oder Antipathie im Zusammenhang mit Polizisten und Kriminalbeamten außer acht gelassen werden müssen. Vielleicht ist es sogar besser, Verständnis oder Entgegenkommen zu heucheln. Doch das wurde mir erst später bewußt. Auf meine Antwort »Weiß ich nicht« sagte er in diesem gewissen Tonfall, der massive Bedrohung hinter einer sülzigen Stimme versteckt: »Wissen Sie, daß ich das Recht habe, Sie in Untersuchungshaft zu nehmen?«

Ich antwortete: »Nein, weiß ich nicht.«

»Immerhin wurden Sie neben einer Leiche gefunden, und Sie haben keinerlei Absicht gezeigt, den Mord der Polizei zu melden. Stimmt das?«

Ich schwieg. Was hätte ich darauf schon antworten können?

»Ja, nein, oder wissen Sie das auch nicht?«

Ich zuckte mit den Schultern.

»Was also wollten Sie hier?«

»Ich ...« Doch er wartete meine Antwort nicht ab.

»Das Zimmer wurde bewohnt von einem ...« Er schaute zu Ron, der ergänzte: »Jacek Kowalski.« »Ja, also kannten Sie Jacek Kowalski? Ja, nein, oder wissen Sie das nicht?«

Kam nun die Zermürbungstaktik?

»Ja.«

»Woher kannten Sie ihn? Oder wissen Sie das auch wieder nicht?«

Ich zögerte wieder. Die Fragen klangen so einfach, aber die Antworten waren kompliziert, wenn ich mich an die Wahrheit hielt, meine Wahrheit. Auch die Tatsache, daß Jacek Kowalski mir die Hand geküßt hatte, änderte nichts daran, daß ich kaum zehn Worte mit ihm gewechselt hatte.

Ron mischte sich ein: »Frau Janda wollte lediglich Herrn Kowalski nach Ewa Molenda fragen.«

»Ich wollte es eigentlich von Frau Janda selbst hören, was sie hier zu suchen hat. Wenn Sie sich weiter einmischen, dann muß ich Sie bitten, das Zimmer zu verlassen.«

Ich merkte, daß Ron wütend wurde. Die Farbe seiner Augen

wurde dunkelgrün. Doch was hatte es für einen Sinn, sich mit seinem Vorgesetzten anzulegen? Eine potentielle Sexualpartnerin wird neben einer Leiche in einem Zimmer angetroffen, das ein Kollege seines Schwagers bewohnte. Und alles, weil sie nach dem Hausmädchen seiner Schwester suchte, das nun tot war. Rons Stellung war denkbar schlecht, und ich hatte keine Lust, daß sein Chef sich in irgendeiner Weise zu tief in die Sache hineinkniete. Er war der Typ, der alles nur schlimmer machte, wenn er sich einmischte. Leute wie er sind nur als Chefs zu gebrauchen. Hinter ihrem Schreibtisch können sie nicht allzuviel Schaden anrichten.

»Er hat recht. Es ist einfach zu erklären. Ewa Molenda war eine Bekann …, eine Freundin von mir. Am Donnerstag abend hatte ich gesehen, wie sie sich mit Herrn Kowalski unterhielt. Und als sie heute morgen verschwunden war, wollte ich ihn fragen, ob er weiß, wo sie sich aufhält. Als ich hier ankam und niemand auf mein Klopfen antwortete, wollte ich nur sichergehen, ob auch wirklich niemand da war. Ich drückte auf die Klinke, die Tür öffnete sich, und ich ging hinein. Aber alles, was ich gefunden habe, war Ewas Leiche.« Jetzt traten mir doch die Tränen in die Augen. Ich konnte und wollte es einfach nicht glauben, daß Ewa tot war. »Es tut mir leid, daß ich die Polizei nicht sofort gerufen habe, aber ich stand einfach unter Schock, wie Sie sich vorstellen können.«

Er beruhigte sich etwas. »Seit wann ist Ihre Freundin denn verschwunden?«

»Seit heute morgen.«

Er wandte sich Ron zu: »Haben Sie etwas unternommen?«

»Noch nicht«, antwortete Ron. »Ist noch zu früh.«

Die Männer vom Labor packten ihre Geräte ein. Der Chef schaute auf die Uhr. Er hatte sichtlich genug von der Sache.

»Gut. Gehen wir einmal davon aus, daß Ihre Geschichte stimmt. Ich möchte Sie bitten, daß Sie nun doch mit Herrn Fischer zum Präsidium fahren und dort das zu Protokoll geben, was Sie mir erzählt haben. Das Protokoll soll aber Henri führen. Sie, Fischer, halten sich raus, ist das klar?«

Ron nickte.

»Und Sie halten sich die nächsten Tage zur Verfügung, Frau Janda.« Er zog den dunkelblauen Mantel über und legte den Seidenschal locker um die dünnen Schultern. Beim ersten Windstoß würde er hinunterrutschen.

19

»Mach es kurz und schmerzlos.«

Das waren die Worte, mit denen Ron mich seinem Kollegen Henri vorstellte. Ein Vierzigjähriger um die 1,90 und 130 Kilo mit deutlichen Verlusterscheinungen im Haarbereich, Brille, Ehering und einem warmen Lächeln um die Lippen. Offensichtlich ein Genußmensch, sein Gesicht würde niemals Falten bekommen.

»Ich will nach Hause, Berit will nach Hause. Also, mach's kurz und schmerzlos.«

Alles, was Henri dazu zu sagen hatte, war: »Wer ist Berit?«, und dann gab er mir die Hand und sagte: »Aha.« Vielleicht hätte ich nachgefragt, was diese Äußerung zu bedeuten hatte, aber es war bereits ein Uhr nachts, und ich wollte nur kurz schildern, wie ich in die Lage geraten war, einen Mord zu entdecken, und erklären, weshalb ich daraufhin nicht sofort die Flucht ergriffen hatte.

Henri war ein wahrer Freund. Er hinterfragte nichts. Er tippte alles, was ich ihm erzählte, kommentarlos in eine alte Schreibmaschine mit Namen Gabriele, die alles ebenso kommentarlos auf das graue Formularpapier brachte. Danach legte er es mir vor. Ich unterschrieb, ohne es noch einmal durchzulesen, und ließ mich von Ron nach Hause fahren, wo ich, ohne den Schock richtig wahrzunehmen, ins Bett fiel und morgens mein Training verschlief, bis mich das Telefon wieder einmal unsanft aus dem Tiefschlaf riß und ich Rons Stimme hörte. Er fühlte sich auf meinem Anrufbeantworter anscheinend schon so zu Hause, daß er es nicht einmal mehr für nötig hielt, seinen Namen zu nennen. Wie meine Mutter, die immer nur *Hallo! Hallo!* durch die Leitung rief, sagte er nur ungeduldig: »Ich bin's!«

Trotzdem – das Schöne am Anrufbeantworter ist, daß man sich erstens im Liegen unterhalten kann, zweitens nicht antworten muß. »Wir treffen uns gegen zwölf in dem Café in der Schirn. Also in zwei Stunden.«

Seine Stimme klang eindeutig gereizt, deshalb nahm ich den Hörer nicht ab, sondern drehte mich noch einmal um. Es gab nichts anderes, was ich bis zwölf tun konnte. Doch natürlich, kaum hatte ich die Augen geschlossen, saß ich wieder in der Blutlache in diesem Mittelklassehotelzimmer und starrte in die zur Seite gedrehten Augen von Ewa. Und auf ihren aufgerissenen Mund.

Mein Kreislauf spielte verrückt. Das Herz schlug erst schnell und schien dann völlig seinen Geist aufzugeben. Mir wurde schlecht. Ich rannte ins Bad, in der Hoffnung, mich übergeben zu können. Ich wollte ehrlich gesagt alles herauskotzen, was zum Kotzen war, aber alles, was ich von mir gab, war lausige Spucke, die ich hinter meinen ungeputzten Zähnen hervorpreßte.

Pünktlich um zwölf ging ich nach einer Kanne Kaffee geduscht aus dem Haus. Wider Erwarten steckte in meinem Briefkasten noch die Sonntagszeitung. Anscheinend hatte nicht nur ich verschlafen. Ich nahm sie mit und blätterte in der U-Bahn unentschieden darin herum. Aber das einzige, was mich wirklich interessierte, war eine kleine Randnotiz: *Geklonte Ziegen sollen Spinnenfäden produzieren.* Die Ziegen sollten genetisch so verändert werden, daß sie Proteine von Spinnenseide mit der Milch ausscheiden. Daraus würde man dann »BioSteel« gewinnen, ein Material aus Spinnenseide, leichter als Stahl und Kunststoff, zur Herstellung von künstlichen Sehnen, Prothesen und biologisch abbaubaren Nähten. Mein Gott, irgendwann würden sie Schafe züchten, die gleich das fertige Gemisch aus 10% Wolle, 3% Seide und 87% Polyacryl lieferten.

Als ich im Café ankam, saß Ron schon mit Henri dort und frühstückte reichlich. Ron riß mir sofort die Zeitung aus der Hand. »Steht etwas drin?«

»Sonntags wird nicht über Mordfälle berichtet«, sagte Henri, »man will den Leuten doch nicht schon zum Frühstück eine Leiche servieren. Außerdem erlaubt das die Kirche nicht.«

Ron blätterte ungeduldig die Zeitung durch. »Was ist denn das? Da sind ja nur Fotos.« Ich rutschte neben ihn auf die schmale Bank und beugte mich über die Zeitung.

»Ach ja, der Presseball.«

»Da erfahre ich ja in der Bildzeitung mehr.«

»Dann lies halt die Bildzeitung«, erwiderte ich und versuchte, in der Speisekarte etwas für meinen zusammengezogenen Magen zu finden.

Ron faltete die Zeitung zusammen. »Und, wie fühlst du dich?«

Eindeutig Marienhofjargon im Stil von »Berit hat Fürchterliches erlebt, und wir nähern uns ihr verständnisvoll und einfühlsam, damit sie ständig daran erinnert wird.«

»Also, was gibt es Neues?« wandte ich mich demonstrativ an Henri, der mir so besonders sympathisch war, weil er keinerlei Reize aussendete.

»Nichts Gutes.« Er schlürfte an einem Espresso. Die Tasse wirkte in seinen breiten Händen so klein, daß ich um ihr Leben fürchtete. Dann blickte er demonstrativ zu Ron hinüber.

»Wieso?« Ich schaute von einem zum andern. Ron saß, die Arme verschränkt, und starrte nach vorne auf ein Lachsbrötchen, das unberührt vor ihm lag. Ich wünschte, er würde sofort hineinbeißen, damit der Geruch nach rosa Fischhaut über dem Tisch endlich verschwand.

Er hatte Henri anscheinend mitgenommen, damit ich jemanden zum Reden hatte.

»Heute morgen, ich hatte Nachtschicht, ruft mich Thinny an und erklärt, daß ich an Rons Stelle die Untersuchung des Todes von Ewa übernehmen soll. Und als ich ihn frage, wieso, schnauzt er mich an, was mich das angeht.«

»Und wer genau ist Thinny?«

»Theo Siebald, unser aller Chef. Übriggeblieben aus der letzten Legislaturperiode und leider noch mehr als zehn Jahre vom Ruhestand entfernt.«

Ron stützte die Ellenbogen auf den Tisch und zündete sich eine von meinen Zigaretten an: »Ich sage dir, ich werde die Mordkommission verlassen, sobald ich kann. Entweder er oder ich, das habe ich mir schon an meinem ersten Tag bei euch geschworen.«

Völlig ungerührt erwiderte Henri: »So wie es aussieht, du.«

»Ich wünsche ihm pro Woche zehn Leichen an den Hals. Damit er auch einmal etwas zu tun hat.«

»Kann er das so einfach?«

Auf diese Frage hin erntete ich ein »Der kann noch mehr!« von Henri.

»Aber wieso? Wieso hat er dir den Fall entzogen?«

»Ich bin zu sehr involviert, hat er gesagt. Wer einen Schwager und eine Freundin unter den Zeugen oder womöglich Verdächtigen hat, der ist nicht neutral. Und er fände es sehr seltsam, daß ich gleich nach dir bei der Leiche aufgetaucht bin.«

Ehrlich gesagt hatte ich das im ersten Moment auch etwas seltsam gefunden. »Und wieso warst du so schnell da?«

Ron schaute mich an. Faszinierend, wie das Grün seiner Augen jeden auch noch so minimalen Stimmungswechsel wiedergeben konnte. Von Kobaltgrün türkis über Kobaltgrün rein, Kobaltgrün tief zu Chromoxidgrün stumpf bis Chromoxidgrün feurig. Momentan hatten sie die perfekte Mischung aus Preußischblau und Grüne Erde feurig.

»Nachdem ich dich nach Hause gebracht hatte, habe ich mir Gedanken gemacht wegen Ewa. Daß sie dich angerufen hat, fand ich seltsam, und daß sie abreisen wollte, ohne Marlene etwas zu sagen, konnte ich auch nicht glauben. Ich habe also schnell noch einmal bei Marlene angerufen. Ich wollte sie fragen, ob Ewa sich gemeldet hat oder ob ihr noch etwas eingefallen ist. Und da sagt sie: *Ach, gerade hat Berit angerufen. Ich soll dich schön grüßen …*« Ron machte eine Pause, und ich konnte mich nicht daran erinnern, einen Gruß … »Und dann sagt Marlene etwas sehr Seltsames, nämlich …« Ron fuhr in Marlenes gespielt naivem Ton fort, den sie immer benutzt, wenn sie von ihrem Gegenüber unbedingt etwas erfahren will: *»Sie hat nach dem Hotel gefragt, in dem die Leute absteigen, die auf Einladung des Instituts hier sind.«*

Hier machte Ron wieder eine Pause, als ob er das ungeheuerlich fände. »Und ich sage«, fuhr er fort, »du hast es ihr doch hoffentlich nicht genannt!«

Ich lehnte mich zurück und sagte nur: »Kommt hier eigentlich nie ein Kellner vorbei?«

Henri grinste und tauchte sein Croissant in den Rest von Espresso in der kleinen Tasse. Blätterteig rieselte auf das quadratische Tischtuch.

»Aber«, obwohl Ron mich zum Frühstück eingeladen hatte, ignorierte er meine Frage völlig, »meine Schwester konnte natürlich wieder ihren Mund nicht halten und sagt dir auch noch die Adresse. Und fragt nicht einmal, warum du die wissen willst.«

»Ich hätte es ihr sowieso nicht gesagt.« Die Krümel auf dem Tischtuch waren die Lösung für meinen überanstrengten Magen. Ich leckte an meinem Zeigefinger und holte mir einen Krümel nach dem anderen.

»Ich habe heute morgen noch einmal angerufen und ihr von der Sache gestern abend erzählt. Sie ist fix und fertig. Hat sie sich noch nicht bei dir gemeldet?«

Ich schüttelte den Kopf.

»Dann wird sie das noch tun. Wobei ich das Gefühl habe, momentan ist ihre größte Angst, daß sie bei Ewas Eltern anrufen muß.«

»Und wer macht das nun?«

Henri antwortete für Ron: »Unser aller Chef. Seltsamerweise sieht er die größte Befriedigung in seinem Beruf darin, Angehörigen die Todesnachricht zu überbringen. Aber diesmal hat er nur das halbe Vergnügen. Leider kann er kein Polnisch und muß nun einen Dolmetscher beauftragen.«

Mir wurde schwindelig. Ich dachte an das Foto in Ewas Zimmer. Jemand hatte Ewa mit Gewalt herausgerissen.

Ron fuhr fort: »Und dann frage ich Marlene, wieso hast du ihr denn das Hotel genannt, und sie redet sich heraus, sie hätte sich solche Sorgen gemacht wegen Ewa. *Ich war in höchster Aufregung*«, Rons Stimme erlebte Marlenes Aufregung nach, »*ja meinst du, da überlege ich mir noch, warum Berit nach so einem blöden Hotel fragt? Sie könnte dort ja eine Verabredung haben.* Mit wem könntest du wohl dort eine Verabredung haben?«

Ich ersparte es mir, ihm mitzuteilen, daß Jacek Kowalski mir immerhin die Hand geküßt hatte.

Ein junger Kellner kam völlig genervt zu uns an den Tisch. Er wischte meine Krümel mit einem Handtuch vom Tisch, zückte den Block, nicht ohne ständig nach hinten zu schauen, wo neue Gäste verzweifelt einen Tisch suchten, und schaute mich erwartungsvoll an. Ich hatte mir eigentlich ein Frühstück I vorgestellt, wie es auf der Karte stand, nur ohne Orangensaft, ohne Marmelade, dafür mit einem weichgekochten Ei und anstelle von Kaffee ein Kännchen schwarzen Earl Grey. Aber ich erkannte sofort, daß es sinnlos war, dem gestreßten jungen Mann vor mir das genau zu erklären. Er hatte auch ein Recht auf einen ruhigen Sonntag, und so sagte ich nur: »Eins.« Er schaute mich verständnislos an und fragte dann ungeduldig in einem Tonfall, wie ihn eigentlich nur Theo Lingen beherrscht hatte: »Eine Tasse Kaffee, Tee oder Kakao?«

»Nein«, ich zeigte auf die Karte, »Frühstück Nummer eins.«

Er warf nur einen kurzen Blick auf meine Hand. »Frühstück gibt es schon lange nicht mehr à la carte. Ich bin nur für Getränke zuständig. Ansonsten steht Ihnen am Wochenende von acht bis dreizehn Uhr ein ausreichendes Frühstücksbüffet zur Verfügung.« Sein Blick ging nach hinten in den Raum, wo ich Gäste Schlange stehen sah.

»Also dann ein Kännchen Kaffee.« Der Kellner nickte nur und nahm dann, ohne genau hinzusehen, leeres Geschirr und den vollen Aschenbecher mit.

Ron sprach weiter. Er gönnte mir keine Pause, in der ich mir etwas zu Essen hätte besorgen können. Und es war klar, je länger er redete, um so größer wurde mein Anteil an den Schwierigkeiten mit seinem Chef. »Ich habe mir natürlich gleich gedacht, daß du dich da in etwas hineinmanövrierst, dem du nicht gewachsen bist. Ich mache mir Sorgen und fahre dir hinterher.«

Henri, dem der Kellner mit angewidertem Gesichtsausdruck einfach das Croissant in der Espressotasse weggenommen hatte, sagte: »Das spielt doch keine Rolle mehr, Ron. Was wirklich dagegen spricht, daß du weiter im Team bist, ist dein Schwager Kornelius. Das ist der Grund, warum du draußen bist, und da hat der Dünne recht. Und machen kann man dagegen sowieso nichts.«

»Aber das ist doch Schwachsinn«, kam ich Ron unvermutet zu Hilfe. »Keiner von euch kennt die Leute vom Institut und die ganze Atmosphäre dort so gut wie Ron. Außerdem muß das Ganze nichts mit dem Institut zu tun haben. Polen ist doch eine einzige Brutstätte für Händler und Betrüger. Das ist dort überhaupt dasselbe.«

Ich hatte, ohne groß darüber nachzudenken, Rons Worte zitiert, obwohl ich nicht so richtig daran glaubte.

Henri ging nicht darauf ein: »Dann soll er als Zeuge aussagen.«

»Das bringt Ewa auch nicht wieder. Und auch nicht Roman Rymut. Oder meint ihr, das Ganze ist ein Zufall? Beide hatten etwas mit dem Institut zu tun. Roman Rymut und Jacek Kowalski wohnten beide in demselben Hotel. Auch Kowalski war auf Einladung des Instituts hier. Das kann kein Zufall sein. Übrigens ...«, ich stockte, »... ich wüßte jemanden, der uns weiterhelfen kann.«

Ron seufzte: »Behalt es für dich.«

Henri fragte: »Wer?«

»Paul.«

»Wer ist Paul?« Henri war anscheinend noch nicht sehr mit diesem Fall vertraut.

»Das ist dieser Penner, der Roman Rymut entdeckt hat«, erklärte Ron, »ein Schwätzer.«

»Und wie kann er uns helfen?« Henri schaute mich an. Er hatte mehr Vertrauen in meine Fähigkeiten als Ron.

Endlich kam wenigstens mein Kaffee. »Er hat die drei Männer gesehen, die mit Roman Rymut zusammen bei der Gerbermühle waren. Er würde sie wiedererkennen, da bin ich mir sicher. Ich könnte ihm meine Zeichnungen zeigen.« Ich goß mir Kaffee ein.

Henri fragte fasziniert: »Und woher weißt du das?«

»Er hat es mir erzählt.«

»Mein Gott, der erzählt viel, ohne wirklich etwas zu sagen. Ich habe selten jemanden getroffen, der so viele Sprüche klopft, ohne einem wirklich eine Information zu geben.« Ron war der reinste Spielverderber. War er mittags immer so schlecht gelaunt?

»Aber nachgehen müssen wir dem.« Henri, der mir gegenübersaß, machte es sich gemütlicher, indem er seine langen Beine ausstreckte, so daß sie neben mir zur Ruhe kamen. Er zitierte entweder seinen Chef oder ein Polizeihandbuch: »Du weißt doch: Jedem Hinweis muß nachgegangen werden.«

»Aber er ist verschwunden.« Ich portionierte mein Wissen genau wie den Kaffee, den der Kellner mir gebracht hatte.

»Ein Penner verschwindet nicht wirklich, der läßt sich nur nicht mehr blicken.« Henri war eindeutig durch einschlägige Erfahrungen geprägt.

Ron schwieg. Gut, ich hatte ihm nichts von Paul erzählt. Ich hatte ein harmloses Spiel mit ihm gespielt, seine Informationen gegen meine. Und es war mir nicht wirklich Ernst gewesen, sondern nur eine Abwechslung in meinem Fischalltag. Ein bißchen Lebendigkeit in der absterbenden Hälfte des Jahres. Aber nun war Ewa tot. Ich konnte es verdammt noch mal gut verstehen, daß er schwieg, denn was hätte er mir außer Vorwürfen sagen sollen? Henri ließ sich durch unser Schweigen und unsere Blicke nicht stören. Er war ein wahrer Freund, der weiterißt, egal, was die Leute in seiner Gegenwart miteinander treiben.

»Ulli!« sagte Ron plötzlich.

»Ulli? Wer ist das?«

»Ein Frankfurter Obdachloser. Jeder kennt den«, erklärte Henri. »U-Bahn-Ulli. U-Bahn-Ulli ist eine stadtbekannte Persönlichkeit. Einer, der einmal als Wahrzeichen der Stadt oder vielmehr der U-Bahn in die Geschichte Frankfurts eingehen wird. Im Sommer vor dem Hertie. Im Winter im U-Bahn-Netz. Noch nie gesehen?«

»Mein Gott, da sitzen so viele.«

»Sein Arbeitstag, sprich Almosen sammeln, beginnt um neun und endet um zwanzig Uhr. Seine Einkünfte belaufen sich in der heißen Phase auf achtzig Mark am Tag. Das macht in der Woche fünfhundertsechzig und im Monat zweitausendzweihundertvierzig Mark.«

»Da hat er ja fast mehr als ich?«

»Ja, eigentlich schon ein Fall für das Finanzamt. Aber im Winter verdient er nichts. Für die Monate November bis März, wenn es kalt ist, genauer ab null Grad abwärts, kauft er sich dann eine Karte für den RMV und fährt von morgens bis abends durch Frankfurt. Theoretisch kann er sich so von vier Uhr morgens bis ein Uhr nachts im Warmen aufhalten. Das bedeutet, daß er eigentlich nur drei Stunden draußen verbringen muß. Sein Stammplatz ist am Südbahnhof. Er kennt alle anderen Obdachlosen, Penner, Fixer, Straßenkinder, die sich in Frankfurt aufhalten, ihre Gewohnheiten, ihre Stammplätze. Obdachlose haben ihre festen Ablaufzeiten für jeden Tag. Schlimmer als Beamte. Über ihn finden wir Paul am schnellsten.«

»Und wie finden wir U-Bahn-Ulli, wenn er den ganzen Tag in der Gegend herumkurvt?«

»Entweder heute nacht zwischen ein und vier Uhr am Südbahnhof, oder wir lassen ihn über Funk durch die U-Bahnschaffner suchen. Vielleicht haben wir Glück.«

Ron zuckte mit den Schültern. »Probieren kannst du es ja, aber ich fürchte um unsere Nachtruhe.«

»Auf eine Nacht mehr oder weniger kommt es bei mir nicht mehr an. Wie lautet das alte Kriminalistensprichwort?« Henri erhob sich schwergewichtig. Seine Jeans hing auf seinen übergewichtigen Hüften, und er hatte sympathische große Füße wie ein Pinguin. »Kleine Dinge, die man getan hat, sind besser als große Dinge, die man vorhat. Also mach's gut, Alter.« Er klopfte Ron auf die Schulter und reichte mir die Hand. »Bis bald.« Und dann ließ er uns allein.

Ron und ich saßen eine Weile schweigend da wie ein Ehepaar kurz vor der goldenen Hochzeit. Gleich würde er anfangen, Zeitung zu lesen.

»Habt ihr schon erste Hinweise?« Ich versuchte, meinen Tonfall ganz neutral zu halten.

»Etwas ist seltsam.« Ron schüttelte nachdenklich den Kopf, bemühte sich um eine neue Sachlichkeit. »Das Hotel hat am Samstag morgen gegen neun Uhr bei Ewa angerufen, und zwar im Auftrag von Kowalski.«

»Und, was wollte Kowalski?«

»Keine Ahnung. Das Hotel hat nur die Verbindung hergestellt.«

»Und warum hat er nicht selbst angerufen?«

Ron zuckte mit den Schultern. »Vielleicht dachte er, daß Ewa sonst gleich wieder auflegen würde.«

»Oder er wollte nicht, daß Marlene erfuhr, daß er mit Ewa telefonierte.«

Ron nickte. »Vor allem, wenn er er ein Treffen vereinbaren wollte.«

»Genau. Er lief Gefahr, daß Marlene dann wüßte, daß Ewa zu ihm gegangen war.«

»Was natürlich ungünstig war, wenn er die Absicht hatte, Ewa umzubringen.«

»Aber welchen Grund hatte er denn, Ewa umzubringen?«

Ron zuckte mit den Schultern.

»Übrigens. Ich habe mich doch gestern mit den beiden von der Rezeption unterhalten. Die Frau hat Ewa nach meiner Zeichnung erkannt und glaubt, daß sie auch Roman Rymut auf seinem Zimmer besucht hat.«

»Also haben sich die beiden gekannt!«

»Das heißt aber vermutlich nicht viel. Alle Polen kennen sich irgendwie.«

Ich hatte das Gefühl, daß wir dieses Spiel ewig weiterspielen konnten. Zum erstenmal seit dem Dinner bei Marlene saßen wir in einer Art Harmonie nebeneinander und führten einen sinnvollen Dialog. Okay, noch hielt er sich an Sachlichkeiten fest, aber er funktionierte.

»Tut mir leid.« Ich rührte angestrengt in meinem Kaffee. »Das mit deinem Chef. Ich habe gleich erkannt, was das für ein Typ ist.«

»Das ist einfach Scheiße. Okay, da hast du jeden Tag mit Mord und Totschlag zu tun. Habe ich mir selbst so ausgesucht. Und du hättest damals mal meinen Vater hören sollen! Der konnte das überhaupt nicht verstehen. Kripobeamte waren für ihn dasselbe wie Kassierer für einen Bankdirektor. Und nun wollte ich in seinen Augen Kassierer werden.« Ron machte eine kurze Pause. »Ich habe mich daran gewöhnt, was für eine Scheiße da draußen vor der Tür abgeht. Aber wenn du das Gefühl hast, deine eigene Familie ist betroffen, wem kannst du denn dann noch trauen?«

Wenn er so weiterredete, glaubte ich bald, daß Marlene ein Killer war.

»Kornelius ist nicht deine Familie. Und er ist nicht fähig, jemanden umzubringen.«

Auf keinen Fall würde ich ihm jemals erzählen, daß Kornelius mit Denise Appollinaire in dem Hotel übernachtet hatte.

»Umbringen nicht, aber korrupt... korrupt zu sein gehört heute doch irgendwie dazu! Oder?«

Was sollte ich darauf antworten? Bei meiner Arbeit gehörte Korruption nicht unbedingt zum Alltag. Oder ich wußte es nicht.

»Henri ist dein Freund, oder?« Ich wechselte das Thema. Vielleicht schaffte ich es, zur Abwechslung endlich einmal in Rons Tiefenpsychologie einzudringen.

»Mir bleibt nichts anderes übrig!«

Was war das nun wieder?

»Er wohnt seit zwei Jahren in meiner Wohnung!«

Männerfreundschaft schoß mir durch den Kopf und alles, was damit verbunden ist, allem voran gestapelte Bierkästen, überfüllte Aschenbecher, Schulterklopfen, durchgeschwitzte Sportunterhosen, Muskelshirts, Claudia Schiffer in Großformat. »Was heißt das: in deiner Wohnung?«

»Na ja, es war einmal meine Wohnung, bis sich Henris Frau von ihm getrennt hat.«

Es gehört zu den Wundern der Sprache, daß ein Satz zwei Lebensgeschichten beinhalten kann, die eine Fülle von Fragen in mir hervorriefen.

»Darf ich mehr darüber erfahren?« fragte ich vorsichtig.

»Worüber?«

»Wann hat sich seine Frau von ihm getrennt?«

»Die Scheidung war vor einem Jahr. Getrennt sind sie schon zwei.«

»Und da wohnt er immer noch bei dir?«

»Ja, er ist sicher, sie kehrt zu ihm zurück.«

»Trägt er deshalb noch einen Ehering?«

»Ja. Er behauptet, er hätte sich fürs Leben gebunden, und was ihn betrifft, sei er treu. Seine Lebensphilosophie ist, in einer Wegwerfgesellschaft bräuchte es Menschen wie ihn, die Beständigkeit vermitteln.«

»Kinder?«

»Ja, sie, aber mit ihrem neuen Freund.«

Langsam begann ich mir Sorgen um Henri zu machen. Er war nicht überlebensfähig und wußte es nur noch nicht.

Wir rührten beide schweigend in unserem Kaffee, bis Rons Handy klingelte und zwei Drittel aller Gäste erschrocken ihre Taschen durchwühlten. Doch Ron war am schnellsten. Er drückte auf die Hörertaste. »Was gibt's?«

Ich registrierte Henris Versuch, lauter als das Rauschen zu sein, und hatte das Gefühl, das ganze Café hörte mit, als er rief: »Bingo, Alter. Volltreffer. Wir treffen uns in zehn Minuten bei Schwester Gerda.« Vom Tisch nebenan traf uns der mißbilligende Blick einer Frau im Pelzmantel, dessen Farbton genau zu den gefärbten Haaren ihrer Tochter paßte. Die perfekte Brutpflege.

20

Ron war zu neuem Leben erwacht. Der kurzfristige Anflug von Lebenskrise verschwand mit dem Klingeln des Handys. Ein Verhalten, das ich mir merken mußte.

Wir fuhren kurz bei mir vorbei, wo ich nach oben rannte und die Mappe mit den Zeichnungen holte. Wer Schwester Gerda war, erfuhr ich unterwegs. Offensichtlich noch eine stadtbekannte Frankfurter Persönlichkeit, von der nur ich noch nie etwas gehört hatte. Die Angehörige des Franziskanerinnenordens hatte mit Spendengeldern ein Wohnhaus gekauft und dort ehemalige Obdachlose angesiedelt, die sich nun in einer Art Wohngemeinschaft übten. Als wir dort ankamen, versuchten drei abgehalfterte Männer, unter Schwester Gerdas Regiment Schweinshaxe mit Sauerkraut und Kartoffelbrei zuzubereiten. Die Schwester, nicht größer als 1,60 Meter, beherrschte dennoch die ganze Küche. Aber es war nicht nur die schwarze Schwesterntracht und die weiß gestärkte Haube oder die dickgeränderte Brille, sondern auch die Art, wie sie ihre Befehle erteilte an Männer, die irgendwie Kinder geblieben zu sein schienen und in ihrer Nähe so etwas wie Schutz suchten. Die Dienstausweise von Ron und Henri beeindruckten Schwester Gerda nicht im geringsten.

Sie lud uns gut gelaunt ein, am Tisch Platz zu nehmen und mit ihnen zu essen. Henri war offensichtlich begeistert. Ihm fehlte nur noch das Bier. Ron aber hatte keine Zeit und Ruhe für höfliche Konversation. »Wir suchen Paul. Kennen Sie ihn?«

Die Schwester zeigte gerade ihren Schützlingen, wie man die Kartoffeln zerdrückte. Keiner von ihnen schien mir dazu kräftig genug. Dann drehte sie sich schwungvoll zur Seite, um die Milch kurz vor dem Überkochen von einem alten Gasherd zu nehmen.

»Paul schläft. Er war die ganze Nacht unterwegs. Was wollen Sie denn von ihm?«

»Er ist ein wichtiger Zeuge«, sagte Henri, der den Unterricht interessiert verfolgte, als könne er selbst noch etwas lernen.

»In einem Mordfall«, fügte Ron hinzu.

»Ach ja«, meinte Schwester Gerda erfreut, »ich weiß, die Leiche im Main. Wir haben schon mit Ihnen gerechnet.« Und dann reichte sie Henri den gußeisernen Topf mit dem dampfenden Sauerkraut. »Sie können das schon einmal verteilen. Karli, würdest du Paul wecken?« Sie gab mir eine Schachtel Streichhölzer. »Und würden Sie die erste Kerze anzünden?«

»Nicht nötig. Hab' mir schon gedacht, dat mich jemand besuchen kommt.« Von der Tür her hörte ich einen bekannten Tonfall, aber wiedererkannt hätte ich Paul nicht mehr, wenn ich ihn so in der Stadt getroffen hätte. Er war barfuß und trug eine Levis 501 in Übergröße, aber sauber, und dazu ein grün-rot kariertes Hemd über dem dünnen Oberkörper. Rasiert und gekämmt sah er aus, als hätte er tatsächlich gewußt, daß wir kommen würden. Aber vermutlich war Körperpflege nach Schweinshaxe das zweite, was man bei Schwester Gerda lernte.

Er erkannte mich offensichtlich gleich wieder. »Ach, meine Zigarettenfreundin. Biste also eine von denen? Von wegen Zeitung.« Er zwinkerte mir wissend zu. Ich vermied es, zu Ron zu schauen, sondern hob nur grüßend die Hand. Henri hatte sich bereits seelenruhig über die Schweinshaxe hergemacht, und Ron wollte schon einen Verhörton anschlagen, den er vermutlich in jahrelanger Ausbildung in einer Art Schauspielunterricht eingeübt hatte, als plötzlich die ersten Worte eines Tischgebetes uns alle zum Schweigen brachten. Danach kehrte erst einmal Ruhe ein. Ron schwieg vermutlich aus Respekt Schwester Gerda gegenüber, ich wollte abwarten, und Henri wandte wie alle anderen den Blick nicht vom Essen. Ron war ungeduldig. Er wollte zur Sache kommen. Er stand auf und trat an das schmale Küchenfenster, aus dem man Blick hatte auf eine trotz Dauerregens immer noch staubig wirkende Straße. Auf den Dächern lag angegrauter Reif, als seien sie verschimmelt. Ich nahm mir nach dem Gebet demonstrativ eine Portion Sauerkraut und Kartoffelbrei und begann darin herumzustochern, obwohl es bei weitem das Beste und Gesündeste war, was ich seit zwei Wochen zu mir genommen hatte.

»Schon jut«, brummte Paul plötzlich. »Det Essen schmeckt mir sowieso nicht, wenn die Polizei im Haus ist.«

Ron entspannte sich etwas, als er spürte, daß Paul anscheinend in der Laune war, entgegenkommend zu sein. »Wir haben uns schon einmal unterhalten. Sie waren vorletzten Donnerstag abend an der Gerbermühle und haben den Toten entdeckt.«

Paul nickte. »Det hatten wir doch schon. Ja, ik war Montag abend da, Dienstag, Mittwoch, Freitag. Det weiß ich sicher, und daraus kann ik messerscharf folgern, Donnerstag wäre auch jut möglich.« Henri nickte zustimmend und nahm sich noch eine Portion Sauerkraut. Ich schaute zu Ron hinüber, der mit verschränkten Armen an der Fensterbank lehnte. Hinter ihm eine Reihe stacheliger Kakteen *Mammilaria compressa,* eine Sorte mit besonders spitzen Stacheln.

»Gut. Ich nehme an, das heißt ja.« Er versuchte offenbar, sich auf Pauls Dialogart einzustellen.

Auf Pauls Teller herrschte eine säuberliche Trennung zwischen dem Kartoffelbrei, dem Kraut und dem Fleisch. Mich wunderte, wie jemand mit diesem Ordnungssinn es nicht schaffte, sein Leben in Ordnung zu halten.

»Und dann haben Sie Roman Rymut gesehen, wie er in Begleitung von drei Männern hinunter zum Mainufer gegangen ist!«

Paul schaute mich an. »Mußte alles weitererzählen?«

Ich zuckte bedauernd mit den Schultern und legte die Handgelenke zusammen, als lägen sie in Handschellen.

Paul schüttelte den Kopf. »Was sagst du dazu, Karli? Treffe ich die Kleine, als sie aussieht wie ein verlorener nasser Pudel. Denk ich, erzähl ich ihr was. Und sie? Kaum ist sie trocken hinter den Ohren, rennt sie gleich zu denen da.«

Karli nickte bloß und zeigte grinsend seinen zahnlosen Oberkiefer. Ich lächelte. »Sie würden die Männer doch sicher wiedererkennen, oder? Ich kann Ihnen ein paar Zeichnungen zeigen.«

Paul kratzte seinen Teller sauber: »Kann schon sein. Wenn sie gut sind, schau ich mir nach dem Essen gern ein paar Bilder an. Wenn ich vielleicht noch eine Zigarette geraucht habe.«

Ron zog seine Schachtel Zigaretten heraus. Schwester Gerda blickte nur kurz auf. Karli schüttelte warnend den Kopf. »Nicht erlaubt.«

Ron steckte sie wieder ein. »Ist Ihnen sonst noch etwas aufgefallen? Wurde der Tote, also dieser Pole Roman Rymut, vielleicht gezwungen, hinunter ans Wasser zu gehen? Haben Sie gesehen, wie er geschlagen wurde? Festgehalten oder sonst irgendwie bedroht? Machte er den Eindruck, als hätte er Angst? Wirkten die anderen Männer gewalttätig?«

Paul überlegte und schüttelte dann den Kopf. »Macht man dort so, daß man nach dem Essen noch mal hinuntergeht zum Wasser. Mach ich auch immer. Gesünder als Schnaps. Frische Luft schnappen ... vielleicht ein Schiff, dem kann man nachblicken und denken, daß man auch am liebsten wegwill.«

»Haben die drei Männer miteinander geredet?«

»Na ja, wat sagt man nach einem Essen: Wollen noch eine Zigarette rauchen, Füße vertreten, Luft, Main, Aussicht, Pinkeln, was weiß ich. All so'n Zeug. Drei Männer, vögeln kam da nicht in Frage. Außerdem hat es geregnet.«

Schwester Gerda sprang energisch auf und wie ein dreidimensionales Echo auch ihre Helfer, allen voran Karli. Nur Paul blieb seelenruhig sitzen.

Henri war anscheinend gesättigt genug, um ebenfalls Fragen zu stellen. »Und warum sind Ihnen die Männer dann aufgefallen, wenn sie sich doch angeblich so unauffällig benommen haben?«

»Sag ich doch, daß es gepißt hat, schlimmer wie im Männerklo auf der Dippemess'. Und kalt wars. Ich dachte mir, ehrlich gesagt würd ich dort nicht spazierengehen. Ich muß ja. Aber die? Hab ich doch gesehen, daß die das nicht müssen. Und der in der Mitte, der Pole, hat gar nichts gesagt. Hat vielleicht nichts verstanden. Weiß ich das? Und der ganz hinten hat mich einfach zur Seite geschoben.«

Ron wurde ungeduldig. Er wollte auf den Punkt kommen. »Können wir jetzt eine rauchen?«

Paul nickte.

Henri, Ron, Paul und ich gingen vor die Haustür. Es war kälter als die Tage zuvor, die Luft rauh, und ich verstand nicht, wie Paul es in seinem dünnen Hemd draußen aushalten konnte. Aus seinem Mund kamen auch ohne Zigarette dicke Schwaden. Ich zog die Mappe mit den Zeichnungen aus dem Rucksack. »Können Sie sich die einmal anschauen?«

»Kannste nicht warten? Jetzt rauche ich.« Paul warf keinen Blick auf meine Mappe, sondern genoß einen Zug nach dem anderen und schaute zu, wie trübsinniger Sonntagsverkehr sich vor der roten Ampel staute.

»Immer unterwegs.« Er schüttelte den Kopf. »Die wissen ja gar nicht, wo sie hingehören.«

Ron und Henri schwiegen. Die beiden froren offensichtlich genauso wie ich. Meine Finger, die die Mappe hielten, waren bereits völlig klamm. Wenn es so weiterging, würden sich bald weiße steife Flecken bilden. Aber Gott sei Dank sind Zigaretten nur 8,5 Zentimeter lang. Paul drückte sie mit dem Fuß auf dem Boden aus und nahm mir die Mappe aus der Hand. Er nahm ein Blatt nach dem anderen und schaute sie kurz an. Dann deutete er auf zwei von ihnen. »Der und der. War's das? Mir ist kalt. Hab nicht so ne dicke Jacke wie ihr.«

Henris Gesicht nahm plötzlich einen gespannten Ausdruck an. Es verlor von einem Moment zum anderen die Gutmütigkeit, von der man dachte, sie hätte sich in seinen Gesichtszügen eingenistet und würde nie wieder daraus verschwinden. »Tut mir leid, mein Lieber, aber du mußt mitkommen zum Präsidium. Dort werden wir ein kleines Protokoll machen. Und laß dir nicht einfallen, mit uns Spielchen zu spielen. Sonst müssen wir leider, so leid es uns tut, Schwester Gerda und deine Freunde unter die Lupe nehmen.

Dieser Karli zum Beispiel. Habe ich den nicht schon einmal bei uns gesehen?«

»Schon gut.« Paul hob beide Hände. »Hab ja gar nichts gegen so 'n kleines Protokoll. Aber heut abend muß ich zurück sein. Hab nämlich Küchendienst. Und lieber leg ich mich mit euch an, als daß ich mit Schwester Gerda Ärger kriege.«

Henri schob ihn zum Auto. Ron und ich schauten auf die beiden Männer, die Paul soeben identifiziert hatte.

Es waren Rudhard Thorwald und Kornelius.

21

Ron und ich saßen schweigend nebeneinander im Auto.

Was verständlich war, wenn man bedenkt, daß sich nach Pauls Zeugenaussage der Verdacht noch mehr erhärtete, daß Kornelius in die Sache verwickelt war. Und daß Ron aus der Soko draußen war und keine Möglichkeit mehr hatte, den Gang der Ereignisse zu beeinflussen. Ich war irgendwie sinnlos froh, daß ich schon immer ein Einzelkämpfer und niemandem Rechenschaft schuldig gewesen war. Constanze vergaß ich in diesem Moment einfach.

Er hielt direkt vor meiner Haustüre ohne Rücksicht darauf, daß sich hinter ihm eine lange Schlange Autos bildete und zu hupen begann.

Als ich ausstieg, tauchte seine Stimme unter, und er sagte: »Halte dich raus!« Und was im ersten Moment geklungen hatte wie ein Befehl, ließ durch das nachfolgende »Bitte!« Sorge erkennen. Dabei hatte er wieder denselben Gesichtsausdruck wie am Samstag, als er mich neben Ewas Leiche angetroffen hatte. Und das war das chemische Element, das ich vermißt hatte. Ich war einfach noch nicht erwachsen. Immer noch warf ich mit Löffeln, um zu sehen, ob jemand sie aufhob.

Als Antwort zuckte ich mit den Schultern. Dann warteten wir beide ab, ob der andere noch etwas sagen wollte. Ich überlegte, ob ich ihn bitten sollte, mit hochzukommen, er überlegte, mich zu fragen, ob er vielleicht noch auf eine Tasse Kaffee...

Die Schlange hinter Rons BMW wuchs. Inzwischen beteiligten sich noch mehr Autofahrer an dem Hupkonzert. Einer stieg aus, kam zu uns und schrie Ron an: »Ich hole die Polizei.«

Welch ein Gefühl, Rons Antwort zu hören!

»Ich bin die Polizei.«

Seit langem – wenn ich richtig überlege, zum erstenmal, seit mein Vater nach seinem letzten Tauchgang vermißt wurde – hatte ich wieder dieses Gefühl von Sicherheit.

Dann ließ Ron den Motor auf Hochtouren laufen und raste davon. Alle Emotionen ausgedrückt durch den Drehzahlmesser seines BMWs.

In dieser Nacht träumte ich sehr chaotisch. Ron und ich lagen angenehm durchgeschwitzt an einem wunderschönen Sandstrand vor dem Hotel, in dem ich Ewas Leiche entdeckt hatte. Kornelius kam auf uns zu, die Pistole auf mich gerichtet, und erklärte mir lange und ausführlich die Wirkung, die bereits eine einzige Kugel auf das menschliche Immunsystem haben könnte. Er redete und redete. Ich schwitzte und langweilte mich maßlos. Im entscheidenden Moment, als Kornelius an dem Punkt in seinem Vortrag angelangt war, daß jede Theorie durch ein Experiment bewiesen werden mußte, klingelte Rons Handy lange und ausdauernd. Es war Marlene, die fragte, ob wir Kornelius gesehen hatten. Damit endete der Traum. Müde und entsprechend langsam stellte ich fest, daß tatsächlich ein Telefon klingelte. Nur war es nicht Marlene, die auf den Anrufbeantworter sprach, sondern Constanze.

»Hej, Berit. Geh bitte ran. Ich weiß, daß du da bist. Wenn du nicht rangehst, dann frage ich dich: Wo bleibt die nächste Lieferung? Ich rufe jetzt jede Stunde an.«

Es knackte.

Das war's.

Constanze war im Recht. Schon wieder verschlafen. Und mit dem Zeitplan im Rückstand. Aber wie sollte ich ihr das erklären? Daß ich anderweitig beschäftigt war? Daß ich eine Leiche entdeckt hatte? Daß mir ein Kommissar mein Leben schwermachte?

Daß ich schon seit Wochen nicht mehr richtig gegessen hatte? Daß meine Gedanken nicht mehr so sehr von Fischen in Anspruch genommen wurden, sondern von kriminalistischen Gedankenspielen? Daß sich innerhalb von ein paar Tagen mein soziales Umfeld verändert hatte? Weil ich mit Mördern zumindest bekannt, wenn nicht sogar befreundet war.

Ich schaute auf die Uhr. In 50 Minuten würde Constanze sich wieder melden. Sie saß jetzt an ihrem Schreibtisch und hatte vermutlich den Piepser auf ihrer Armbanduhr auf 10 Uhr gestellt. Das hieß, raus aus dem Bett, rein in den Jogginganzug, 40 Minuten Laufen, fünf Minuten duschen und um 10 Uhr reanimiert mit Kaffee am Schreibtisch sitzen, um möglichst gestählt den zweiten Anruf entgegenzunehmen.

Ich schaffte es auf die Minute genau. Und zum Glück war meine Zeitung verschwunden, so daß ich nicht abgelenkt wurde. Der Turban um meine nassen Haare hatte dazu den Vorteil, daß Constanzes schriller Tonfall, mit dem sie mir Druck machen wollte, gedämpft wurde.

»Also, was ist?« Sie begann ohne Umschweife. »Vor mir liegen zweihundertachtzig Zeichnungen. Wo bleiben die restlichen zwanzig? Noch dazu bist du nicht Seite für Seite vorgegangen. Wir können also den Druck nicht vorbereiten, wenn auf jeder zehnten Seite ein Bild fehlt.«

»Keine Panik.«

Gott sei Dank saß ich wenigstens schon am Schreibtisch. Das milderte mein schlechtes Gewissen etwas.

»Berit, ich erwarte bis zum Ende der Woche die fehlenden Zeichnungen auf den ersten hundertfünfzig Seiten. Das sind zehn Bilder. Ist dir das klar? Schaffst du das? Wenn nicht, dann muß ich das Honorar entsprechend kürzen, so wie es im Vertrag steht.«

»Im Vertrag steht, daß ich dich jede Woche informieren muß, wenn ich im Rückstand bin. Okay, ich informiere dich hiermit, daß ich im Rückstand bin.«

»Ach nein, das fällt dir ja früh ein.«

»Außerdem steht im Vertrag, daß ich nur Zeichnungen zu machen habe und nicht auch noch die Zuordnung und wissenschaftliche Klassifizierung von Fischen in ihrem biologischen Stammbaum.«

Wir lieferten uns noch ein bißchen einen Schlagabtausch, eine Art Scheingefecht, das damit endete, daß ich einige Tage Verlängerung aushandelte und Constanze im Gegenzug ankündigte, sie werde mich jetzt *jeden* Tag anrufen *und* sie erwarte Ergebnisse. Dann verabschiedeten wir uns etwas kühl voneinander, und ich blieb zurück an einem Schreibtisch, auf dem die Zeichnungen von mutmaßlichen Mördern und ihren Komplizen lagen, mit Blick auf eine Wand, an der keine Fische hingen, sondern Bilder der Marienkirche in Danzig. Nur gut, daß die flächendeckende Einführung von Bildtelefonen noch in ferner Zukunft lag.

Ich räumte meinen Schreibtisch leer und blätterte die ersten 150 Seiten des Manuskriptes durch, um zu prüfen, welche Bilder fehlten. Diese würde ich vollenden und sie Constanze bis zum Ende der Woche schicken. Mit den Abbildungen der Rochen auf den Seiten 118 bis 119 hatte ich keine Probleme. Ihnen fehlte lediglich die bräunliche Kolorierung, die ich noch nicht aufgetragen hatte, weil mir die entsprechenden Farbtöne gefehlt hatten. Dann mischte ich auf meiner Farbpalette die Rottöne, die für das Hochzeitskleid des männlichen Buckellachses *Oncorhynchus gorbuscha* typisch waren.

Die Farbe erinnerte mich wiederum an Ewas Bilder und die Frage, in welcher Technik diese Architekturstudien ausgeführt worden waren. Mein Blick fiel auf die Wand. Sie hatten also die Farbe von Rötelzeichnungen, aber es waren keine, sondern … Ich zwang mich zurück zum Buckellachs und fragte mich, welchen Sinn ein prächtiges Hochzeitsgewand hatte, wenn das Männchen gleichzeitig seine räuberischen Zähne zeigte. Wie man sich in einen Fisch verlieben konnte, dessen Lebensziel es war, möglichst viele Heringe, Sprotten, Spierlinge und andere Fische zu fangen.

Ich arbeitete konzentriert, geradezu vorbildhaft, und gegen drei Uhr nachmittags fehlten nur noch die sechs Zeichnungen der Störe *Acipenseridae*, die ich immer wieder liegengelassen hatte, weil fünf Reihen störrischer Knochenplatten mich zum Wahnsinn trieben. Die Störe erinnerten mich an torpedoförmige Reibeisen, und das brachte mich auf die Idee, Parmesan zu reiben und Spaghetti zu kochen.

Ich hatte eine Pause verdient.

Den dampfenden Teller mit Spaghetti trug ich dann an den Schreibtisch, und während ich die Nudeln, ohne hinzuschauen, irgendwie in den Mund beförderte, wechselte ich mit hochgelegten Füßen zwischen dem Anblick der Marienkirche und den Skizzen der Störe.

Vielleicht hätte ich, wenn ich endlich herausbekam, wie die Zeichnungen von Ewa gemacht worden waren, auch eine Idee für die Störe. Was war es, was mich an Ewas Zeichnungen störte? Nicht nur, daß ich mir noch nicht über die Technik im klaren war. Handelte es sich um Zeichnungen oder Siebdruck? Noch nie war es mir so schwergefallen, eine Technik zu erkennen. Die Marienkirche war ein Beispiel für gotischen Kirchenbau. Das bedeutet Maßwerk der Fenster, Strebewerk an den Außenmauern. Diese Linien waren stark betont – wie mit dem Lineal gezeichnet. Ähnliches galt auch für das Maßwerk der Fenster. Es war gestaltet wie für ein Lexikon der Architektur.

Dagegen das Mauerwerk ... der Laie würde nie vermuten, wie viele Arten und Weisen es gibt, Steine aufeinanderzuschichten, um eine Mauer zu bauen ... Polygonalmauern, Zyklopenmauern.

Aber hier ...?

Bei den Bildern vor mir schien es, als hätte der Künstler mit der Absicht begonnen, die Architektur der Kirche abzubilden, dann aber die Lust verloren. Und so hatte er schnell per Siebdruck die Mauern mit Farbe ausgespritzt in der Hoffnung, es werde ein Eindruck zustandekommen, der an rote Backsteine erinnerte.

Mir fiel wieder mein letztes Semester an der Kunstakademie ein. In plötzlicher Panik wegen meiner beruflichen Zukunft hatte ich schnell einen Kurs zu Naturwissenschaftlichen Untersuchungsverfahren belegt. In der Hoffnung, besser für das Berufsleben gerüstet zu sein.

Ich muß allerdings zugeben, daß unter dem Mikroskop und den Röntgenstrahlen die Aura und die Patina jedes Kunstwerkes verschwanden. Sie lösten sich auf in Bildaufbau, Maltechnik, Herstellungsverfahren, Pigment- und Bindemittel-Analyse, Röntgendurchleuchtung, Infra-Videographie, Gammaspektroskopie, Neutronenautoradiographie. Gemälde mit medizinischen Bestrahlungstechniken behandeln wie Krebsgeschwüre – das sagt alles.

Aber was soll's! Ich habe den Kurs in meiner Panik, arbeitlos zu stranden, zu Ende gemacht. Und er war nicht umsonst gewesen. Kornelius als Kritiker – ein Schrecken durchfuhr mich bei dem Gedanken an ihn, der womöglich Mitwisser, Mittäter bei einem oder womöglich sogar zwei Morden war – hatte mich so weit herausgefordert, daß ich am Anfang in meiner Tätigkeit als Illustratorin den ehrgeizigen Plan hatte, meine Zeichnungen müßten so genau sein, daß sie auch unter dem Mikroskop jeder naturwissenschaftlichen Analyse standhielten. Im Zusammenhang damit hatte ich mir ein Mikroskop angeschafft. Das holte ich nun aus dem Keller, wobei mir wieder einmal Mirka mit frisch geputzten Schuhen auf der Treppe begegnete. Wenn ich das Mikroskop einmal nicht mehr brauchte, würde ich es ihr leihen, damit sie auch die feinsten Partikel auf dem Leder noch entfernen konnte.

Wieder am Schreibtisch angekommen, stellte ich die restlichen Spaghetti auf den Fußboden und baute das Mikroskop auf. Dann nahm ich die Zeichnung mit der Nummer 1 von der Wand – *Brama pod wieżą – Das Tor unter dem Turm* oder so ähnlich.

Ich legte sie unter das Mikroskop. Es dauerte eine Zeitlang, bis ich die richtige Einstellung fand. Und was ich sah, ließ mich sofort erkennen, daß es sich in keinem Fall um einen Siebdruck handeln konnte. In der Vergrößerung konnte man zwar Punkte ausmachen, diese waren aber für die Siebdrucktechnik zu regelmäßig und scharfkantig geformt. Eine ähnliche Wirkung konnte man erzielen, wenn man mit einem dauerhaft gespitzten Bleistift Härtegrad 7 H zahlreiche feine Punkte in das Papier hämmerte. Oder mit einem Stichel oder einer Nadel.

Gab es nicht einen Aufsatz Kandinskys zum Thema Punkt? Wie hieß das Buch noch gleich? Ich durchforstete die Bücherstapel auf dem Boden und die Regale im Wohnzimmer. Tatsächlich. Ich hatte es noch. Wassily Kandinsky: »Punkt und Linie zu Fläche«. Ich schlug das Titelblatt auf und fand Mattis Stempel *Matthias*

Sohn, 6900 Frankfurt a. Main, und darunter handschriftlich *gek. WS 1980/81/Kurs »Grundformen der Kunst«*. Matti war schon immer pedantisch gewesen. Ich konnte ihn direkt vor mir sehen in seiner Galerie in New York, wie er Bilder, Zeichnungen, Drucke archivierte und numerierte. Ich blätterte das Kapitel »Punkt« durch und fand die Stelle, die ich gesucht hatte: »Der Punkt gleicht kurzen Pauken- oder Triangelschlägen in der Musik oder kurzen Schlägen des Spechtschnabels in der Natur.«

Aber um so viele Punkte mit einem Stift so regelmäßig nebeneinander und untereinander aufs Papier zu bringen, mußte man Stunde um Stunde sitzen und wie ein feines Uhrwerk tick-tick-tick aufs Papier hämmern. So ambitioniert konnte nicht einmal ein Specht sein. Als Illustratorin mit jahrelanger Erfahrung würde ich vermuten, so jemand würde völlig verblödet enden und sein Leben lang nur noch Punkte sehen.

Aber wie dann? Ich nahm gerade das nächste Blatt von der Wand, die Nummer 2 – *Wszystkich Świętych*, also etwas mit allen Heiligen –, als das Telefon klingelte. O Gott, womöglich schon wieder Constanze.

Doch es war Ron: »Acht Mann in der Soko und Henri als Leiter. Und mir bleiben die Karteileichen.«

»Was hast du erwartet?« Ich konnte den Blick nicht von den Punkten unter dem Mikroskop lösen, den Telefonhörer zwischen Kinn und Schulter geklemmt. »Wenn Kornelius in die Sache verwickelt ist, dann ist es besser, du mußt nicht gegen deinen eigenen Schwager ermitteln.«

Am anderen Ende Schweigen. Ein Schweigen, das mir auf die Nerven ging. Dieser Mann ging mir nicht nur auf die Nerven, sondern auch an … Es mußte mich voll erwischt haben.

»Henri ist dein Freund. Er wird dich sicher auf dem laufenden halten.«

»Hm.« Immerhin, er wurde gesprächiger.

»Und wie geht es jetzt weiter?«

»Das ist es ja. Gar nicht.«

»Wieso?«

»Henri wartet auf den Bericht aus Polen. Da tut sich nichts. Die

Fahndung nach Kowalski läuft. Thorwald und Kornelius sind in London.«

»Immer noch?«

»Ja, dort ist dieser Kongreß. Sie kommen erst am Dienstag zurück. Das einzige, was wir haben, ist Pauls Zeugenaussage. Wenn sich diese Aussage als hieb- und stichfest erweist, wenn die Kellner im Restaurant Thorwald und Kornelius erkennen, wenn sie den dritten Mann beschreiben können, dann ...«

Ron brach ab.

Ich wartete ...

Ich hörte »Scheiße« durch den Telefonhörer. »Wie bringe ich das nur Marlene bei? Sie wird mich persönlich verantwortlich machen. Sie hätte es schon immer gewußt, daß ein Polizist in der Familie Unglück bedeutet. Mein Vater hatte mich ja auch gewarnt. Der ganze Schwachsinn, den ich mir schon vor zehn Jahren anhören mußte.«

»Für was soll sie dich verantwortlich machen?«

»Wenn der Verdacht gegen Kornelius sich erhärtet, dann steht er unter dringendem Tatverdacht... Schließlich wurde er gesehen, wie er Rymut kurz vor seinem Tod zum Main hinunterbegleitet hat.«

»Aber er ist doch dann nach Hause gekommen! Hätte er es überhaupt geschafft, Rymut zu verprügeln, ihn dann ins Wasser zu werfen, nach Hause zu fahren und ... Und denk doch nach, er hatte keine Spuren an sich, nichts, was darauf schließen ließ, daß er gerade eine Prügelei gehabt hatte.«

»Aber von der Uhrzeit her war es möglich. Vielleicht hat er sich schnell umgezogen, bevor er herunter in den Salon kam und uns begrüßt hat.«

»Das können wir doch Marlene fragen. Die hätte bestimmt gemerkt, wenn Kornelius sich umgezogen hätte, wir könnten Ewa ...« Nein – Ewa konnten wir nicht fragen.

»Wo war er, als Ewa umgebracht wurde?«

Schweigen am anderen Ende. Ich wartete ab, bis Ron sagte: »Und die Anklage stützt sich auf einen Obdachlosen als Zeugen. Einen Zeugen, dessen Hauptcharakterzug mehrdeutige Äußerungen sind, der uns bei seiner ersten Vernehmung verschwiegen hat, was er jetzt hoffentlich unterschreibt. Vielleicht hat er überhaupt nichts gesehen. Will uns nur ärgern. Zuzutrauen wäre es ihm. Es kann sein, daß seine Zeugenaussage nicht ausreicht, er aber dennoch ein Verfahren an den Hals bekommt wegen Unterschlagung wichtiger Informationen.«

»Warum aber sollte er lügen? Warum zwei Männer identifizieren, die er vermutlich gar nicht kennt?« fragte ich.

»Er ist jemand, der offensichtlich gerne Spielchen spielt. Und er hat deine Zeichnungen nur kurz gesehen. Im übrigen hat eine Identifizierung aufgrund deiner Zeichnungen kaum Chancen, als Beweis zugelassen zu werden. Schließlich stehst du nicht im Dienste der Polizei. Und wenn er die beiden tatsächlich auch bei einer Gegenüberstellung wiedererkennt, dann kann der Verteidiger behaupten, er sei durch den Stil deiner Bilder voreingenommen und könne nun die Tatverdächtigen nicht mehr unbeeinflußt identifizieren. Außer Paul kann Angaben machen, die nicht aus deinen Zeichnungen hervorgehen.«

Ich gebe zu, daß ich langsam begriff, weshalb Ron so aggressiv reagiert hatte, als ich Ermittlungen auf eigene Faust durchgeführt hatte.

»Ich kann mir nicht vorstellen, daß Kornelius wirklich in die Sache verwickelt ist. Im Grunde genommen hat er doch nur seine Forschung im Sinn.« Wenn ich allerdings an die Übernachtungen mit Denise Appollinaire dachte, war ich mir dessen nicht mehr so sicher.

»Eben.«

»Du mußt ihn, wenn er zurück ist, unbedingt vor Henri befragen. Er wird eher bereit sein, es dir zu erzählen als Henri oder deinem Chef. An deiner Stelle würde ich so schnell wie möglich Marlene anrufen und fragen, wann er in Frankfurt ankommt, und dann holst du ihn ab. Mach außerdem Marlene gegenüber Andeutungen. Sie wird ihn dann schon bearbeiten.«

»Und was soll ich ihr sagen, ohne daß sie sich aufregt?«

Das war tatsächlich ein Problem. Wenn es um Kornelius, um seine Karriere ging, war Marlene äußerst hellhörig.

Ich wußte nicht, wie ich ihm helfen konnte. Hätte ich einen Schwager, so wäre ich auch nicht gerade begeistert, wenn er in einen Mord verwickelt sein würde. Ich starrte auf die Zeichnungen vor mir. Sie waren ein Trost. Die Punkte flimmerten in meinen Augen, als würde ich von der Sonne geblendet. Ich wühlte in der Schachtel mit den Farbstiften und kreiste eine Reihe von Punkten ein. Sie erinnerten mich an etwas. Mir fiel nur nicht ein, an was.

»Hörst du mir nicht zu?« Rons Stimme ließ meinen Blick aufschrecken.

»Tut mir leid, aber ich schaue mir gerade Ewas Bilder an, du weißt schon, die aus Danzig.«

»Sonst hast du keine Probleme?«

»Ich weiß nicht, aber irgend etwas stört mich daran.«

»Ewa ist tot, aber ich glaube nicht, daß sie wegen einiger Stadtansichten umgebracht wurde. Zumindest nicht von Kornelius.«

»Das meine ich ja auch nicht, aber wer weiß … Wieso waren die Bilder denn im Cellokasten unter den ganzen Noten versteckt?«

»Wer sagt denn, daß sie dort versteckt waren?«

»Wie würdest du es denn nennen?«

»Ich meine, sie hat sie dort aufbewahrt, und Marlene hat ihr nicht erlaubt sie aufzuhängen, aus Angst, jemand könnte Löcher in ihre Rosentapeten schlagen.«

Mir wurde klar, daß es keinen Sinn hatte, darüber mit Ron zu sprechen. Leider. War unsere Beziehung erneut an einem Tiefpunkt angelangt? Ein anstrengendes Spiel, immer zwischen Hoffnung und Ablehnung, zwischen Wärme- und Kälteschauern.

»Was wolltest du sonst?« fragte ich. »Mich wieder einmal zum Essen einladen?« Mir fielen die Spaghetti ein, die inzwischen kalt geworden waren.

Plötzlich rutschte seine Stimme noch tiefer als sonst.

»Ich möchte dich sehen. Ich muß dir noch etwas erzählen, das ich nicht am Telefon …«

Mein Herz stand einen winzigen Moment still.

Welche Farbe hatten seine Augen in diesem Moment?

»In Ordnung. Wann?«

»Ich hole dich im Laufe des Abends ab.«

Das war's. Er hatte aufgelegt.

Ich blieb zurück mit einer Haut, die flatterte, als sei ich bereit, sie mir jederzeit vom Leib zu reißen.

22

Ron hatte also seine Strategie geändert. Indem er *nicht* sagte, wann er mich abholen würde, konnte er auch nicht *unpünktlich* sein. Aber immerhin, er ließ mir so viel Raum zum Grübeln, daß ich die ganze Palette der Beziehungsspiele zwischen Mann und Frau hinauf und hinunter analysieren konnte. Ähnlich extreme Gefühle gab es vermutlich sonst nur in den Wechseljahren.

Okay – er hatte grüne Augen und schwarze Haare.

Aber war das ein Grund?

Er war groß und breitschultrig.

Klischee!

Na ja, zugegebenermaßen hatte er eine Stimme, die vom Baß bis zum Bariton alle Oktaven beherrschte.

Etwas in der Herzgegend zog sich in mir zusammen.

Vielleicht war es in der Liebe wie mit den Küken, deren Blick nach dem Ausschlüpfen auf Konrad Lorenz gefallen war, und er war nun sein Leben lang ihre Mutter. Bietet man einer jungen Gans in ihrer Prägephase einen Fußball an, dann wird sie ihr Leben lang Bällen hinterherlaufen. Und es soll schon vorgekommen sein, daß männliche Schildkröten sich voller sexueller Energie auf den Schuh ihres Pflegers stürzten.

Mein Blick hatte in einer psychischen Mangelsituation Rons

grüne Augen getroffen. Da kann man nichts machen. Ein typischer Fall klassischer Fehlprägung.

Punkt 20 Uhr klingelte er an meiner Wohnungstür.

»Schnell«, sagte er, »ich habe einen Tisch bei Verdi reserviert.«

Wie gut, daß ich Einheitsstil trug. Jacke, Schuhe, und die Wohnungstür fiel ins Schloß.

Früher, das heißt noch bis vor zehn Tagen, hatte ich mir immer vorgestellt, daß ich mit dem Mann, in den ich mich verliebte, stundenlange Gespräche führen würde. Wir hatten uns immer etwas zu sagen. Nicht nur bei Kerzenlicht im Restaurant, vor, während und nach dem Liebespiel, nein, auch beim gemeinsamen Abspülen oder im Auto.

Mit Matti war es so gewesen. Und war es immer noch, wenn wir uns trafen oder auch nur telefonierten. Okay, wir hatten auch dann noch tolle Gespräche geführt, als wir am Abend nur noch mit Büchern ins Bett gingen. Er mit dicken Kunstbüchern über die Galerien in Europas Metropolen und ich mit Handbüchern zu den Schmetterlingen Europas oder mit »Hunde identifizieren leichtgemacht«. Ansonsten war alles zum Erliegen gekommen. Jegliche sexuelle Energie verschwand in der Diskussion um den Kunstbegriff am Ende des Jahrhunderts. Er war ein Verfechter von Kandinsky und ich von Leonardo da Vinci.

Ron und ich sprachen im Auto kein Wort. Was mir besonders auffiel, weil weder die Scheibenwischer quietschten, noch Flamencomusik dröhnte, noch das Funkgerät piepste. Der Abend konnte ja unterhaltsam werden.

Und tatsächlich ging am Anfang alles schief. Der Tisch, den Ron reserviert hatte, war bereits vergeben, weil wir uns verspätet hatten, und so bekamen wir nur einen kleinen Tisch direkt an der Eingangstür. Es zog erbärmlich, und es gab keine Gelegenheit, daß unsere Knie sich berührten. Immer war ein Tischbein dazwischen. Ich bestellte eine Pizza Vier Jahreszeiten, und als der Kellner sie brachte, rutschte die heiße Pizza vom Teller herunter auf meinen Schoß. Der Keller bückte sich danach und griff mir zwischen die Beine, um den Frühling (Schinken und Ananas) zu retten.

Ron reagierte darauf gelinde gesagt wütend, obwohl die Pizza nur im Herbst (Salami und Artischocken) etwas geknickt war. Ansonsten lag sie wieder wohlbehalten vor mir. Aber er bestand darauf, daß mir eine neue gebracht wurde, was ja auch sein Recht war. Aber ich stand schon länger auf dem Standpunkt, daß man sein Recht nicht immer einfordern muß, besonders nicht, wenn man verliebt ist. Dann stören rechtstheoretische Diskussionen gewaltig.

Nun gut. Ich beschloß, den Abend wenn schon nicht zu erotischen Zwecken, dann wenigstens dazu zu nutzen, etwas Neues zu erfahren.

»Was gibt es für Neuigkeiten?« Ich war nun nicht mehr wie im McDonald's um einen möglichst beiläufigen Ton bemüht. Ich meinte vielmehr, mir durch die Entdeckung von Ewas Leiche das Recht erworben zu haben, jede Information ohne Aufforderung erhalten zu müssen.

Ron faßte in die Innentasche seiner Jacke, zog einen Brief hervor und legte ihn vor mich hin.

»Hier, deine Vorladung.«

»Welche Vorladung?«

»Henri will noch einmal ein Protokoll machen mit allen, die mit der Sache etwas zu tun haben.«

»Ich habe aber mit der Sache nichts zu tun!«

Ron antwortete nicht.

»Und worum soll es dabei gehen? Ich habe doch schon alles erzählt.«

»Das kann man nie wissen. Manchmal vergißt man eine Kleinigkeit, die später ungeheuer wichtig sein kann.«

Der Kellner brachte als Entschuldigung einen Grappa für jeden von uns beiden.

»Okay.« Es schien sich bei unserem Treffen ausschließlich um ein Arbeitsessen zu handeln. Ich nahm daher nur einen kleinen Schluck, denn ich wollte den Überblick behalten. »Dann sag mir doch einmal, was ihr inzwischen erreicht habt. Vielleicht fällt mir jetzt schon etwas ein.«

»Ich dürfte dir eigentlich nichts sagen, das weißt du doch.«

Die Verwendung des Konjunktivs ließ auf eine großzügige Auslegung dieses Grundsatzes schließen.

»Wieso, du bist doch draußen.« Meine Auffassung von Pflicht war durch freies Unternehmertum geprägt.

»Andererseits bist du ja in gewissem Sinn sowieso in die Sache verwickelt und somit ...«

Ich spürte die Anspannung in ihm. Sie drückte sich nicht nur darin aus, daß sein Grappaglas bereits leer war oder daß seine Augen besonders dunkel waren, daß er gespannt, die Schultern nach vorne gezogen, über dem Tisch hing, sondern daß er mit der rechten Hand immer wieder mit dem Messer auf den Tisch klopfte.

Ich hatte es satt, immer wieder abzuwarten.

»Mein Gott, Ron, jetzt sag schon. Was gibt es Neues?«

»Was willst du wissen?«

»Alles. Fang schon an.«

»Okay.« Er atmete dreimal tief durch und ließ für einem Moment das Klopfen mit dem Messer. »Ewa Molenda ist am Samstag abend gegen neunzehn Uhr erschossen worden.«

»Also ungefähr eine Stunde bevor ich ins Hotel kam.«

Ron nickte. »Ja, aber...«, er legte eine Pause ein, und dann begann das Klopfen wieder. »Du willst wirklich alles wissen?«

Ich nickte. Ewa war die zweite Leiche innerhalb von zehn Tagen gewesen, mich konnte so schnell nichts mehr erschüttern.

Dachte ich.

»Ja, also sie wurde gegen neunzehn Uhr ermordet. Das Einschußloch liegt am linken Lungenflügel. Aber sie war nicht gleich tot.«

»Sondern?«

Ron lehnte sich zurück, aber ohne dieses nervtötende Klopfen, das mich an irgend etwas erinnerte, zu unterlassen.

»Sie hat noch circa eine Stunde gelebt.«

»Sie hat noch gelebt?« Ich schloß für einen kurzen Moment die Augen. »Aber sie war tot, als ich bei ihr war. Ich weiß das genau...« Ich versuchte, mich an ein Lebenszeichen zu erinnern. Ein schwacher Atem, den ich nicht hören konnte, weil Ron immer weiter klopfte. An eine Bewegung des Brustkorbes, ein leichtes, unmerkliches Heben und Senken, dort, wo die weiße Bluse am stärksten rot gefärbt gewesen war. Aber ich konnte mich an nichts erinnern. »Sie muß tot gewesen sein.«

Ron beugte sich vor und legte seine Hand auf meine. Er besaß anscheinend doch ein Minimum an Einfühlungsvermögen. »Sie muß, wenige Minuten bevor du ins Zimmer gekommen bist, gestorben sein.«

Mir war plötzlich kalt, und ich drehte mich unwillkürlich zur Tür um, weil ich dachte, jemand hatte vergessen, sie zu schließen. Aber sie war zu, und dennoch fröstelte mich, obwohl Rons Hand warm war.

»Und du meinst, wenn ich einige Minuten früher gekommen wäre, hätte ich ...«

»Nein. Das meine ich nicht. Sie wäre sowieso gestorben. Die Verletzung war zu schwer. Jede Bewegung wäre ... tödlich gewesen. Er legte das Messer zur Seite und nahm zur Abwechslung die Gabel. »Als du hoch bist zu ihrem Zimmer, hat da die Angestellte an der Rezeption telefoniert?«

»Ja, sie wollte fragen, ob Jacek Kowalski ...«

»Stimmt. Sie hat oben angerufen und das Telefon mehrfach klingeln lassen.«

»Und?«

»Ewa muß das noch gehört haben. Denn die Spuren weisen darauf hin, daß sie sich noch in Richtung Telefon bewegt hat. Die Blutspur unter ihr war noch frisch, noch feucht, als die Spurensicherung ankam.«

Ich trank den Grappa in einem Zug leer. Die Sache begann mir wirklich zuzusetzen.

Ich saß eine Weile still da, die Stirn auf die Hand gestützt, und malte mir die Situation, wie Ron sie beschrieben hatte, plastisch aus. Mord war bis auf Holofernes und Judith kein gängiges Motiv in der Kunst. Mir fehlten die Stilmittel, um damit umzugehen.

Ich hörte Rons tiefe Stimme, die sagte: »Hör zu, dich trifft keine Schuld. Laut Arzt wäre sowieso nichts mehr zu machen gewesen.«

Die Sachlage und Ergebnisse der Obduktion trösteten vielleicht Kommissare, aber nicht mich.

»Erschossen wurde sie an der Tür«, fuhr Ron fort. »Vielleicht war sie gerade dabei zu gehen, ihr Mörder hat sie gerufen ...«

Ja, danke, ich konnte es mir genau vorstellen: Sie dreht sich um, und er erschießt sie.

»Sie dreht sich um, und er schießt.« Ron sprach weiter. »Dann muß sie versucht haben, sich Richtung Telefon zu bewegen. Schleppt sich am Boden entlang. Kommt aber nur langsam vorwärts.«

Warum hörte ich mir das an?

»Das zeigen die Spuren an der Tür und in der Raummitte.«

Waren das Informationen, die später in einem Hotelführer stehen würden? Das Hotel wurde unter anderem bekannt durch die Polenmorde im Jahre ... Die Morde passierten in den Zimmern 360 usw. usw.

Ich hörte Rons Stimme von weitem: »Das Projektil ...«

Das Projektil? Ich blickte Ron direkt ins Gesicht.

»Das Projektil wanderte durch die Bewegung von der Lunge in Richtung Herz und von der rechten Herzkammer weiter in Richtung Nieren. Es konnte erst mittels Röntgenaufnahmen gefunden werden.«

Röntgenaufnahmen von einer Toten. Da war es wenigstens egal, ob sie schwanger war oder nicht. Die Strahlen konnten nicht mehr schaden. Ich erinnerte mich an die Pille im Badezimmer.

»Sie hat die Pille genommen«, sagte ich mechanisch.

Aber Ron hörte nicht zu. Er ratterte den Tatbericht herunter, als sei er ein Nadeldrucker in einem Vorstadtrevier.

»Es handelt sich vermutlich um eine russische Militärwaffe. Was sonstige Spuren betrifft: natürlich jede Menge Fingerabdrücke von Jacek Kowalski und zahlreiche Schuppen auf dem Sessel, was uns aber nicht viel nützt. Eine Zuordnung von Haaren zu einer bestimmten Person ist meist äußerst schwierig. Da müßte schon ein ganzes Büschel ausgerissen worden sein, zum Beispiel wenn das Opfer sich gewehrt hat.«

»Und Ewa hat sich nicht gewehrt.« Das war keine Frage. Ich stellte es einfach fest.

»Eigentlich erscheint der Fall ja ziemlich einfach. Ewa wurde in

Jacek Kowalskis Zimmer erschossen. Sie hat sich nicht gewehrt. Nichts an ihr läßt vermuten, daß es einen Kampf oder eine Auseinandersetzung gegeben hat. Es gibt nur Jacek Kowalskis Fingerabdrücke. Er ist verschwunden. Du hast beobachtet, wie er mit Ewa gesprochen, sie vielleicht sogar bedroht hat.«

»Aber wo ist das Motiv?« fiel ich ihm ins Wort. »Und hat das Ganze etwas mit Roman Rymut zu tun? Und mit Kornelius?«

»Jacek Kowalski kann Roman Rymut nicht umgebracht haben, denn zu der Zeit war er noch in Polen. Aber die beiden haben fünf Jahre zusammen am selben Institut, an gemeinsamen Projekten gearbeitet. Jacek Kowalski war der Chef von Roman Rymut. Sie waren beide mehrfach auf Einladung von Kornelius und seinem Institut in Deutschland. Das wissen wir von den polnischen Behörden. Henri nimmt zur Zeit das Institut Rhein-Main genau unter die Lupe. Und wir erwarten einen entsprechenden Bericht aus Polen. Schließlich ist im Bereich Genetik und Biotechnologie viel Geld zu verdienen.«

Der Lärm um mich herum wurde zusammen mit Rons Vortrag unerträglich. Unglaublich, was sich manche Leute für unwichtige Dinge mitzuteilen haben. Das Paar am Nebentisch sprach die ganze Zeit über irgendwelche Bekannten, über *er* und *sie*. *Er* war schon immer so, aber *sie* hat sich total verändert. Aber es gehören immer *zwei* dazu. Und wenn *er* das Spiel mitmacht, dann muß er sich nicht wundern, wenn *sie* …

»Ewa war Cellistin. Sie wollte in Amerika studieren«, sagte ich automatisch.

Der Kellner kam an unseren Tisch und brachte zwei weitere Grappa. Ich hatte gar nicht bemerkt, daß Ron sie bestellt hatte. Ich spürte Rons Fuß unter dem Tisch neben meinem stehen. Die Tischbeine schienen sich in Luft aufgelöst zu haben.

Plötzlich fiel mir etwas ein. »Ihre Eltern! Wissen sie es schon?«

»Ja. Soweit ich informiert bin, will ihr Bruder kommen, um die Leiche zu identifizieren und den Transfer nach Polen in die Wege zu leiten. Aber es wird wohl noch etwas dauern, bis die Leiche freigegeben wird.«

Ich nickte. Schließlich erinnerte ich mich noch daran, wie

schwierig es gewesen war, damals den Leichnam meines Vaters von Caracas nach Deutschland zu schaffen. Es hatte eine Unsumme gekostet.

»Erzähl mir von Ewa. Wie war sie?« Rons Stimme hatte die Vibration einer tiefen Cellosaite. Dafür hatte das Klopfen aufgehört.

Ich holte tief Atem. Nichts. Ich wußte nichts über Ewa.

»Ich kannte sie doch kaum. Habe sie insgesamt nur zweimal getroffen.«

»Erzähl mir trotzdem von ihr.«

Ich überlegte, gab meinem Erinnerungsvermögen Zeit, in seinem Archiv zu recherchieren. Aber die Fakten waren spärlich, während Ewas Gesicht deutlich vor mir stand. Ich bin ein Augenmensch.

»Schöne Hände. Sie hatte schöne Hände. Sie war überhaupt schön.«

Er nickte.

»Große Augen. Schwarze Haare ... Sie sprach sehr gut Deutsch. Sie war intelligent.«

Ron schwieg.

»Aber Sie hat nicht viel erzählt. Sie war distanziert. Ihre ganze Haltung war zurückhaltend. Reserviert. Beherrscht.«

»Und weiter?«

»Sie war nicht verängstigt, nicht unterwürfig. Ich glaube, sie wußte, was sie wollte.«

Alles, was ich sagte, waren nur Splitter, die kein Gesamtbild ergaben. Ich schilderte nur die Dinge, die mir jetzt in den Kopf kamen und die ich in den wenigen Momenten, die ich mit Ewa verbrachte, gesehen hatte.

»Aber ich glaube ... was mir am meisten gefallen hat, war, daß sie ... sie war irgendwie geheimnisvoll. Warum zum Beispiel hat sie mich angerufen?«

Ron schwieg noch immer.

»Ich meine, es war ja klar, warum sie hier war. Sie wollte Geld verdienen, um nach Amerika zu gehen. Aber ihre Situation hier, daß sie als Hausmädchen arbeiten mußte, das schien sie so gar nicht gestört zu haben. Sie schien sich über nichts zu wundern, nichts zu beurteilen, nichts zu kritisieren. Als ob sie über den Dingen stand. Aber ich hatte den Eindruck, daß sie dennoch alles beobachtete.«

Ich erzählte Ron alles, was ich noch wußte. Es war nicht besonders viel. Jacek Kowalski auf der Institutsfeier. Ihre Familie in Danzig. Ihr Bruder in Warschau.

Ron unterbrach mich. »Wir haben also drei Verbindungen: Ewa kommt aus Danzig. In Danzig befindet sich das Institut, an dem Roman Rymut und Jacek Kowalski arbeiten beziehungsweise gearbeitet haben. Das Institut hat Ewa in den Haushalt von Kornelius vermittelt.«

»Du mußt noch einmal genau bei Marlene nachfragen, wie das war. Wer hat den Kontakt vermittelt, wer hat sie empfohlen?«

»Stimmt. Aber ehrlich gesagt, ich möchte nicht, daß Marlene jetzt schon damit konfrontiert wird, wie tief Kornelius in der Sache steckt.«

»Ich werde sie fragen. Schließlich weiß sie, wie sympathisch mir Ewa war.«

Ron zögerte. Ich nahm an, daß er gerade eine Anfrage an sein Beamtengewissen startete.

Der Kellner kam und räumte die leeren Pizzateller ab. Auf meinem waren der Winter (gebratenes Ei) und Sommer (frische Tomaten und Oliven) liegen geblieben. Ron schwieg, solange der Kellner um uns herum Ordnung schuf, drehte unentschlossen das leere Grappaglas zwischen den Fingern. Der Kellner hatte ihm das Messer weggenommen, und so blieb ihm nichts anderes übrig, als mit den Fingern weiterzuklopfen. Woran zum Teufel erinnerte mich das nur?

»Kann mir jemand verbieten, mit Marlene darüber zu sprechen? Mir nicht! Aber dir! Denn du bist draußen.« Es tat mir sofort leid, daß ich das gesagt hatte. »Sorry. Das wollte ich nicht sagen, aber du mußt zugeben, daß es einfacher ist, wenn ich Marlene danach frage. Es ist auch besser, als wenn Henri ankommt und sie offiziell verhört. Wenn Marlene merkt, da ist etwas gegen Kornelius im Gange, dann pocht sie vermutlich auf ihr Recht, die Aussage zu verweigern.«

Das Klopfen hörte auf. Und ich wußte wieder, an was es mich schon den ganzen Abend erinnerte. An Morsezeichen ... Aber nicht nur daran ... Sondern auch ... an Punkte, an die Punkte auf Ewas Zeichnungen. An die Struktur der Dächer und Mauern, Punkt für Punkt auf das Papier übertragen.

23

Warum kann in meinem Leben nichts normal verlaufen?

In der Endphase eines Auftrages – Streß genug, keine Zeit – mußte ich mich verlieben. Ein zeitraubende Beschäftigung. Ich lief unruhig durch die Wohnung, war zu keiner vernünftigen Arbeit fähig, hoffte bald, daß das Telefon klingelt, bald, es möge für immer schweigen, und zum erstenmal paßte auf mich völlig der Ausdruck *fahrig.*

Dazu kreisten meine Gedanken ständig um Ewa. Abends beim Einschlafen jagte ein Gedanke den anderen, und am Ende gipfelten sie in der schrecklichen Tatsache, daß jemand ermordet worden war, den ich zugegebenermaßen nur flüchtig gekannt, dem gegenüber ich aber seit langer Zeit wieder einmal ein Gefühl von Einverständnis und Freundschaft verspürt hatte. Und ich versuchte Erklärungen zu finden, als ob die Aufklärung ihres Todes sie wieder lebendig machen würde.

Andererseits, so gestand ich mir ein, waren diese Gedanken auch die Verbindung zu Ron. Vielleicht würde diese abreißen, wenn die Sache geklärt war. Daß ich mich aber auch ausgerechnet während eines Mordfalles verlieben mußte!

Ron und ich hatten uns – nicht nur wegen des andauernden Regens – sehr unterkühlt verabschiedet. Ich hatte versucht, ihn davon zu überzeugen, daß die Zeichnungen in der ganzen Sache eine Rolle spielten.

Bleib auf dem Teppich! war alles, was Ron dazu zu bemerken hatte.

Der Rest war wieder einmal Schweigen und die wiederholte Erkenntnis: Es konnte sich nur um eine klassische Fehlprägung handeln.

Die ganze Nacht schlief ich unruhig, und das kühle Anschweigen im Auto wurde im Traum zu der nie stattfindenden handfesten Auseinandersetzung, bei der wir uns alle möglichen Wahrheiten und Unwahrheiten an den Kopf warfen.

Ich schrie ihn an, er sei ein arrogantes Arschloch. Ein Wort, das ich tagsüber nie in den Mund nahm!

Er entgegnete, esoterische Künstlerinnen seien eine Fehlinvestition der Natur.

Ich: Ich hätte es ja gewußt, ich hätte es gewußt, daß er nur Jazz höre, damit dieser Klang lautstark überdecke, was für ein konservativer, stinknormaler Bürger er sei. Gekoppelt mit lebenslangem Beamtentum. Das sei die schlimmste Sorte! Vermutlich halte er außer Künstlern auch Homosexuelle, Fixer und kinderlose Frauen für einen göttlichen Betriebsunfall.

Er: Nur weil ich mich für ein Genie halte, müsse ich nicht gleich in Wahnsinn verfallen.

Danach war Funkstille!

Nun glaube ich leider fest an die sinnstiftende Tiefenstruktur von Träumen. Nach all den vernünftigen Alltagspflichten sollten die Gehirnströme doch das Recht haben, endlich einmal ehrlich und ungehindert durch die verschlungenen Windungen unserer Köpfe zu rasen. Auch wenn sie Chaos anrichten. Und irgendwie bildete ich mir ein, dieser Streit sei nicht das Ende, sondern der Beginn des Chaos, ähnlich dem Urknall. Und dieser Urknall löste einen allmächtigen Aktivitätsdrang in meinem Gehirn aus, als sei es nach dem nächtlichen Freigang nicht mehr in der Lage, in geordneten Bahnen zu verlaufen. Ein allmächtiger Antrieb, der einen dazu bringt, wider alle Vernunft und alle Bitten etwas zu unternehmen, und der bedeutet: *Es muß etwas geschehen.* Auch wenn es einem nur Schwierigkeiten macht, weil zum Beispiel Constanze anruft und kontrolliert.

Am Fenster liefen die Tropfen herunter, als säße ich in der Waschanlage. Nur leider wurde es nicht sauber, sondern noch grauer, weil der Regen den Dreck und den Ruß der Straßen Frankfurts mitbrachte und an mein Fenster klatschte. Der Weihnachtsbaum gegenüber blinkte wie ein vergeblicher Leuchtturm, der armen gestrandeten Menschen den Weg zum Arbeitsplatz leuchten sollte.

Ron war sicher davon ausgegangen, daß Jacek Kowalski Ewa umgebracht hatte. War es reiner Widerspruchsgeist, der mich dazu brachte, diese Meinung nicht zu teilen? Ich hatte mir immer eingebildet, in den Linien eines Gesichtes lesen zu können wie andere aus dem Kaffeesatz. Jacek Kowalski traute ich keinen Mord zu. Zumindest kein glattes, emotionsloses Erschießen. Sein Handeln, so bildete ich mir ein, war von Angst, Verzweiflung und Unterordnung geprägt. Aber Ewa war ihm überlegen gewesen. Ich erinnerte mich wieder, wie sie einfach über ihn hinweggesehen, ihn ignoriert hatte. Er würde nicht einfach eine Waffe ziehen und auf sie schießen. Er hätte versucht, sie auf andere Weise unter Druck zu setzen. Aber warum hätte er sie überhaupt unter Druck setzen sollen? Und wo war er jetzt?

Und was hatte das mit den Architekturzeichnungen zu tun, die gegenüber meinem Bett hingen?

Der Griff zum Telefon erfolgte automatisch. Marlene nahm sofort ab. Ich sagte meinen Namen, und sie: »Ach, du bist es!« Ihre Stimme hatte etwas an Schwung eingebüßt, oder sie war einfach noch nicht richtig wach.

»Hast du schon gefrühstückt?« fragte ich und versuchte, ein Knurren in meinem Magen zu spüren, um meiner Frage, die ich stellen wollte, eine gewisse Berechtigung zu verleihen.

»Ja, wieso?«

»Ach, ich dachte, vielleicht könnten wir zusammen ... Weißt du, es regnet, ich kann also nicht joggen, und konzentrieren kann ich mich auch nicht. Die ganze Sache ... du weißt schon ... mit Ewa.«

»Ja, natürlich, komm ruhig vorbei. Mir geht es ja auch nicht anders. Ich muß sagen, daß das Ganze mich ganz schön mitnimmt, und dann nachts alleine im Haus.«

Ich muß ehrlich sagen, so verwirrt hatte ich Marlene seit dem Vorabend ihrer Hochzeit nicht mehr erlebt, als sie den ganzen Abend ihr weißes Kleid und den Schleier (natürlich in London gekauft) anschaute, durchs Zimmer lief und immerzu fragte: »Mache ich einen Fehler?« Und ich in der Rolle der Therapeutin ihr immer wieder versicherte: »So ein Kleid kann kein Fehler sein.« Wenn ich an Denise Appollinaire dachte, war ich mir nun nicht mehr so sicher. Vielleicht war gerade so ein Kleid der Fehler.

Mir fiel ein, daß Constanze demnächst anrufen würde, um meine Arbeit zu kontrollieren. Also sprach ich auf meinen Anrufbeantworter: »Bitte nicht stören. Ich arbeite.« Das würde mir Constanze erst einmal vom Leib halten.

Trotz des Regens schwang ich mich aufs Fahrrad, weil ich so schneller war, meinen Kreislauf in Schwung brachte und die Anspannung, die sich in mir angesichts all meiner ungelösten Probleme breitmachte, an den Pedalen loswerden konnte.

Marlene war entsetzt, als ich bei ihr ankam. Und mein Anblick, in ihren Augen ein Bündel feuchter Lappen, weckte ihre Lebensenergie. Sie steckte mich unter die Dusche und anschließend in einen weißen Bademantel aus Flanell. Darunter trug ich nichts als einige Ausstellungstücke von Marlenes Spitzenwäsche. Und im Wintergarten hatte sie einen Tisch gedeckt, der zum Brunch einlud.

Ich sank in die weißen Korbsessel. Marlene selbst war geföhnt, als würde sie gleich im Arabella eine Delegation von Spitzenkräften der japanischen Wirtschaft empfangen. Ich bewunderte ihre Haltung. Vor allem ... ja, vor allem, wenn man bedachte, daß ihr eigener Bruder ihren Mann des Mordes verdächtigte. Ob Marlene sich überhaupt darüber im klaren war, daß Kornelius in die Sache verwickelt war?

»Wann kommt Kornelius denn nun zurück?« fragte ich daher, nervös in der Tasse rührend.

»Heute gegen Mittag. Ich hatte ja gehofft, daß er abreisen würde, wenn er hört, was passiert ist, aber natürlich, der Kongreß ist wichtig und ...« Marlene goß sich ebenfalls Kaffee ein und setzte sich mir gegenüber.

Ich schaute auf die Uhr. Es war 11 Uhr. »Dann mußt du bald weg und ihn abholen?«

»Nein, Dr. Dymoff hat sich angeboten.«

»Wieso? Muß Kornelius heute noch einmal ins Institut?«

»Nein, aber Dr. Dymoff hat mir am Samstag, als er hier war, gesagt, er möchte wissen, wie der Kongreß gelaufen ist, und da wäre es doch eine gute Gelegenheit, wenn er Kornelius und Professor Thorwald abholen würde.«

»Dr. Dymoff war am Samstag hier?«

»Ja.« Marlene strich Butter auf eine der kleinen, feingeschnittenen Scheiben Baguette.

»Wann?«

»Ich weiß auch nicht mehr so genau. Gegen Abend.«

»Wieso?«

Marlene schaute mich irritiert an. »Wieso interessiert dich das?«

Ich biß schnell in mein Croissant. »Ach, nur so.«

Aber zum Glück sprach Marlene gerne und viel, und schließlich war sie nun schon einige Tage alleine gewesen: »Er rief an und fragte, ob Kornelius sich schon einmal gemeldet hatte. Und ich erzählte ihm, daß Ewa verschwunden war. Er war entsetzt. Nicht so desinteressiert wie Ron. Aber natürlich, Ron hat jeden Tag mit solchen Sachen zu tun. Mir wäre es wirklich lieber, er wäre bei der Biologie geblieben, aber dann mußte er ja unbedingt auf die Polizeihochschule in Wiesbaden.«

Nicht daß mich Rons Biographie nicht interessiert hätte, aber bevor Marlene abschweifen konnte, hakte ich nach.

»Er hat also angerufen.«

»Ja, und dann kam er auch gleich vorbei. Obwohl ich gesagt habe, es sei nicht nötig. Ron und du, ihr wärt schon dagewesen. Und Ron würde sich jetzt um die Sache kümmern. Und wie schön es doch sei, jemanden bei der Polizei zu haben. Ich habe das ja nie so richtig zu schätzen gewußt, aber jetzt...«, Marlene stockte kurz, »... bin ich froh. Es hat die Sache für mich doch leichter gemacht.«

»Und hat Dr. Dymoff dich beruhigt?«

»Ja, er war wirklich nett. Wir haben einen Wein getrunken. Er hat gesagt, ich soll mir keine Sorgen machen, hat noch einmal in

Ewas Zimmer nachgesehen. Obwohl ich ihm gesagt habe, daß ihr beide schon in Ewas Zimmer gewesen seid, aber nichts gefunden habt, bis auf ein paar Bilder. Er war ganz beunruhigt, aber das ist ja auch kein Wunder, daß er sich verantwortlich fühlt, schließlich hat er uns ja Ewa besorgt.«

Besorgt. Das war wieder Marlenes Selbstverständnis, als sei die ganze Welt nur dazu da, ihr zu Diensten zu sein.

»Wie meinst du das, daß er euch Ewa besorgt hat? Ich dachte, das Ganze ist über das polnische Institut und Prof. Kowalski gelaufen.«

»Ja, schon ... Möchtest du noch Kaffee? Ich kann auch noch welchen kochen.«

»Nein danke, ich trinke sowieso zuviel. Wie war das denn nun mit Ewa und Dr. Dymoff? Kannten die beiden sich?«

»Das weiß ich nicht. Ich glaube nicht.«

»Aber ich denke, er hat sie vermittelt.« Ich legte das Croissant, das sowieso nur noch ein lockerer Verbund von Butterflocken war, zurück auf den Teller und spürte, wie meine Stimmung langsam in Ungeduld zerbröckelte.

»Ja, über das Institut.«

»Wie nun?«

»Also.« Marlene genoß es wie immer, mir das Gefühl zu geben, ich blickte in der wirklichen Welt nicht durch – was sie mir verzieh, denn schließlich war ich ja Künstlerin. »Dr. Dymoff hat bis zur Wende in der DDR gearbeitet, an der Universität in Leipzig – die wiederum hatte enge Beziehungen zur Universität in Danzig.« Marlene machte eine Pause, um ein weiteres Baguettestückchen diesmal mit Lachs zu belegen. Darauf kam mit einem kleinen Espressolöffel ein Häufchen Kaviar. Das Zeug war vermutlich so teuer, daß man es wie in der Apotheke in µ-Gramm dosieren mußte. Marlene biß nur mit den beiden Schneidezähnen vorne ein Stückchen von dem Baguette ab. Vermutlich gab es für das Essen von Kaviar und Lachs eine Gebrauchsanleitung im Stil von Digitalis-Tabletten. *Nehmen Sie das Medikament in der vorgeschriebenen Dosis mit viel Wodka täglich zur selben Zeit ein. Wenn Sie den Kaviar vertragen, können Sie die Dosis nach einer Woche erhöhen.*

Marlene fuhr fort:

»Nach der Wende kam er zu uns, an unser Institut, und hat die Beziehungen, die er in Leipzig schon hatte, mitgebracht. Und als ich ein Hausmädchen gesucht habe, hat er den Kontakt vermittelt. So einfach ist das.«

»Also kannte er Ewa schon aus Polen.«

»Ob Ewa, weiß ich nicht genau, aber auf jeden Fall ihren Bruder.«

»Aber Dr. Dymoff ist doch kein Pole.«

»Nein. Russe, Weißrusse, Litauer, oder war es Ukrainer? Etwas in der Richtung. So ein Mann war damals wichtig, weißt du, wegen der Ostkontakte. Er hatte schon früher eng mit Kowalski zusammengearbeitet. Und ich muß sagen, er hat auch alle Erwartungen erfüllt ... sagt Kornelius.«

Ich rührte sinnloserweise in der leeren Tasse herum. »Was ist das eigentlich für ein Kongreß in London?«

Marlene stand auf und zog etwas aus dem Zeitungsständer hervor. »Hier!« Sie hob einen Prospekt in die Höhe: *IV. Internationaler Kongreß für Biologie und Biotechnologie – Meereswissenschaften und -technologie.*

»Wieso Meereswissenschaft? Was hat ein Institut im Rhein-Main-Gebiet mit dem Meer zu tun? Das Meer ist 800 Kilometer entfernt!«

Marlene zuckte mit den Schultern. »Das ist ein Bereich, in dem das Institut Forschung betreibt, neben dem Bereich Ernährung. Ganz einfach deswegen, weil die EU diese Projekte fördert.«

»Und wovon handelte Kornelius' Vortrag?«

»Ich glaube«, Marlene blätterte in dem Prospekt, »ja, richtig, hier: Biotechnologie und Patentschutz.«

»Was hat das denn mit Meeresbiologie zu tun?«

Marlene zuckte mit den Schultern.

»Nicht nur mit Meeresbiologie, sondern überhaupt mit Biotechnologie. Da gibt es, soweit ich weiß, große Unterschiede zwischen den USA, Europa und den Ostblockstaaten. Möchtest du noch etwas essen? Sonst räume ich ab. Ich hasse es, in Krümeln zu sitzen.«

Ich schüttelte den Kopf. Marlene begann, Wurst, Käse und Lachsreste auf den Servierwagen zu räumen.

»Und Professor Thorwald?«

»Was?« Marlene war dabei, Geschirr zu sortieren, Tasse zu Tasse, Untertasse zu Untertasse, Teller zu Teller. Sie ging so systematisch dabei vor, als handele es sich um ein logistisches Problem auf einem Flughafen.

»Was ist das Thema von Thorwalds Vortrag?«

»Was interessiert dich das denn?«

»Ach, eigentlich nicht. Es fiel mir nur so ein. Sag mal, als Kornelius neulich an dem Donnerstag, du weißt schon, als du mich mit Ron nach Hause geschickt hast, da kam Kornelius doch später...«

»Ja, er hatte eine Art Geschäftsessen.«

»Hat er sich umgezogen, bevor er zu uns in den Salon kam?«

Marlene ließ das Messer, das sie mir gerade wegnehmen wollte, wieder auf meinen Teller sinken.

»Seit wann interessierst du dich für Kornelius' Kleidung?«

Wie schaffte ich es nun, nicht weiter Marlenes Mißtrauen zu schüren? Ich nahm das Messer in die Hand und begann, mir ein Brötchen zu belegen. Marlene hatte das meiste schon auf den Wagen geräumt, also griff ich mechanisch nach einer Scheibe fettem Lachs, der die Farbe frisch geschrubbter Schweinehaut hatte.

»Ach«, sagte ich so beiläufig, wie es mir möglich war, während ich zur Ablenkung in den Lachs biß, die Zunge, auf der bekannterweise die Geschmacksnerven sitzen, so weit wie möglich nach hinten gerollt. »Mir ist an dem Abend nur aufgefallen, daß er überhaupt nicht nach Kneipe roch, kein Zigarettengestank, keine Alkoholfahne ...«

Der Lachs fiel meinen Hals hinunter wie in einen leeren Brunnenschacht. Gleich würde er in meinen Magen rutschen und ihn den ganzen Tag in helle Entrüstung versetzen.

Aber Marlene war besonders gut abzulenken, wenn sie wieder einmal fand, daß ich völligen Schwachsinn redete. Manchmal ist es gut, den Clown oder den Künstler zu spielen.

»Kornelius trinkt nicht und raucht nicht. Das solltest du nach all den Jahren wissen. Er hat sich nicht umgezogen. Schließlich hatten wir Gäste, und er kam sowieso schon zu spät. Seit wann ißt du denn Lachs?«

Zum Glück erwartete sie darauf keine Antwort. Sie räumte nur Kaviar und Lachs auf den Wagen und schob ihn zur Flügeltür, die in den Salon führte. Der Servierwagen war vollgeladen, und Marlene war dabei, ihn aus dem Wintergarten zu manövrieren. Lieber würde ich jeden Teller einzeln in die Küche tragen, als dieses klappernde, klirrende Gefährt durch die Gegend zu kutschieren.

Dymoff hatte die Kontakte zu Polen also über Ewas Bruder und Kowalski aufgebaut. Sie hatten Ewa die Stelle als Hausmädchen besorgt. Es wäre durchaus möglich, daß Ewa und Roman Rymut sich gekannt hatten. Es hätte mich sogar sehr gewundert, wenn es nicht so gewesen wäre. Roman Rymut hatte am Mittwoch abend, nachdem er angekommen war, mit jemandem in Kornelius' Arbeitszimmer telefoniert. Marlene hatte nach Ewas Verschwinden erzählt, daß Ewa am selben Abend einen Anruf erhalten hatte. Es mußte Roman Rymut gewesen sein, mit dem sie telefoniert hatte. Natürlich!

Als Marlene zurückkam, fragte ich möglichst beiläufig: »War Kornelius eigentlich am Abend vor dem Essen zu Hause?«

»Natürlich war er zu Hause. Wo sollte er gewesen sein? Er hat in seinem Arbeitszimmer gearbeitet wie jeden Abend, wenn wir nicht Gäste haben oder ausgehen. Aber eigentlich gehen wir so gut wie nie aus.«

»Überleg doch einmal genau.«

»Was soll das?« Der Brotkorb lief Gefahr herunterzurutschen. »Was soll diese Fragerei?« Marlenes Stimme verließ die mittlere Tonlage, schraubte sich höher und wurde schriller. »Du meinst doch nicht, daß das etwas mit Ewas Tod zu tun hat?«

Ich mußte vorsichtig sein, sonst würde Marlene mir nichts mehr erzählen. Diese Erfahrung hatte ich schon einmal gemacht, als ich auf ihre Eröffnung hin, sie wolle Kornelius heiraten, spontan gerufen hatte: »Diesen Staubfänger!« Danach hatte erst einmal Funkstille geherrscht. Ich konnte Marlene unmöglich erzählen, daß die Polizei ihre Telefonverbindungen geprüft hatte.

»Nein, ich habe nur mit Ulf Uhrbrock gesprochen, und er hat

erwähnt, daß er an diesem Mittwoch abend mit Kornelius zum Abendessen verabredet war... Kornelius hatte ihn eingeladen.« Marlene entspannte sich ein wenig. »Du weißt doch, ich kann diesen Typen nicht ausstehen ... auf eurer Institutsfeier hat er mich den ganzen Abend verfolgt und erzählt, wie sehr er Kornelius verehrt ... und dann erwähnte er, daß Kornelius ihn am letzten Mittwoch zum Essen eingeladen hat, was ich ihm ehrlich gesagt nicht glaube ... ich dachte mir, daß er nur angeben will ... weil er denkt, wenn Kornelius ihn protegiert, hat er bei mir bessere Chancen ... aber da täuscht er sich ...« Die Lügen flogen mir ohne Punkt und Komma aus dem Mund. Auf ähnlich leichte Weise hatte ich im Kurs »Experimente« verantwortungslos Farbkompositionen entworfen. Da ein ultramarinblauer Streifen mit der Malerrolle auf die drei Quadratmeter große Leinwand. Im 30-Grad-Winkel. Und ein gelber Bogen darüber, daß jeder denkt, jetzt geht die Sonne auf, aber dann wieder ein ultravioletter scharfer Strich mit dem Messer, und alles wirkte wieder anders. Ich hatte noch nie bedacht, daß es ähnlich befreiend sein konnte, Lügengeschichten zu erzählen.

Ich merkte genau, daß Marlene versuchte, sich zu erinnern. Schließlich hatte sie mich bei diesem Dinner neben Ulf Uhrbrock gesetzt, um wieder einmal einen Versuch zu starten, mich zu verkuppeln. »Warte ...«, sagte sie. »Ulf hat recht. Kornelius war an diesem Tag nicht zum Abendessen da.« Ich merkte, wie sich ihre Erinnerungslücken langsam füllten. »Er hatte noch mit Denise im Institut zu tun, wegen des Vortrags, und dann noch die Vorbereitung für die Institutsfeier. Aber daß Ulf dabei war, davon hat er nichts gesagt.« Sie zuckte mit den Schultern. »Na ja, alles erzählt er mir auch nicht.« Und damit lag sie, glaube ich, verdammt richtig.

Sie schob den Servierwagen hinaus.

Es mußte tatsächlich Ewa gewesen sein, die Roman Rymut gleich nach seiner Ankunft angerufen hatte.

Als Marlene wieder zurückkam, hatte sie einen Stapel Post in der Hand und legte sie auf den Ablagetisch neben den Zeitungsständer.

Ich nahm noch einmal den Prospekt zur Hand und prüfte die Liste der Vortragenden. Zwei Vorträge von amerikanischen Wissenschaftlern, drei Engländer, ein Franzose, drei Russen, ein Schwede, Kornelius mit »Biotechnology and Patent Protection« und ... Professor Thorwald mit »Reproduktionstechnologie«. Was das auch immer heißen mochte. Wie frustrierend mußte es für den kinderlosen Kornelius sein, an einem Institut zu arbeiten, in dem man sich mit Reproduktionstechniken beschäftigte, während er selbst dazu unfähig war. Woran erinnerte mich das Thema nur? Ich hatte den Titel schon einmal gehört. Und ihn mir gemerkt, weil ich gar nichts damit anfangen konnte.

Nicht daß ich unbedingt neugierig war. Aber wenn man fremde Post durchwühlt, erfährt man eine Menge über andere Leute. Wenn Mirka den Sommer über sechs Wochen nach Jugoslawien fuhr, dann mußte ich ihre Post aus dem Briefkasten nehmen und im Flur gleich neben der Eingangstür in einen vorbereiteten Wäschekorb legen. Weiter ließ sie mich nicht vordringen. In dem Korb sammelten sich dann sechs Wochen lang unzählige Kataloge, Werbepost, Gewinnausschreiben und Rubbellose. Sie bekamen weder Rechnungen noch persönliche Briefe. Sie schienen völlig von der Hoffnung zu leben und beschäftigten die Post mehr als ein solider deutscher Haushalt.

Weit entfernt hörte ich das Telefon klingeln. Es passierte wie automatisch, daß meine Hand schnell den Stapel Post nahm. Es war ein riesiger Stapel, so daß sich ein silberner Brieföffner tatsächlich lohnte. Feinste Papierauswahl an Prof. Dr. Waldenburg, Dr. Waldenburg, Frau Prof. Waldenburg. Herr und Frau Waldenburg. Oje, da hatte jemand den Titel vergessen. Und am Ende kam die Liste ins Stocken. Denn ich stieß unvermutet auf einen dicken Umschlag. Er war an Ewa gerichtet. Ewa Molenda. Graubraunes Papier, ohne Umweltzeichen recycelt, vermutlich aus Toilettenpapier. Vor zwei Wochen in Warschau abgestempelt.

Plötzlich stand Marlene in der Tür. Sie war schneeweiß. Ich fragte mich, wo ihr Make-up hingekommen war. Und bevor sie etwas sagte, handelte ich aus einem Reflex, einem Instinkt. Ich wollte den Brief vor Ron lesen. Wer keine Ahnung vom Rechtssystem hat, weiß nichts von Beweismitteln. Ich schob den Umschlag wie beiläufig unter den weiten Ärmel des Bademantels.

Aber Marlene war viel zu aufgeregt, als daß sie etwas bemerkt hätte.

»Das war Kornelius ...« Ihre Stimme hatte die gewohnte Energie verloren.

»Ist er schon gelandet?«

Marlene schüttelte den Kopf. »Er ist nicht mehr am Flughafen ...«

»Hat Dr. Dymoff ihn gleich zum Institut gefahren?«

»Nein.« Marlene schüttelte wieder den Kopf, doch nicht um ihr Nein zu unterstreichen, sondern weil sie offensichtlich nicht glauben konnte, was sie mir jetzt zu sagen hatte. »Die Kriminalpolizei hat ihn und Prof. Thorwald am Flughafen abgeholt, sie sind jetzt auf dem Präsidium. Er hat etwas erzählt von Mordverdacht. *Mordverdacht ...*«, flüsterte sie noch einmal.

O nein! dachte ich. Warum war ich im Gespräch mit Marlene die ganze Zeit über so vorsichtig gewesen, wenn die Kripo die Holzhammermethode anwendete? Hätte ich Marlene die Wahrheit erzählt, dann wäre sie wenigstens darauf vorbereitet gewesen, daß ihr Mann in zwei Morde verwickelt war. Man sollte wirklich immer nach seinem eigenen Gefühl handeln.

Ich stand auf und nahm Marlene in den Arm. »Das kann nur ein Versehen sein. Sie wollen ihm sicher nur ein paar Fragen stellen.«

»Meinst du, ich sollte unseren Anwalt anrufen?« fragte sie verzweifelt.

24

Ich konnte Marlene einigermaßen beruhigen. Versicherte ihr, Kornelius würde nur als Zeuge vernommen. Ron sei da. Ihm könne sie vertrauen. Immerhin konnte ich so verhindern, daß sie einen Koffer mit Gefängniswäsche zusammenpackte. Aber ins Präsidium zu fahren, davon konnte ich Marlene nicht abhalten. Gott sei Dank bestand sie nicht darauf, daß ich mit ihr kam.

Ich radelte also heimwärts. Marlene hatte meine Kleider gewaschen und in den Trockner geworfen. Sie rochen wie ihre Körperlotion *So pretty!* Und immer noch trug ich ihre Spitzenwäsche am Leib, ein Gefühl, als hätte ich gar nichts unter meinen Jeans.

Zu Hause hörte ich zunächst den Anrufbeantworter ab. Constanze hatte pünktlich dreimal hintereinander angerufen, um 11 Uhr, um 12 Uhr und um 13 Uhr. Das letzte Mal hatte sie nur noch in den Hörer gerufen: »Wenn du nicht sofort abnimmst, muß ich davon ausgehen, daß du nicht zu Hause bist. Das bedeutet, daß du deinen Verpflichtungen nicht nachkommst. Ich werde dich heute abend persönlich aufsuchen, und dann will ich Ergebnisse sehen. Solltest du keine haben, bist du draußen.«

»Nachricht Nummer 4«, hörte ich den blechernen Tonfall des Anrufbeantworters. Es war Ron, der etwas von einem dritten Mann rief. Welcher dritte Mann? Der Rest ging im Rauschen seines Handys unter.

Ich schaute auf meine Armbanduhr. Es war halb zwei. Noch ungefähr vier Stunden Zeit, dann würde Constanze hier aufkreuzen. Es war Zeit zu arbeiten. Ich wollte diesen Job nicht verlieren. Aber da war noch der Brief. Ewas Brief. Ich setzte mich an den Schreibtisch und öffnete den Umschlag vorsichtig. Zwar hatte ich Beweismittel entwendet, aber keiner sollte mir vorwerfen, ich hätte sie zerstört. Ich zog die Papiere heraus. Ein Blatt fiel herunter, und in der Hand hielt ich ... ich schaute zweimal hin ... ein Flugticket. Ein Ticket Frankfurt – New York für Ewa Molenda für den 23. Dezember. Moment!

Hatte Marlene nicht erzählt, daß Ewa geplant hatte, über Weihnachten zu ihren Eltern zu fahren und Silvester wieder zurück zu sein? Das Ticket war in einem Reisebüro in Warschau ausgestellt und ohne Rückflug gebucht.

Ich hob den Zettel auf, der auf den Boden gefallen war. Eine große, ausdrucksvolle Schrift, die ich schon einmal gesehen hatte. Die Frage war nur, wo? Aber es würde mir schon wieder einfallen.

Kochana Ewa,

und immer so weiter auf polnisch in diesem vertraulich-dramatischen Ton, fast ein bißchen so, wie mein Vater manchmal mit mir gesprochen hatte. *Kocham cię, całuję cię*, ich liebe dich, ich küsse dich, hatte er jede Postkarte unterschrieben.

Satz für Satz übersetzte ich den kurzen Brief.

Liebe ... konnte es auch heißen *geliebte*? ... *Ewa,*

endlich ist es soweit. Nur noch wenige Wochen, und wir haben unser Ziel erreicht. Früher, als wir dachten. Das Angebot aus New York übertrifft alle meine Erwartungen. Aber wir werden sehen, welche Hoffnung Frankfurt bringt. Das Flugticket wird rechtzeitig kommen. Marek schickt es dir, und Weihnachten verbringen wir zusammen. In New York. Broadway, Freiheitsstatue, Carnegie Hall. Nur noch wenige Tage, und wir werden uns wiedersehen. Kocham cię, całuję cię. R.

Hatte Ewa noch mehr Briefe erhalten? Danach hatte ich Marlene nicht gefragt. Aber Marlene hatte auch behauptet, daß Ewa nie telefonierte, und doch gab es eine Verbindung zu dem Hotelzimmer von Roman Rymut. Der Brief war mit R. unterschrieben.

Die Packung Antibabypillen in ihrem Badezimmer fiel mir ein. Vielleicht sollte ich auch einmal wieder zum Frauenarzt … Meine Herzgegend zog sich vor Neid zusammen. Ob ich jemals von Ron so eine liebevolle Notiz finden würde? *Liebe, geliebte Berit, bald werden wir uns wiedersehen.* Doch es ist falsch, sich Hoffnungen zu machen, die nie erfüllt werden können. Jemand, der ins Telefon rief: *Ich hole dich zum Abendessen ab* und einen im Traum beschimpfte, wäre nie fähig zu schreiben: *Ich liebe dich, ich küsse dich.* Außerdem ist es immer wieder eine Enttäuschung, eine Sprache zu sprechen, in der *ich liebe dich* klingt wie: *Bitte sprechen sie nach dem Pfeifton.*

Vor mir lag Arbeit. Auf Seite 67 wartete ein Hecht *Esox lucius* im Embryostadium. Frustriert legte ich den Brief und das Ticket zur Seite. Ich mußte beides zu Marlene zurückschmuggeln. Es irgendwo hinlegen, wo es hinuntergerutscht sein konnte. Und ich nahm eiskalt in Kauf, daß Kornelius und Marlene sich dann gegenseitig verdächtigten, fremde Post geöffnet zu haben.

Kornelius würde zu Marlene sagen: Du mußt dich wohl in alles einmischen, und Marlene würde ihm vorwerfen, unter Mordverdacht zu stehen. Warum kam ich darauf, daß dieser Brief einen Streit zwischen den beiden entfachen könnte? Sie waren Philemon und Baucis. Sie stritten nie in meiner Gegenwart.

Ich seufzte. O Gott, würde ich jetzt auch noch beginnen, mit mir selbst zu sprechen? Dann holte ich meine Skizzen hervor. Sieben Entwicklungsstufen vom Augenpunktstadium bis zum voll ausgebildeten Fischkörper mußten illustriert werden.

Der Fischembryo lag in einer durchsichtigen Hülle, und durch diese Hülle sah man in seine schwarz pigmentierten, vergrößerten Augen. Ich identifizierte mich angesichts der Drohung Constanzes, irgendwann hier aufzukreuzen, so weit mit meinen Bildern, daß es mir vorkam, als hätte ich mich ähnlich entwickelt. Aus einem Paar übergroßer Augen war mein Körper hervorgegangen.

Aus dieser Arbeit riß mich gegen 18 Uhr die Türklingel. Ich öffnete Constanze, die sich mit einem ledernen Pilotenkoffer die Treppe hoch zu meiner Wohnung schaffte. Ihre grauen Haare waren so kurz und mit so viel Haarspray und Gel behandelt, daß der Regen ihnen nichts anhaben konnte. Sie waren immun gegen Nässe und Hitze. Sie trug eine Brille. Nicht weil sie schlecht sah, sondern weil sie fand, daß es intellektuell wirkte. Eine Lektorin müsse nach einer Augenkrankheit aussehen.

Constanze ließ sich auf mein ungemachtes Bett fallen und zog ihre schwarzen Stiefeletten unter dem silbergrauen Hosenanzug hervor, wie ein Zauberer ein Kaninchen aus dem Zylinder zaubert. Es fehlte nur noch die Krawatte, und man hätte Mühe gehabt, sie dem weiblichen Geschlecht zuzuordnen. Wenn nicht der dünne geflochtene Zopf im Nacken wie ein Rest Frau gewesen wäre. Er hing nutzlos an ihrem Rücken herunter wie der Wurmfortsatz im menschlichen Körper.

»Ich weiß gar nicht, warum ich das tue!«

Der typische Ausspruch aller Erfolgreichen.

»Warum renne ich deinen Bildern nach, wenn du vertraglich und rechtlich verpflichtet bist, sie mir rechtzeitig zu schicken.«

»Wir haben doch eine Verlängerung vereinbart«, erinnerte ich sie.

»Keine Verlängerung, sondern Teillieferungen. Und wo ist die heutige Lieferung?«

Constanze streckte die Hand aus, als sollte ich ihr mein Arbeitsergebnis bar auszahlen.

Ich hatte die Zeichnungen der letzten beiden Tage bereits sorgfältig unter dem Anschein von Professionalität in Mappen verpackt und holte diese nun vom Schreibtisch.

»Hast du einen Konkurrenzauftrag und kommst deswegen nicht voran? So geht das nicht! Das war dein letzter Job bei mir!«

Constanzes Stimme, die sonst in seufzendem Tonfall ihr Schicksal, das sie an mich kettete, ergeben hinnahm, war plötzlich scharf und schneidend.

Ich drehte mich erschrocken um. »Was ist los?«

»Hier!« Sie zeigte auf die Wand gegenüber. »Für wen machst du diese Zeichnungen? DuMont oder was?«

Im ersten Moment wußte ich gar nicht, wovon sie sprach, bis mein Blick auf Ewas Bilder fiel.

Constanze stand auf. »Du kannst die Fische vergessen. Ich suche mir jemand anderen.«

»Quatsch. Als ob ich Zeit für etwas anderes als deine Fische hätte. Seit Monaten nur Schuppen, Schwimmblasen, Larven, Dottersäcke. Mein Gott, sogar Klospülung reparieren hätte ich in den Wochen dieser Arbeit vorgezogen. Ich hatte wirklich keine Zeit, andere Aufträge anzunehmen. Die Zeichnungen gehören mir nicht. Ich habe sie gefunden.«

Constanze zögerte kurz. Aber der letzte Satz hatte sie neugierig gemacht. »Seit wann interessierst du dich für Architektur. Hast du sie vom Flohmarkt?«

»Nein, aus dem Zimmer einer Toten.« Es tat mir richtig gut, einmal gegenüber einer Unbeteiligten die Wahrheit auszusprechen. Jemandem, der nichts Böses erwartete, mit giftigen Worten einen Schock zu verpassen.

»Du hast sie geerbt?« Constanze verstand offensichtlich nichts.

»Nein«, fast schrie ich sie an, »vielleicht wurde jemand wegen dieser Zeichnungen ermordet.«

Meine Mutter hätte jetzt den Kopf geschüttelt angesichts meiner unbeherrschten Phantasien.

»Wovon sprichst du überhaupt?« Constanze rückte ein bißchen zur Seite, um mir auf dem Bett Platz zu machen. Ich setzte mich neben sie und erzählte ihr alles. Na ja, alles bis auf die Tatsache, daß ich verliebt war. Das einzige, was sie die ganze Zeit sagte, war: »Du meine Güte.« Und damit nahm sie der Angelegenheit etwas von der Dramatik. Sie sagte es so, wie wenn man einen Horrorfilm sieht, in dem schleimige Zombies kleine Kinder aufsaugen, und man nur denkt: Was für eine schlechte Kameraführung.

Ich schloß meinen Bericht mit der Rechtfertigung, daß ich immer noch nicht wüßte, in welcher Technik die Zeichnungen eigentlich gemacht seien, und so etwas machte mich immer gereizt und nervös.

Das verstand Constanze. Zwar behauptete sie immer, selbst keinen geraden Strich ziehen zu können, aber dafür verstand sie von Zeichnungen und Kunst eine ganze Menge. »Laß mal sehen.« Sie nahm eine Zeichnung nach der anderen in die Hand und prüfte sie unter dem Mikroskop.

»Natürlich ist das kein Siebdruck. Das merkt man schon am Papier, und außerdem wurde nicht mit Schablonen gearbeitet, sonst wären die Konturen unschärfer, und man würde verschiedene Schichten und Arbeitsschritte unterscheiden können.«

»Aber was ist es dann?«

»Ganz einfach«, meinte Constanze, und fast hätte sie den Zeigefinger gehoben. »Wenn du dich, wie ich dir schon seit einem Jahr empfehle, mit Computertechnik beschäftigt hättest, dann wüßtest du, daß diese Zeichnungen einfach mit einem Tintenstrahldrucker gedruckt wurden. Das ist offensichtlich. Schau dir das Papier an, die Farben.«

Das war alles? Und deswegen machte ich mir solche Gedanken?

»Aber...«, Constanze erhöhte die Spannung, indem sie mit einem drehbaren Bleistift, den sie aus der Innentasche ihres Blazers zog, auf die Kuppel des Glockenturms deutete, »schau! Ein Tintenstrahldrucker ist ein Matrixdrucker, der kleine Düsen hat, aus denen er Farbtröpfchen auf das Papier preßt. Diese Tröpfchen haben normalerweise alle dieselbe Größe und Form. Wenn du jedoch hier vergleichst, ist es auffallend, daß die Farbkleckse unterschiedlich groß sind. Siehst du?«

Sie malte einen Kreis auf das Papier.

Ich schaute durch das Mikroskop. Constanze hatte recht. Die Feinstuktur der Zeichnung wirkte ausgesprochen unruhig, und wenn man genau hinschaute, waren vier unterschiedliche Punktgrößen zu erkennen.

Constanzes Stimme klang nun völlig geschäftsmäßig, als sie sagte: »Wenn es dir weiterhilft, dann können wir das Bild einscannen. Wir vergrößern es. Dann wissen wir mehr.«

»Wann?«

»Meinetwegen jetzt gleich. Dann kann ich deine Zeichnungen auch sofort in die technische Abteilung bringen, damit die morgen früh gleich etwas zu tun haben.«

»Laß uns gehen.«

Constanze nahm meine Mappe und ich den Glockenturm der Marienkirche, und gemeinsam verließen wir meine Wohnung.

Im Feierabendverkehr brauchten wir eine Stunde durch die Stadt. Überall rote Ampeln, Stau, Auffahrunfall im Westend und immer dieser Regen, der alles, was außerhalb des Autos lag, seltsam aufweichte und schwammig machte. Constanze genoß es offensichtlich, daß diesmal *sie* die Gelegenheit hatte, *meine* Geduld zu strapazieren. Und sie hörte nicht auf, mir Fragen zu stellen.

»Du siehst irgendwie anders aus«, fing sie an, »sind deine Haare gewachsen?«

»Jeden Tag, stell dir vor.«

»Dann muß es an etwas anderem liegen. Bist du vielleicht verliebt?« fragte sie mehr scherzhaft.

Ich schwieg.

»Wenn ich nicht wüßte«, ließ sie nicht locker, »daß du keine Zeit dazu hast, dann wäre ich sicher, daß du verliebt bist. Du hast so ein ständiges Lächeln nach innen.«

Ich weiß nicht, ob ich nach außen hin rot wurde, aber innen liefen alle Blutströme in einer Bahn zusammen, die direkt zum Gesicht führte. Mir wurde heiß.

»Ha, du bist verliebt!« schrie Constanze auf, um dann entrüstet hinzuzusetzen: »Hättest du nicht warten können, bis die Zeichnungen fertig sind?«

Als wir im Verlag ankamen, war ich das reinste Nervenbündel. Und hier führte sie mich erst einmal genüßlich durch die verschiedenen Abteilungen. »Denn wenn du bald anfängst, mit Grafikprogrammen zu arbeiten, schadet es dir nicht, gleich deinen neuen Arbeitsplatz anzuschauen. Du wirst es dir ja wohl kaum leisten können, dir eigene Geräte anzuschaffen.«

Ich hatte das Gefühl, bei dem Ganzen handelte es sich vielmehr um ein Labor als um einen Verlag. Überall weiße Möbel, hellgraue Computer, Drucker, Kopierer, weiße Telefone, weiße Wände. Graue Teppichfliesen. Natürlich, hier wurden Sätze seziert und Buchstaben auf ihre Evolutionstauglichkeit geprüft. Solche Arbeit erfordert eine sterile Umgebung.

Endlich waren wir in Constanzes Büro. Ich atmete erleichtert auf. Constanze ließ sich in den grauen Lederdrehstuhl fallen, der sich dabei locker nach hinten bog. Tatsächlich, jeder, sogar der letzte Stuhl gab nach, wenn Constanze ihm zusetzte. Dann schaltete sie lässig alle Geräte an, die um einen großen Bildschirm drapiert waren. Es dauerte eine Weile, bis sie in Schwung kamen.

»Gib her.« Constanze streckte mir die Hand entgegen.

Ich reichte ihr das Bild. Sie hob die Klappe des Scanners hoch und legte es darunter. Dann drückte sie einige Tastenkombinationen, die ich nicht nachvollziehen konnte, und mit einem Zucken und stoßweisen Brummen begann der Scanner den Glockenturm einzusaugen. Nach und nach entstand das Bild auf dem Bildschirm vor uns. Constanze veränderte die Ansicht. Wie im Zeitraffer wurde der Glockenturm breiter und höher, bis er über den Bildschirmrand hinauswuchs. Constanze fuhr mit einer Lupe über das Bild und klickte eine Stelle unter dem Fenster an, deren Farbton etwas intensiver war als die Umgebung. Vergrößertes Mauerwerk breitete sich aus. Und nach einem weiteren Klicken löste sich ein roter Ziegel auf in eine Fläche aus Punkten. Ein weiteres Klicken, und man hatte das Gefühl, man blicke durch ein feinmaschiges Sieb mit unterschiedlich großen Löchern. Erst wirkte das Muster zufällig. Aber Constanze macht eine Ausschnittsvergrößerung nach der anderen. Ich schrumpfte zurück in das Augenpunktstadium als Embryo. Meine Augen wuchsen und vergrößerten das Muster, bis ich deutlich vier verschiedene Punktgrößen und Formen unterscheiden konnte. Sie wechselten sich zeilenweise ab nach einem Schema, das wahllos schien, sich aber dennoch immer wiederholte. Das Reich der Punkte ist unbegrenzt. Zitat Kandinsky. Also, eines war klar, um ein Morsealphabet konnte es sich nicht handeln. Da gab es nur kurz oder lang.

»Tja«, meinte Constanze, »einen Tintenstrahldrucker, der vier unterschiedliche Düsengrößen verwendet, habe ich noch nie gesehen. Mal hören, was unsere Techniker morgen dazu sagen.«

»Was meinst du?« Ich hatte keine Lust, bis morgen zu warten. »Steht dahinter ein Schema, ein Plan, eine Absicht?«

»Hinter jedem Bild steht ein Plan. Bei diesem hier eben ein besonders feinmaschiger.«

Constanze hatte recht. So einfach war das. Kein Bild entsteht zufällig. Immer liegt ein Ziel, eine Absicht darin verborgen, ob bewußt oder unbewußt. Ob es sich um eine Kinderzeichnung, ein klassisches Stilleben, eine Karikatur oder ein Plakat handelt. In diesem Sinne hatte ich von Anfang an recht behalten, und Ron hatte unrecht. Wieso war ich mir so sicher?

Weil ich mich dran erinnerte, was ich gelernt hatte. Kandinskys Versuche, gewohnte Formen in eine ungewohnte Umgebung zu stellen.

Der berühmte Kinosatz, mit dem unser Professor für Kunsttheorie versucht hatte, auch dem Begriffstutzigsten von uns die künstlerische Absicht Kandinskys zu vermitteln.

Heute gehe ich ins Kino. Punkt!

Oder:

Heute gehe. Punkt! Ich ins Kino.

Und, so der Professor, *Kandinsky stellte sich die Frage, ist dieser Punkt im zweiten Satz ein Druckfehler oder eine uns noch rätselhafte Absicht?*

Waren die Zeichnungen, die wir in Ewas Cellokasten gefunden hatten, druckmechanisch gesehen fehlerhaft, oder verbargen sie eine Aussage?

Ich glaube, was mich an diesen Gedanken reizte, war Kandinskys Aussage zum Thema Künstler: *Das offene Auge und das offene Ohr führen die geringsten Erschütterungen zu großen Erlebnissen. Man macht Entdeckungen im »Alltäglichen«, und die sonst stumme Umgebung fängt an, eine immer deutlichere Sprache zu sprechen. So werden die toten Zeichen zu lebenden Symbolen, und so wird das Tote lebendig.*

Ich hatte das Gefühl, diese Theorie könnte mir helfen, Ewas Tod aufzuklären.

Und jetzt wußte ich auch wieder, woher ich die Schrift auf dem Brief an Ewa kannte. Von der Rückseite der Zeichnungen.

25

Mit meinen Zeichnungen und einer Diskette machte ich mich auf den Rückweg vom Verlag zu mir nach Hause. Es war Anfang Dezember und kurz vor 20 Uhr. Nur wenige Menschen waren zu Fuß unterwegs. Dafür drängten sich auf der Straße die Autos hintereinander. Ich lief und schaute mir die Auslage eines Schuhgeschäftes an, das ausschließlich mit wachsroten und tannengrünen Schuhen, Strümpfen und Schnürsenkeln dekoriert war. Merry Christmas in Mainhattan. Dabei fiel mir Rons Nachricht wieder ein. Er hatte etwas vom dritten Mann erzählt, der Rest war im Rauschen untergegangen. Seltsam, welche wahllosen Verbindungen unser Gehirn manchmal knüpft. Das muß an der Reizüberflutung in unserer Gesellschaft liegen. Schon rein statistisch gesehen muß das zu Fehlverbindungen führen …

Die Berger Straße war bei diesem Wetter menschenleer bis auf eine türkische Hausfrau, die, von der Innenstadt kommend, zwei schwere Einkaufstüten schleppte. Ihre Beine waren geschwollen wie die klobigen Füße eines Polstersessels. Aus den Taschen schaute das Grün mehrerer Lauchstengel und Spinatblätter. Ein Stück Plastikfolie hatte sich von einem Brokkolikopf gelöst und flatterte um ihren weiten Mantel. Der praktisch war, weil man darunter mehrere Röcke und Kleider übereinander tragen konnte.

Bis der Regen sich durch diese vielen Schichten Kleidung gearbeitet hatte, würde es eine Weile dauern.

Ich blickte ihr nach, und dabei fiel mir das Gehen genauso schwer wie ihr. Ich trug zwar keine Plastiktüten, aber auf mir lastete das Gewicht zweier ungeklärter Morde ... Und plötzlich wußte ich, wer der dritte Mann war. Auch wenn ich Rons Nachricht nicht verstanden hatte. Aber es war klar, und mich wunderte, daß ich nicht gleich darauf gekommen war. Der dritte Mann mußte Dr. Dymoff sein. Denn er war bei dem Essen bei Marlene auch nicht dagewesen. Und Paul konnte ihn auch deshalb nicht identifiziert haben, weil ich nicht mehr dazu gekommen war, eine Zeichnung von ihm zu machen. Hinter mir hörte ich ein Auto bremsen und dann hupen. Die türkische Frau verschwand mit ihrer grünen Oase als Fata Morgana in einem grauen Hauseingang.

Ich dachte an Dymoffs Frau mit dem Schwangerschaftsbauch unter dem grünen Gewand, von dem man nicht genau wußte, ob es ihr Negligé oder ihr Abendkleid war. Und der Idiot hörte nicht auf zu hupen.

Wenn in Büchern stand, der Regen dämpfte alle Geräusche, dann mußte das gelogen sein. Das Hupen wurde immer aufdringlicher, es klang wie eine Warnung im Kopf, als ginge in meinem Hirn eine Sirene los. Dr. Dymoff schien sich im Westen gut etabliert zu haben. Er hatte hier eine Frau gefunden, Zwillinge gezeugt, und vermutlich würde er demnächst Apfelbäume pflanzen.

Der Grund, warum ich Dr. Dymoff nicht gezeichnet hatte, war nicht nur der gewesen, daß Ewa mich dabei unterbrochen hatte, um mich zu bitten, ihr Cello aufzubewahren. Ich hatte dieses Bild unbewußt hinausgeschoben. Das Gefühl, ihn zeichnen zu müssen, ließ plötzlich die Kälte durch meinen Körper schnellen wie einen Stromstoß. Dymoff war die Graue Eminenz. Er war überall, aber immer im Hintergrund. Aber warum auch nicht? Nicht jeder war ein Typ wie Thorwald, der immer der Erste sein, immer oben schwimmen wollte, die Leitung an sich riß, ob in der Kleidung, im Reden schwingen oder mit dem wissenschaftlichen Erfolg. Aber er war auch nicht wie Kornelius ein wissenschaftlicher Korinthenkacker. Welche Rolle aber hatte er dann im Institut? Ich hatte mir nie über die Struktur des Institutes Gedanken gemacht. Das war dasselbe, wie eine Aktzeichnung zu machen und die Anatomie des Menschen nicht zu kennen. Das Bild konnte dann nur schwammig werden, knochenlos. Fleisch ohne Knochen ist genauso schlimm wie unterernährt. Das hatte ich oft genug im Anatomiekurs gehört.

Es war gegen 20 Uhr 30, als ich zu Hause ankam. Ich versuchte Ron erst zu Hause, dann im Büro zu erreichen. Schließlich meldete er sich per Handy.

»Der dritte Mann ist Dymoff!« sagte ich zur Begrüßung.

»Das habe ich dir doch schon auf den Anrufbeantworter gesprochen.«

»War leider nicht zu verstehen. Gibt es sonst etwas Neues?«

»Tja. Wir, das heißt, Henri steht wieder am Anfang.«

Irrte ich mich, oder war da ein bißchen Schadenfreude herauszuhören? »Wieso?«

»Kowalski war bereits abgereist, als Ewa erschossen wurde.«

»Aber wieso? Sie wurde doch in seinem Zimmer getötet?«

»Ja, aber er saß nachweislich im Flieger nach Warschau. Deshalb wurde er auch vermißt. Er ist nicht nach Hause zurückgeflogen, sondern nach Warschau. Und heute, als er in Danzig ankam, hat ihn die Miliz drüben bereits erwartet. Er wußte nichts von Ewas Tod, und jetzt schweigt er erst einmal.«

»Aber wer war dann in ihrem Zimmer?«

»Das ist die Frage.«

»Und wieso war das Zimmer dann laut Hotel noch von ihm belegt?«

»Er ist abgeflogen, ohne auszuchecken.«

»Wieso das?«

»Keine Ahnung.«

»Jemand muß aber doch die Hotelrechnung bezahlen.«

»Das Institut hatte das Zimmer reserviert.«

Ich hatte gleich gewußt, daß es nicht Kowalski gewesen sein konnte.

»Ich habe auch etwas herausgefunden.« Ich hoffte, der Triumph in meiner Stimme war nicht zu deutlich.

Am anderen Ende Schweigen. Ging das schon wieder los?

»Ewa hat einen Brief erhalten. Mit einem Flugticket. Sie wollte an Weihnachten nach New York. Mit einem Mann. Und hatte keine Absicht zurückzukommen. Kein Rückflug gebucht. Und Marlene hat doch erzählt, daß sie zu ihren Eltern wollte und Silvester wieder zurück sein würde. Wie findest du das?«

»Woher weißt du das?«

»Ich war heute morgen bei Marlene. Übrigens müßte sie noch bei euch sein. Kornelius hat angerufen. Er und Thorwald wurden von euch am Flughafen abgeholt und direkt aufs Präsidium gebracht. Marlene war mit den Nerven total herunter!«

»Und das sagst du mir jetzt?«

»Ich dachte, du bist im Büro und weißt Bescheid!«

»Nichts weiß ich. Die haben mir einen Fall aufgedrückt. Irgendein Idiot hat seinen ehemaligen Schwiegervater umgebracht! Und was ist das für ein Brief?«

»Marlene hat die Post gebracht, und da war ein Brief an Ewa dabei. Den habe ich mitgenommen ...« O Scheiße! *Si tacuisses – hättest du geschwiegen* war außer *agricola arat – der Bauer pflügt* der einzige lateinische Satz, der sich in mein Gedächtnis eingebrannt hatte.

»Was hast du?«

Der Traum hatte die Realität vorweggenommen.

»Ich habe ihn mitgenommen. Was soll's!«

»Du kannst doch nicht einfach den Brief mitnehmen! Du hättest mich sofort anrufen müssen.«

»Ich rufe doch gerade an!«

»Wo ist der Brief jetzt?«

»In Sicherheit. Wie die Zeichnungen.«

»Diese verdammten Zeichnungen!«

»Diese verdammten Zeichnungen sind äußerst seltsam. Das kannst du mir glauben. Und meiner Meinung nach sind sie wichtigeres Beweismaterial als dieser Brief oder das Flugticket. Na und, Ewa wollte nach New York. Das wußten wir schließlich schon vorher.«

»Du hast doch keine Ahnung! Wie willst du beurteilen, was wichtig ist?«

»Ich weiß es«, sagte ich mit ruhiger Stimme und mehr Selbstbewußtsein, als ich empfand.

»Nichts weißt du.«

Es war ein vernichtender Satz. Vielleicht hätte ich ihn vor zwei Wochen noch geglaubt. Wenn man in einem Aquarium sitzt, sieht man die Wirklichkeit vermutlich wirklich nur verschwommen. Aber das war vorbei.

»Weißt du, was du bist?« Ich legte eine Kunstpause ein. »Du bist ein arrogantes Arschloch. Und ein konservativer, stinknormaler Bürger, gekoppelt mit lebenslangem Beamtentum.«

Man sollte seine Träume öfter verwirklichen. Und dann legte ich auf. Bevor er die Antwort geben konnte, die ich für ihn vorbereitet hatte.

Ich atmete tief durch und versuchte zu akzeptieren, womit ich mich jetzt abfinden mußte. Nicht nur mit einer harmlosen Funkstille, sondern einer toten Leitung, die ich soeben durchgeschnitten hatte.

Jetzt war mir alles egal. Ich würde die Sache durchziehen. Auf meine Weise.

Ich nahm ein Taxi. Das Institut lag in einem Gewerbegebiet, das nachts wie leer gefegt ist. Die Straßenbeleuchtung war schwach. Vermutlich wurde hier in zwei Schichten gelebt, tagsüber arbeitende Menschen, nachts Fixer, Penner und Ratten. Für die genügten die schwächsten Wattzahlen. Aber es hatte wenigstens aufgehört zu regnen.

Das Gebäude, in dem sich das Institut befand, war alt. Ich sah, daß einige Fenster im ersten Stock beleuchtet waren. Was würde ich sagen? Zu wem wollte ich, wenn man mich fragte? Ich hatte keine Ahnung. Alles kam jetzt darauf an, ob die Tür bereits verschlossen war oder nicht. Sie war es nicht. Ich trat in den Flur. Ein muffiger Geruch von Bürokratie und Wissen. Es war dunkel. Ich konnte keinen Lichtschalter erkennen und holte mein Feuerzeug hervor. Neben einer breiten Steintreppe hing eine große Tafel, auf der die einzelnen Büros und Labors aufgelistet waren.

Ein dreieckiges Hinweisschild hing am Treppenaufgang. *Gentechnische Anlage. Sicherheitsstufe 2. Kein Zutritt für Unbefugte.*

Okay, in den Keller zu den Labors wollte ich schließlich nicht. Und überhaupt, es ist alles erlaubt, was nicht verboten ist.

Im Erdgeschoß befand sich die Bibliothek. Dymoffs Büro lag im ersten Stock und hatte die Zimmernummer I/124.

Ein Impuls hatte mich hergeführt. Und die Erkenntnis, daß es zu spät war, vernünftig zu handeln. Ich wollte Ordnung schaffen in meinem Leben. Eine Ordnung, die bedeutete, das Rätsel der Zeichnungen zu lösen, Ewas Tod aufzuklären und die Rolle, die sie in der Sache spielte, meine Beziehung zu Ron und das Fischelexikon zu beenden. Diese Reihenfolge würde Constanze zwar nicht gefallen, aber was soll's.

Ich ging die Treppe hoch in den ersten Stock. Mit einem flauen Gefühl im Magen. Kein Wunder. Ich hatte wieder einmal nicht viel gegessen. Der Lichtschein von oben aus dem erleuchteten Flur reichte aus, daß ich jeweils die nächste Stufe vor mir sah. Geräusche waren keine zu hören. Ich übte bereits in Gedanken, wie ich meine Anwesenheit erklären konnte. *Was, Kornelius ist nicht mehr hier? Dann muß ich wohl unseren Termin verwechselt haben.*

Im ersten Stock angekommen, stand ich am Anfang eines langen Flurs. Er war leer. Das Licht fiel grell aus Neonröhren auf mich wie bei einem Verhör. Ich wußte nicht, ob ich den Fragen standhalten würde. Ordentlich lagen die Büros der Rangordnung entsprechend aufgereiht. Hinter mir die Toiletten und eine Teeküche, vor mir vier Türen auf jeder Seite. Die erste Tür links, *Sekretariat: Denise Appollinaire.*

Kein Laut war zu hören. Hinter den Türen war es dunkel, bis auf die ersten beiden Türen rechts. Unter denen ein Lichtschimmer hervorleuchtete. Ich schaute auf das Schild: *Helena Mönch.* Die verkorkste Doktorandin. Unwilllkürlich begann ich zu schleichen. Wenn ich mich so auffällig benahm, würden alle meine Ausreden nichts nützen. Aber schließlich war nirgends ein Verbotsschild *Für Unbefugte verboten*, und die Haustür war offen. Also war ich im Recht oder zumindest nicht im Unrecht. Nach ihrem Zimmer das von Ulf Uhrbrock. Auch bei ihm Licht, sonst war es dunkel. Die Doktoranden waren die einzigen, die hier noch arbeiteten. Dann eine Tür ohne Schild, und am Ende des Flurs: *Kornelius Walden-*

burg. Wissenschaftliche Leitung. Ich drückte spontan den Türdrücker nach unten. Verschlossen. Ich ging auf die andere Seite. *Prof. Dr. Rudhardt Thorwald, Geschäftsführer.* Die Tür davor wieder ohne Schild, und dann: *Dr. Dymoff, Technical Assistant.* Das Zimmer neben dem Sekretariat. Natürlich war auch diese Tür verschlossen. Oder was hatte ich mir gedacht?

Ich hörte aus dem Zimmer von Helena Mönch ein Geräusch, und ohne zu überlegen, flüchtete ich mich in die Toilette. Es brannte kein Licht, aber ich schloß die Augen und hoffte, daß man mich dann nicht sehen würde. Jeden Moment erwartete ich, daß sie hereinkommen würde. Ihre Schritte kamen näher. Ich könnte höchstens über die Trennwand klettern, dann würde ich bei den Männern landen und lief Gefahr, daß Ulf Uhrbrock hereinkam.

Dann ging eine andere Tür auf, und ich hörte Ulf Uhrbrocks schleimige Stimme in seinem langgezogenen, jammernden Tonfall: »Helena, kochst du Tee?«

»Ja.« Helenas Antwort hatte einen leicht genervten Unterton, den ich gut verstehen konnte.

»Ich mag aber nur grünen.« Wieder Ulf Uhrbrocks Jammern.

Helena antwortete nicht, aber ich konnte einen Seufzer aus der Teeküche hören und hoffte, daß sie noch nicht so viel Tee getrunken hatte, daß sie die Toilette aufsuchen mußte. Sie räumte in der Küche herum, ich hörte Wasser laufen und Geschirr klappern. Dann Schritte auf den Flur hinaus. Ich hielt den Atem an.

Doch sie ging an der Toilette vorbei und öffnete eine andere Tür. Ich versuchte zu erraten, welche es sein konnte. Ging sie in ihr Zimmer zurück? Nein, es waren nur wenige Schritte zu hören, als ginge sie nur kurz auf die andere Seite des Flurs. Gleich darauf war sie zurück. Es dauerte ewig, bis das Wasser kochte, bis sie den Tee übergossen hatte, bis er richtig gezogen hatte und sie endlich die Küche verließ. Und die ganze Zeit mußte ich damit rechnen, daß sie hereinkam. Doch plötzlich war Stille. Ich hörte nur noch von weitem, wie Helena sich mit Ulf Uhrbrock unterhielt.

Ich atmete tief durch und schlich wieder hinaus auf den Flur. Mist. Sie hatte das Licht ausgemacht. Der ganze Flur war dunkel. In welches Zimmer war Helena gegangen? Zum Glück hatte ich

Turnschuhe an. Sie waren auf dem Steinboden nicht zu hören. Ich kam an die erste Tür und tastete sie ab. Sie ging tatsächlich auf. Es mußte das Sekretariat sein. Die Tür knarrte ein bißchen, als ich sie von innen wieder schloß. Das Zimmer lag zur Straßenseite, und das Licht der Laternen draußen war gerade so stark, daß ich nicht Angst haben mußte, über einen Stuhl zu stolpern. Rechts eine hohe Regalwand, Aktenordner und Bücher. Dazwischen eine Tür. Um etwas zu finden, war es allerdings zu dunkel. Ganz abgesehen davon, daß ich immer noch nicht wußte, was ich eigentlich suchte. Und die Ablage von Denise Appollinaire interessierte mich sowieso nicht. Dennoch ging ich an den Regalen vorbei. Frau Appollinaire war gut sortiert. Ein Regalbrett *Auftragsabwicklung*, darunter *Buchhaltung*, *BAT*, *Chemische Industrie*, *Dienstpläne*, *EG-Förderung*, *Forschungsgelder usw.* bis hin zu *Reisekostenabrechnung*, *Staatliche Förderung*, *Universitäten.* Ich hatte das Gefühl, hier lagerte Material, das durchaus hilfreich sein konnte, um die Sache mit Roman Rymut zu klären, die Zusammenarbeit mit Jacek Kowalski oder die Rolle von Dr. Dymoff. Ein gewisses Hochgefühl überkam mich. Der Polizeiapparat war einfach zu unflexibel. Die Genehmigungen für eine Durchsuchung dauerten zu lange. Wieder einmal war ich froh, freiberuflich tätig zu sein, das war fast so etwas wie Freibeuter und Gesetzlose, eine Art Robin Hood. Ich zog den Aktenordner *Personal* hervor und führte mein Feuerzeug das Register abwärts, bis ich Dymoff fand. Ich schlug den Ordner auf. Personalbogen, Bewerbung, Gehaltserhöhungen.

Auf dem Flur Schritte. Ich hielt den Atem an und schaute um mich. In welche Ritze konnte ich flüchten? Und was jetzt kam, war das einzig wirklich Gesetzlose, was ich bisher unternommen hatte. Und hätten mich die Schritte nicht erschreckt, vor allem weil sie direkt auf das Sekretariat zukamen, wäre ich nie in Versuchung geraten. So aber nahm ich Dymoffs Unterlagen heraus, stellte den Ordner zurück, und im letzten Moment, bevor sich die Tür öffnete, verschwand ich durch die Tür in der Regalwand in ein anderes Büro. Mein Herz klopfte, und voller Schuldgefühle versuchte ich vergeblich, mein Vorgehen im Geiste vor Ron zu entschuldigen. Aber mir fiel ehrlich gesagt keine vernünftige Ausrede ein, außer Neugierde. Nein, nicht nur Neugierde, auch ein rudimentärer Sinn für Gerechtigkeit und der starke Wunsch, die ganze Geschichte möge so bald wie möglich geklärt sein, damit ich zur Ruhe kam und wieder ein normales Leben mit meinen Fischebildern führen konnte. Aber noch war mein Leben ziemlich in Unordnung. Was, fiel mir ein, wenn nun Helena Mönch und Ulf Uhrbrock nach Hause gingen? Das Sekretariat, das Gebäude abschließen würden, und ich saß hier bis morgen früh? Dann – so hatte ich das Gefühl – war mein Leben gelaufen. Mir blieb dann nichts anderes übrig, als aus dem Fenster zu springen.

Nachdem ich mich einigermaßen beruhigt und damit abgefunden hatte, daß mein Vorgehen mich alles, was ich erreicht hatte, kosten konnte, sah ich mich in dem Zimmer um, in dem ich gelandet war. Mir fiel ein, daß neben dem Sekretariat das Büro von Dr. Dymoff war. Auch hier führte rechts eine weitere Tür in das nächste Zimmer. Alle Büros auf einer Flurseite gingen also ineinander über. Ich konnte mich so bis vor zu Prof. Thorwald durcharbeiten, wenn ich Lust hatte.

Natürlich wußte ich auch hier nicht, was ich eigentlich suchte. Doch! Ich wollte wissen, wer Dr. Dymoff war, wo er sich befand und was er vorhatte.

Auch dieses Büro lag direkt unter einer Straßenlaterne. Wenn man ein Zimmer durchsuchen will, fängt man am besten beim Schreibtisch an. Er war ordentlich aufgeräumt. Jemand, der immer alles wegräumt, hat etwas zu verbergen. Auf dem Schreibtisch nichts als ein Locher, eine Schale mit einem Füller, einem Kugelschreiber, einem Drehbleistift, ein Notizblock und ... ein Terminkalender der Fa. Boehringer, Marke Weihnachtsgeschenk.

Ich blätterte ihn zurück. Schon auf den ersten Blick erkannte ich, daß Dr. Dymoff entweder nicht viel zu tun hatte oder es vermied, Beweise zu hinterlassen. Er benutzte nur Abkürzungen. Am Mittwoch, dem Tag vor Roman Rymuts Ermordung, stand nichts. Am Donnerstag war *Wbg. (*für Waldenburg?) durchgestrichen, und dafür stand dort: *20.00 Uhr Gbm.* (Gerbermühle?) mit folgenden Kürzel §!-?$. Er schien ein eigenes Notizsystem entwickelt zu haben. Freitags *Bsprg.*, am Mittwoch dann {J. K}, der Tag, an dem er Kowalski vom Flughafen abgeholt hatte, Donnerstag, diesmal nicht abgekürzt: *20.00 Uhr Institutsjubiläum Arabellahotel*, Freitag wieder *Bsprg.* und am Abend dann *J.K.*, wie auch am Samstag, hier mit mehreren Ausrufezeichen. Er hatte sich also mehrfach mit Jacek Kowalski getroffen. Auch ohne Kornelius und Thorwald, die ja am Wochenende in London gewesen waren. Ich hatte recht. Er hatte mit der Sache zu tun!

Dann nahm ich mir die oberste Schublade vor. Taschenrechner, Bleistiftminen Härtegrad 4 H, Briefmarken, Stadtplan. Nichts Außergewöhnliches. Auch nicht in den anderen Schubladen. Eine von außen betrachtet ordentliche, geordnete wissenschaftliche Existenz mit Fachzeitschriften, Kongreßberichten in den Regalen und Büchern und Akten zu verschrobenen Themen in Deutsch, Englisch, Russisch und Polnisch. Einladungen, Aufforderungen für Artikel usw.

Ich stellte mich ans Fenster und begann die Personalakte durchzublättern. 1945 in Wilna geboren, aufgewachsen in Königsberg, Studium in Moskau, wissenschaftlicher Assistent an der Lomonossov-Universität in Moskau, Austauschdozent in Warschau und zwar für... Jacek Kowalski. Das hieß, daß Jacek Kowalski in Moskau war und Dymoff dafür in Warschau. 1985 dann Gründung eines Institutes für genetische Versuche in Danzig in Kooperation mit Moskau und Warschau und 1988 Gastprofessor in Leipzig, 1990 Bewerbung am Institut Rhein-Main als wissenschaftlicher Assistent mit einem Habilitationsthema zum Thema »Agrargenetische Bewirtschaftung Mariner Systeme«.

Ganz schön schlau, wie er sich in den Westen vorgearbeitet hatte. Ich blickte zum Fenster hinaus. Die logische Konsequenz wäre nun der Aufbruch nach Amerika. Ich schaute auf die Uhr. Es war kurz vor 22 Uhr.

Auf dem dunkelbraunen Regal standen nur wenige Bücher. Daher fiel mir die riesige Matrjoschka ins Auge. Die Puppe in den Puppen. Ich gebe nur ungern zu, daß sie auf mich stets eine große Anziehungskraft ausübt. Sie hat eine geheimnisvolle Ausstrahlung. Wie Ewa, kam mir in den Sinn. Die Frau in der Frau in der

Frau. Tiefenpsychologisch bestimmt ein interessantes Stück Volkskunst. Ich konnte es nicht unterlassen, die einzelnen Puppen auseinanderzunehmen. Die erste ließ sich leicht öffnen. Vorsichtig nahm ich die zweite Puppe heraus und drehte an ihrem Kopf. Es quietschte fürchterlich. Etwas hatte sich verhakt. Vielleicht ein Stück Holz. Ich riß den Kopf nach oben und ... In der Puppe befand sich nicht noch ein weiteres, kleineres Exemplar, sondern ein zusammengerollter Umschlag. Ich nahm ihn heraus, zog den Gummi ab, und er sprang sofort wie eine Feder auseinander.

Im Flur hörte ich Ulf Uhrbrock und Helena Mönch miteinander reden. Gingen sie nach Hause? O nein! Ich hatte keine Lust, hier die Nacht zu verbringen oder noch Schlimmeres. Schnell setzte ich die Puppe wieder zusammen und packte den Umschlag in Dymoffs Akte.

Ulf Uhrbrock seufzte. »Ich gehe. Und du?«

»Gleich. Ich will nur noch den Bericht fertig schreiben. Morgen ist hier wieder die Hölle los. Seit dieser Pole im Main gefunden wurde, ist hier nur noch der Teufel los. Hast du Thorwald nicht herumbrüllen hören?«

»Wundert mich nicht. Schließlich wäre das ja Vertragsbruch gewesen. Ist doch ein tolles Arrangement. Polen forscht, Deutschland verdient. Die sollten dankbar sein, und was tun sie?«

»Was heißt hier Vertragsbruch. Sie sind doch die ganzen Jahre betrogen worden.«

Schweigen.

»Also, ich gehe dann.« Ich hörte, wie Ulf Uhrbrock die Tür zu seinem Büro abschloß. Seine Schritte knallten laut auf der Steintreppe. Er schien jedenfalls nichts zu verbergen zu haben. Dann fiel unten die Tür ins Schloß.

Ich überlegte, was ich tun sollte. Auf jeden Fall mußte ich versuchen, vor Helena Mönch das Gebäude zu verlassen. Ich hörte, wie sie ihren Computer abschaltete. Am liebsten wäre ich nun einfach aus dem Gebäude gerannt, die Treppe hinunter und zur Tür hinaus. Auf jeden Fall würden meine Turnschuhe nicht solchen Lärm machen wie die von Ulf Uhrbrock. Ich schlich zur Zimmertür, die Akte über Dymoff in der Hand, öffnete sie einen Spalt und wollte gerade ins Sekretariat schleichen, als ich hörte, wie dort die Tür geöffnet und der Lichtschalter gedrückt wurde. Ich sah den Lichtschimmer durch den Türspalt.

Scheiße. Helena Mönch war wieder in Denise Appollinaires Büro. Und ich konnte jeden Moment entdeckt werden. In meinem Kopf kreisten Sätze, die man in einem solchen Fall sagen konnte: *Ich habe mich in der Tür geirrt... Bin ich hier richtig? Ich wollte zu Kornelius, zu Kornelius, Kornelius... Verraten Sie mich nicht, verraten Sie mich nicht, mich nicht nicht nicht nicht...*

Doch so langsam hatte ich das Gefühl, daß ich gar keine Ausrede brauchte. Ich beobachtete, wie Helena im Schreibtisch von Frau Appollinaire wühlte. Und zwar in einer Art, die unverschämter war, als die, mit der ich Dr. Dymoffs Schreibtisch durchsucht hatte. Auf jeden Fall sah ich deutlich, daß sie nach etwas suchte. Und nun hatte sie es gefunden. Es war ein Schlüssel. Sie nahm ihn und ging zu einem Schrank, den ich nicht bemerkt hatte, weil er hinter dem dicken Vorhang vor der Fensterwand versteckt stand. Man wäre nie darauf gekommen, ihn dort zu vermuten. Sie schloß ihn auf und wühlte unsicher darin herum. Das Ganze wirkte so, als ob sie nicht genau wußte, wonach sie suchte, und ich war plötzlich ganz sicher, eine Konkurrentin entdeckt zu haben. Eine Konkurrentin dabei, Roman Rymuts und Ewas Mörder zu finden.

»Vielleicht kann ich Ihnen helfen?« sagte ich mit ruhiger Stimme und trat in das hell erleuchtete Zimmer. Erschrocken drehte sich Helena Mönch um und fragte mit weit aufgerissenen Augen, aus denen mich etwas begrüßte, was ich gut kannte: Schuldbewußtsein!

»Was suchen Sie hier?« Sie hatte sich schnell wieder im Griff.

»Genau dasselbe wollte ich Sie auch gerade fragen«, sagte ich und war dankbar dafür, daß ich mir von Zeit zu Zeit amerikanische Thriller anschaute und die besten Dialoge einübte, weil sie mir sinnvoller schienen als jedes Rhetoriktraining an einer deutschen Volkshochschule. Und nun hatte ich endlich Gelegenheit, sie in der Praxis zu erproben.

26

Wir schwiegen eine Weile und taxierten uns gegenseitig.

Helena Mönch war vielleicht Mitte Dreißig und trug eine ausgelaugte, formlose Billigjeans, einen Acrylpullover unbekannter Herkunft in einer Farbmischung zwischen Grau, Braun und Giftgrün. Ihre langen Haare trug sie offen, aber irgendwann schienen sie die Kraft verloren zu haben weiterzuwachsen. Wie vertrocknete Pflanzen, die nie gegossen wurden. Ihr Rücken stand hervor, aber es war unklar, ob es sich um eine Mißbildung handelte oder nur von einer schlechten Körperhaltung rührte. Und ein Mund mit engen großen Zähnen, als wären es einige zuviel. Normalerweise sagt man über solche Leute, daß sie Biß haben.

Ich versuchte, in ihrem Gesicht zu lesen. War sie so verbohrt und verbiestert, wie sie sich gab? So *out of space*, wie sie aussah? So *back to the roots*, wie sie sich kleidete? Oder war sie nur die kluge Individualistin, die ihre eigenen Wege ging? Lebte sie seit 20 Jahren noch immer in ihrer Studentenbude oder in einer Eigentumswohnung mit Rosentapeten und Holzböden? Stand sie auf meiner Seite oder auf der Seite derer, die gegen Roman Rymut gewesen waren? Ihr Gesicht war schmal. Sie hatte eine gerade Nase, einen schön geformten Mund, eine reine, makellose Haut mit dem Teint von Meissner Porzellan und Augen vom Blau des klassischen Zwiebelmusters. Wenn sie sich überreden lassen würde, zur Vorher-Nachher-Show zu kommen, wäre etwas aus ihr zu machen.

Wir konnten es jetzt auf eine Konfrontation ankommen lassen oder nicht. Aber im Grunde genommen war es gut, daß wir uns entdeckt hatten. Denn so kam ich auf jeden Fall wieder aus dem Gebäude hinaus. Wichtig war nur zu klären, ob sie mich verpfeifen wollte oder ich sie.

»Ich kenne Sie doch irgendwoher«, sagte Helena Mönch schließlich.

Ich ging zu ihr hinüber und reichte ihr die Hand, im Sinne von: *Du kannst mir vertrauen, ich tue dir nichts.*

»Ja, wir kennen uns von dem Abendessen vor vierzehn Tagen bei Marlene Waldenburg. Ich bin Berit. Berit Janda. Marlenes Freundin.«

Helena Mönch nickte und übersah meine ausgestreckte Hand. »Ach ja.«

»Das war der Abend, an dem Dr. Roman Rymut ermordet wurde«, sagte ich.

»Ja.«

»Und der Abend, an dem ich Ewa Molenda kennenlernte. Das polnische Hausmädchen ... ich habe sie eine gute Woche später im Hotelzimmer erschossen gefunden.« Ich stockte einen kurzen Moment.

Helena Mönch wartete ab.

»Verstehen Sie jetzt, warum mir die Sache kein Ruhe läßt?«

Helena nickte.

»Ich mochte Ewa«, sagte ich, um etwas zu sagen.

Helena schwieg. Mein Gott, machte die es einem schwer.

»Sie war klug, schön und begabt.«

Helena drehte sich zum Fenster um, wandte mir ihren verformten Rücken zu.

»Aber dort, in dem Hotelzimmer von Professor Kowalski, lag sie plötzlich in einer Blutlache. Bei einem Schuß in die Lunge verliert man viel Blut. Wenn man nicht gleich tot ist, verblutet man. Ich weiß, wie sie gestorben ist. Sie wurde ermordet. Aber warum?«

»Sie hätte vorsichtiger sein sollen.« Helena sprach zum Fenster.

Ich kam mir vor wie auf der Bühne. Mir schien in diesem Moment, Schauspieler zu sein müßte im Leben eine große Hilfe sein. Man hätte immer ein Repertoire von Theatersätzen parat, wenn einem nichts Kluges einfiel.

Nur nichts im Zorne! bei den Göttern!
In unsrer beider Reden liegt Gewinn,
wenn du nur lernen wolltest, von den meinen
Gebrauch zu machen und von den deinen ich!

»So vorsichtig wie Sie?«

»Wie ich?« Helena drehte sich herum.

»Ja. Oder was sonst ist der Grund, hier nachts herumzuschleichen?«

»Ich glaube, Sie verwechseln mich mit sich.«

Ich ging zum Fenster, zog den Vorhang vollständig zur Seite und redete Klartext.

»Was für Unterlagen sind in diesem Schrank?«

Helena antwortete nicht.

Ich hatte nichts zu verlieren. »Mein Gott, geben Sie mir schon den Schlüssel. Wir sollten zusammenarbeiten. Sie können mir helfen und ...«, obwohl ich keine Ahnung hatte, wie, fügte ich selbstsicher hinzu, »ich Ihnen.«

»Wie kommen Sie darauf, daß ich Hilfe brauche?«

»Sie wissen doch, um was es bei der Sache geht. Was denken Sie, weshalb Roman Rymut und Ewa sterben mußten?«

»Warum interessiert Sie das?«

»Marlene Waldenburg ist meine beste Freundin.« Ich übertrieb. Wirkliche Freunde hatte ich nicht mehr seit Abschluß meines Examens. »Und ihr Mann steht unter Mordverdacht«, ich dramatisierte, »ich möchte meinen Freunden helfen.« Ich holte das Kitschrepertoire hervor: »Freunde sind dazu da, einander zu helfen.« Ich appellierte an ihr Gefühl, an ihr Gewissen: »Und ich möchte Gerechtigkeit für Ewa.«

»Gerechtigkeit«, wiederholte Helena Mönch bissig und ließ das Wort eine Weile in der Luft hängen. Ihr Gesichtsausdruck war wie der von Michael Douglas in »Ein Richter sieht rot«. »Professor Waldenburg hat mit der Sache nichts zu tun.«

Ich atmete tief durch. »Aber es nützt nichts, wenn wir das wissen. Die Polizei verdächtigt ihn.«

»Aber er hat damit nichts zu tun. Er ist der einzige, der nichts damit zu tun hat.«

»Der einzige?«

Helena Mönch setzte sich auf den Drehstuhl, auf dem Denise Appollinaire sich täglich den Schwung für ihre Arbeit holte.

Ich setzte mich auf den Schreibtisch.

»Erzählen Sie mir alles, was Sie wissen.«

»Ich weiß nichts.«

Ich hatte vergessen, daß Helena Mönch eine naturwissenschaftliche Karriere plante. Da wurde eine klare Unterscheidung zwischen Wissen und Glauben getroffen. Das wußte ich schon aus der Schule. *Glauben gehört in den Religionsunterricht*, hatte der Mathematiklehrer gesagt, wenn ich ansetzte: *Ich glaube*, $a^2 + b^2 = c^2$.

»Dann was Sie glauben.«

Sie zögerte.

»Geht es um Geld?« Das älteste Motiv, jemanden umzubringen. Außer der Liebe natürlich.

»Geht es nicht immer um Geld?«

»Also Geld«, wiederholte ich. »Wer kann am Tod von den beiden verdienen?«

»Alle, nur ich nicht. Genau das ist der Grund, weshalb ich hier, wie Sie es nennen, herumschleiche. Das Strafgesetzbuch verbietet Unzucht, Mißbrauch von Abhängigen, aber in der Wissenschaft ist das Alltag. Mißbrauch.« Sie redete sich in Rage.

Ich stutzte.

Bedeutete das, daß Helena Mönch vergewaltigt worden war? Hatte das Ganze etwas mit sexueller Belästigung zu tun? Mit Denise Appollinaire als Puffmutter in einem Betrieb, der als wissenschaftliches Institut getarnt war? War Ewa nach Deutschland gelockt worden und mußte sich ihr Geld als Prostituierte verdienen? Und Kowalski und Dymoff waren Schlepper und Mädchenhändler?

Ich schüttelte den Kopf.

»Was meinen Sie mit ›Mißbrauch‹?«

Helena Mönch zögerte, atmete dann tief durch und sagte: »Ich spreche von wissenschaftlichem Mißbrauch. Davon, daß sich hier Professoren und renommierte Wissenschaftler fremder, noch nicht publizierter Wissenschaftsergebnisse bedienen und sie als die ihren verkaufen. Meine Ergebnisse, die von Ulf und vor allem die des polnischen Institutes sind in den letzten zehn Jahren immer unter den Namen von Thorwald, Dymoff und Waldenburg veröffentlicht worden. Sie fahren zu Kongressen, veröffentlichen in Fachzeitschriften, schreiben Standardwerke mit unseren Gedanken, unseren Ergebnissen, unserer Arbeit. Unser Name aber taucht nirgends auf. Aber die Polen wurden wenigstens dafür bezahlt. Was heißt bezahlt? Sie haben Kleingeld dafür bekommen, das jedoch in Polen das Dreifache wert ist.«

Natürlich tat es mir leid um Helena Mönchs wissenschaftliche Frustration, Ulf Uhrbrock gönnte ich sie allerdings. Er hatte es nicht besser verdient.

»Aber das ist doch kein Grund, daß zwei Leute sterben müssen.«

»Nein«, sagte Helena Mönch bitter, »das nicht, obwohl sie dadurch jedem Nachwuchswissenschaftler die Chance nehmen, die Karriereleiter nach oben zu klettern. Aber gesetzt den Fall, einer von uns hier oder in Polen würde etwas entdecken, etwas, womit man nicht nur Ruhm und ein gutes Gehalt erntet, sondern wirklich viel Geld verdienen kann … zum Beispiel wenn es Ergebnisse sind, mit denen man ein Patent anmelden kann.«

»Das wäre Betrug. Man müßte zum Gericht gehen, seinen Professor verklagen.«

»Es gibt hier kein entsprechendes Gesetz. Der Professor sagt, es handele sich nicht um eine wissenschaftliche Leistung, sondern das Patent sei unter seiner Leitung entwickelt worden, und wichtig sei die Idee und wer sie formuliere. Es gibt dafür viele Beispiele in der deutschen Rechtsprechung. – Rechtsprechung!«

Helena Mönch stand auf und ging hinüber zu dem Schrank am Fenster.

»Die Polen – oder besser Roman Rymut – haben in letzter Zeit Ärger gemacht. Ich habe gehört, wie Professor Thorwald Professor Kowalski angeschrien hat, daß es über den ganzen Flur zu hören war. *Schaffen Sie Ordnung bei Ihrem polnischen Sauhaufen. Wenn Sie nicht so funktionieren, wie wir Sie bezahlen, dann gehen wir zu den Tschechen, Ungarn oder Russen.*«

»Was heißt das?«

»Das heißt, daß unser Institut hohe Summen an Forschungsgeldern, Stipendien und Stiftungsgeldern aus der Wirtschaft kassiert, um in bestimmten Bereichen zu forschen. Und von diesem Geld werden im Ostblock Partnerinstitute eröffnet mit renommierten, aber billigen Wissenschaftlern, die die Forschung für uns betreiben. Sie liefern pünktlich und schnell die Ergebnisse, denn dort arbeiten schließlich drei Wissenschaftler für dasselbe Geld, das ich hier bekomme. Die Ergebnisse werden dann hier unter dem Namen Thorwald & Co. veröffentlicht. Das Geld, das nicht verbraucht wurde, stecken die als Honorare ein. Wissenschaftliches Outsourcing, so das Schlagwort. Und ...«, Helena Mönch steckte den Schlüssel in das Schloß des Aktenschrankes, »... die ganzen Unterlagen zu der Sache befinden sich hier.«

Ich schwieg. Was Helena erzählte, klang nicht unlogisch, war in der Wirtschaft schließlich Alltag. War es gesetzwidrig? Keine Ahnung. Aber Mord war auf jeden Fall gesetzwidrig.

»Und Sie meinen, darum geht es? Jemand hat etwas entdeckt, ein Patent, womit man viel Geld verdienen kann?« fragte ich.

»Ja«, sagte sie, »ich glaube, genau darum geht es.« Sie schloß den Schrank auf. »Schließlich hat der Europäische Gerichtshof erst vor kurzem entschieden, daß es einen Patentschutz auf Menschengene sowie genveränderte Pflanzen und Tiere geben kann. Das ist ein Freibrief für schrankenlose Vermarktung genmanipulierten Lebens. Super Verdienstmöglichkeiten für uns.«

Ich ging ebenfalls hinüber, und gemeinsam beugten wir uns über die Akten.

»Sehen Sie«, sie zog wahllos eine Akte hervor, »1992, ein Projekt zur Untersuchung von Hefepilzen. Hier ist die genaue Verteilung der Gelder. Achthunderttausend Mark für ein Jahr. Davon gingen hundertfünfzigtausend nach Polen. Die haben sechs Monate gebraucht für die Ergebnisse, und der Rest des Geldes bleibt hier im Institut.«

»Und was könnte Roman Rymut entdeckt haben?«

»Ich weiß es noch nicht, aber auf jeden Fall etwas, das er in Polen ohne deutschen Auftrag gemacht hat. Und er wollte es für viel Geld verkaufen. Und er hat gedroht, in die USA zu gehen.«

Das Flugticket für Ewa fiel mir ein. Und daß Roman Rymut keinen Rückflug gebucht hatte.

Helena Mönch begann, eine Akte nach der anderen herauszuziehen. Alle Projekte mit den entsprechenden Geldern, alle Ergebnisse, alle Artikel wurden hier sorgfältig aufbewahrt. Jeder Fall war dokumentiert. Prof. Thorwald mußte ein reines Gewissen haben, daß er nichts Gesetzwidriges tat oder daß zumindest die Rechtslage so unsicher war, daß man ihm nichts anhaben konnte. Und wir stellten außerdem fest, daß der Großteil der Gelder aus der Industrie kam und keine öffentlichen Gelder waren. Was, so Helena Mönch, wichtig war. Denn die öffentlichen Gelder wurden korrekt verrechnet, Gehälter, Material, Geräte. Aber die Beträge, die die Industrie stiftete, konnten verwendet werden, wie man wollte.

»Denen ist das egal, wie man das Geld verwendet, Hauptsache, die Ergebnisse stimmen.«

Ich kann nicht sagen, daß die Sache mich schockierte. Die Frage nach der Moral in solchen Dingen war längst überholt, und ich wäre mir geradezu naiv vorgekommen, mich aufzuregen, daß Doktoranden oder Polen als Sklaven der Wissenschaft gehalten wurden. Natürlich tat Helena Mönch mir leid. Ihre Existenz und wissenschaftliche Karriere war völlig abhängig von korrupten Wissenschaftlern. Sie schuftete, und die anderen kassierten. Aber das war nichts Neues. So funktionierte das Spiel eben.

Was mich aber an der Sache weiter interessierte, war, was Ewa damit zu tun hatte. Und hatte Kornelius eine Ahnung von alldem? Welche Rolle spielte Dr. Dymoff?

Helena legte die Akten zurück und schloß den Schrank wieder ab. »Hier«, sie zog den Vorhang wieder sorgfältig davor, »jedenfalls finden wir nichts über dieses neue Projekt.« Sie ging hinüber zum Schreibtisch und legte den Schlüssel zurück. »Aber auch wenn wir hier nichts finden können, ich werde es herausbekommen.«

»Werden Sie es mir erzählen?«

Helena Mönch schaute mich an. Ihr Gesichtsausdruck war konzentriert, als säße sie im Labor vor einem Mikroskop. Ihre Haltung hatte sich gelockert, sie ging gerade, nicht mehr so verspannt, die Verformung ihres Rückens war kaum mehr zu sehen. Hatte sie zu mir Vertrauen gewonnen oder nicht? Bei einer Katze wäre es einfach festzustellen. Ich würde versuchen, sie mit einem Schälchen Milch anzulocken, aber bei einer Wissenschaftlerin ...

»Die Zeichnungen!« rief ich.

»Welche Zeichnungen?«

»In Ewas Cellokasten. Da war ein Packen von Zeichnungen der Marienkirche in Danzig. Alle möglichen Ansichten. Und ich glaube, mit denen stimmt etwas nicht.«

»Wie kommen Sie darauf?«

»Die Technik. Die ganze Machart. Sie wirken so gewollt, so konstruiert, und dann waren sie ganz unten im Cellokasten versteckt. Sie sollten sie sich einmal ansehen. Vielleicht stellt sich ja alles als Unsinn heraus, aber wer weiß.«

»Warum nicht.«

Ich zog die Zeichnung und die Diskette, die ich von Constanze mitgenommen hatte, aus dem Rucksack.

»Hier. Eine Freundin von mir hat eine eingescannt.«

»Die sollten wir uns einmal genauer ansehen.« Helena Mönch überlegte einen Moment. »Am besten bei mir. Hier kommt gleich der Wachdienst vorbei und schließt das Gebäude. Ich habe keine Lust, daß die uns über die Schulter schauen.«

Wir blickten uns im Zimmer um und beseitigten alles, was am nächsten Tag Denise Appollinaire hätte verraten können, daß jemand unberechtigt im Sekretariat gewesen war. Helena holte ihre Tasche aus dem Büro und schloß alle Türen ab. Dann gingen wir gemeinsam die Treppe hinunter. Dymoffs Unterlagen hatte ich im Rucksack.

»Welche Rolle spielt eigentlich Dr. Dymoff in der ganzen Sache?« Ich fühlte geradezu, wie Helena sich innerlich zusammenzog. »Hat er damit zu tun?«

Von den Stufen der Steintreppe stieg die Kälte nach oben, als

Helena plötzlich wieder aus der Zahnspange Gift spritzte. »Er ist derjenige, der die Fäden gesponnen hat, und er hält sie immer noch in seiner Hand.«

Ich legte Helena die Hand auf die Krümmung ihres Rückens.

»In Anbetracht der Lage«, sagte ich, »können wir uns, glaube ich, ab sofort duzen.«

27

Helena Mönch fuhr einen weißen Käfer Cabrio, Baujahr 1970. Und sie hatte einen Fahrstil, der einem ICE glich. Es war angenehm, mit ihr zu fahren. Die Hektik, die Ron und Constanze auf der Straße an den Tag legten, fehlte ihr vollkommen. Und das konnte nicht nur daran liegen, daß sie einen Oldtimer fuhr, der der Schonung bedurfte.

»Sag mal«, fragte ich beim Einsteigen, »ist das Insitut nie abgeschlossen?«

»Nur die Laborräume im Keller. Um dreiundzwanzig Uhr kommt der Wachdienst und schließt das Gebäude ab, dann ist die Alarmanlage eingeschaltet. Die geht schon los, wenn man nur die Hand auf den Türdrücker legt. Ulf hat sie schon ein paarmal ausgelöst.«

Das konnte ich mir lebhaft vorstellen.

»Hat er auch was mit der Sache zu tun? Was meinst du?«

»Alles möglich, aber wenn er etwas damit zu tun hat, dann weiß er es vermutlich selbst nicht einmal.«

»Kannst du mir etwas darüber erzählen, was ihr so macht? Oder über deine Doktorarbeit?«

»Haben Sie ... hast du eine Ahnung von Genetik?«

»O Gott.«

Ich erinnerte mich mit Schrecken an Kornelius' Versuche, mir sein wissenschaftliches Weltbild zu erklären. Ebensogut hätte er in Molekülketten sprechen können.

»Weißt du wenigstens, was ein Genom ist?« fragte Helena.

Ich schüttelte den Kopf und schloß die Augen wie beim Friseur.

»Nun, am ehesten könnte man ein Genom wohl beschreiben als eine Art Kreuzworträtsel mit Genen.«

»Des Menschen?«

»Nun, nicht nur des Menschen, sondern aller Lebewesen. Hefe oder Fruchtfliegen sind die bekanntesten Beispiele, aber auch Würmer, Mäuse und Ratten. Und das Human Genetic Project ist wohl das bekannteste Beispiel. Es geht darum, eine Landkarte zu erstellen. Eine Landkarte, auf der alle Gene des Menschen eingezeichnet sind.«

Ich stellte mir die menschliche Haut vor, ausgebreitet wie ein Schaffell, in das Zeichen, Hieroglyphen, Runen eingeritzt waren.

»Und wozu das Ganze?«

»Hm ... vielleicht erkläre ich es dir mit dem Kugelfisch, eine wertvolle Delikatesse in Japan und ein gutes Beispiel, denn er besitzt kaum DNA-Abschnitte ohne Funktion. Dagegen schleppt der Mensch circa fünfundneunzig Prozent nutzloses Material mit sich herum.«

Das wunderte mich ehrlich gesagt nicht. Man stelle sich vor, nicht nur 95 Prozent aller Menschen auf dem Erdball waren zuviel, sondern die restlichen fünf Prozent besaßen wiederum nur fünf Prozent nutzbringendes Material. Kein Wunder, daß nichts funktionierte.

»Beim Kugelfisch kann man dadurch sehr schnell herausfinden, welches Gen welche Funktion hat. Und ...«, Helena blinkte und fuhr vorsichtig in die Kurve Richtung Bornheim, »da die Lebewesen auf unserer Erde nicht so verschieden sind, wie wir glauben, hast du also mit dem Kugelfisch mehr gemeinsam, als du denkst.«

Ich öffnete die Augen vor Schreck. Helena aber sprach unbeirrt weiter, sie schienen die Gemeinsamkeiten nicht zu stören.

»Viele Gene haben dieselbe Funktion, Verdauung, Fortpflanzung etc.«

Ich bewunderte sie. All dieses Wissen war so in ihr gefestigt, daß sie beim Autofahren ohne Streßsymptome darüber sprechen konnte. Sie schaltete ruhig und gelassen, blinkte an der richtigen Stelle, jagte nicht von einer Spur auf die andere, überfuhr keine roten Ampeln. Gerade letzteres war das, woran ich beim Autofahren gescheitert war. Mich machte Rot aktiv, sogar aggressiv. Es war eine Farbe der Energie und nicht des Stillstandes.

»Jedes Chromosom ... du weißt doch, was ein Chromosom ist?«

Ich nickte, obwohl mir die Vorstellung davon völlig fehlte, aber ich hatte auf Partys schon so oft gehört, daß mir als Frau das Y-Chromosom fehlte, daß ich das Gefühl hatte, das Wort sei ein alter Bekannter.

»Jedes Chromosom enthält eine bestimmte Anzahl Gene, die wiederum für ganz bestimmte Funktionen oder Merkmale verantwortlich sind. Ihre Entschlüsselung ist eine der wichtigsten Grundlagen der Gentechnik. Bis jetzt sind dreitausend Genorte bekannt. Die Hälfte davon wurde in den vergangenen fünf Jahren entschlüsselt.«

Ich stellte mir vor, wie man meinem Körper an einer beliebigen Stelle eine Zelle entnahm, um unter dem Mikroskop meine DNA zu betrachten wie mein Vater mit einer Lupe die Negative seiner Fotografien. In einem Reagenzglas würde ich dann für spätere Jahrhunderte aufbewahrt wie ein aufgespießtes Exemplar einer Schmetterlingssammlung, beschriftet mit: *Berit Janda, blond, blauäugig, 1,72 / 56 kg, Abstammung: deutsch, polnisch, litauisch, russisch, ohne Nachkommen.*

»Und die Polen hatten also den Auftrag, Gene zu entschlüsseln?«

Helena nickte. »Ja, und ihre grundlegenden Ergebnisse wurden bei uns veröffentlicht.«

»Zum Beispiel?«

»Im letzten Jahr wurde eine große medizinische Untersuchung abgeschlossen zu dem Thema ›Erblich bedingte Depressionen bei Ratten‹.«

»Depressive Ratten?« War ich in der Harald-Schmidt-Show?

»Ja. Am Mannheimer Institut für Seelische Gesundheit, mit

dem wir schon einige Projekte durchgeführt haben, stellte man bei Versuchsratten deutliche Anzeigen für Niedergeschlagenheit fest.«

»Wenn ich ein Versuchstier wäre, hätte ich auch Depressionen.«

»Ja, aber man stellte fest, daß nur die Ratten eines bestimmten Händlers depressive Anzeichen hatten. Wir schickten also hundert Ratten dieses Händlers nach Danzig. Und die identifizierten, daß insgesamt fünf bis acht Gene am depressiven Verhalten beteiligt waren.«

»Das heißt also, daß dem polnischen Institut der wissenschaftliche Erfolg gebührt.«

»Moralisch gesehen vielleicht, aber laut Vertrag läuft das anders. Sie müssen nach Beendigung ihrer Arbeit alle Unterlagen, Materialien, Berichte und Ergebnisse bei uns abliefern.«

»Und was bleibt ihnen dann?«

»Die Erinnerung und ein Monatsgehalt, das dreimal höher ist als an einer polnischen Universität.«

Helena gelang es, mit einem Versuch in eine enge Lücke einzuparken. Wie es aussah, wohnte sie nur zwei Straßen weiter als ich.

Ich konnte mich sehr gut in Roman Rymut hineinversetzen, denn auch ich war vertraglich verpflichtet, die Rechte an meinen Zeichnungen an den Verlag abzugeben. Zwar erstellte ich regelmäßig Kopien der Bilder, die mir besonders am Herzen lagen, zum Beispiel des Mondfisches, aber es würde sicher zwei Jahre dauern, bis ich es wagen würde, ihn aufzuhängen.

Wir stiegen aus und betraten den breiten Eingang eines der Frankfurter Altbauten, die dem Hochhausimage dieser Stadt völlig widersprechen. Als wir die Treppen hochgingen, merkte ich, daß Helena leicht hinkte. »Und dafür gibt die Industrie Geld aus?«

»Dafür nicht unbedingt. Aber wenn man weiß, welches Gen wofür zuständig ist, dann steht genetischen Manipulationen nichts mehr im Wege.«

»Und was hat das Ganze mit Roman Rymut zu tun?«

»Nun, ich habe lange überlegt, was so wertvoll wäre, daß er es uns anbieten könnte. Die Identifizierung bestimmter Gene und eine Beschreibung ihrer möglichen Manipulationsmöglichkeiten, damit verbunden ein großer wirtschaftlicher Nutzen ...«

Wir waren in Helenas Wohnung angekommen. Sie schälte sich aus dem dunkelgrauen Cape mit Kapuze.

»Links ist das Wohnzimmer. Ich mache uns nur schnell einen Tee.«

Das Zimmer, das ich betrat, war riesig. Dieser Eindruck kam nicht nur durch die großzügige Raumaufteilung und die weite Fläche des spiegelnden Parketts zustande, sondern auch durch die spärliche Möblierung. Man sah sofort, hier lebt ein Einzelgänger. Ein Zweisitzersofa rechts, davor ein kleiner Tisch. Am Fenster ein alter Ohrensessel vor einer Art Nähtischchen, auf dem ein Kartenspiel ausgebreitet lag. Links eine bis zur Decke reichende Bücherwand mit einer Leiter, um auch die Bücher in drei Meter Höhe noch bequem herausnehmen zu können. Vor der Bücherwand der Arbeitstisch mit einer großen Glasplatte und darauf ein Laptop. Es herrschte penible Ordnung, und mein eigenes Chaos ließ sich nicht einmal durch eine gutbegründete Chaostheorie weiter rechtfertigen.

Ich nahm die Diskette aus dem Rucksack und legte sie neben den Laptop.

Helena kam zurück. Auf dem glatten Parkettboden und ohne Schuhe war deutlich erkennbar, daß ihr eines Bein kürzer war als das andere. Sie ging leicht zur Seite geneigt, und daher rührte die Verformung ihres Rückens.

Sie stellte das Tablett ab und setzte sich. Ich zog den Sessel heran und nahm die Unterlagen, die ich geklaut, entwendet oder schlichtweg mitgenommen hatte, in die Hand.

»Hier... das habe ich in Dymoffs Büro aus dieser russischen Puppe gezogen.«

Sie nahm die Rolle und zug den Gummi ab. Der Umschlag sprang auseinander. Sie öffnete ihn und nahm einen Packen heraus. Dabei fiel etwas Blaues zu Boden. Ich hob es auf und las *Paszport*. Ein Paß? Hatte Dymoff einen zweiten, einen polnischen Paß? Ich schlug ihn auf, und Roman Rymuts Bild stach mir sofort in die Augen. Ich atmete tief durch und reichte ihn Helena. In dem Umschlag befanden sich außerdem noch Flugtickets, ausgestellt auf Dr. Roman Rymut. Danzig – Warschau, Warschau – Frankfurt – New York. Ich wußte, was das zu bedeuten hatte. Wenn Dymoff Roman Rymuts Paß und die Tickets hatte, dann konnte nur er ihn umgebracht haben. Ich schüttelte mich bei dem Gedanken, daß ich mit einem Mörder gesprochen hatte. Er hatte sogar das Wort von unserer gemeinsamen Heimat in den Mund genommen.

Helena aber wunderte sich nicht. Sie legte den Paß und die Tickets achtlos auf den Tisch, als enthielten sie nichts Interessantes, so wie man vielleicht Fotos von anderer Leute Kindern betrachtet. Sie ging zum Schreibtisch und schaltete den Computer an.

»So ... und wo sind nun die Zeichnungen?«

Jeder Mensch schafft sich eine eigene Sicht der Dinge, ob er Briefmarken sammelt oder Gene untersucht. Ein Studienkollege von mir, Karikaturist, betrachtete die Welt als einen einzigen Witz. Ständig brach er unvermutet in Lachen aus. Für Helena war sie wohl nur ein feingesponnenes Netz aus Basen, Molekülen und chemischen Elementen.

»Hier.« Ich reichte ihr die Diskette, und es dauerte nicht lange, bis auf ihrem Bildschirm derselbe Ausschnitt der Danziger Marienkirche wie bei Constanze erschien. Ich zeigte ihr in der Vergrößerung die Stellen, die mir aufgefallen waren. Und erzählte, daß Constanze und ich vier verschiedene Punktgrößen identifiziert hatten. Das sei ungewöhnlich. Fast wie ein Morsecode.

»Oder ein Lochstreifen.«

»Was meinst du damit?«

»Na ja, Lochstreifen, mit denen man früher, in den Anfängen des Computers, Daten sicherte. Stell dir einen Streifen Papier vor und dann diese Punkte als Löcher. Dann würde man als erstes den Eindruck haben, es handelte sich um EDV-Daten.«

»Du meinst, es sind irgendwelche Daten?«

»Ja, aber nicht EDV-lesbare im Sinne von Lochstreifen. Da unterscheidet man nur Punkt oder kein Punkt.«

»Aber was dann?«

»Das ist einfach, wenn man erst einmal darauf kommt, daß es ein Code ist. Dann gibt es keine andere Möglichkeit, vor allem wenn ...« Helena schien bereits in ihre chemische Welt abgetaucht zu sein. Genausogut hätte sie jetzt Versuche mit telepathischen Energien machen können. Ich verstand überhaupt nichts.

»Helena, was meinst du mit Code?«

»Gleich!«

Sie nahm irgendwelche Transaktionen auf dem Bildschirm vor. Markierte einen Bereich der Punkte und löschte sie. Dann tauchten sie wieder auf einem leeren Bildschirm auf. Die Wirkung war verblüffend. Die Ähnlichkeit mit dem Morsealphabet war verblüffend. Zeilenweise bauten sich die Punkte auf der Bildschirmfläche auf. Und nicht mehr eingebunden in die Umrisse einer Kirche, eines Straßenpflasters, eines Mauerwerks, einer Rosette, schien man sie wie eine Schrift lesen zu können.

»Es gibt einen Code, der mit vier Zeichen arbeitet, und das war der, mit dem Roman Rymut täglich zu tun hatte.«

Sie machte eine Kunstpause wie bei einem Vortrag und verfolgte gebannt das Geschehen auf dem Bildschirm.

»Die Informationen des Erbmaterials. Sie werden mit Hilfe von nur vier Buchstaben, A, C, G und T, weitergegeben. Sie stehen für die vier chemischen Bausteine, die die zentralen Stränge des DNS-Moleküls bilden: Adenin, Thymin, Cytosin und Guanin.«

»Und du meinst, daß die Punkte diese vier Elemente ersetzen?«

»Gar nicht so dumm ...« Helena schien mich gar nicht mehr wahrzunehmen. Aber vermutlich war sie sowieso nicht gewohnt, daß sich außer ihr noch jemand in ihrer Wohnung aufhielt.

»Und deine Freundin hat gemeint, daß dies der Ausdruck mit einem Tintenstrahldrucker sei?«

»Ja, obwohl es keinen gibt, der vier verschiedene Punktgrößen drucken kann.«

»Das stimmt, aber man könnte so einen Drucker bestimmt einfach manipulieren. Das würde zu den Polen passen. Die sind im Improvisieren und Manipulieren ganz gut. Ich denke, das kommt daher, daß ihr Gehirn noch nicht so an vorgegebene Denkstrukturen gebunden ist wie unseres.«

»Und du meinst wirklich, diese Zeichnungen bedeuten mehr als Architektur?«

Ich konnte nicht glauben, daß ich recht hatte (und Ron, fügte ich in Gedanken in spitzen Klammern hinzu, unrecht).

»Glauben werde ich es erst, wenn ich es bewiesen habe.«

Ich wußte doch, daß die Sache einen Haken hatte. »Und wie willst du das beweisen?«

Ihr Gesicht hatte alle Starre verloren. Die Blässe war einem lebhaften Rosé gewichen. Dadurch wirkte die Haarfarbe nicht mehr mausgrau, sondern hatte die Farbe von Pinienholz.

»Ich werde die Punkte durch verschiedene Buchstabenkombinationen ersetzen. Jede Punktgröße steht für einen Buchstaben. Hier zum Beispiel ...« Sie deutete auf vier Punkte in der Zeilenmitte. »Diese vier Punkte können ACTG oder ATGC bedeuten oder ... also, es gibt mehrere Möglichkeiten, die ich nun alle durch den Computer jagen muß. Aber wofür gibt es schließlich diese wunderbaren Geräte?«

Genau das hatte ich mich bisher immer gefragt, aber so langsam wagte ich es nicht mehr, ihre Existenzberechtigung anzuzweifeln. Schließlich war Helena gerade dabei, mir den Gottesbeweis zu liefern.

»Es ist kein Problem mehr, DNA-Sequenzen zu entschlüsseln und abzugleichen. Ich bin hier mit allen Gendatenbanken auf der ganzen Welt vernetzt. Die dazu noch täglich aktualisiert werden. Vielleicht finde ich noch nicht heraus, von welchem Lebewesen dieser Code stammt, aber garantiert weiß ich spätestens innerhalb der nächsten vierundzwanzig Stunden, welcher Punkt welche der vier Basen symbolisiert.«

Ich begann zwar langsam, Helena immer mehr zu schätzen, wenn nicht sogar zu mögen, aber vierundzwanzig Stunden würde ich es nicht neben ihr aushalten. Ich war plötzlich müde, und das ständige Starren auf ein elektronisches Bild tat meinen Künstleraugen weh. Ich stand auf. Da fiel mir noch etwas ein: »Aber welche Informationen können so wichtig sein, daß man sie verschlüsseln muß?«

»Ha!« Helena lachte auf. »Wichtiger geht es nicht, sage ich dir. Hat man früher Kriege geführt um Land, um reiche Schätze von Kolonien, um die natürlichen Ressourcen der Erde wie Öl oder Gold, dann hat der Kampf um das Erbmaterial der Erde jetzt erst begonnen.«

28

Ich verließ Helena nicht ohne das Versprechen, daß sie mich sofort anrief, sobald sie ein Ergebnis hatte. Ich spielte nur kurz mit dem Gedanken, die Nacht zusammen mit ihr vor dem Computer zu verbringen. Schon jetzt hatte ich das Gefühl, mein Körper sei nichts als ein Leitungsnetz aus Säuren und Basen. Ein instabiles System aus roten und blauen Molekülkügelchen wie Brausepulver.

Als ich zu mir in den vierten Stock hinaufstieg, schwankte der Boden unter meinen Füßen, so unsicher fühlte ich mich. Als könnte ich mich jeden Moment in Luft oder eine Säure auflösen. Mir war schlecht. Das meinte meine Mutter wohl, wenn sie davon sprach, daß ich eine zu lebhafte Phantasie hatte.

Vor der Wohnungstür völlig außer Atem, überfiel mich die Panik. Ich hatte die Zeichnung aus der Hand gegeben. Hatte Ewas Geheimnis verraten. War ich mir wirklich sicher, daß ich Helena vertrauen konnte? Hätte Ewa ihr vertraut?

Ich mußte sofort Ron anrufen. Doch unseren Streit genau wegen dieser Zeichnung hatte ich noch nicht verdaut. Helena war momentan die einzige, die mir wirklich helfen konnte. Und sie war dazu bereit. Ich hatte keine Wahl. Natürlich… ich könnte mich auch an Henri wenden. Er würde mich ernst nehmen. Denn er befand sich nicht zusammen mit mir im Irrgarten von sexueller Anziehung und Abstoßung. Jede Richtung, die Ron und ich einschlugen, war falsch. Rechts entfernten wir uns voneinander, links kamen wir uns zu nahe, und geradeaus ging's nicht weiter. Na super! Und ich wußte, wer Roman Rymut umgebracht hatte, und wollte es niemandem mitteilen, bis ich Ron gezeigt hatte, daß ich ihm gewachsen war, daß ich recht hatte. Und dabei machte ich mich juristisch gesehen strafbar. In Gebäude eingedrungen, Unterlagen entwendet, Beweismaterial verheimlicht. Mitwisser… von da aus war es nicht weit zum Mittäter…

Endlich war ich zu Hause. Die Tür fiel ins Schloß, und ich drehte den Schlüssel zweimal um, legte die Kette zur Sicherheit vor. Atmete auf. Die Luft draußen hatte sich den Abend über abgekühlt. Einer der letzten Novemberstürme hatte eingesetzt. Ich war die zwei Straßen von Helenas Wohnung zu mir zu Fuß gegangen. Und als ich die Haustüre geöffnet hatte, fielen die ersten Schneeflocken.

Das Windspiel im Flur fing an zu klirren. Ich ging in die Küche und schloß das gekippte Fenster. Der Anrufbeantworter blinkte. Sieben Anrufe. Soviel hatte ich sonst nicht in einer Woche. Der Tag war ungeheuer anstrengend gewesen und anscheinend noch nicht zu Ende. Ich drückte die Play-Taste und zog mich langsam aus. Bei den ersten beiden Anrufen hatte der Anrufer wieder aufgelegt. Dann meine Mutter. *Stell dir vor, was uns passiert ist. Wir sind wieder zurück. Ruf mich sofort an. Wieso bist du eigentlich nicht zu Hause?* Was konnte meiner Mutter schon passiert sein! War denn die Welt völlig aus den Fugen geraten, daß sogar meine Mutter ihren Urlaub abbrach?

Dann Rons Stimme. Sein lakonisches *Ich bin's* trieb mir nach unserem Streit und den Aufregungen des Tages die Tränen in die Augen. Meine Nerven lagen blank. Ich sollte ihn doch anrufen. Andererseits war seiner Stimme nicht anzuhören, ob er mich nur kontrollieren oder sich versöhnen wollte. Wie hätte ich es ihm beibringen sollen, daß ich schon wieder unbefugt in fremden Schränken gewühlt, Unterlagen hatte mitgehen lassen?

Das Windspiel im Flur klirrte erneut. Hatte ich auch im Bad das Fenster gekippt?

Kornelius hat mit der Sache nichts zu tun, hörte ich Ron sagen, und die Erleichterung in seiner Stimme war deutlich. War das seine einzige Sorge? Daß Kornelius etwas damit zu tun hatte? Mir ging es vor allem um Ewa. Und dann: *Können wir uns sehen?* Er mußte wirklich erleichtert sein, wenn er plötzlich seinen Gefühlen freien Lauf ließ. Bis jetzt hatten wir eine Beziehung, die sich zu 50 Prozent per Telefon abspielte. Womöglich funktionierte sie nur am Telefon. So etwas soll es geben. Liebe per Brief oder Internet, und wenn man sich begegnete, wußte man nicht, was man miteinander anfangen sollte. Leitungen, Kabel, Funksignale erleichterten anscheinend die Kanalisierung der sexuellen Energie. Ich sollte langsam beginnen, mich an den Gedanken von Telefonsex zu gewöhnen.

Wir sind jetzt auf der Suche nach Dymoff. Er ist seit heute morgen verschwunden.

Fast wäre ich zum Telefon gerannt und hätte den Hörer abgenommen, bis mir einfiel, daß es schon eine Weile her war, daß er angerufen hatte. Unschlüssig hielt ich dann doch den Hörer in der Hand und überlegte, ob ich zurückrufen sollte oder nicht.

Dienstag, 17 Uhr und 45 Minuten informierte mich der Anrufbeantworter. War die Polizei doch schneller als ich und Helena gewesen, um herauszufinden, daß Dymoff der Mörder war? Dann knackte es mehrfach. *Dienstag, 18 Uhr und 1 Minute. Dienstag, 18 Uhr und 32 Minuten. Dienstag, 19 Uhr und 10 Minuten.* Ich hasse es, wenn jemand einfach wieder auflegt. Meine Phantasie malt sich dann sofort einen Mann aus, der laut in sein Taschentuch keucht.

Ich ging ins Bad. Im Gehen tippte ich die Nummer von Rons Handy ein. Das Fenster war nicht offen, aber irgendwo mußte der Luftzug doch herkommen. War der Wind so stark, daß er durch die Fensterritzen drang?

Eine Stimme informierte mich, daß der Empfänger nicht erreichbar war. Ich sollte es später noch einmal probieren. Ich schaltete das Telefon aus und bereitete die Dusche vor. Eine unbestimmte Angst verfolgte mich. Seit ich »Psycho« gesehen hatte, hatte ich jedesmal Panik, wenn ich die Dusche betrat. Und seit mein Vater im Alleingang beim Tauchen ertrunken war, war ich mir sicher, auch ich würde im Wasser sterben. Kam daher meine Aversion gegen Fische? Weil 90 Prozent von ihnen auch im Wasser starben? Schrecklich, wenn man gerade dabei ist, die Nerven zu verlieren.

Aber wer könnte wohl ein Interesse daran haben, mich unter meiner Dusche zu ermorden?

Ich hasse es, wenn Sprichwörter wahr werden. Genau so fühle ich mich, wenn meine Mutter sagt: »Siehst du!« Aber noch bevor ich das Wasser aufdrehte, hörte ich wieder das Geräusch. Ein Klirren, das nicht vom Windspiel kam. Ich ging aus dem Badezimmer hinaus auf den Flur. Und hörte es noch einmal. Ein Geräusch, das mir bekannt war. Ich mußte es schon oft gehört haben. Ich rieb meine Fingerspitzen vor Aufregung aneinander. Eine typische Handbewegung, wenn ich mich konzentriere. Und ging nach hinten Richtung Schlafzimmer. Dann hörte ich es noch einmal. Ein leises Rollen wie von einer Kugel, und etwas fiel leise zu Boden. Stifte, die vom Schreibtisch fielen.

Ich sah zur Tür am Ende des Flurs. Ich schob sie ein Stück von mir weg. Eine Übung meiner Augen, wenn ich Perspektive zeichne. Doch mein Verstand vergaß nicht, daß ich mit drei Schritten dort sein würde. Ich versuchte mich zu beruhigen, indem ich die Schlafzimmertür öffnete und fest daran glaubte, daß ich bereits im Bett lag und träumte. Der Rest Licht, den der Rolladen ins Zimmer ließ, war heller als gewohnt, und für einen kurzen Moment glaubte ich, die Dämmerung begänne erneut. Dann hörte ich vom Schreibtisch her ein Geräusch. Ich hielt den Atem an und horchte. Das Geräusch war sehr leise, und Angst überfiel mich. Ich wußte plötzlich, daß es draußen heftig und in dichten Flocken schneite.

Es mußte eine Automatik in meinem Gehirn sein, die mich die Hand heben und plötzlich das Licht anschalten ließ.

Für einen winzigen Moment hielt die Angst still. Ich fühlte mich unendlich nackt. Und war es auch, denn ich trug nichts als Unterwäsche. Und nur langsam wurde ich mir darüber klar, daß ich nicht schlief. Nicht träumte. Sondern daß meine Zeichnungen von den Wänden, vom Schreibtisch, aus ihren Mappen gerissen waren. Daß alle Fische, die, nach ihren Familien sortiert, auf der Arbeitsplatte gelegen hatten, auf dem Fußboden verstreut lagen. Und davor stand … Dymoff – in einem grauen Wollmantel. Darunter ein rotes Hemd. Dymoff mit einer Waffe in der Hand, die er auf mich richtete. Unwillkürlich drehte ich mich um, in der Hoffnung, er meinte jemand anderen, jemanden, der hinter mir stand.

Mir war entsetzlich kalt. Das Fenster war gekippt, und der kalte Geruch nach Schnee wehte herein. Ob die Flocken mich wohl bedecken würden, wenn ich tot am Boden lag und nach Tagen erst entdeckt wurde? Steifgefroren und gut erhalten. Seltsam, welche Gedanken einem in so einem Moment durch den Kopf jagen. Ich suchte nach etwas, womit ich mich bedecken konnte. Dann erst fiel mir ein, daß die Kugel durch meinen Körper jagen würde, ganz gleich, ob ich angezogen oder nackt war.

Eine unglaubliche Stille in mir verband sich mit dem Windgeheul draußen. Mein Herz schlug laut, und ein unerträgliches Rauschen in meinen Ohren setzte ein. So mußte sich ein Hörsturz anhören. Wurde ich langsam verrückt? Ich stand in Marlenes Spitzenunterwäsche im eiskalten Schlafzimmer wie eine Eidechse in ihrer Kältestarre. Der ganze Irrsinn der Welt überfiel mich und die endgültige Gewißheit, daß ich nur ein Teilchen von ihr war. Ein Teilchen im Spiel um den Wahnsinn, sich die Erde untertan zu machen.

»Wie sind Sie hier hereingekommen?« Mir fiel nichts anderes ein, was ich hätte sagen können. Es war mein Verstand, der reagierte, nicht mein Gefühl. Wenn in dieser Situation mein Gefühl etwas zu sagen gehabt hätte, wäre ich ins Bett gegangen und hätte mir die Decke über den Kopf gezogen.

Dymoff hob die rechte Hand und ließ einen Schraubenzieher mit der Spitze nach unten auf den Parkettboden fallen. Er blieb einfach darin stecken. Natürlich, meine Mutter hatte mich gewarnt. Es sei leichtsinnig, nicht abzuschließen, wenn ich meine Wohnung verließ. Aber ich verriegelte meine Wohnung stets nur von innen. Was gab es bei mir auch schon zu klauen außer Bildern?

»Verlassen Sie sofort meine Wohnung!«

Aber Dr. Dymoff wäre wohl kaum mit einem Schraubenzieher

in meine Wohnung eingebrochen, wenn er nun die Absicht hatte, sie auf meine Aufforderung hin zu verlassen.

Dennoch wiederholte ich: »Ich will, daß Sie gehen! ... Ich erwarte Besuch! Ich erwarte ... Ron will noch vorbeikommen. Sie wissen schon, der Kommissar.«

Dymoff reagierte nicht.

»Der Bruder von Frau Waldenburg!«

Die Tatsache, daß ich nur in Unterwäsche vor ihm stand, und das Bewußtsein, daß ich naiven Schwachsinn von mir gab, verbündeten sich unangenehm miteinander.

Er trug Haushaltshandschuhe. Ein Mann im Anzug mit Gummihandschuhen, als ob er jeden Moment zu putzen anfangen wollte. Aber mir war nicht zum Lachen.

»Dann kommt er auf jeden Fall zu spät«, sagte er.

Es war so, wie man es sich im Traum immer vorstellt. Ich konnte tatsächlich nicht schreien. Welche Funktion konnte dieses Ausbleiben des Reflexes in der doch angeblich sinnvollen Ordnung der Natur haben? Daß der Spezies Mensch in Gefahr die Stimme versagt?

Nur einmal in meinem Leben hatte ich mich genauso schrecklich gefühlt. Als die Psychologin mich und meine Mutter zur Identifizierung der Leiche meines Vaters geschleppt hatte. Ich hatte mich geweigert zu glauben, daß er tatsächlich tot war. Hatte meine Mutter angebrüllt. Er habe sie verlassen! Nicht mich! Und ich könnte es verstehen! *Ja, ich kann ihn verstehen, daß er dich verlassen hat!* Und jetzt versuche sie, mir die Schuld in die Schuhe zu schieben. *Du versuchst mir ja nur wie einem Kleinkind einzureden, daß er tot ist und im Himmel!* Und sie wolle mir wohl erzählen, daß er von dort aus über mich wache! *Jetzt hast du es geschafft! Jetzt habe ich einen toten Vater im Himmel. Der angeblich alles sieht und hört. Mit dem kannst du mir drohen. Aber darauf falle ich nicht herein.*

Okay. Damals war ich total durchgedreht. Die Polizei warnte uns, aber die Psychologin wiederholte, ich müsse die Leiche sehen, sonst würde ich, 14 Jahre alt, nie glauben, daß mein Vater tot sei. Ich würde sonst den Rest meines Lebens nach ihm suchen wie unzählige Angehörige von Opfern von Flugzeugabstürzen, deren Leichnam nie gefunden wurde. PTB nannten sie das Ganze – Posttraumatische Belastungsstörung.

Der Anblick meines Vaters war schrecklich.

Er war von der Strömung einige Kilometer weit getrieben worden und hatte dann tagelang am Ufer gelegen, im Gebüsch verhangen, ehe er entdeckt worden war. Es war nicht mein Vater, der dort im Keller lag, und er war es doch. Meine Mutter hatte es geschafft. Er war tot. Auch in meiner Phantasie.

29

Nachdem ich den ersten Schock in einer langen Phase des Schweigens überstanden hatte, setzte plötzlich und unvermutet die Gegenreaktion ein. Die Angst setzte einen Redefluß in Gang. Es war wie ein Überfall.

»Man wird Sie hören. Hier im Haus sind noch andere Leute. Die werden die Polizei rufen. Und ich bin nicht die einzige, die weiß, was Sie getan haben ... die Polizei fahndet schon nach Ihnen ...«

Dymoff nahm lächelnd mein Samtkleid, das noch immer über dem Sessel hing, und stülpte es über ein Sofakissen. »In dem Moment, wenn ich schieße«, er schob die Waffe unter das Kissen, »wird man glauben, du öffnest gerade eine Flasche Sekt! Und bei diesem Sturm ... fast ein bißchen wie in Sibirien, oder? Niemand wird etwas hören. Und bis du gefunden wirst, bin ich längst verschwunden. Und bis die Polizei hier ist. Bis die nach mir suchen! Weißt du, wie lange es dauert, einen Haftbefehl, eine Fahndungserlaubnis zu bekommen?«

»Aber wo wollen Sie denn hin?« Nur allzugern hätte ich ihn auch geduzt! Mich ihm gleichgestellt, seiner Unverfrorenheit, mich zu duzen, gleichwertig gefühlt.

Dymoff lachte. »Es ist nicht schwer, in Rußland zu verschwinden. Ein Land im Aufbruch. Das Land der unbegrenzten Möglichkeiten. Davon träumt ihr hier nur, wie schnell man sich dort eine neue Existenz aneignen kann. Russische Namen gibt es viele ... Aber vielleicht können wir uns auch einigen! Bevor ich mich endgültig entscheide, was mit dir passieren soll, will ich erst einmal die Zeichnungen von dir!«

Er stieß mit den Füßen meine Fischzeichnungen am Boden von sich. »Wie klug von Ewa, die Zeichnungen bei dir zu verstecken. Dein Pech, daß du so viele Bilder hast. Das Ganze hätte wie ein normaler Einbruch wirken können. Statt dessen mußte ich auf dich warten. Wertvolle Zeit verlieren.« Er trat auf meinen Fischen herum. »Also, welche sind es? Los! Sag es mir!«

Ich verstand überhaupt nicht, was er wollte. Ewas Zeichnungen hingen doch schließlich an der Wand. Er hätte sie nur abzunehmen brauchen. Ich wollte ihn schon darauf hinweisen, als mir plötzlich der Gedanke kam, daß er vielleicht nicht wußte, welche Zeichnungen es waren. Zeichnungen gab es bei mir schließlich viele.

Ich überlegte, welche Möglichkeiten ich hatte, Dymoff loszuwerden, herauszufinden, warum die Zeichnungen so wichtig waren, und – nicht zu vergessen – am Leben zu bleiben.

Über eines war ich mir im klaren: Das Gerede, er müsse erst noch über mein Leben entscheiden, war nichts wert. Das hatte ich bei Ewa gesehen. Ich begann plötzlich, ohne groß nachzudenken, Polnisch zu sprechen. »Warum? *Dlaczego?* Warum das Ganze?« fragte ich ihn und nutzte das gesamte dramatische Repertoire dieser Sprache. »Warum müssen drei ...«, mein Gott, ich rechnete mich schon selbst zu den Toten, fügte mich sozusagen freiwillig in dieses Schicksal, »... zwei Menschen sterben?«

Er antwortete deutsch:

»Jeder muß sterben. Der eine später, der andere früher. Deine Freundin Ewa war für ein Hausmädchen ganz schön clever.«

Mir wurde plötzlich bewußt, daß ich immer noch das Telefon in der Hand hielt. Und meine Finger waren nicht weit entfernt von der Taste Wahlwiederholung.

»Sie war kein Hausmädchen.«

»Nein. Sie war die *metresa* von Roman Rymut. Das war sie. Sie hat sich in den Haushalt von Waldenburgs eingeschlichen, um dort zu spionieren.«

»Was könnte sie dort schon spioniert haben?«

»Vor zwei Wochen rief er an, dieser Dr. Rymut. Informierte uns, daß er Forschungsergebnisse habe, die viel wert seien. Die einen Riesenfortschritt in der Reproduktionstechnologie bedeuteten. Er wollte sie uns anbieten ... uns anbieten!«

Dymoffs Gesicht wurde weiß vor Wut. Aber ich hatte es geschafft, ihn aus der Reserve zu locken. Er schrie auf polnisch: »*Kurwa!* Verdammt noch mal. Er war verpflichtet, uns seine Ergebnisse zu geben. Verpflichtet! Dafür wurde er bezahlt!«

Ich hörte das Telefon wählen und hoffte, Dymoff würde noch lauter werden.

»Thorwald und Waldenburg wollten mit ihm verhandeln! Aber ich nicht. Ich kenne solche Typen wie diesen Rymut. Halten sich für die großen Idealisten und wollen doch auch nur dasselbe wie wir alle. Geld, Macht, Ruhm. Und seine kleine Schlampe auch.«

»Womit? Womit glaubte er, all das bekommen zu können?« Ich sprach laut, um das Wählen des Telefons zu übertönen. Dymoff hob eine der Fischezeichnungen vom Boden auf. Ich hörte das Knacken im Telefon. Gleich würde entweder Ron sich melden oder der Apparat mitteilen, daß er nicht erreichbar war. Ich ging einen Schritt zum Bett, und während Dymoff auf die Zeichnung starrte, brach ich die Verbindung ab, sobald ich hörte, daß sie zustande gekommen war. Ich wollte kein Risiko eingehen. Vielleicht hatte ich Glück, und Rons Handy speicherte die Nummer.

Dymoff hielt mir das Blatt entgegen. Einer meiner vergeblichen Versuche, die vernarbte Haut der Störe aufs Papier zu bringen. »*Co to?* Was ist das?«

»Was?« Ich hatte keine Ahnung, wovon er sprach.

»Das sind Störe, oder?«

»Ja, aber...« Mir war kalt. Ich ging einige Schritte in Richtung Bett und setzte mich. Dymoff bemerkte es nicht. Er war völlig mit dem Bild des Störs beschäftigt. Mich überkam plötzlich ein Lachen. Der ganze Irrsinn, der sich in meinem Schlafzimmer abspielte, wurde mir bewußt. Wie ich verzweifelt über dieser absolut mißlungenen Zeichnung gesessen hatte, die Dymoff jetzt in der Hand hielt in dem Glauben, sie wäre wichtig, während die Marienkirche offen an der Wand hing.

»Loskaufen wollte er sich von uns. Unabhängigkeit. Geld. Einen Job.«

»Und Ewa, welchen Fehler hat Ewa gemacht?« Ich schob das Telefon hinter meinem Rücken unter die Bettdecke und drückte erneut die Taste für die Wahlwiederholung.

»Dasselbe. Sie wollte uns Papiere verkaufen.«

Das Telefon wählte. Wieder brach ich die Verbindung ab.

»Welche Papiere?« Wenn man jemanden am Reden halten will, muß man fragen, fragen, fragen ...

Dymoff blickte mir direkt ins Gesicht, hob erneut das Blatt in seiner Hand hoch. »Hier. Du weißt doch, wovon ich spreche. Von den Zeichnungen, die du bei Frau Waldenburg gestohlen hast.«

»Ich habe keine Zeichnungen gestohlen.«

Dymoff kam einen Schritt näher. Ich rutschte auf dem Bett nach hinten und zog schutzsuchend die Bettdecke über meine Schultern.

»Nicht bewegen!« schrie er plötzlich.

Voller Panik verfiel ich wieder ins Reden.

»Ich wußte nicht, was das für Zeichnungen sind. Ich fand sie schön. Sie haben mich interessiert. Ich kenne mich damit aus. Es ist mein Beruf.«

»Aber mich interessieren sie auch. Und mir gehören sie auch. Die ganzen Jahre habe ich dafür geackert. Und das lasse ich mir nicht kaputtmachen. Nicht von Rymut, nicht von Ewa. Sie wollte mich reinlegen, die kleine Schlampe, hat mir ein paar Papiere gegeben, in denen keine Ergebnisse waren. Nur ein kleiner Bericht, wie heißt das in diesem Scheißwissenschaftsenglisch, *Summary*. Und dafür wollte sie zehntausend Mark. Ha!« Dymoff lachte. »Wie ein toter Geliebter doch die Preise in den Keller sinken läßt. Ihr Freund wollte noch eine Million.«

»Aber warum haben Sie Ewa erschossen?« fragte ich. Meine Finger ließen die Wahlwiederholung am Telefon nicht mehr los.

»Sie wollte mich reinlegen. Wie du!«

Rons Mailbox sollte vollaufen mit meiner Telefonnummer. Irgendwann würde er sie prüfen. Aber mit jeder Sekunde näherte ich mich dem Punkt, wo ich Dymoff mit Reden nicht mehr hinhalten konnte.

Mir fiel Helena ein, die jetzt vergeblich vor ihrem Bildschirm saß und alle möglichen Buchstabenkombinationen durch den Computer jagte. Vielleicht konnte ich auf meine Weise herausfinden, worum es ging.

»Aber was ist an Zeichnungen so interessant, um dafür zwei Menschen umzubringen?«

»Die Ölfelder in Sibirien sind auf den ersten Blick auch nur Eis und Schnee. Nichts als gefrorener Boden. Aber darunter... darunter liegt schwarzes Gold. Und in den Stören liegt auch Gold. Wie in den Austernmuscheln die Perlen.«

Ich hatte keine Ahnung, wovon er sprach.

Er kam näher. Beugte sich über mich. Das Bild hielt er noch immer in den Händen.

»Warum zeichnest du Störe? Warum?«

»Es ist mein Beruf.«

»Auch ich habe einen Beruf. Und einen Auftrag.«

»Welchen Auftrag?«

Er hielt die Pistole fest auf mich gerichtet. Oder war es ein Revolver? War dieser Unterschied überhaupt wichtig?

»Wußtest du, daß eine Tonne Kaviar mehr als eine Million Dollar kostet?«

»Kaviar?« fragte ich erstaunt. Wovon sprach der eigentlich?

Aber Dymoff erklärte es mir. Einer zum Tode Verurteilten kann man vermutlich alles anvertrauen. Die größten Geheimnisse, die schlimmsten Sünden, die gemeinsten Verbrechen.

Er begann zu dozieren. Ich spürte, wie es in seinem Kopf arbeitete, wie es ihn drängte, mir alles zu erzählen.

»Und weißt du, was eine Tonne Öl kostet?«

Ich schwieg.

»Rate!« befahl er, und seine Stimme hatte wieder den Klang eines Reibeisens.

Mir fiel keine Zahl ein. In Mathematik war ich schon immer

schlecht gewesen. Zahlen rutschen durch meinen Kopf wie durch ein Sieb.

»Zwei Millionen?« sagte ich, nur um ihm einen Gefallen zu tun.

»Sechzig.« Dymoff sagte die Zahl, als würde er sie ausspucken.

»Sechzig Millionen?« rief ich entsetzt.

Das war viel.

»Sechzig Dollar«, sagte er ungeduldig wie mein Mathematiklehrer. Gleich würde er sich umdrehen und an einer imaginären Tafel Berechnungen anstellen. »Sechzig Dollar«, wiederholte er. »Eine Tonne Öl kostet auf dem Weltmarkt nur sechzig Dollar. Lächerlich gegen eine Tonne Kaviar, die eine Million Dollar bringt.«

Das leuchtete sogar mir ein.

»Und wer«, er beugte sich vor, »meinst du wohl, hat das Monopol für Kaviar?«

Nun also Geographie. Verzweifelt suchte ich in meinem Kopf nach verschüttetem Schulwissen.

»Rußland?«

»Rußland! Neunzig Prozent des Weltfangs. Nur zwei Prozent werden in den USA produziert, nur ein Prozent in China.«

»Aber das kann Ihnen doch egal sein. Was hat das mit mir zu tun?«

»Was das mit dir zu tun hat?« schrie er plötzlich. »Was das mit dir zu tun hat? Hier!« Wieder hob er die verdammte Zeichnung von diesem verdammt mißlungenen Stör hoch. »Das hat es mit dir zu tun. Hier und hier! Oder ...«, er ließ das Blatt fallen, hob einen weiteren Versuch auf, »... oder steht es hier?«

»Was, verdammt noch mal, habe ich damit zu tun?« Ich vermute, es ist gefährlich, die Geduld mit jemandem zu verlieren, der eine Waffe auf einen richtet, aber nicht umsonst stand in meinem Abiturzeugnis: *Sie hat ihr Temperament noch immer nicht unter Kontrolle.*

Er antwortete in einem Flüsterton, der klang, als wüchsen seine Stimmbänder langsam zusammen und ließen nur noch wenige Laute durch. Sein Tonfall und Akzent wurden immer rauher, immer tiefer, immer russischer.

»Weißt du, wie schwierig es ist, Kaviar zu gewinnen?«

Mein Gott, jetzt fingen wieder die Fragen an. Aber immerhin, das Ganze mußte wohl tatsächlich etwas mit Stören und Kaviar zu tun haben. Obwohl es mir verrückt erschien, daß dieses schwarze Zeug, das auf Marlenes Brötchen ausgesehen hatte wie ranzig gewordene Schuhwichse, der Grund sein sollte, zwei Menschen umzubringen.

Ich schüttelte den Kopf.

»Dann kannst du auch nicht verstehen, was es für Rußland bedeutet, wenn ein anderes Land, egal, ob Deutschland oder die USA oder sogar Polen, ein genetisches Verfahren besitzt, mit dem man den Kaviarertrag um mindestens das Fünffache steigern kann.«

»Ich verstehe …«, sagte ich, um ihn zu beschwichtigen. Und während ich dies mehrfach wiederholte, war meine Hand unter der Decke damit beschäftigt, abwechselnd *Wahlwiederholung* und *Abbruch* zu drücken. »Sie brauchen also die Ergebnisse für Rußland. Aber Sie leben hier. Ich denke, Sie arbeiten für das Institut.«

»Die haben jahrelang für mich gearbeitet, ohne es zu wissen.« Der Triumph ließ seine Stimmbänder wieder auseinanderschnellen.

»Aber Ihre Familie? Sie haben doch Kinder.«

»Nur weil ein renommierter Wissenschaftler russischer Herkunft mit einer westdeutschen Frau und Zwillingen in keiner Weise verdächtig ist. Ich habe auch Kinder in Weißrußland.«

»Was meinen Sie damit?« Jetzt nur nicht aufhören zu fragen.

»Meinst du, ich habe irgendein Interesse an eurem Scheißland? Meinst du etwa, ich lasse mein Land im Stich, nur weil ich hier mehr Geld verdiene als bei uns?«

Mein Gott, jetzt kam das Gerede von Heimat. Na ja, vielleicht würde er ja gleich zu heulen anfangen.

Aber Dymoff sollte ruhig weitererzählen. Ich wollte ihn mit meiner Unwissenheit, meiner wissenschaftlichen Naivität am Laufen halten. Mich dumm stellen, damit er sich überlegen fühlen konnte. So waren die Spielregeln zwischen uns.

Ich sagte wieder auf polnisch: »*Rozumię*. Verstehe. Aber war es so einfach, hier einen Paß zu bekommen?«

Dymoff grinste.

»Wer kontrolliert hier schon Papiere, Titel, die in Moskau oder Nowosibirsk ausgestellt wurden? Den Paß von jemandem, in dem Litauer als Nationalität steht? Eine Nation, die schließlich von den Russen unterdrückt wurde. Und ich habe viele Verbindungen, das ist immer nützlich. Erst die Kanäle von Rußland zur DDR, von der DDR nach Polen, und dann Gorbatschow, und schon war ich im Westen. Und hier war man froh, meine Kanäle nutzen zu können, meine, wie sagt ihr? Connections.« Er sprach das Wort aus, als ob er Nüsse knackte. Und plötzlich wurde sein Gesicht wieder weiß vor Wut. »Und dann kommt so ein kleiner Pole, ein Kaschube, dessen Vater noch vor fünfzig Jahren mit einem Kutter auf der Ostsee ölige Aale gefangen hat, und will den Kaviarmarkt umkrempeln. Er entwickelt ein genetisches Züchtungsverfahren für Störe und will es uns hier verkaufen. Ich biete ihm Geld an, russisches Geld. Aber er lachte nur und sagte, dafür hätte er jahrelang nicht einmal Klopapier kaufen können. Ich bot ihm einen Job an der Lomonossow-Universität an. Er lehnte wieder ab. Da blieb mir keine Wahl. Er war es, der mir keine ließ.«

Dymoff schaute mich an, als sei das Problem damit vollständig beschrieben.

»Und dein Problem ist, du hättest dich nicht einmischen sollen.«

»Aber ich weiß doch gar nicht, was Sie von mir wollen. Was wollen Sie von mir?«

»Was ich von dir will?« Dymoff begann plötzlich, die Zeichnungen, die noch auf dem Schreibtisch lagen, herunterzureißen.

»Welche sind es? Hej. Diese?« Er hielt den Mondfisch in der Hand. Ich schüttelte den Kopf. »Oder die?«

»Das sind nur Zeichnungen«, schrie ich, »nur Zeichnungen, sonst nichts!«

Dymoff kam zum Bett und riß die Decke herunter.

»Steh auf!« sagte er, und seine Stimme war plötzlich so kalt, wie sein Gesicht weiß war.

»Steh auf!«

Es war kein Widerstand, den ich empfand. Ich weiß nicht, was es war. Aber ich konnte mich nicht rühren. Ich empfand eine Mischung aus Schrecken, Lähmung und Widerspruchsgeist.

Plötzlich traten unter dem grauen Mantel rote Streifen seines Hemdes wie Adern hervor. Dymoff riß an meinen Beinen und zog mich zu Boden.

Das Telefon fiel herunter.

Der Akku wurde herausgeschleudert.

Und eine akute Attacke aus Wut, Haß und Verzweiflung überfiel mich heftig wie ein plötzlicher Asthmaanfall. Ich war allergisch gegen körperliche Gewalt. Und die Wut, die ich die letzten Tage, seit ich Ewa tot gefunden hatte, aufgestaut hatte, überfiel mich.

Vor über 100 Jahren hatte der englische Forscher Francis Galton eine Methode entwickelt, Situationen im Leben zu bewältigen, indem man Bilder im Kopf entstehen läßt. Ich hatte gelernt, auf die suggestive Kraft von Bildern zu vertrauen. Und spontan fiel mir das Revolutionsgemälde »Die Freiheit führt das Volk an« von Eugène Delacroix ein. Die leichtbekleidete Frau, Symbol der Freiheit, erhebt die Trikolore und schreitet über die am Boden liegenden toten Männer hinweg. Ich schloß die Augen. Kopierte das Bild in meinem Kopf, und in dem Moment, als Dymoff nach dem Telefon griff, holte ich aus. Mein Bein, kräftig vom täglichen Lauf über Pflaster, Schotter und Asphalt, traf voll seinen Arm. Die Waffe wurde in Richtung Fenster geschleudert und kam unter dem Schreibtisch zur Ruhe.

Für einen kurzen Moment sah Dymoff überrascht aus. Sein Gesicht stand still wie auf einem Foto. Und wie ein professioneller Fotograf sein Magazin zu Ende fotografiert, indem er endlos auf den Auslöser seiner Kamera klickt, beendete ich in meinem Kopf die Bildsequenz nach meinen Vorstellungen. Ich rannte, den Moment der Überraschung nutzend, zum Schreibtisch und stellte mich vor die Waffe, die bis nach hinten unter den Heizkörper gerutscht war.

Dymoff war klein. Für einen Mann. Ich war groß. Für eine Frau. Kurz: Wir waren gleichwertig. Auf der körperlichen Ebene.

Aber Dymoff war konzentriert und aufmerksam. Und ich hatte Roman Rymuts Leiche gesehen und ahnte, was mir passieren konnte, wenn Dymoff weiter ausrastete.

Meine Hand griff nach hinten. Suchte auf dem Schreibtisch nach einer Waffe, einem Instrument, das ich zwischen mich und Dymoff bringen konnte. Mein Gott, lag denn auf diesem Scheißschreibtisch nur Papier herum?

Dymoff hatte sich vom Schrecken erholt. Er kam langsam auf mich zu. Schon die Art, wie er sich bewegte, wirkte drohend. Und die Tatsache, daß er die Fähigkeit hatte, mir immer noch und unbeirrt in die Augen zu schauen, ließ nichts Gutes ahnen. Er konnte mein Leben beenden. Er nahm sich das Recht dazu. Er nahm sich das Recht, zu bestimmen, wann es zu Ende war. Aber wie mein Vater wollte ich selbst darüber entscheiden. Ich trat einen kleinen Schritt nach hinten. Dachte daran, daß Constanze ihre Bilder haben wollte, daß ich noch ausprobieren wollte, wie weit ich mit Ron ... handelseinig wurde ... mir fiel kein anderes Wort ein. Ich hatte noch so einiges vor die nächsten Tage, Wochen, vielleicht sogar Jahre.

Da endlich spürte ich etwas Hartes zwischen den Fingern. Das Skalpell aus Metall, scharf genug, um dicken Zeichenkarton mit einer Handbewegung sauber zu durchtrennen. Meine Finger wanderten hoch zur Spitze. Ich liebe alles, was scharf und gespitzt ist. Scharfe Getränke, spitze Bleistifte, scharfe Messer. Ich hielt es fest zwischen den Fingern und schwor Gott weiß was, wenn mir gelang, was ich vorhatte. Ich schwor, die alleinige Existenz von Computern anzuerkennen, ich würde mein lila Samtkleid entsorgen, ich würde aufhören, Wodka zu trinken.

Vielleicht würde ich mich sogar überwinden und ab sofort Fisch essen.

Es funktionierte. Dymoff schrumpfte in meiner Vorstellung zusammen. Ich sah ihn nur noch als Schatten seiner selbst, als lächerliche Stummfilmfigur, die drohend die Hand, das Messer, das Schwert erhebt. Ich holte aus ... es geht doch nichts über professionelles, gepflegtes Arbeitsmaterial. Das Skalpell traf ihn gezielt an der linken Wange. Nie hätte ich vermutet, daß die menschliche Haut so widerstandsfähig war, meiner Kraft solchen Widerstand leisten konnte. Um ganz sicherzugehen, zog ich es mit aller Kraft nach unten. Für einen kurzen Moment erschrak ich vor mir selbst. Meine Angst verwandelte sich in eine Wut, deren Absicht es war, mit dem Skalpell so tief in seine Wange einzudringen, bis die vermutlich überkronten Backenzähne freilagen. Ich gebe zu, in diesem Moment hatte ich mich nicht mehr unter Kontrolle. Bis ich seinen Aufschrei hörte und sah, wie das Blut aus seiner Wange spritzte. Hoffentlich hatte ich es geschafft, nicht nur die alten Narben seiner Haut aufzuschlitzen, sondern ihm auch neue zuzufügen. Und ich nutzte mein Hochgefühl, indem ich ihm den nächsten Schlag versetzte und zu dem Mittel griff, das als Unterrichtsfach im Mädchenturnen bereits in der ersten Klasse eingeführt werden müßte. Ich zog mein Knie hoch und trat ihm fest und gezielt, mit aller Kraft, zwischen die Beine. Der Schrei, den ich daraufhin hörte, war lauter als der zuvor. So ein Tritt war also wirksamer, als die Gesichtshaut mit einem Skalpell zu durchtrennen. Das mußte ich mir merken.

Dymoff krümmte sich auf dem Boden, und ich rannte an dem zusammengerollten Etwas vorbei in Richtung Wohnungstür.

30

Wie war Dymoff in meine Wohnung gekommen? Ich hatte die Kette meiner Wohnungstür vorgelegt, in dem Glauben, in meiner Wohnung sicher zu sein. Hatte mir eingebildet, sie schütze mich vor Gefahren, die von außen drohten. Vor Mördern ebenso wie vor ungebetenen Kommissaren. Jetzt saß ich in der Falle. Mein Flur war eine Sackgasse. Mein Verstand begriff plötzlich, daß etwas in meinem Leben falsch gelaufen war. Ich hatte meine Wohnung als Schutz betrachtet, als Bannmeile gegen das Draußen! Und nun entpuppte sie sich als Falle. Wie ein Aquarium, das Gefangenschaft, nicht Schutz bedeutet.

Meine Hände zitterten. Vergeblich versuchte ich, die Kette nach oben zu schieben. Ich wußte nicht, wie lange ein Mann braucht, um sich von einem Tritt in den Unterleib zu erholen. Immer wieder rutschte diese verdammte Kette aus meinen Fingern. Endlich schaffte ich es. Aber genau in diesem Moment hörte ich auch hinter mir Dymoff. Ich drehte mich schnell um. Er stand am anderen Ende des Flurs, die Waffe in der Hand. Ich hatte sie vergessen. Scheiße. Hatte sie unter dem Schreibtisch liegengelassen. Anstatt sie mitzunehmen.

Was nun geschah, geschah zu schnell, als daß es hätte geplant werden können. Als der erste Schuß kam, duckte ich mich. Ich hörte, wie die Kugel über meinen Kopf hinweg direkt in die Wohnungstür einschlug. Und zwar genau neben dem Türspäher. In Zukunft, wenn ich denn eine hatte, konnte ich mit zwei Augen sehen, wer vor der Tür stand.

Ich sah, wie Dymoff zum zweiten Schuß ansetzte. Für einen winzigen Moment schnellte ich hoch. Meine Hand faßte zum Lichtschalter. Wenn ich schon sterben mußte, dann im Dunkeln. Dann drehte ich mich, ohne darüber nachzudenken, um die eigene Achse und trat mit aller Kraft gegen mein Fahrrad. Es knallte mit voller Wucht erst gegen die Wand und fiel dann zu Boden. Diese Reparatur würde teuer werden. Dann ließ ich mich zu Boden fallen, krümmte mich in der Embryohaltung. Und wenn dies, so mein Gedanke, nun der letzte Moment in meinem Leben war, dann hätte Constanze ziemlich viel Ärger. Denn es fehlten immer noch zehn Bilder.

Es blieb nur kurz still. Dann hörte ich Dymoff etwas zischen, das wie »Verdammt!« klang, und dann noch ein russisches Wort. Ich glaube nicht, daß meine Ohren jemals in ihrem Leben so gut gehört hatten. Ich hörte nicht nur seine Schritte. Ich glaubte sie sogar zu *spüren.* Hatte das Gefühl, der Boden unter mir schwankte bei jedem seiner Schritte. Ich hielt den Atem an. Was ich dann hörte, konnte ich erst nicht verstehen. Ein Schlag, und etwas fiel zu Boden. Glas klirrte. Ein Schuß. Etwas Spitzes drang in meinen Unterschenkel ein. Hatte er die Flaschen getroffen? Dann ein schrecklicher Schrei vor Wut oder Schmerz oder beidem. Und dann war es still.

Ich wagte kaum zu atmen und saß bewegungslos mit dem Rücken zur Tür in den äußersten Winkel des Flurs gezwängt. Mein Bein schmerzte. Vorsichtig tastete ich mit der Hand nach unten. Ich spürte etwas Feuchtes. Mein Herz schlug. Hatte mich die zweite Kugel getroffen?

Und was war mit Dymoff?

Ich hörte ihn nicht einmal mehr atmen. Und hatte keine Vorstellung, was passiert sein konnte. Konnte mir nicht erklären, warum er nicht reagierte. Wollte er mich hereinlegen? Abwarten, bis ich das Licht anschaltete, und dann schießen. Verhielt er sich ruhig, um mich zu täuschen? Ich zählte bis hundert. Ein leises Stöhnen, nicht weit von mir entfernt. Laut atmend tastete ich meine Umgebung ab. Dann zog ich die Hand mit einem Aufschrei zurück. Glassplitter. Überall in meiner Umgebung lagen Glassplitter. Langsam erhob ich mich, indem ich mich mit dem Rücken an der Tür hochschob. Von Dymoff war nichts mehr zu hören. Meine Hand suchte den Lichtschalter. Egal, was dann käme. Ich mußte wissen, was passiert war. Das Licht ging an. Und was einmal mein Flur gewesen war, sah nun aus wie nach einem Erdbeben oder einer Explosion.

Dymoff lag vor mir am Boden. Die Arme in den Speichen meines Fahrrads gefangen, dessen Räder in die Luft standen wie nach einem Unfall. Eines drehte sich. Ich versuchte mir darüber klarzuwerden, was passiert war. Dymoff mußte im Fallen diesen verdammten Spiegel umgerissen haben. Mindestens 20 Kilo Glas waren zerschellt. Und unter ihnen lag Dymoff. Ein Stück bohrte sich in seinen Rücken. Wenn er nicht das Rückgrat gebrochen hatte, so wäre es dennoch gefährlich für ihn, sich zu bewegen.

Da durchzuckte ein Schmerz mein Bein. Ich sah an mir herunter. Im Unterschenkel steckte ein Splitter. Vorsichtig zog ich ihn heraus. Es blutete, und ich begann sofort zu zittern.

War Dymoff tot? Ich verkroch mich wieder in die Ecke. Saß lange Zeit still da und starrte den Mann vor mir an. Sein Gesicht war weiß, so daß die Linien der Narben in seinem Gesicht aussahen wie Risse in Porzellan. Warum hoffte ich um alles in der Welt, daß er noch lebte? Wenn doch das Ganze, sobald er bei Bewußtsein war, wieder von vorne losgehen würde? Er würde mir keine Chance geben, warum also ließ ich ihm eine? Dann endlich hörte ich ihn leise stöhnen.

Ich strengte mich an zu überlegen, wie ich hier herauskam. Die Tür konnte ich nicht öffnen. Denn das Fahrrad und Dymoff versperrten den Weg. Auf der gegenüberliegenden Seite sah ich die Pistole liegen. Sie war meine einzige Chance. Ich mußte sie unbedingt an mich bringen. Aber zwischen uns beiden lagen unzählige Glassplitter. Und ich war so gut wie nackt.

Doch es war die einzige Möglichkeit, mir einen Vorteil zu verschaffen. Ich beugte mich vorsichtig nach links in Richtung Waffe.

Meine Hand suchte den Weg zwischen den Splittern, bis ich die Pistole in der Hand hatte. Der Gedanke kam mir in den Sinn, daß Ewa damit erschossen worden war, daß Dymoff mich hatte erschießen wollen. Unwillkürlich streckte ich die Hand aus und richtete sie auf ihn. Es hatte mehr symbolischen, rituellen Charakter, als daß es einen Schutz bot. Ich hatte nämlich keine Ahnung, wie man damit umging.

So saß ich also und ließ Dymoff nicht aus den Augen. Die Zeit verging schnell, obwohl ich nur saß und mich darauf konzentrierte, ob er wach wurde. Doch er rührte sich nicht. Stöhnte nur ab und zu leise, und unter der Jacke sah ich einen Blutfleck größer und größer werden. Mein Zittern ließ nach. Man gewöhnt sich an alles, sagte meine Mutter immer, und dieses eine Mal mußte ich ihr recht geben. Ich gewöhnte mich so sehr daran, daß ich Lust hatte, eine Zigarette zu rauchen. Tabak rauchen hatte schon bei den Indianern eine rituelle Bedeutung. Eine einzige Zigarette, und mir würde schon was einfallen, was ich unternehmen konnte. Denn irgendwann würde Dymoff vielleicht doch aufwachen, und dann?

Das Bedürfnis zu rauchen wurde übermächtig groß. Ich hatte weder Hunger noch Durst, und ich mußte auch nicht zur Toilette. Alle menschlichen Grundbedürfnisse waren ausgeschaltet, aber ich wollte rauchen. Das war wieder einmal typisch. Falls Dymoff Zigaretten dabeigehabt hatte, hatte er sie höchstwahrscheinlich in die obere Brusttasche seines Jackets gesteckt. Wenn ich mit der Hand nach vorne tastete, dann hätte ich eine gute Chance, sie herauszuholen. Aber wenn er dadurch wach wurde, seine Hand nach vorne schnellte, meine ergriff und er mich zu sich hinunterzog ... Wenn er das tat, dann würde sich das Stück Spiegel in seinem Rücken bewegen, und die Spitze käme gefährlich in die Nähe seines Halses. Wo verlief noch einmal die Halsschlagader? Ich bereitete mich mental vor:

Im Vergleich zu Dymoff hatte ich einen großen Bewegungsspielraum.

Ich erwachte nicht gerade aus einer Ohnmacht.

Und außerdem hielt ich die Waffe auf ihn gerichtet.

Das einzige, was er hatte, waren die Zigaretten.

Schon ging meine Hand nach vorne und schob sich unter seinen Körper. Zum Glück spürte ich die Schachtel mit den Zigaretten sofort. Meine Finger fuhren in die Brusttasche. Dymoff stöhnte, bewegte sich etwas, der Spiegel rutschte einen Zentimeter weiter nach vorne, und mit einem Ruck zog ich die Schachtel heraus. Das Feuerzeug steckte neben den Zigaretten, und erleichtert zündete ich mir eine an. Ich hob ein Stück Spiegel neben mir auf und legte die Asche vorsichtig darauf ab. Zug für Zug sog ich den Rauch ein. Die Waffe mit der rechten Hand starr auf Dymoff gerichtet, der mit jedem Zug, den ich nahm, langsam zu sich kam.

Endlich öffnete Dymoff die Augen und starrte mich an. Es war furchtbar. Ich wußte, daß er große Schmerzen haben mußte, denn aus seinem Mund kam ein Stöhnen. Aber der Blick, der mich traf, machte mir angst. Angst, er könnte hier und jetzt sterben. Angst, er hätte die Situation noch immer im Griff, würde aufspringen und mich umbringen. Die Hand, in der ich die Waffe hielt, zitterte. Ich begann zu reden, um ruhig zu werden. »Bewegen Sie sich nicht. Bewegen Sie sich nicht. Sobald Sie auch nur einen Finger rühren, drücke ich ab.« Dymoff starrte mich nur weiter an. Wo hatte er diesen Blick gelernt? Im russischen Militär? Beim KGB? In Sibirien? Ich schob mich langsam mit dem Rücken die Tür hoch. Ich mußte hier raus.

Dymoff bewegte den Mund. »Seien Sie still. Still, sei still!« schrie ich. Dabei kam kein Ton von ihm. Wenn ich richtig überlegte, hatte er wohl nicht einmal mehr die Kraft zu sprechen. Sein Mund bewegte sich immerzu schweigend. O Gott. Er starb jetzt vor meinen Augen. Ich war verpflichtet, Erste Hilfe zu leisten. Oh, Scheiße. Ich hatte keine Ahnung, was ich tun sollte. Ich drehte mich verzweifelt um und schlug gegen die Tür. Endlich tat ich das, was ich schon die ganze Zeit hätte tun sollen. Was das einzig richtige war. Jemanden um Hilfe bitten. Ich schrie, so laut ich konnte. Ich schlug mit den Händen, trat mit den Beinen gegen die Tür, bis ich plötzlich einen lauten Knall hörte. Mein Arm wurde nach hinten gerissen. Etwas traf mich heftig am Kopf. Blut lief das Gesicht herunter. Ich wurde bewußtlos oder starb. Aber das konnte mir jetzt auch egal sein. Wie mir alles egal war.

31

Glasscherben.

Mein Kopf tat weh.

Irgend etwas lief in meine Augen.

Ich faßte mir automatisch an die Stirn und wischte es ab. Blut.

Ich hörte, wie jemand sagte: »Nehmt ihr endlich die Waffe aus der Hand.« Automatisch öffnete ich meine rechte Faust.

»Bist du wach? Berit? Berit?« Ich hörte meinen Namen rufen, als sollte ich sprechen lernen.

Ein Stöhnen, und gleich darauf merkte ich, daß ich diesen Laut hervorgebracht hatte. Vergeblich versuchte ich, mich aufzurichten. Hände drückten mich sanft, aber energisch nach unten.

»Nicht bewegen. Der Arzt ist gleich bei dir.«

Ich brauchte doch keinen Arzt!

Weit entfernt hörte ich eine Sirene.

Hände, die mich berührten.

Eine vertraute und zugleich fremde Stimme rief meinen Namen und faßte mich an den Schultern.

»Berit, der Arzt. Bist du wach? Mein Gott, Berit, antworte!«

Ich roch Leder und Nikotin. Aber ich war noch nicht bereit, die Augen zu öffnen. Wozu in der Wirklichkeit leben? Wofür die Anstrengung, die Realität zu akzeptieren? Warum immer die Manie, die Bilder der Welt genau im Kopf entstehen zu lassen. Mein Gott, ich würde sonst etwas dafür geben, wenn ich einfach nur einmal gelbe Sonnenkleckse auf eine Riesenleinwand im Format zwei mal drei Meter klatschen dürfte. Ich hatte ihn satt, den Ehrgeiz von Gegenständlichkeit, Sachlichkeit, Detailtreue.

»Berit!« hörte ich energischer rufen, eine Mischung aus Angst und Ungeduld.

Und zwischen den Sonnenklecksen auf meinem Bild sollte hohes Gras entstehen. Grüne Linien, zwei Meter hoch, sich wiegend in unsichtbarem Wind.

Ich spürte einen Mund in meinem Gesicht. Ich hob die Hand, um ihn abzuwischen, aber mein Arm wurde unter eine Decke gesteckt, in die ich plötzlich eingewickelt war.

»Sie wacht nicht auf.« Wieder ein Unterton von Besorgnis. Wo hatte ich diese Stimme schon einmal gehört? Sie hat etwas mit meinem Telefon zu tun, war das erste, was mir einfiel...

»Warum um Himmels willen wacht sie nicht auf? Scheiße!«

Ron.

Noch ein Grund, ohnmächtig oder tot zu bleiben.

Weit entfernt hörte ich Reifen quietschen, Türen schlagen und Gepolter. Unmengen von Leuten kamen die Treppe hochgestürmt. Über mir Rufen und Schreien.

Das war zuviel. Ich öffnete die Augen.

O Gott.

Vor mir sah ich mein Fahrrad auf dem Boden liegen. Ein Rad drehte sich langsam. Durch die Pedale kam ein Arm auf mich zu. Ein Gesicht starrte mich durch Speichen an, wie hinter Gittern. Es war kreidebleich. Die Augen geschlossen. Und an der Wange klaffte eine tiefe Wunde. Eine wie freigelegte Blutbahn nahm den Weg vom Auge bis zum Mund und zerlief in den Narben zu einem grotesken Muster.

Dymoff.

»Ist er tot?« war alles, was ich herausbrachte.

»Keine Sorge, er lebt. Aber du hast ihm böse zugesetzt.«

Ich richtete mich auf. Jemand hatte die Glasscherbe aus Dymoffs Rücken entfernt. Aber er lag noch immer gekrümmt da und stöhnte. Eine unnatürliche Haltung, als sei sein Rückgrat in der

Mitte auseinandergebrochen und rage nun mit den Spitzen in diametrale Richtungen.

Ich begann zu zittern.

Ron hielt mich fest. »Ruhig. Alles in Ordnung.«

»Was ist mit ihm?«

»Es sieht schlimmer aus, als es ist.«

Ein Sanitäter legte eine weitere Decke über meine Schultern, während zwei andere versuchten, Dymoff zu befreien. Aber sein Rücken gab nicht nach. Er hielt die Hände verkrampft über der Brust gekreuzt wie in einer besonders orthodoxen Gebetshaltung. Erst als der Arzt ihm eine Spritze gab, entspannte er sich etwas, und sie konnten ihm die Hände wegziehen. Drei Sanitäter mußten ihn auf die Trage heben. Dann trugen sie ihn aus der Wohnung. Kurz darauf hörte ich den Krankenwagen mit lautem Sirenengeheul wegfahren.

»Es ist vorbei«, sagte Ron. »Meinst du, daß du jetzt aufstehen kannst?«

»Ja.« Ich erhob mich, schwankte für einen Moment.

Der Arzt fühlte meinen Puls. »Alles in Ordnung?«

Ich sagte mechanisch: »Ja.«

»Die Wunde am Bein ist nicht schlimm. Der Glassplitter steckte nicht besonders tief. Sie sollten sich trotzdem hinlegen.«

Ich nickte.

Ron führte mich ins Schlafzimmer. Der Raum war voller Leute, und ich kam mir vor, als sei ich im Kino und schaute mir einen Thriller an. Mindestens zehn Männer liefen durch mein Schlafzimmer und stellten es auf den Kopf. Sie pinselten Pulver auf den Schreibtisch, sammelten Papierfetzen vom Boden, untersuchten den Teppichboden.

Plötzlich stand Henri in der Tür und ein Mann, den ich nicht kannte.

»Hej, Berit«, sagte er, »gute Arbeit. Willst du bei uns anfangen?«

Ich brachte ein schwaches Lächeln hervor.

»Tut mir leid, aber wenn es dir einigermaßen geht, mußt du mit aufs Präsidium kommen und deine Aussage zu Protokoll geben.«

Ron mischte sich ein: »Da ich es war, der Berit mit der Tür bewußtlos geschlagen hat, trage ich die Verantwortung. Das Protokoll hat bis morgen Zeit.«

»Wenn du das unserem Boß beibringst, soll es mir recht sein.«

»Einen Scheiß werde ich ihm mitteilen. Ich nehme Berit mit zu uns. Bis er hier eintrifft, sind wir schon lange verschwunden. Erzähle ihm, sie stehe unter Schock. Sie sei im Krankenhaus oder sonst etwas.«

Henri zuckte mit den Schultern. »Auf deine Verantwortung.«

»Darauf kannst du wetten«, sagte Ron. »Aber erst muß sie sich etwas anziehen.«

Erst jetzt wurde mir bewußt, daß ich nur mit Unterwäsche und dicken Wollsocken bekleidet war. Ron öffnete meinen Kleiderschrank, zog eine Jeans und ein Sweatshirt heraus. »Beeil dich, sonst hängst du gleich hier fest und mußt wieder mit meinem Boß streiten. Das brauche ich heute nicht mehr.«

Ich zog mich an. In meinem Kopf pochte es, als ich den Pulli überzog. Ron also hatte mir den Schlag gegen den Kopf versetzt.

Als wir zum Schlafzimmer hinausgingen, stand noch immer der junge Mann in der Tür. Mein Kopf schmerzte fürchterlich ...

»Bei ihm solltest du dich bedanken«, sagte Ron.

»Wofür?« fragte ich. Der Mann lächelte mich an. Ich hatte keine Ahnung, wer das sein sollte.

»Er hat uns benachrichtigt.«

»Danke«, sagte ich fügsam, ohne zu wissen, warum.

»Nichts zu danken.« Er hob eine Hand nach oben, als wollte er salutieren. Eine Bewegung, die mir bekannt vorkam. Aber ich wußte nicht ...

Im Flur sah ich, daß die Wohnungstür aus den Angeln hing.

»Wie ist das denn passiert?« fragte ich entsetzt.

»Tja«, antwortete Ron. »Ich trat gerade unten durch die Tür, als ich von oben einen entsetzlichen Lärm hörte, und gleich darauf schrie jemand.«

Ich nickte.

»Ich bin die Treppe hoch«, fuhr Ron fort.

»So schnell habe ich ihn noch nie rennen sehen«, warf Henri ein.

»... und als ich das Schreien und Klopfen aus deiner Wohnung hörte, habe ich die Tür eingetreten. Dabei ...«, er machte eine kurze Pause, »... muß ich dich wohl k.o. geschlagen haben.«

»Aber wieso bist du vorbeigekommen ...?«

»Wir hatten gerade Besprechung. Deswegen war mein Handy abgeschaltet. Als ich es danach anschaltete, meldete mir die Mailbox zehn Anrufe. Ich stellte fest, daß es deine Nummer gewesen war. Ich versuchte dich anzurufen, und ich bekam keine Verbindung.«

»Der Akku ist herausgefallen«, erinnerte ich mich.

Ron nickte. »Ich habe mir echt Sorgen gemacht. Du hattest mehrfach versucht, mich zu erreichen, und dann war deine Leitung tot. Dann kam Henri und fragte, ob du nicht im Musikantenweg wohnst. Sie hätten in der Zentrale eine Meldung erhalten, hier sei etwas nicht in Ordnung ...«

Der Unbekannte nickte. »Ich hatte mein Motorrad unter ihrem Fenster abgestellt, und da hörte ich Lärm aus ihrer Wohnung. Und dann einen Schrei.«

In meinem Kopf klickte es. Er war der Motorradfahrer, den ich bisher nur mit Helm gesehen hatte.

Ron fuhr fort: »Ich glaube, so schnell war ich noch nie in Frankfurt unterwegs. Ich habe mindestens fünf rote Ampeln überfahren, zehn Unfälle provoziert und ab heute die Verkehrspolizei auf dem Hals. Aber alles umsonst. Du hattest die Situation ja selbst ganz gut im Griff. Sehr geschickt, das Fahrrad so zu plazieren, daß es gegen den Spiegel fiel.«

Ich lächelte nur schwach. Okay, Dymoff hatte mich bedroht, aber die Vorstellung, daß ich schuld war, wenn er in Zukunft im Rollstuhl durch das Gefängnis fahren mußte, stimmte mich nicht gerade fröhlich. Mit solchen Dingen wollte ich nichts zu tun haben. Und im nachhinein verließ mich der Mut bei dem Gedanken, daß ich einem anderen Menschen, auch wenn er ein Mörder war, Schmerzen bereitet hatte. Es war keine Befriedigung, die ich empfand. Aber ich war froh, daß es vorbei war.

»Er war es, der Roman Rymut und Ewa umgebracht hat.«

»Wir haben die Aussage von Kowalski«, sagte Henri. »Es war tatsächlich Dymoff, der Ewa erschossen hat.«

»Warum ist Kowalski nicht sofort zu euch gekommen, wenn er es doch gewußt hat?«

»Er hat es nicht gewußt. Dymoff hat ihn zum Flughafen gebracht und gesagt, daß er im Hotel alles regeln würde mit der Rechnung. Kowalski hat also gar nicht ausgecheckt, sondern ist nach Polen zurück. Dort wurde er festgenommen. Aber mit seinem Ticket konnte er nachweisen, daß er schon Freitag abend in Polen angekommen war.«

Ron drängte uns hinaus. »Ich glaube, wir sollten jetzt so schnell wie möglich hier verschwinden. Das Ganze hat bis morgen Zeit.«

Wir gingen zur Tür.

»Aber meine Sachen. Die Tür ist hinüber. Jeder kann jetzt da hinein.«

»Keine Sorge«, sagte Ron, »die Wohnung wird versiegelt. Es dauert, bis du da wieder hineinkannst.«

»Und wo soll ich wohnen?« fragte ich entsetzt.

»Bei uns«, sagte Ron kurz.

Als wir gerade dabei waren, die Wohnung zu verlassen, klingelte es Sturm bei mir, und gleich darauf hörten wir jemanden langsam die Treppen hochkommen. Helena kam uns im zweiten Stock entgegen. »Was ist passiert? Ich versuche dich seit einer Stunde anzurufen. Aber mit deinem Telefon muß etwas nicht in Ordnung sein. Ich bekomme keine Verbindung.«

Und dann rief sie plötzlich: »Ich glaube, ich bin der Sache nähergekommen. Wir hatten recht!«

Das fand ich nun wirklich nett von ihr, daß sie von *wir* sprach.

»Es handelt sich um eine genetische Verschlüsselung. Wirklich gut gemacht. Ich weiß zwar noch nicht genau, von welcher Spezies, aber das kriege ich schon noch heraus. Auf jeden Fall sind es dieselben Codes, wie sie im Internet für Mäuse zu finden waren. Ich denke, es hat etwas mit der Geschlechtsreife zu tun ...«

Sie sah einfach super aus. Ihr Gesicht strahlte mich an. Die Freude hatte ihren gewohnten giftigen Blick absorbiert. Die Haare waren hinten mit einem roten Samtband zu einem Zopf gebunden. Nur eine Strähne hatte sich gelöst und fiel ihr ins Gesicht. Die Aufregung, der Schnee, die Bewegung färbte ihre Haut in einem wunderschönen Roséton. Nicht Pfirsich oder Apricot, sondern ... Sie strahlte.

»Berit muß sich jetzt ausruhen«, warf Ron ein und zog mich an ihr vorbei.

»Was ist passiert?« fragte Helena erschrocken.

»Nichts!« beruhigte ich sie.

»Sie hat nur gerade einen Mörder zur Strecke gebracht«, meinte Henri trocken. »Und vielleicht erzählen Sie besser mir, was Sie herausgefunden haben.«

»Das ist ja schrecklich. Kann ich etwas für dich tun, Berit? Willst du mit zu mir? Du kannst bei mir schlafen.«

Ron gab mir keine Chance, lange zu überlegen. Er legte seinen Arm um meine Schultern und schob mich vor sich her die Treppe hinunter. Und ich schwöre: Ich muß wirklich vollkommen erschöpft gewesen sein, daß ich mir das gefallen ließ.

Aber bevor wir das Haus verließen, schaffte ich es gerade noch, Helena zuzurufen: »Wieso Mäuse? Kaviar! Es hat etwas mit Kaviar zu tun.«

32

Der Schock kam, sobald ich in Rons Wohnung eintraf. Nachdem mein Leben um ein Haar ausgelöscht worden wäre, war meine Widerstandsfähigkeit verständlicherweise geschwächt, und Ron, irritierend fürsorglich, brachte sie nun mit besonders aufmerksamem Verhalten vollends zum Erliegen.

»Hast du Hunger?« fragte er. »Durst? Oder kann ich sonst etwas für dich tun?«

Ich schüttelte den Kopf.

»Möchtest du reden?«

Wieder schüttelte ich den Kopf. Die Vorstellung, die letzten beiden Stunden nacherzählen zu müssen, verursachte mir Übelkeit. Ich mußte mich übergeben.

Ron packte mich an den Schultern und beugte meinen Kopf über das Spülbecken in der Küche. Angesichts der glasigen Zwiebelreste im Abfluß kam mir die Galle hoch, und ich spülte sie angeekelt den Zwiebeln hinterher.

»Tut mir leid«, sagte ich mechanisch. »Wo ist die Toilette?«

Ron ging voraus und zeigte mir eine rotgestrichene Tür.

Ich verschloß sie zweimal hinter mir und setzte mich zitternd auf den Toilettensitz. Ich konnte gerade noch wahrnehmen, daß er mit grünem Teppich überzogen war. Dieselbe Farbe wie meine Galle. Wieder hob sich mein Magen, aber die natürlichen Ressourcen waren endgültig erschöpft.

Ich wusch mir Gesicht und Hände und schaute in den Spiegel, ohne zunächst zu verstehen, daß dies mein Gesicht war, das ich da sah. Als ob ich mir eine Tube Deckweiß ins Gesicht geklatscht hätte. Ich schloß entsetzt die Augen und verließ das Bad so schnell wie möglich. Ron hatte geduldig draußen gewartet. Mein Gott, würde er mich nun die ganze Nacht verfolgen?

»Hier kannst du schlafen«, sagte er und öffnete eine blaue Tür. Ich trat in ein Zimmer, das einen vollkommenen Gegensatz zum Bad bildete. Es sah aus wie eine Mischung aus Aufnahmestudio und Fitneßraum. Mehrstöckige Boxen in allen vier Ecken, ein verchromter Hi-Fi-Turm in der Mitte des Raumes, wo andere ihr Bett haben, sowie links an der Wand ein riesiger Fernseher mit Flachbildschirm in Blau. An den Fenstern Rollos mit Holzlamellen. Dazwischen hing ein professioneller Boxsack von der Decke. Am Boden sechs Hanteln, ordentlich nach Gewicht und Größe sortiert.

Rechts endlich ein Futonbett, Breite 1,40. Typisch Single nach dem Motto: erweiterbare Funktion, aber nichts Festes.

Ron nahm einen karierten Schlafanzug aus dem Schrank und warf ihn aufs Bett.

»Ich koche dir noch einen Tee«, sagte er und ließ mich allein. Ich hatte zwar noch nie das Gefühl gehabt, daß Tee Probleme löste, aber warum nicht. Ich war froh, alleine zu sein, und beeilte mich, den überdimensionalen Flanellschlafanzug überzuziehen. Meine Unterwäsche vergrub ich rasch in die Taschen meiner Jeans, und gerade als Ron mit einem Tablett hereinkam, schlüpfte ich unter die Bettdecke, wobei ich kurz aufschrie, weil die Verletzung am Unterschenkel, wo ich den Glassplitter entfernt hatte, gegen die Bettkante gestoßen war.

»Was ist los?« Ron war sofort bei mir. »Kann ich dir helfen?«

»Nein«, sagte ich leicht genervt. Ich war es zwar nicht gewohnt, einen Mann im Haus zu haben, aber das wäre mir immer noch lieber gewesen als eine Krankenschwester. Es fehlte jetzt nur noch, daß er mich zudeckte, ein Gutenachtlied sang und mich mit einem Kuß auf die Stirn verabschiedete.

»Schlaf gut«, sagte er und verließ leider rücksichtsvoll das

Zimmer. Und mir blieb nichts anderes übrig, als alleine einzuschlafen.

Aber was soll's.

Ich war sowieso völlig am Ende.

Um neun Uhr morgens schreckte ich plötzlich hoch, weil jemand in meinem Zimmer war. Nur langsam wurde mir klar, daß es nicht mein Bett war, in dem ich lag.

»Tut mir leid«, Ron stand in der Tür, »aber ich brauche etwas zum Anziehen. Und außerdem müssen wir ins Präsidium. Henri ist schon weg.«

Und in diesem Moment passierte es. Ich fing an zu zittern, die Zähne schlugen aufeinander. Ich hyperventilierte. Kalter Schweiß trat durch alle Poren.

Medizinisch gesehen bedeutet ein Schock Schwächung bis hin zum völligen Versagen den Kreislaufes. Ursachen können sein: eine schwere Krankheit, ein Unfall, Allergien, aber auch eine seelische Krise. So harmlos es klingt, ein Schock hat alamierende Symptome: Schwächegefühl, Verwirrungszustand, starkes Frösteln, schneller Puls. Diese Anzeichen treten auch bei Verliebtheit auf und können daher leicht verwechselt werden.

Ron war gleich zur Stelle und beruhigte mich: »Tief durchatmen. Durchatmen.« Er sorgte dafür, daß ich mich auf den Rücken legte, und breitete eine zusätzliche Decke über mir aus. Der Schweiß erwärmte sich langsam. Ich beruhigte mich. Mein Gehirn wurde so leer, wie es sonst nur bei Yoga oder autogenem Training möglich ist.

Ron hörte nicht auf zu sprechen. *»Ja, ruhig. Tief durchatmen. Gut so. Alles ist vorbei ...«* Ich wunderte mich, wo plötzlich die ganzen Worte herkamen. Seine Stimme hatte eine beruhigende Mittellage, und sein Arm, den er unter meinen immer noch schweratmenden Oberkörper gelegt hatte, war warm.

Hätte er mich nur nicht plötzlich geküßt!

Eigentlich, so schoß mir der Gedanke durch den Kopf, hätte er mich vorher fragen können. Aber meine Widerstandsfähigkeit war geschwächt. Ich hatte es satt, mich zu beherrschen. Ich hatte es satt, mir Gedanken zu machen, ich hatte es satt, zu überlegen, ob das jetzt in Ordnung war, ob ich wirklich in ihn verliebt war, ob er es wert war, in ihn verliebt zu sein, ob er mich liebte, ob ... oder ob nicht ... oder ob doch.

Statt dessen nahmen andere Gedanken in meinem Kopf Raum ein. Ich überlegte, ob der Schlafanzug leicht zu öffnen war, wann ich das letzte Mal die Beine rasiert hatte. Wann ich das letzte Mal Sex gehabt hatte.

Es war ein Jahr her ...

Mein Gott, wie schnell die Zeit vergeht!

Ein Kollege von Constanze aus dem Verlag. Nach der Weihnachtsfeier. Ich erinnerte mich an bücherstaubgetrocknetes Sperma, nur schwer zu aktivieren, und der ganze Vorgang hatte mir dasselbe Gefühl vermittelt, wie wenn man mit Büchern umzieht: die vielen Kisten, die vielen ungelesenen Seiten, der Staub, und wohin mit der sexuellen Frustration?

Pygmalion fiel mir ein, der Ehelosigkeit schwor und sich dann wider Willen in eine Statue verliebt. Ich könnte jetzt sagen, wir küßten uns lange. Aber dazu hatten wir keine Zeit. Ron rutschte zu mir aufs Bett und schlang beide Arme um mich. Ich zitterte wieder, aber nun aus anderen, besseren Gründen. Und erschrak, wie sehr mir das Ganze gefiel, wie lange ich das Wort *Sex* vermißt hatte.

Unter den zahllosen Positionen, wie sich zwei Körper umarmen, sind nur wenige, die den Namen *Umschlingen* wirklich verdienen. Ich denke dabei nicht an die Formulierung, die behauptet, man würde eins mit dem anderen werden. Das ist absoluter Schwachsinn, dasselbe wie Schachspielen gegen sich selbst, Patiencen legen oder autogenes Training. Vielmehr bedeutet es Wärmeaustausch bis hin zu Schweißausbrüchen, wechselnder Herzschlag bis hin zu Herzrasen und fremde Haut und fremde Muskeln, die aufeinandertreffen.

Ron begann, mit unglaublicher Geschicklichkeit die Knöpfe meines Schlafanzuges zu öffnen. Es ging schnell, und diese Professionalität schien mir verdächtig. Bis mir einfiel, daß es sein Schlafanzug war, den ich trug, und daß er die Knöpfe in- und auswendig kennen mußte. Das beruhigte mich, und ich grub mein Gesicht in die nackte Haut seiner Achselhöhlen, die sich wie Schwimmhäute vom Brustkorb zum Oberarm spannten (wohlgemerkt, ohne zu überlegen, ob er ein Deodorant benutzt hatte!). Ron fuhr mit seiner Hand mein Rückgrat hinunter ... er hatte sich die entscheidenden Stellen gemerkt, und es ging mir durch und durch ... Parallel arbeiteten wir uns zum Unterkörper weiter. Ich atmete befreit durch und fragte mich, wo der Schüttelfrost hingekommen war ... Und die Testfrage, die meine Mutter mich zu stellen gelehrt hatte, sobald ein Mann begann, mit dem Finger, dem Mund, dem Fuß oder sonstwie den Slip nach unten zu ziehen: *Ist er es wert, daß ich mich ihm* (Originalton) *hingebe?* löste sich in Luft auf.

Auch der Gedanke, daß Henri, der immer noch auf die Frau wartete, die schon längst die ehemals gemeinsame Wohnung mit Nachwuchs eines anderen angereichert hatte, meiner Mutter besser gefallen hätte. *Warum*, fragte ich mich, während Rons Finger – ich vermutete, daß er Klavierunterricht gehabt hatte –, alle Blutbahnen in meinen Beinen entlangfuhr, und das sind nicht wenige – *Warum nicht Henri*?

Weil Henri mir eben keinerlei Feuchtigkeit in die Hände und zwischen die Beine trieb.

Bei dem, was nun passierte, würde ich jetzt gerne im nachhinein behaupten, daß *nicht* alle Sinne ausgeschaltet waren, daß die Welt *nicht* um uns herum versank. Aber genau das war der Fall. Unsere Wahrnehmung paßte sich dem vernebelten, dunkelgrauen Zustand des deutschen Einheitswinters an. Wir vergruben uns unter der Bettdecke und vergaßen, daß ich einen Termin bei der Polizei hatte, daß Rons Dienst bereits begonnen hatte.

Das Telefon läutete mehrfach, aber es war weit weg und *keiner zu Hause* wie der Anrufbeantworter wiederholte. Ich glaube, das sagt alles. Besser kann es nicht laufen. Und ich gestehe, danach geriet ich doch für einen kurzen Moment in die Versuchung, unseren gelungenen Zeugungsakt für ein Wunder der Natur zu halten, und das erste Mal seit Monaten taten mir die Fische leid.

Danach lagen wir erschöpft nebeneinander und rauchten. Und

ich beschloß, daß dies meine letzte Zigarette sein würde. Rauchen war doch sowieso nur Ersatzbefriedigung.

Ron hatte die Stereoanlage angeschaltet, und unter den Klängen von Santanas »Black Magic Woman« kehrten wir Note für Note in den Alltag zurück, bis Ron sagte: »Wir müssen aufstehen.«

»Hm«, sagte ich, aber ich rührte mich nicht. Die Morde waren aufgeklärt, es gab für mich nichts mehr zu tun. Constanze verdrängte ich völlig.

Aber Ron stand auf und war plötzlich wieder der alte. Mit den Worten »Ich mache Frühstück« verließ er das Zimmer.

Seufzend suchte ich das Bad auf. Ich hasse die Realität. Sie drängt sich einem auf. Mischt sich in alles hinein. Und ich hasse sie besonders, wenn sie noch vor dem Frühstück aus grünen Fliesen besteht und einem langen, schmalen Raum, vier Meter hoch, an dessen Ende sich ein Toilettensitz aus den Siebzigern befindet. Grün gepolstert!

Heute nacht war mir das Schild, das darüber hing, nicht aufgefallen: *Hier putzen Männer! Bitte nur im Stehen pinkeln!* Leider hatte ich keine Geschlechtsgenossin dabei. Mein Augenrollen konnte ich daher mit niemandem teilen.

Links eine Großpackung Papierrollen, gestapelt auf einem Regal mit Zeitungen: »Men's Health«, »Spiegel«, »Stern«; eine vergilbte Badewanne, in der ein Wäscheständer mit drei Reihen unordentlich aufgehängter Wollsocken hing: Burlington in Schwarz und Grautönen; ein ungeputztes Handwaschbecken.

Als ich in den Spiegel sah – meine Haut war eindeutig besser durchblutet als heute nacht –, fiel mein Blick auf einen Automaten, wie man sie von Männertoiletten in Kneipen kennt. Kondome in drei verschiedenen Varianten. Auf dem Schild daneben stand handschriftlich: *Die Polizei sorgt auch für Ihre Sicherheit. Einwurf 1,–, 2,– oder 5,– DM.*

Tja, dafür war es nun zu spät!

33

Wenn ich die letzten vierzehn Tage im Zeitraffer zusammenschnitt, hätte es sich genausogut um eine einzige Nacht, einen einzigen chaotischen, unzusammenhängenden Traum handeln können. Nun, da die Sache vorbei war, mußten die Fäden noch entworren werden. Eingesponnen in den Kokon aus Verbundenheit, erzählte ich Ron beim Frühstück ohne Einschränkungen, ohne etwas zu verheimlichen, von der Neugierde, die mich getrieben hatte, durch das Institut zu schleichen. Und er verzichtete darauf, mir moralische Vorträge zu halten.

Ich hatte zunächst Roman Rymuts Gesicht nicht vergessen können. Und verschwieg nicht, warum. Schweigend wie Ron hatte sich die Psychologin damals immer wieder dieselbe Geschichte anhören müssen. Daß mein Vater alleine einen Tauchgang unternommen hatte, daß er zu schnell aufgetaucht war, aus einer großen Tiefe, in der er fotografiert hatte. Er hatte sich überschätzt, und nur eine kleine, erbsengroße Stickstoffblase, so hatte uns der Arzt geduldig erklärt, als ob dies ein Trost sei, war verantwortlich, daß mein Vater ohnmächtig wurde und ertrank. Die Strömung trieb ihn kilometerweit, bis er von einem Baum, der aus dem Wasser ragte, aufgehalten wurde. Erst nach drei Tagen wurde er gefunden. Diese drei Tage verbrachten wir in der unsinnigen Hoffnung, er könnte noch am Leben sein.

»Kannst du dir vorstellen, daß ich beim Anblick von Roman Rymut an meinen Vater erinnert wurde? Und dann stellte sich noch heraus, daß es Schwierigkeiten gab, ihn zu identifizieren. Die ganze Zeit dachte ich, daß er auch von jemandem vermißt wurde.«

Ron nickte.

»Und als Ewa verschwand, da hatte ich das Gefühl … ich weiß nicht. Sie hatte mich vorher angerufen. Und ich mochte sie, weißt du … Ich mochte sie wirklich. Und ehrlich … ich nehme es ihr nicht übel, daß sie versucht hat, nach Roman Rymuts Tod Kapital aus den Zeichnungen zu schlagen. Natürlich wollte sie so schnell wie möglich von hier weg. Mein Gott, wie muß sie sich gefühlt haben, und hatte keinen, mit dem sie reden konnte.«

Während alles aus mir herausbrach, Dinge, von denen ich teilweise selbst nicht gewußt hatte, daß sie mich beschäftigten, versuchte ich die ganze Zeit, mich wieder in den Griff zu bekommen. Ohne Erfolg.

»Ich hatte einen Haß auf den, der sie erschossen hat. Und gleichzeitig fühlte ich mich schuldig. Ich stellte mir immer wieder vor, wie sie verzweifelt versucht hatte, zum Telefon zu kommen. Das klingelte und klingelte. Und ich hatte mich in diesen verdammten Gängen verirrt. Wenn ich gleich den richtigen Weg genommen hätte, vielleicht …«

»Sie wäre in jedem Fall gestorben.« Aber Ron konnte mich nicht trösten.

»Nichts hätte mich dazu bringen können, aufzuhören, nach ihrem Mörder zu suchen. Auch du nicht. Die ganze Zeit dachte ich, du mußt mich doch verstehen. Aber du hast mir die Sache mit den Zeichnungen nicht geglaubt …«

»Ich war aus dem Fall draußen.«

»Aber du hättest mir sagen können, daß du mir glaubst.«

»Ich wollte dich schützen, verhindern, daß du weiter alleine etwas unternimmst.«

Ich schüttelte den Kopf. Ich wollte nicht beschützt werden.

»Mir fiel erst zu spät ein, daß der dritte Mann in der Gerbermühle Dymoff gewesen sein mußte. Er war der einzige, von dem ich keine Zeichnung gemacht hatte. Und weißt du, warum?«

Ron schüttelte den Kopf.

»Ich hatte nicht das richtige Papier. Und dann rief Ewa an, und ich habe es einfach vergessen. Daher konnte ich Dymoffs Bild nicht Paul zeigen. Und er konnte ihn nicht identifizieren.«

»Aber wir hatten Dymoff sowieso schon in Verdacht, daß er in der Gerbermühle dabei war. Das war schließlich nicht schwer herauszufinden. Glaub mir, wir wissen, was wir zu tun haben. Du hättest mir vertrauen sollen.«

Ich schwieg und starrte auf meine Kaffeetasse. Okay, ich zweifelte nicht an dem guten Willen der Polizei, aber Ewa war trotzdem tot.

»Trotzdem. Helena war die erste, die verstand, daß ich nicht einfach zu Hause sitzen konnte. Sie zweifelte keinen Moment daran, daß ich mit den Zeichnungen auf der richtigen Spur war.«

Ich erzählte Ron, wie ich nach Hause gekommen war. Wie Dymoff in meinem Schlafzimmer auf mich gewartet hatte, damit ich ihm die Zeichnungen gab.

Ron beugte sich zu mir. »Du mußt dir vorstellen ...« Er roch nach After Shave, ein Geruch, der mich schon von jeher an Männern irritiert hat. »... wie verwirrt er gewesen sein muß, als er die vielen Fischebilder bei dir sah. Er wußte schließlich, daß Roman Rymut etwas entdeckt hatte, was mit Stören zu tun hatte.«

»Ja, aber er wußte nicht, daß diese Ergebnisse in Form einer Kirche verschlüsselt waren.« Wäre die Sache nicht so schrecklich gewesen, ich hätte lachen können. Meine Zeichnungen bedeuteten in diesem Moment nicht nur mein Leben, sondern hätten fast auch meinen Tod verursacht.

»Eigentlich ...«, so überlegte ich laut, »hatte ich einfach nur Glück, daß ich noch am Leben bin. Unbeschreibliches Glück!«

Gestern noch kurz davor, erschossen zu werden, heute neben mir ein Mann, in den ich verliebt war. Der ... war er das wirklich? ... auch in mich verliebt war? War das das Leben? Dieses Auf und Ab der Gefühle? Das Leben in Extremen?

Doch plötzlich kam die Angst wieder in mir hoch. Es widerstrebte mir, vom Glück abhängig zu sein. Von diesem berühmten Quentchen Glück ... das bedeutete, daß jede Kontrolle über das eigene Leben reine Illusion war. Hatte ich mir nur eingebildet, mein Leben im Griff zu haben?

»Das war kein Glück«, sagte Ron. »Das warst du!«

»Wieso ich?«

»Erstens«, Ron streckte den Daumen in die Höhe, »erstens hast du an die Taste für die Wahlwiederholung gedacht und mich angerufen, obwohl du fürchterliche Angst gehabt haben mußt. Zweitens hast du ihm – entschuldige – ganz fürchterlich in die Eier getreten!«

Woher wußte er das bloß?

»Drittens hast du im richtigen Moment das Licht ausgeschaltet. Kurz: Du hast einen Mörder kampfunfähig gemacht. Und ...«, er ließ die Hand auf meine sinken, »... das einzige, wo du echt Glück hattest, war, daß Dymoffs Pistole in deiner Hand nicht losging. Dabei handelt es sich nämlich um das russische Modell Makarov, das leicht zu handhaben ist. Nur ein nervöses Zucken, und du hättest Dymoff glatt abgeknallt.«

Na ja, wenn man es so betrachtete, sah meine Bilanz nicht schlecht aus.

Plötzlich hörten wir Lachen vor der Wohnungstür, und gleich darauf standen Henri und Helena in der Küche. Helena trug das Cape von gestern abend und die Haare mit einem roten Haarreif nach hinten. Sie hatte eine Mappe in der Hand. Und Henri hatte einen ähnlich zufriedenen Gesichtsausdruck wie in Schwester Gerdas Küche, als er über dem dampfenden Teller mit Sauerkraut und Schweinshaxe gesessen hatte.

»Hallo, wie geht's?« fragte Henri und nahm die andere Hälfte von Rons Brötchen vom Teller. »Der Dünne erwartet dich schon seit Stunden, Ron. Hast du vergessen, daß heute der Kleine aus dem Parkhaus dem Haftrichter vorgeführt wird? Du hast in genau ...«, Henri schaute auf seine Uhr, »...fünfundvierzig Minuten einen Termin bei Gericht!«

»Scheiße!« Ron sprang auf, und vorbei war es mit dem Kokon.

Henri setzte sich auf seinen Platz.

»Setz dich, Helena. Ich glaube, wir haben uns ein Frühstück verdient.«

Helena stand immer noch im Cape neben dem Tisch. Die Müdigkeit stand ihr im Gesicht geschrieben, aber ihre Augen strahlten vor Begeisterung.

»Setz dich endlich«, wiederholte Henri. »Berit gibt dir sicher etwas von ihrem Kaffee ab. Wie geht es dir überhaupt? Wir haben super Neuigkeiten. Haben die ganze Nacht vor dem Computer zugebracht. Warum«, schrie er in Richtung Küchentür, »bist du eigentlich nicht bei deinem Studium geblieben, Ron? Total interessant, diese Genetik.«

Ron stand in der Tür.

»Wir haben herausgefunden, was Rymut verkaufen wollte. Stell dir vor«, er tauchte mit dem Messer tief in das Nutellaglas, »die Polen haben tatsächlich ein Verfahren entdeckt, wie Störe mehr Kaviar produzieren können.«

»Nein, Henri«, Helena lächelte nachsichtig, »du hast das immer noch nicht verstanden ... Roman Rymut hat lediglich entdeckt, wie man Störe genetisch manipulieren kann, so daß sie ein schnelleres Wachstum auch in Gewässern erreichen, in denen sie bisher nicht überleben konnten.«

»Mein ich doch«, sagte Henri und trank Rons Kaffee leer. »Kaviar fürs Volk.«

Helena fuhr fort: »Tatsächlich hat seit Ende des neunzehnten Jahrhunderts der jährliche Weltstörfang um achtzig bis neunzig Prozent abgenommen. Da gibt es verschiedene Gründe. Zum einen verhindern Kraftwerke und Staumauern die Laichwanderung, dazu kommen noch Überfischung und die Gewässerverschmutzung. Und die Zucht ist schwierig. Denn Störe erreichen die Geschlechtsreife erst sehr spät. Beim Hausen zum Beispiel, der den Beluga-Kaviar liefert ...«

»*Huso huso*«, ergänzte ich lateinisch. Auch ich verstand schließlich etwas von Fischen.

Doch keiner hörte auf mich.

»... erreichen die Männchen die Geschlechtsreife erst mit zehn bis sechzehn Jahren und die Weibchen noch später, mit vierzehn bis zwanzig. Nur zehn bis zwanzig Prozent der adulten Gesamtpopulation ist also in einem Jahr jeweils sexuell aktiv.«

Henri grinste. Helena errötete leicht, ließ sich aber nicht aus ihrem Vortrag bringen. Ich lächelte Ron zu und war froh, daß wir nicht zur Spezies der Störe *Acipenseridae* gehörten und die Geschlechtsreife bereits seit vielen Jahren erreicht hatten.

»Die Zucht ist schwierig, denn bis zur Größe von fünf Zentimetern muß man höllisch aufpassen, daß sich die Brütlinge nicht gegenseitig auffressen. Diese Form des Kannibalismus endet erst ab einer Größe von fünf Zentimetern. Kreuzungsversuche waren also nicht erfolgreich.«

Ron nickte. Er wußte offensichtlich, wovon Helena sprach.

»Kreuzt man Störe innerhalb einer Gruppe, sind die Nachkommen fertil, kreuzt man Störe beider Gruppen, so sind die Nachkommen triploid und steril.«

Ich verstand kein Wort und unterbrach sie: »Woher weißt du das alles?«

»Stand alles in dem Papier, das ihr in Dymoffs Büro gefunden habt.« Henri schlürfte den heißen Kaffee ohne Rücksicht auf Anwesende aus Rons Tasse. Eine Männer-WG schien keine Grenzen zu kennen. »Das hat Dymoff Roman Rymut abgenommen, bevor er ihn zusammengeschlagen und ins Wasser geworfen hat. Aber leider fehlte ihm das Wichtigste. Die Zeichnungen!«

Henri hatte offensichtlich die ganze Sache schon aus kriminalistischer Sicht rekonstruiert und war mit Helena bereits nach einer einzigen Nacht, die sie gemeinsam vor dem Computer verbracht hatten, zu einem unschlagbaren Team geworden.

»Zum Erreichen der Geschlechtsreife«, fuhr Helena fort, »sind aber der Ernährungszustand und die Größe wichtiger als das Alter. Unter anderem ist die Zeit bis zum Erreichen der Geschlechtsreife durch Steuerung der Licht- und Temperaturverhältnisse auf bis zu ein Drittel zu verkürzen. Roman Rymut hat also zwei Faktoren untersucht. Zum einen, wie man die Geschlechtsreife der Weibchen früher erreicht, und zweitens, wie man den Hausen und andere Störarten neuen Lebensräumen anpassen kann. Soweit klar?«

Wir nickten gehorsam.

»Logisch!« Henris Kommentare gingen mir ziemlich auf die Nerven.

»Aber was ist nun mit den Zeichnungen?« Ehrlich gesagt waren mir das Sexualleben und die Fortpflanzung von Stören egal.

»Gleich. Unterbrich doch Helena nicht ständig.« Henri hing an Helenas Lippen, als sei sie die Göttin der Weisheit. Mir fiel auf, daß er keinen Ehering mehr trug.

»Nun sind auch sehr unterschiedliche Organismen, genetisch gesehen, keineswegs so verschieden. Ob Fliege, Maus oder Mensch – die entscheidenden Entwicklungsschritte verlaufen anfangs parallel. Verdauung, Fortpflanzung etc. sind alles biologische Prozesse, die bei vielen Organismen sehr ähnlich ablaufen und von ähnlichen oder sogar gleichen Genen gesteuert werden. Wer nun neue, noch unbekannte Gene findet, kann erste Hinweise auf ihre Funktion bekommen, wenn er sie mit bereits bekannten Sequenzen vergleicht. Von Arten, deren DNA bereits gut entschlüsselt ist. Roman Rymut hat also zunächst das Genom der Störe entschlüsselt. Die sogenannten Buchstaben des genetischen Codes bestehen aus den vier Nukleinsäure-Basen …«

»A für Adenin, T für Thymin, C …« Ron meldete sich zu Wort, doch Henri unterbrach ihn: »Laß Helena doch ausreden!«

»Diese vier Basen …«, Helena blühte unter Henris Schutz sichtlich weiter auf. Sie schälte sich aus ihrem Cape. Darunter trug sie lässig Jeans und Sweatshirt, »… wurden in den Zeichnungen durch vier unterschiedliche Punktgrößen dargestellt.«

Ich wunderte mich, wohin plötzlich ihr gekrümmter Rücken verschwunden war.

Henri übernahm das Wort: »Wir haben also die verschiedensten Buchstabensequenzen durch den Computer gejagt, um erst einmal herauszufinden, welcher Punkt für welchen Buchstaben beziehungsweise welche Säure steht.« Er hatte offensichtlich in dieser Nacht einiges dazugelernt.

Helena holte einige Unterlagen aus der Mappe. »Mir ist dann die Maus im Bild aufgefallen. Erinnerst du dich, Berit?«

Ich nickte.

»Damit hat Roman Rymut einen Hinweis gegeben, nach welchem Vorbild er in die DNA der Störe eingreifen wollte.«

»Mäuse?« Ich schüttelte den Kopf.

»Klar...«, mischte Ron sich ein. »Ratten oder auch Mäuse kommen auf der ganzen Welt vor. Das läßt immerhin auf eine erfolgreiche Fortpflanzung und extreme Anpassung schließen. Ein ideales Vorbild.«

Helena nickte. »Genau! Sie haben ein fast unerschöpfliches Reservoir zum Ausprobieren neuer Lebensräume. Und auch bei Mäuseversuchen hat sich herausgestellt, daß jede noch so geringe Hemmung ihres Körperwachstums bewirkt, daß sie sich entweder gar nicht oder nur anomal langsam geschlechtsreif entwickeln. Das unterstützt die Schlußfolgerung von Roman Rymut, daß das Wachstum der Störe beschleunigt werden muß. Roman Rymut hat also zunächst den genetischen Code des Hausens *Huso huso* entschlüsselt und mit dem von Mäusen verglichen. Das ideale Versuchstier, weil es allen Anforderungen entspricht wie Leichtigkeit der Zucht, Schnelligkeit der Reproduktion, bereits vorhandene Zellkulturen, und schließlich wurde schon seit Anfang des Jahrhunderts an der genetischen Analyse der Maus gearbeitet...«

»Ich muß gehen«, fiel Ron ihr ins Wort. »Komm zur Sache, Helena!«

»Ja, natürlich. Erinnerst du dich an die Dachziegel in den Zeichnungen, Berit?«

Ich nickte.

Helena öffnete die Mappe und legte die Zeichnung auf den Tisch. Mit dem Kaffeelöffel zeigte sie auf das Dach der Marienkirche.

»Das haben wir vergrößert. Die vier unterschiedlichen Punkte sind deutlich zu erkennen. Im Vergleich zum Rest der Zeichnung hat Roman Rymut diese rot eingefärbt. Im Abgleich per Computer haben wir festgestellt, daß diese Buchstabenkombinationen fast identisch sind mit den Genen, die bei Mäusen für den schnellen Wachstumsprozeß verantwortlich sind. An dieser Stelle wollte er also in die DNA eingreifen. Diese hier«, sie nahm eine andere Zeichnung und zeigte das Mauerwerk, »betreffen die Kälteresistenz. Kurz gesagt: Roman Rymut hat nicht nur die genetische Struktur der Störe entschlüsselt, sondern auch die Stellen im Bauplan entdeckt, wo eine genetische Transformation mit den Genen von Mäusen gute Chancen hat, wie man also Einfluß auf ein früheres Erreichen der Geschlechtsreife nehmen und eine größere Anpassung an die Umgebungstemperatur erzielen kann.«

»Das ist alles?« Mir war das zuwenig. Es bedeutete noch nicht einmal eine praktische Anwendung.

»Für den Anfang ist das nicht schlecht. Roman Rymut hätte sich das patentieren lassen können.«

»Das Patent! Natürlich!« hörte ich Ron von der Küchentür her.

»Und deswegen mußten die Daten verschlüsselt werden?« fragte ich.

»Erst vor kurzem hat die Europäische Kommission ein Gesetz erlassen, daß bereits genetische Strukturen von Tieren und Pflanzen patentierbar sind. Das macht eine Geheimhaltung notwendig. Werden Ergebnisse erst einmal veröffentlicht, gelten sie nicht mehr als patentierbar.«

»Aber warum wollte er es verkaufen? Alleine hätte er doch mit dem Patent mehr Geld verdienen können.«

»Aber er wollte die Versuche in Polen. Die haben aber nicht genügend Geld. Er brauchte also westliche Partner und Investoren, entweder aus Deutschland oder den USA. Aber das konnte Dymoff natürlich nicht zulassen.«

»Wieso Dymoff?« fragte Ron. Er hatte bereits die Jacke angezogen. Gleich mußte er weg.

»Würden die Versuche mit dem transgenen Hausen erfolgreich verlaufen, könnte das stark in den Weltmarkt für Kaviar eingreifen. Das mußte Dymoff unbedingt verhindern. Schließlich produzieren die GUS-Staaten derzeit circa eintausenddreihundert Tonnen Kaviar im Jahr.« Helena hatte sich anscheinend innerhalb einer Nacht nicht nur die genetische Struktur von Stören angeeignet, sondern auch alles über ihre Vermarktung. »Im Vergleich dazu produziert der Iran, der nächstgrößte Kaviarerzeuger und -exporteur, nur zweihundert Tonnen jährlich.«

Was, hatte Dymoff noch einmal gesagt, kostete eine Tonne Kaviar? Zahlen waren noch nie meine Stärke gewesen. Doch wozu hatten wir Helena.

»Die Hauptimporteure für Kaviar sind die USA, die Schweiz, Frankreich und Deutschland. Die wichtigsten Abnehmer sind Fluggesellschaften mit hundert Tonnen pro Jahr und Schiffahrtslinien mit circa fünfzig Tonnen pro Jahr. Da ist viel Geld zu verdienen. Schließlich kostet eine Tonne Kaviar auf dem Weltmarkt mehr als eine Million Dollar.«

»Und Dymoff hat hier im Westen die ganze Zeit nichts anderes als Wissenschaftsspionage betrieben.« Ich meldete mich zu Wort, schließlich hatte ich Dymoffs Geständnis herbeigeführt.

»Tja«, sagte Henri, »und deshalb mußten zwei Menschen sterben.«

Wir schwiegen. Ich dachte an Marlene, wie sie mit einem Espressolöffelchen Kaviar auf den Lachs gehäuft hatte. Und an Ewa, die in der Küche Kaviarkrümel zurück in die Dose befördert hatte. Sie hatte damals schon genau gewußt, warum sie das so sorgfältig tat.

Ron stand nun hinter mir und legte die Hand auf meine Schulter. »Alles okay?« fragte er ungewohnt sanft. Ich nickte.

»Nur kein überflüssiger Abschiedsschmerz«, meinte Henri, »ihr seht euch ja bald im Präsidium wieder. Berit wird dort von dem Dünnen schon sehnsüchtig erwartet. Ich konnte ihn nur davon abhalten, sie mit Blaulicht abholen zu lassen, weil ich ihr einen extremen Schockzustand angedichtet habe. Hau ab, Ron. Sonst setzt der Haftrichter den Kleinen sofort wieder auf freien Fuß, und wir müssen in Zukunft auf unsere beiden Frauen hier abends besser aufpassen. Nicht daß ich etwas dagegen hätte, aber ...«

»Shut up.« Ron klopfte Henri auf die Schulter. »Wir treffen uns im Büro.«

Ron verschwand. Ich hörte, wie die Wohnungstür ins Schloß fiel.

Henri sprach weiter zu mir: »Vielleicht kannst du Helena ja davon überzeugen, daß sie ihr Talent an so ein Institut verschwendet. Und bei uns könnten wir sie so gut gebrauchen.«

Helena saß nur da und lächelte. »Das war nicht schwer, nachdem wir ungefähr wußten, um was es ging. Dymoff hat ja alles ...«

Mir fuhr es in alle Glieder. »Wie geht es ihm überhaupt?«

Doch Henri beruhigte mich: »Zu gut, wenn du mich fragst.« Er schlang gerade sein drittes Brötchen hinunter. »Es hat schlimmer ausgesehen, als es ist. Er ist bereits wieder vernehmungsfähig. Und Beweise haben wir dank Helena genug.«

Helena blickte zwar sehr bescheiden zur Seite, aber langsam begann ich an Henris Verstand zu zweifeln. Ich war es doch schließlich gewesen, die alles herausgefunden hatte. Aber so war es immer in meinem Leben. Ich machte die ganze Arbeit, und die anderen bekamen die Lorbeeren.

Epilog

Es hörte nicht auf zu schneien. Dicke Flocken flogen gegen die Fensterscheibe. Vor mir die letzte Zeichnung für das Fischelexikon. »Ich habe einen Aufschub bewirkt«, hatte Constanze mir berichtet, nachdem sie von Dymoffs Überfall gehört hatte. »War kein Problem, nachdem ich in der Lektoratssitzung erklärt habe, daß wir froh sein müssen, daß du noch am Leben bist. Wir sind schließlich nicht kleinlich.«

Ron berichtete mir täglich über den neuesten Stand der Ermittlungen. Dymoff war inzwischen aus dem Krankenhaus entlassen worden und befand sich in Untersuchungshaft. Rudhard Thorwald mußte sich wegen Wissenschaftsbetrugs verantworten, und der Fall löste in akademischen Kreisen eine Flutwelle von Artikeln über Fälschungen in der Wissenschaft aus. Alle in demselben Tenor: *Der Schock ist schwer. Deutschlands Hochschulen, Forschungsinstitute und Wissenschaftler zeigen sich empört über die großangelegte Betrugsaffäre des Institutes für Biotechnologie Rhein-Main. Der Präsident der Deutschen Forschungsgemeinschaft (DFG) bekennt: »Ich fühle mich betrogen und beschämt.«*

Doch weder Thorwald noch Kornelius zeigten gegenüber der Presse und der Öffentlichkeit ein schlechtes Gewissen. Obwohl die Liste der Betrügereien Anlaß genug geboten hätte: Sie hatten Gutachtergremien getäuscht, um Fördergelder zu erhalten, polnische Forschungsergebnisse als deutsche Erfolge publiziert und Arbeiten von Doktoranden unter ihrem Namen veröffentlicht.

Ron meinte, die Klage gegen das Institut würde vermutlich mit der Begründung abgewiesen, es habe sich lediglich um ein fahrlässiges Dienstvergehen gehandelt. Und die höchste Strafe, die ihnen dafür drohte, war vermutlich die Entlassung aus dem Hochschuldienst. Thorwald und Kornelius rechtfertigten sich also in zahlreichen Artikeln und Talkshows und stärkten medienwirksam ihre Position, indem sie darauf hinwiesen, daß schon Ptolemäus gefälscht und um 150 nach Christus seinen Sternenkatalog aus den früheren Werken des Griechen Hipparch abgeschrieben hatte. Und auch Charles Darwin hätte Teile von »Über die Entstehung der Arten« von einem Kollegen abgeschrieben.

Denise Appollinaire hatte von allen Aktivitäten gewußt. Alle Korrespondenz sowohl mit der DFG wie auch nach Polen war ausschließlich über ihren und Thorwalds Schreibtisch gelaufen. Ihr Verhältnis zu Kornelius hatte sie inzwischen gelöst und sich Thorwald zugewandt. Marlene verzieh beiden, und nach zwei Wochen erschien Denise Appollinaire wieder bei ihren Donnerstagsabendeinladungen. Nur Ron und ich weigerten uns hinzugehen.

Was soll's.

Meine Mutter war immer noch unzufrieden mit meinem Leben, obwohl ich doch nun wirklich von Veränderungen zu berichten hatte. Aber sie konnte sich nicht damit abfinden, daß Ron bei der Polizei war, und nervte mich nun jeden Sonntag abend damit, warum ich keinen normalen Mann finden konnte.

Auch die Sache mit meiner Zeitung klärte sich, als ich endlich einmal genauer hinsah, womit Mirka die schwarzen Schuhe ihres Mannes ausgestopft hatte. Das Feuilleton der FAZ war anscheinend hervorragend geeignet, den feuchten Dreck von schwarzem Kunstleder in sich aufzusaugen. Wir einigten uns darauf, daß sie in Zukunft mit dem Schuheputzen wartete, bis ich gefrühstückt hatte.

Und sonst?

Tja, nach den Ereignissen der letzten Wochen war ich fast abergläubisch geworden und begann, an die Gesetze der Selbstüberwindung zu glauben. Vielleicht half es einem tatsächlich im Leben weiter, wenn man trainierte, über glühende Kohlen zu gehen, Stunden auf einem Nagelbrett zu verbringen oder zwei Morde aufzuklären. In den letzten Wochen, in denen ich noch viele Nächte mit Ron verbrachte, schien mir alles möglich.

Und es war daher keine spontane Aktion, sondern vielmehr bewußt geplant, daß ich in der Sushibar nach dem blauen Schälchen griff, in dem Haifisch auf einem spärlichen Häufchen Reis, garniert mit einer wurmartigen rosa Krabbe lag. Alle, Ron, Henri und Helena, versuchten mir abzuraten, ich solle doch lieber von dem köstlichen Gemüse probieren. Keiner von ihnen begriff, daß es nicht auf den Geschmack ankam. Sondern einzig und allein darauf, daß ich mich selbst überwand. Daß ich in diesen Wurm biß. Daß ich diese gallertartige Masse hinunterschluckte. Das weiche Etwas, das einmal zu einem Haifisch gehört hatte. Das genährt worden war mit allem, was dieser Fisch wahllos zwischen die Zähne bekommen hatte. Und daß ich beides nicht einfach hinunterfallen ließ in die Speiseröhre, ohne daß es mit den empfindlichen Geschmacksnerven von Zunge und Gaumen in Berührung kam. Sondern daß ich tatsächlich, wirklich und wahrhaftig hineinbiß. Alle drei hielten den Atem an, als ich die Krabbe in den Mund steckte und sich meine Zähne in das rosa Etwas gruben.

Aber nichts passierte.

Ich spuckte den Wurm nicht wieder heraus, ich übergab mich nicht, ich fiel nicht in Ohnmacht.

Denn genausogut hätte ich ein Exemplar salziger, aufgeweichter Erdnußflips essen können.

Davor hatte ich mich also jahrelang gefürchtet!

Vor Gespenstern in Form von Fischen!

Nachdem auch dieses Problem gelöst war, hatte ich das Gefühl, in der Zukunft konnte alles möglich sein. In all den Nächten, die ich bei Ron verbrachte, schaffte ich es geduldig und konzentriert, alle fehlenden Teile zusammenzusetzen, so daß von einem unvollständigen männlichen Torso nicht mehr die Rede sein konnte. In meinem Kopf schwirrte immer öfter der Gedanke herum, als nächstes ein Lexikon zu gestalten, das aus sämtlichen Elementen männlicher Erotik bestand. »Klassische Erotik. Ein Atlas mit 300 detailgetreuen farbigen Abbildungen, illustriert mit Teilen sämtlicher männlicher Torsi der griechisch-römischen Kunst bis Christi Geburt.«

Und wenn ich es Constanze anbieten müßte wie saures Bier.

Susanne Mischke

Stadtluft

Roman. 251 Seiten. Serie Piper

Die junge, attraktive Eva flieht vor der Langeweile der Provinz nach Kreuzberg, um den Frust mit ihrem scheidungsunwilligen Lover zu vergessen und dem echten, wilden Leben zu begegnen. Dieses läßt nicht lange auf sich warten: Eine Bauchtänzerin samt ihrem rotznasigen Popper-Söhnchen, ein müsliverschlingender Therapeut, ein versoffener Maler, ein verliebter Bratpfannenvertreter und ein verdauungsgestörter Kater machen Eva die Hölle heiß.

05/1014/01/L

Radek Knapp

Herrn Kukas Empfehlungen

Roman. 251 Seiten. Serie Piper

Ein Reisebus wie ein umgestürzter Kühlschrank, voll mit Wodka und Krakauer Würsten – und mittendrin Waldemar, der sich auf Empfehlung seines Nachbarn Herrn Kuka auf den Weg nach Wien gemacht hat. Was den angehenden Frauenhelden im goldenen Westen erwartet, erzählt der Aspekte-Literaturpreisträger Radek Knapp in seinem Romandebüt so vergnüglich, daß man das Buch nicht aus der Hand legt, ehe man das letzte Abenteuer mit Waldemar bestanden hat.

»Mit hintergründigem Humor erzählt Knapp von erotischen und kapitalistischen Versuchungen, läßt seinen Helden von ›regelmäßigem Steinzeitsex‹ delirieren und in böse Fallen tappen – und zimmert aus den Verwirrungen des Zauberlehrlings Waldemar eines der unterhaltsamsten und durchtriebensten Bücher der Saison.«

Der Spiegel

05/1099/01/R

SERIE PIPER

Elfie Donnelly

Kein einziges Wort

Roman. 187 Seiten. Serie Piper

Stella Norden, die attraktive Wiener Bestattungsunternehmerin aus der norddeutschen Provinz, widmet sich nach Unfalltod von Mann und Sohn ganz ihrem Beruf – und dem Tango. Diese Leidenschaft verbindet die scheue Schöne mit dem rundlichen Kommissar Strecker, zweimal in der Woche. Als der Tanz zum Tango mortale wird und aus der Gruppe die lebenslustige und immer flirtende Dorothea Griester tot aufgefunden wird, beginnt für Stella ein Wettlauf gegen die Zeit, denn nur sie glaubt, daß es kein Unfall war ... Ein packender Krimi über die Frage: Beendet der Tod die Schuld?

05/1339/01/L

Karen-Susan Fessel

Bilder von ihr

Roman. 354 Seiten. Serie Piper

Thea ist Anfang Zwanzig, als sie Suzannah, die Fotografin, kennenlernt, und sie ist weit davon entfernt, sich auf eine Beziehung, also auf Nähe und Vertrauen, einlassen zu wollen. Früh hatte sie den Vater, als Jugendliche die Mutter verloren, sie war aus der Provinz nach Berlin gekommen, jobbte sich durch die Szenenkneipen, fühlte sich frei und ungebunden, genoß die Anonymität der Großstadt. Die Begegnung mit Suzannah trifft sie wie ein Blitz. Sie weiß, wie man es nur einmal im Leben wissen kann, daß sie die Frau ihres Lebens gefunden hat. Aber noch kann sie Nähe nicht wagen, sperrt sich, flüchtet. Es dauert Jahre, bis Thea sich auf Suzannah einlassen, bis sie vertrauen kann. Und dann der Schock: Suzannah kommt bei einem Verkehrsunfall ums Leben. Thea geht nach Paris, an Suzannahs Ort, sie trauert, indem sie sich erinnert, indem sie die Geschichte dieser Liebe aufschreibt, indem sie sich der »Bilder von ihr« inne wird.

05/1124/01/R

Brigitte Riebe

Pforten der Nacht

Historischer Roman. 479 Seiten. Serie Piper

Als Kinder schworen sie sich ewige Freundschaft und wurden Blutsbrüder, doch inzwischen sieht alles ganz anders aus. Johannes, Sohn des wohlhabenden Kaufmanns Jan van der Hülst, und Esra, Neffe des Rabbiners Jakub ben Baruch, begehren beide dieselbe Frau: Anna, die Halbwaise aus dem Färberviertel, die schon früh auf eigenen Beinen stehen mußte. Vor dem farbenprächtigen Hintergrund des mittelalterlichen Köln erzählt Brigitte Riebe eine spannende Dreiecksgeschichte um Liebe, Eifersucht, Reichtum und Armut.

»Brigitte Riebes kraftvolle, farbige Sprache verbindet Fabulierlust mit realistischen Schilderungen zu einem glaubwürdigen, facettenreichen Sittengemälde. Der Leser wird spannend unterhalten und erhält en passant fundierte Informationen über das Alltagsleben im Mittelalter.«
Hannoversche Allgemeine

05/1040/01/L

Franziska Stalmann

Champagner und Kamillentee

Roman. 230 Seiten. Serie Piper

Nach dreizehnjähriger Ehe wird die 39jährige Ines von ihrem Mann in Rekordzeit »ausgemustert«. Er wird anderweitig Vater und will eine schnelle Scheidung. Ines steht fassungslos und allein da, ohne Beruf, ohne Ausbildung, ohne Freunde.
Wie sie sich langsam fängt und sich mit neuem Outfit und neuen Aufgaben zum Schwan mausert, schildert die Autorin mit Charme, Sprachwitz und viel Situationskomik.
Eine Emanzipations-Komödie der allerfeinsten Art. Franziska Stalmanns spritziger Roman, erzählt in wunderbar leichtem Ton, ist längst zu einem Bestseller geworden, der sich bei Frauen wie ein Lauffeuer herumgesprochen hat.

Ein »Frauen-Power-Buch, süffig wie ein Glas Champagner.«
Brigitte

»Spaß vom Allerfeinsten.«
Die Welt

05/1041/01/R